Une exquise provocation

★

À la merci de son ennemi

★

Une si troublante vengeance

MELANIE MILBURNE

Une exquise provocation

Traduction française de

YOHAN LEMONNIER-MEHEU

HARLEQUIN

Titre original :
AT NO MAN'S COMMAND

Ce roman a déjà été publié en 2015

HARPERCOLLINS FRANCE
83-85, boulevard Vincent-Auriol, 75646 PARIS CEDEX 13
Service Lectrices — Tél. : 01 45 82 47 47

www.harlequin.fr

ISBN 978-2-2804-3824-7

1

Aiesha venait de passer une semaine entière à Lochbannon sans que la presse s'en fasse l'écho. Mais qui aurait eu l'idée de venir la chercher au fin fond des Highlands d'Ecosse ? Et, qui plus est, dans la demeure d'une femme dont elle avait détruit le mariage, dix ans auparavant ?

C'était la cachette idéale.

En outre, Louise Challender, la propriétaire, avait dû rendre visite à une amie qui avait eu un accident à l'étranger, ce qui signifiait qu'Aiesha disposait de la maison pour elle seule. On était en plein cœur de l'hiver, elle ne serait donc pas dérangée par le personnel de maison.

Le bonheur…

Elle ferma les yeux, bascula la tête en arrière, et savoura l'air glacé, en regardant tomber les premiers flocons de neige. Après la pollution et le vacarme de Las Vegas, elle savourait le contact du froid sur sa peau, le silence, l'air pur. C'était comme si ses sens revenaient à la vie.

Elle était seule, libérée de toute pression. Elle pouvait enfin laisser de côté son personnage de chanteuse vénéneuse et être elle-même.

Elle n'avait plus besoin de faire comme si elle était heureuse de chanter dans un club pour hommes, de faire comme si les pourboires généreux suffisaient à la combler. Elle n'avait plus à mentir en racontant que cela lui convenait parfaitement car cela lui laissait la journée entière pour courir les boutiques et se dorer au bord de la piscine.

Ici, elle pouvait libérer toute cette pression et se remettre en phase avec la nature. Elle pouvait replonger dans ses rêves.

Le seul problème, c'était la chienne…

Elle n'avait aucun problème pour veiller sur les chats, ils n'étaient pas compliqués, il suffisait de leur donner des croquettes et de nettoyer leur litière. Ils n'avaient pas besoin de caresses permanentes et ils ne passaient pas leur vie à quémander de l'attention. Avec les chiens, c'était autre chose. Ils avaient besoin d'amour, il fallait tisser un lien avec eux.

Ils avaient besoin d'avoir confiance en vous.

Aiesha plongea dans le regard inconditionnellement affectueux du golden retriever assis à ses pieds qui balayait la neige de sa queue avec une régularité d'horloge.

Elle se souvint alors du regard d'un autre chien, bien longtemps auparavant, et une douleur sourde lui enserra la poitrine. Ce regard continuait de la hanter, malgré les années passées. Elle releva sa manche et contempla le tatouage ancien qui resterait à jamais le témoignage de son impuissance ; elle n'avait pas été capable de protéger son seul et unique ami.

— Tu peux bien aller te promener toute seule, non ? lança-t-elle à la chienne en ravalant son sentiment de culpabilité. Ce n'est pas comme si tu avais besoin que je te montre le chemin, tu peux aller où tu veux ! Allez, va, va courir. Va chasser les lapins, ou je ne sais quoi…

La chienne continua de la fixer sans ciller, en laissant échapper une infime plainte aiguë qui disait *viens jouer avec moi.*

Aiesha poussa un soupir et se mit en marche avec résignation.

— Allez viens, stupide animal ! Mais je te préviens, je ne vais pas au-delà de la rivière...

Le soir tombait lorsque James Challender engagea sa voiture sous le portail enneigé de Lochbannon. La propriété isolée était magnifique en toutes saisons, mais l'hiver la transformait en un décor de contes de fées. Le manoir aux tourelles gothiques avait soudain des allures de palais de légende. L'eau gelée de la fontaine qui faisait face à la porte était comme une sculpture de glace. La forêt dense qui ceinturait le bâtiment était entièrement couronnée de neige, et les champs immaculés. L'air était si pur qu'il en devenait presque brûlant.

Il y avait de la lumière à l'intérieur. Mme McBain, la gouvernante, avait donc gentiment accepté de repousser ses vacances pour nourrir Bonnie pendant que sa mère rendait visite à son amie en Australie.

James avait proposé de venir s'occuper de la chienne, mais sa mère lui avait envoyé un SMS très clair à ce sujet juste avant de prendre l'avion : il ne devait rien changer à ses plans, tout avait été prévu. James ne comprenait toujours pas pourquoi elle refusait de confier l'animal à un chenil, comme tout le monde... Ce n'était pas comme si c'était au-dessus de ses moyens ! Il s'était assuré qu'elle ne manquerait jamais de rien, après le divorce de ses parents.

Lochbannon était un peu grand pour une femme ayant pour seule compagnie une chienne et un peu de personnel, mais il voulait absolument qu'elle possède un endroit à elle où elle se sentirait à son aise, un endroit qui soit déconnecté de son ancienne vie, celle où elle n'avait été que l'épouse malheureuse de Clifford Challender.

James avait mis la propriété au nom de sa mère, mais il faisait en sorte de venir lui rendre visite régulièrement pour fuir le rythme trépidant de Londres. C'est pour cette raison qu'il avait ignoré l'avis de sa mère et était venu ce soir.

Ici, il pouvait se concentrer sans être soumis à mille distractions. Une semaine de travail ici valait largement un mois à Londres. Il aimait jouir de la solitude et la tranquillité du lieu, sans être en permanence sollicité par ses collaborateurs ou ses clients. Ici, il pouvait se détendre, réfléchir et évacuer le stress qui, en tant que directeur d'un cabinet d'architecte qu'il peinait à remettre sur pied après les scandales provoqués par son père, était son quotidien.

Lochbannon était également l'un des rares endroits où il était à l'abri de la presse. Car les frasques de son père avaient même entaché sa vie personnelle. Les journaux à scandale guettaient désormais le moindre faux pas qui leur permettrait de titrer : tel père, tel fils !

Il n'avait pas encore coupé le moteur qu'il entendit les aboiements joyeux de Bonnie qui lui souhaitait la bienvenue. Il rejoignit l'animal sur le seuil en souriant. Sa mère avait peut-être raison, peut-être la chienne était-elle trop sensible pour qu'on la confie à des étrangers. Et puis, il y avait quelque chose de vraiment sympathique à être accueilli de la sorte.

La porte s'ouvrit avant qu'il ait eu le temps de glisser la clé dans la serrure et deux yeux gris se posèrent sur lui, furieux.

— Qu'est-ce que tu fais ici ?

La main de James retomba mollement à son côté et il se raidit, comme figé par le froid de l'hiver. Aiesha Adams, la célèbre, la venimeuse, la séduisante, la libertine Aiesha Adams lui faisait face.

— Ce serait plutôt à moi de te poser la question, répondit-il lorsqu'il eut retrouvé l'usage de la parole.

Au premier abord, elle n'avait rien d'exceptionnel,

ainsi vêtue d'un sweat-shirt informe et d'un pantalon de yoga. Sans maquillage, elle aurait pu passer pour la voisine d'en face. Ses cheveux mi-longs couleur noisette ondulaient un peu et sa peau était parfaite, à l'exception d'infimes cicatrices — traces d'une maladie infantile, sans doute. Il y en avait une sur sa tempe gauche et l'autre sur le menton. Elle était de taille moyenne, et elle devait sans doute sa silhouette élancée à la chance plus qu'à une intensive pratique du sport.

L'espace d'un court instant, il eut l'impression de revenir à l'époque où il avait quinze ans.

Oui, un court instant, car le regard d'Aiesha avait changé. Il était devenu profond, hypnotique, et la courbe de sa bouche était à damner un saint…

Que faisait-elle ici ? Avait-elle forcé la serrure pour entrer ?

Et si quelqu'un venait, si quelqu'un la surprenait avec… lui ? Son cœur s'emballa. Il ne fallait pas que la presse l'apprenne ! Et si Phoebe le découvrait ?

Elle le toisa avec cet air de défi qu'il connaissait bien et sa posture se modifia brusquement dans une attitude offensive.

— Ta mère m'a invitée.

Sa mère ? James plissa le front. Qu'est-ce que c'était que cette histoire ? Sa mère ne lui avait absolument pas parlé de ça dans son SMS ! Pas un mot. Pourquoi aurait-elle invité chez elle une femme qui avait semé un tel chaos dans leur famille, ça n'avait aucun sens !

— C'est plutôt généreux de sa part, étant donné les circonstances, non ? Est-ce qu'elle a mis l'argenterie et ses bijoux sous clé ?

Elle le transperça d'un regard assassin.

— Tu es venu seul ?

— Désolé de me répéter, mais c'est plutôt à moi de

te poser la question, répondit James en refermant la porte derrière lui.

Il regretta aussitôt son geste car il se retrouva soudain très… trop près d'elle, dans un silence infiniment trop intime.

Il était dangereux de créer la moindre intimité avec Aiesha Adams. Il devait même éviter de laisser son imagination vagabonder à son sujet. Se trouver dans le même pays qu'elle était catastrophique pour sa réputation, alors dans la même maison… Elle exsudait la séduction par chaque pore de sa peau. C'était comme un vêtement qu'elle pouvait enfiler à volonté, dès que le besoin s'en faisait sentir. Chacun de ses mouvements était une tentation. Combien d'hommes s'étaient laissé charmer par cette bouche de Lolita ? Lui-même commençait à sentir son cœur battre un peu plus vite, comprit-il avec colère.

Il se pencha pour gratter l'oreille de Bonnie afin de penser à autre chose, et fut récompensé par un généreux coup de langue. Elle au moins était contente de le voir.

— Est-ce que quelqu'un t'a suivi jusqu'ici ? s'enquit Aiesha avec inquiétude. La presse, les journalistes ?

James se redressa et lui lança un regard sardonique.

— Tu fuis un nouveau scandale ?

— Ne fais pas comme si tu n'étais pas au courant, c'est partout dans les journaux et sur internet.

Effectivement, le scandale n'avait échappé à personne. Elle avait eu une liaison avec un père de famille marié. James n'en avait eu vent que lorsqu'un journaliste avait fait le rapprochement avec la rupture de ses propres parents. Ce n'étaient que deux phrases dans un article, mais cela avait suffi à faire resurgir en lui la honte et la colère liées à cet événement.

Mais qu'espérer d'autre, venant d'elle ? Aiesha laissait derrière elle un sillage de chaos, depuis le jour où la mère de James avait recueilli chez eux cette adolescente en fugue dans les rues de Londres. Elle avait toujours eu la langue bien pendue et un don pour attirer les problèmes. C'était le genre de personne à mordre la main qui la nourrissait. Sa mère en avait fait la douloureuse expérience dans le passé et c'était la raison pour laquelle James s'étonnait de sa présence ici. Pourquoi aurait-elle invité cette créature sans scrupule, qui lui avait non seulement volé ses bijoux, mais avait aussi tenté de lui voler son mari ?

James accrocha son manteau à une patère dans l'entrée.

— Tu as un faible pour les hommes mariés, on dirait.

Nouveau regard assassin. James était sans doute l'une des rares personnes à la percer à jour. Avec lui, inutile de jouer les caméléons. Elle s'était débarrassée de son accent de l'East End et elle savait s'habiller avec classe, mais à ses yeux elle resterait toujours la petite voleuse prête à tout pour atteindre les sommets. Sa dernière victime, un politicien d'envergure, avait vu sa vie conjugale ruinée lorsque les photos d'Aiesha quittant sa chambre d'hôtel avaient circulé.

— Personne ne doit savoir que je suis ici, tu comprends ?

Il chassa les flocons de son manteau puis pivota vers elle. Il y avait toujours de la haine dans ses yeux, mais aussi du doute et… de la peur ? Mais elle cilla et le reflet fugace disparut.

James passa devant elle pour gagner la chaleur du salon en évitant soigneusement de regarder sa bouche. Il ne devait pas penser à son corps, il devait oublier ce désir naissant.

— Personne ne le saura parce que tu vas partir.

Elle le suivit dans le salon, ses pieds nus arpentant le tapis persan comme les pattes d'une lionne.

— Tu ne peux pas me jeter dehors, c'est la maison de ta mère, pas la tienne ! affirma-t-elle en croisant les bras dans une posture qui la fit ressembler à l'adolescente qu'elle avait été.

— Tu vas faire tes bagages et déguerpir d'ici !

— Certainement pas ! s'entêta-t-elle en le défiant d'un regard félin.

James sentit son sang bouillir de colère… et de désir. Des braises qu'il pensait éteintes depuis longtemps couvaient encore en lui, et il s'en voulut de ressentir cette chaleur. Il valait mieux que ça, il n'était tout de même pas un animal mû par ses instincts ! Il n'était pas fait du même bois que son père, il savait se maîtriser, lui. Elle avait essayé de le séduire dix ans auparavant, sans succès, il pourrait résister cette fois encore.

— J'attends une invitée.

— Qui ?

— La femme que j'ai l'intention d'épouser va me rejoindre pour le week-end. Tu seras de trop.

Elle éclata de rire.

— Tu ne vas tout de même pas me dire que tu as demandé la main de cette fille à papa complètement coincée ?

James serra les dents à s'en fendre l'émail.

— Phoebe dirige plusieurs fondations de bienfaisance…

Aiesha continuait de rire comme une écolière indisciplinée, raillant — comme à son habitude — les choses qui lui importaient le plus dans l'existence. Il avait longuement réfléchi avant de choisir son épouse. Phoebe Trentonfield avait ses propres revenus, ce n'était donc pas une croqueuse de diamants. C'était un critère déterminant à ses yeux. Il avait trente-trois ans et il voulait fonder une famille, sans craindre d'être aimé pour son argent. Il voulait donner des petits-enfants à sa mère, il voulait rebâtir la gloire de la famille Challender et effacer les erreurs de son père.

— Et que va dire ta fiancée en apprenant que tu es ici avec moi ?

— Elle n'en saura rien car tu vas quitter cette maison demain à l'aube.

— Tu pousserais donc la générosité jusqu'à me permettre de passer la nuit ici ? dit-elle ironiquement.

Il aurait voulu qu'elle disparaisse de sa vue, sous dix mètres de neige, afin de ne pas être tenté de la toucher ! Moins il penserait à elle, mieux il se porterait. Comment allait-il se débarrasser d'elle ? Il ne pouvait pas la mettre dehors en pleine nuit, les routes étaient bien trop dangereuses avec cette neige. Et la chambre d'hôtes du village le plus proche était fermée pour l'hiver.

— Est-ce que ta voiture est équipée de chaînes ?

— Je ne suis pas venue en voiture, ta mère est venue me chercher à l'aéroport d'Edimbourg.

Mais où sa mère avait-elle la tête ! Cette situation empirait de minute en minute. Il ignorait que Louise était restée en contact avec Aiesha durant toutes ces années. Qu'est-ce qui lui prenait de faire entrer le diable chez eux une seconde fois ?

Etait-ce une blague, un canular ?

Non, sans doute pas. Mais sa mère savait que les mettre tous deux dans la même maison était une situation potentiellement explosive. Aiesha était un démon tentateur, une croqueuse d'hommes.

— D'accord. Je te conduirai à l'aéroport demain à la première heure. Ton petit rôle de baby-sitter pour chien est terminé.

Elle s'approcha de lui et posa la main sur son poing serré.

— Détends-toi, James. Tu es tendu comme un arc. Tu devrais trouver un moyen de relâcher toute cette pression. Si l'envie te prend… tu sais où me trouver, susurra-t-elle en se passant la langue sur les lèvres.

James encaissa sans broncher le choc de ce contact fugace entre leurs deux peaux. Il se maîtrisa pour ne pas la plaquer contre le mur, lui arracher ses vêtements et entrer en elle comme il en rêvait depuis des années. Et plus il la désirait, plus il s'en voulait.

— Hors de ma vue !

— J'adore quand un homme me parle avec autorité, répliqua-t-elle en frissonnant de façon théâtrale, faisant tressauter sous son sweat-shirt ses seins libres de toute entrave, ça me fait grimper aux rideaux en un clin d'œil !

— Sois prête à 7 heures précises, c'est compris ? grommela James entre ses dents.

— Tu ne te débarrasseras pas de moi aussi facilement. Tu n'as pas entendu le bulletin météo ? le provoqua-t-elle en lui lançant un sourire avide.

Une vague de panique monta en lui. En effet, il avait entendu la nouvelle à la radio tandis qu'il était sur la route. Il s'était même dit que ce blizzard le couperait du monde à point nommé pour qu'il puisse travailler en paix sur le projet Sherwood avant l'arrivée de Phoebe.

Il la dévisagea sans chercher à cacher son agressivité.

— Tu as tout planifié, pas vrai ?

Elle ramena ses cheveux en arrière d'un geste de la tête et laissa échapper un petit rire.

— Tu m'accordes un peu trop de crédit si tu penses que je peux contrôler la météo. Tu me flattes, James.

Il fronça les sourcils en la voyant monter l'escalier d'un pas chaloupé et suggestif. Il pouvait bien neiger pendant un mois, il lui résisterait.

Il ne céderait pas.

Il — Ne — Devait — Pas — Céder.

2

Aiesha s'adossa à la porte de sa chambre et laissa échapper un interminable soupir, le cœur cognant dans sa poitrine comme un tambour affolé.

Non, ce n'était pas possible…

James Challender était un véritable aimant à paparazzi. Et le phénomène devait s'être amplifié à l'approche de ses fiançailles… Il était l'un des célibataires les plus en vue de Londres. Toutes les femmes de moins de cinquante ans avaient les yeux braqués sur lui. Il était délicat, sophistiqué, rien à voir avec son don Juan de père. James était l'archétype du mâle urbain professionnellement accompli. Elle n'aurait pas le temps de lever le petit doigt que son sanctuaire hivernal serait envahi de journalistes et de caméras avides de ragots croustillants.

Elle serait traquée, on exposerait sa vie, on se moquerait d'elle, on la couvrirait de honte.

Le scandale qu'elle s'était évertuée à fuir allait débarquer sur le pas de sa porte. Elle était habituée à se tenir dans l'œil du cyclone, elle avait un don pour se mettre dans ce genre de situation. Elle devenait alors le centre de l'attention. C'était ce qu'elle recherchait, elle qui avait grandi dans la misère et l'indifférence…

Mais ce chapitre de sa vie était clos. Sa rencontre avec Antony Smithson, alias Antony Gregovitch, avait été l'opportunité qu'elle attendait pour quitter sa vie de chanteuse à Vegas et signer enfin avec une maison de disques. C'était son rêve depuis toute gamine, à l'époque où elle chantait devant son miroir, sa brosse à cheveux en guise de micro. Mais elle avait découvert qu'Antony n'était pas ce qu'il prétendait être. Il lui avait menti depuis le début. Il était venu l'écouter lorsqu'elle chantait sur scène, puis il était revenu chaque soir. Ils avaient discuté, il lui avait payé des verres, lui avait dit combien sa voix était merveilleuse et elle, naïvement, elle l'avait cru...

C'était ça qui la mettait vraiment en colère. Elle n'avait rien vu venir. Comment avait-elle pu se montrer si cruche après tout ce qu'elle avait traversé ? Antony n'était pas le prince charmant venu la délivrer d'une vie morose, c'était un homme marié, avec femme et enfants, qui voulait s'offrir une petite aventure.

Et voilà que c'était elle qu'on dépeignait comme une briseuse de ménages ! Son rêve de devenir chanteuse disparaissait et elle venait même de perdre son travail. La femme d'Antony y avait veillé. Désormais aucun club de Vegas n'accepterait de l'embaucher.

Et voilà que par-dessus le marché, elle devait gérer la présence de James Challender le tout-puissant !

Malgré tout, elle ne put s'empêcher de sourire.

James...

Elle savait exactement comment il fonctionnait et quel fil tirer pour le faire danser. Elle l'avait suffisamment pratiqué lorsqu'elle avait quinze ans. Il savait mieux se maîtriser que son détestable père, mais elle le haïssait tout autant. Elle haïssait les hommes dans leur ensemble et en particulier les nababs riches à millions, qui croyaient pouvoir acheter n'importe qui. Sexuellement, ils lui convenaient, et lui offraient un peu de plaisir, mais en tant qu'êtres humains ? Oh que non ! Elle n'en avait pas rencontré un seul de valable. Tous les hommes qui avaient traversé sa vie l'avaient laissée tomber à un moment ou à un autre. Ils s'étaient joués d'elle, l'avaient trahie, exploitée.

James Challender était sans doute persuadé de pouvoir lui donner des ordres, mais elle ne quitterait pas Lochbannon juste pour lui faire plaisir. Elle avait la permission de sa mère pour rester aussi longtemps qu'elle le voudrait dans cette maison, elle ne se laisserait certainement pas chasser par un pingouin aussi enjoué qu'un annuaire téléphonique, accro à son travail et psychorigide.

Quant à sa pseudo-fiancée… quelle blague ! Ils étaient vraiment bien assortis, tous les deux ! Phoebe ne savait que montrer ses dents éclatantes aux objectifs, porter des vêtements de couturier et laisser ses parents alimenter plus que généreusement son compte en banque.

Peut-être… peut-être pourrait-elle tourner cette situation à son avantage, songea-t-elle soudain. Plus personne ne songerait à sa mésaventure de Vegas si tout le monde pensait qu'elle avait jeté son dévolu sur James Challender…

Twitter me voilà ! songea-t-elle en souriant.

James n'était pas parvenu à joindre sa mère. Il lui avait donc laissé un message dans lequel il s'était montré assez sec et lui avait reproché d'avoir fait entrer une personne indésirable dans sa maison.

Il se tourna vers la fenêtre et observa la neige qui tombait mollement, tout en ravalant la boule qu'il avait dans la gorge. Pour une fois, les prévisions météo s'étaient révélées exactes. Le blizzard faisait rage et il n'était plus question de quitter la maison, ni ce soir, ni demain.

Il soupira en relâchant ses épaules. Au moins personne n'était au courant de la présence d'Aiesha. Pas encore, du moins. Il avait vérifié peu de temps avant sur les réseaux sociaux. Le scandale de Vegas était encore dans toutes les têtes et les journalistes sans pitié pour la jeune femme. C'était de l'acharnement, le type devait forcément avoir sa part de responsabilité, tout de même…

Mais James repensa aux mouvements suggestifs d'Aiesha, lorsqu'elle avait gravi l'escalier. Même un moine aurait eu du mal à résister à son charme. Et dire qu'elle faisait ça juste pour le plaisir de séduire… Il était parvenu à lui résister, dix ans plus tôt, et il en retirait une certaine fierté, mais elle n'était plus une enfant, désormais. Et cela ne la rendait que plus dangereuse. Elle avait eu des années pour perfectionner sa technique.

James fit jouer ses doigts en repensant au contact fugitif de sa main. Il aimait le sexe, mais cela n'avait jamais obscurci son jugement et il y avait quelque chose dans cet acte qui le dérangeait ; il n'aimait pas cette proximité, cette vulnérabilité, cet abandon. Il n'y cédait d'ailleurs jamais totalement. Il n'était pas prude, mais s'abandonner à ses instincts les plus primaires n'était pas dans sa nature.

Son père, en revanche, collectionnait les aventures sans penser aux conséquences. La dernière de ses conquêtes était à peine majeure. Ce comportement avait le don d'irriter James au plus haut point. Il faisait honte à sa famille et cette tendance qu'avaient les journaux à le comparer à son père le mettait hors de lui.

Il était différent de son père.

Il avait honte de son père.

James avait de l'ambition et des projets. Il savait se tenir et se souciait du sort de l'entreprise et de ses employés.

Son père était né avec une cuillère en argent dans la bouche et n'avait fait que dilapider sa fortune et ruiner la réputation de l'empire bâti par son aïeul à la sueur de son front.

Maintenant que James était à la tête de l'affaire, il

avait la ferme intention de la hisser au niveau des cabinets d'architectes les plus recherchés.

Le projet Sherwood serait son sésame pour pénétrer les hautes sphères. Howard Sherwood lui avait donné comme tâche la rénovation totale de ses appartements de Londres et de Paris, mais ce n'était qu'une mise en bouche comparé aux chantiers pharaoniques qu'il pourrait lui confier par la suite. Il avait dans ses cartons des projets de résidences de grand luxe, éco-responsables, dans des endroits reculés de la planète. Ce n'était pas seulement l'argent qui motivait James, mais aussi la perspective de participer à quelque chose de plus grand que lui, de laisser un héritage architectural aux générations futures, de construire des bâtiments qui s'intègrent dans leur environnement sans le dénaturer. Atteindre cet objectif serait pour lui un moyen de montrer au monde qu'il n'était pas comme son père.

Bonnie leva la tête vers lui et émit une légère plainte.

— Tu veux aller te promener, ma belle ? Allez viens… On dirait que ta baby-sitter a démissionné.

La neige était déjà épaisse et le vent soufflait fort, mais fort heureusement, la chienne fit ses besoins assez vite. En revenant dans la chaleur de la cuisine, James chassa les flocons qui s'étaient accumulés sur ses épaules. Aussitôt la porte franchie, il vit Aiesha lascivement adossée au comptoir.

— J'espère que tu n'espères pas que je te prépare le dîner, lança-t-elle avec un sourire gourmand et malicieux.

— Je ne voudrais surtout pas que tu te sentes obligée de faire quelque chose pour moi.

Il ouvrit le frigo et trouva tout ce qu'il fallait. Des œufs, des yaourts, du lait, du fromage, des légumes et de la nourriture pour Bonnie dans une boîte hermétique.

— Tu n'as qu'à nourrir la chienne, tant que tu y es, suggéra Aiesha. Et puis, je te laisserai la promener. Je ne vais pas aller me geler les fesses dehors sous prétexte que cette grosse mémère a besoin d'aller faire son pipi toutes les cinq minutes !

— Et comment comptes-tu justifier ton salaire, dans ce cas ? s'enquit-il en refermant le frigo.

— Je suis ouverte à toutes les suggestions, roucoula-t-elle.

James sentit son entrejambe s'enflammer sous son regard de braise, et son esprit fut aussitôt envahi d'images torrides. Il imagina leurs corps luisants de sueur dans la frénésie d'une étreinte haletante. Elle savait parfaitement qu'elle avait cet effet sur lui et elle en jouait. Mais était-ce un jeu de sa part, ou bien une manœuvre afin de se débarrasser de lui ?

Plus il y pensait, plus ce dernier scénario lui semblait probable. Elle cherchait à fuir la presse en venant à Lochbannon et son arrivée impromptue contrariait ses plans. Lui-même était harcelé par la presse, à cause des tristes exploits de son père, mais également parce qu'il était considéré, à tort ou à raison, comme l'un des célibataires les plus en vue d'Angleterre. L'annonce de ses fiançailles allait braquer tous les projecteurs sur lui, alors même qu'Aiesha cherchait à rester dans l'ombre.

— Tu ne penses tout de même pas que je vais me laisser piéger par tes pauvres tactiques de séduction ?

Elle le détailla des pieds à la tête, puis elle prit son téléphone d'une main et se mit à tapoter sur l'écran.

— Tu devrais passer un coup de fil à ta future fiancée et la mettre ou courant de l'endroit où tu te trouves. Dis-lui surtout avec qui tu es avant qu'elle l'apprenne par quelqu'un d'autre.

James fut parcouru par un frisson de pure panique et dans la seconde qui suivit, son téléphone sonna. Il prit l'appareil et écarquilla les yeux en voyant le nom de Phoebe s'afficher.

— Salut, Phoebe, j'allais justement te...

— Espèce de salaud !

— Ce n'est pas du tout ce que tu crois, balbutia-t-il maladroitement. Aiesha est comme... ma... demi-sœur. Ma mère devait être ici avec nous, mais elle a...

— Oh par pitié, ne me prends pas pour une idiote ! Les réseaux sociaux ne parlent que de ton aventure avec cette... chanteuse de Las Vegas, cracha-t-elle finalement avec dégoût.

James cilla, le cœur figé dans sa poitrine. Une goutte de sueur perla à sa tempe. Il songea au projet Sherwood, à toutes les négociations qu'il avait dû mener, à tout le travail accompli. Les heures, les semaines, les mois passés sur ce dossier... tout partirait en fumée si le très conservateur Howard Sherwood entendait parler de cette affaire.

— Ecoute, je peux tout t'expliquer...

— C'est terminé. Et de toute façon je n'aurais jamais dit oui si tu avais eu l'audace de me demander ma main. Papa avait raison, tu es aussi pourri que le reste de ton arbre généalogique ! Tu ne vaux pas mieux que ton père et je refuse que mon nom soit associé au tien et traîné dans la boue. Adieu...

James serra le téléphone si fort qu'il s'attendit à ce que l'écran se brise. Il pivota lentement vers Aiesha qui souriait d'un air ravi. Il dut ciller à plusieurs reprises pour dissiper le brouillard de rage qui obscurcissait sa vue.

— Espèce de sale petite garce ! A quoi joues-tu au juste ?

— Est-ce que c'est une façon de parler à sa nouvelle maîtresse ?

— Personne n'y croira, affirma-t-il en serrant les mâchoires.

Du moins, j'espère.

Aiesha consulta son téléphone, passant en revue ce qui se disait sur les réseaux sociaux.

— « Il était temps. J'ai toujours su que J.C. avait un faible pour toi », récita-t-elle. Tu sais combien de fois le message a été retweeté ?

James passa une main tremblante dans ses cheveux. Comment allait-il se sortir de ce cauchemar ? Tout Londres… toute la planète allait rire de lui en apprenant qu'il avait pris comme maîtresse une chanteuse de cabaret briseuse de ménages. Tel père, tel fils, il n'allait pas y échapper.

Une minute…

Il y avait peut-être un moyen de tirer avantage de cette situation désastreuse. Sa réputation serait ternie si Aiesha n'était que sa maîtresse, mais si leur relation devenait plus sérieuse ?

Ah ah !

James saisit de nouveau son téléphone et tapota avec empressement. Oui, ça pouvait marcher !

— Qu'est-ce que tu fais ? demanda Aiesha. Tu ne peux plus faire grand-chose pour étouffer l'affaire, la nouvelle se répand comme une traînée de poudre…

— Je ne cherche pas à l'étouffer, expliqua-t-il avec un sourire revanchard. Félicitations, Aiesha ! Te voilà fiancée !

3

Fiancée.

Elle dissimula sa surprise face à la violence de cette contre-attaque en souriant.

— Est-ce que j'aurai aussi un gros diamant ?

Le sourire de James s'évanouit.

— Tu es la dernière personne sur Terre à qui je voudrais être fiancé, répliqua-t-il avec dégoût, et tu le sais parfaitement. C'est toi qui as provoqué cette situation, tu vas maintenant en assumer les conséquences. Nous resterons fiancés jusqu'à ce que la presse passe à autre chose. Il y en a pour trois semaines, un mois tout au plus.

Aiesha croisa les bras en un geste qui fit saillir sa poitrine. Elle savoura le spectacle de la lutte que menait James pour continuer à la regarder dans les yeux. Elle savait que derrière ses dehors austères se cachait un mâle au sang chaud.

— Et combien vas-tu me payer pour cette petite comédie ? Tu sais maintenant que je ne suis pas le genre de fille à travailler pour rien, même si c'est pour la… famille…

— Tu n'as donc vraiment honte de rien ?

Elle ne put retenir son hilarité face à la posture de maître d'école de James. Elle adorait le faire tourner en bourrique. C'était si agréable de le faire sortir de ses gonds, lui qui était toujours si sérieux, presque austère.

Il avait le rouge aux joues et sa paupière était agitée d'un léger tremblement nerveux.

Oui, il était vraiment furieux contre elle, mais il ressentait également autre chose pour elle, quelque chose de plus… viscéral. Et ce désir qu'elle percevait chez lui trouvait un écho dans son propre corps. Elle sentit chaque parcelle de sa peau s'éveiller en contemplant les mains puissantes de James et en les imaginant courir sur son corps. Elle s'était toujours demandé quelles sensations lui procurerait un baiser de lui. Sentir leurs lèvres s'unir, sa langue fouiller sa bouche dans une danse fiévreuse…

Elle réprima un frisson. Il n'était pas dans ses intentions de laisser la passion prendre possession d'elle. Contrairement à la plupart des femmes, elle avait toujours soigneusement séparé sexe et sentiments.

Cependant, elle sentait qu'il était dangereux de s'offrir à James Challender. Avec lui, elle craignait que les choses aillent plus loin et que son armure se fissure. Jusqu'ici, personne n'avait pu la toucher au cœur et elle ne voulait pas que cela change.

— Depuis combien de temps es-tu en contact avec ma mère ?

Aiesha soutint son regard accusateur.

— Elle m'a téléphoné l'année qui a suivi son divorce avec ton père.

— Depuis si longtemps ?

— Oui, mais de façon épisodique.

— Mais… mais pourquoi ?

Aiesha avait été surprise que Louise l'appelle, huit ans auparavant. Avec le recul, elle comprenait aujourd'hui qu'elle s'était simplement tournée vers la seule personne qui lui ait jamais témoigné une affection réelle et sincère.

Louise Challender avait toujours voulu avoir une fille. Elle faisait partie de ces femmes qui étaient faites pour vivre entourées d'une famille nombreuse, mais elle n'avait pas pu avoir d'autre enfant après James. Cela avait fait peser un poids énorme sur son mariage avec Clifford, même si ce dernier n'était absolument pas fait pour être père. C'était un être immature et égoïste, un gamin trop gâté. Aiesha l'avait percé à jour à la seconde où elle l'avait rencontré. Cela s'était produit le jour où Louise l'avait recueillie dans la rue, après que son beau-père l'eut chassée de la maison, la semaine qui avait suivi le décès de sa mère par overdose. Elle avait refusé de prendre la place de sa mère dans le lit conjugal et cela lui avait valu de se retrouver à la rue, non sans que ce beau-père haï ait commis un acte de cruauté gratuite qui continuait de hanter ses cauchemars. Si seulement elle avait eu la présence d'esprit de sortir Archie de la maison avant elle…

Si seulement. Si seulement. Si seulement…

Le voir étrangler son chien bien-aimé sous ses yeux avait tué en elle la dernière étincelle de foi en l'humanité. Archie n'avait émis qu'une petite plainte qu'elle continuait d'entendre chaque nuit.

Aiesha cilla pour chasser cette image atroce. Elle n'était plus une enfant sans défense. Désormais, c'était elle qui menait la danse, et plus jamais elle ne laisserait un homme prendre le contrôle de sa vie !

Clifford portait des vêtements de marque et s'exprimait avec distinction, mais au fond, il n'était pas différent du dealer violent qui lui servait de beau-père. Il lui avait fallu moins de cinq minutes avec lui dans son bureau pour le comprendre et pour mettre au point un plan afin de le confondre. Elle lui avait donné rendez-vous dans un hôtel de Londres afin d'entamer leur liaison, et avait averti la presse. Clifford avait mordu à l'hameçon comme prévu. Son seul regret aujourd'hui était que Louise ait été blessée par cette affaire.

Avec le recul, Aiesha avait compris qu'elle était entrée

chez les Challender pour semer le plus de chaos possible, afin de venger le traitement infligé à Archie par son infâme beau-père. A l'époque, elle n'était qu'une boule de colère et de ressentiment. Comme un animal blessé, elle était prête à mordre la main nourricière.

Elle s'était excusée auprès de Louise depuis cette époque et toutes deux étaient convenues de ne plus en reparler à l'avenir. Et si Louise lui en voulait encore, elle n'en laissait rien paraître. Pour tout dire, elle semblait plus heureuse aujourd'hui, libérée des chaînes d'un mariage qui battait de l'aile depuis de nombreuses années.

Quant à James, c'était une autre affaire...

Il ne lui avait jamais pardonné ce qu'elle avait fait subir à sa famille. Ivre de vengeance, Aiesha avait ensuite monnayé son histoire auprès de la presse. Tout bien considéré, Clifford n'avait commis aucun crime, il avait juste accepté de la rencontrer en secret. Mais la presse avait monté cette histoire en épingle. Aiesha n'avait pas fait cela pour l'argent — même si à l'époque cela lui avait permis de s'émanciper — mais pour montrer au monde que même si elle n'était pas née du bon côté de la barrière, personne ne pouvait la faire taire.

Le scandale Challender avait eu un impact catastrophique sur l'entreprise d'architecture familiale. A l'époque, elle n'en avait pas pris la mesure et elle s'en moquait. Mais cela avait eu des conséquences pour James. Lui aussi avait perdu des clients potentiels et il avait mis des années à redresser la barre.

Pas étonnant qu'il la déteste et qu'il ne parvienne pas à imaginer ce qui avait pu pousser Louise à garder le contact avec elle... et même à l'inviter chez elle !

Elle-même avait du mal à le comprendre.

— Ta mère ne m'en veut pas, elle. Contrairement à certains, elle a décidé de laisser le passé derrière elle.

James semblait sur le point de laisser éclater sa colère.

— Ma mère est stupide de t'accorder sa confiance. Tu n'as pas changé d'un iota. Tu es toujours une croqueuse de diamants à la langue bien pendue. La preuve, tu me réclames de l'argent pour jouer le rôle de ma fiancée.

Aiesha releva la tête dans une posture de défi.

— C'est à prendre ou à laisser, James. C'est ta réputation qui est en jeu, pas la mienne. Je n'ai rien à perdre.

Il serra les poings et Aiesha se félicita d'être capable de lui faire perdre ainsi son légendaire sang-froid. Elle fut tentée de le pousser dans ses derniers retranchements, jusqu'à ce qu'il bascule dans le péché avec elle. Elle voulait lui prouver que malgré sa fortune, il n'était pas différent des autres hommes qui avaient traversé sa vie.

— Combien ? demanda-t-il en la transperçant de son regard d'acier.

Aiesha se perdit dans ses pensées, imaginant une petite chaumière à la campagne. Elle qui n'avait jamais connu que des appartements sordides et exigus, elle avait toujours rêvé de vivre au milieu de la forêt dans le calme et la sérénité.

La solitude. La sécurité…

Elle annonça à James un chiffre qui le fit bondir.

— Quoi ? s'étrangla-t-il.

— Tu m'as bien entendue.

— Je suppose que tu plaisantes ?

— Non.

James partit d'un rire qui sonnait faux.

— Mais c'est de l'extorsion ! Je n'arrive pas à croire que nous ayons cette conversation…

— Je vais te pincer, tu vas voir que tu ne rêves pas.

— Ne me touche pas ! s'exclama-t-il en faisant un pas en arrière, les mains tendues devant lui comme un bouclier.

Aiesha sourit et s'avança délibérément vers lui. C'était tellement grisant de disposer d'un tel pouvoir sur un homme. Son sang devait pulser dans ses veines. Avait-il une érection ? Etait-il déjà consumé par ce désir violent de lui faire l'amour ? Et pourquoi ne céderait-elle pas à l'envie de le posséder, elle aussi ? Après tout, James était l'objet de ses fantasmes depuis de nombreuses années !

Elle avait l'occasion de réaliser son rêve.

Elle vint jouer avec le bout de sa cravate et sentit son parfum. Un mélange d'agrumes et d'autre chose, une fragrance envoûtante indéfinissable.

— Tu as peur de moi, beau gosse ? Tu as peur de ne pas me résister ?

Elle vit les muscles de sa mâchoire rouler sous sa peau tandis qu'il se perdait dans la contemplation de ses lèvres.

— Je suis capable de te résister, affirma-t-il d'une voix rocailleuse.

Elle le dévora du regard, et brusquement, elle sentit qu'il ne jouait plus.

Un combat venait de s'engager, leurs volontés s'affrontaient. Et chaque fois qu'il posait son regard fiévreux sur sa bouche, elle sentait le désir croître dans son ventre. Elle passa la langue sur ses lèvres, comme pour faire baisser la température entre eux, et se surprit à avancer vers lui, de quelques millimètres, enivrée par son odeur. Son souffle se fit court, haché, lorsqu'elle se hissa sur la pointe des pieds, les yeux fermés. Elle attendit… ce moment d'extase… cette caresse sur sa bouche…

Elle ouvrit brusquement les yeux en l'entendant reculer. Son visage était fermé, austère.

— Je ferai un virement sur ton compte en banque dès que le contrat aura été rédigé.

— Et quels en seront les termes ? demanda-t-elle malgré le vertige qui l'avait saisie.

— Si tu parles de quoi que ce soit à la presse, tu

devras me rembourser l'intégralité de la somme, plus vingt pour cent d'intérêts.

— Vingt pour cent, ça me semble un peu exagéré. Va pour dix.

— Quinze.

— Cinq, ou j'informe la presse sur-le-champ que nous avons actuellement tous les deux une aventure sans lendemain.

Il hocha brièvement la tête. Difficile de dire s'il était satisfait de l'accord ou s'il ne pouvait plus se passer d'elle.

— Je vais dans la bibliothèque. Je travaillerai toute la soirée.

— Pauvre petit James qui va travailler et qui ne sait même pas s'amuser ! gémit Aiesha avec une moue voluptueuse.

— Je sais m'amuser, je choisis simplement mes partenaires avec plus de soin que certains.

Il pensait être tiré d'affaire, le naïf, mais elle lui réservait encore quelques tours à sa façon pour l'attirer dans ses griffes. Il lui céderait avant la fin de la semaine.

— Je suis certaine que Phoebe refuse de faire des galipettes dans la cuisine ou à la belle étoile. Elle doit être du genre à la jouer missionnaire la lumière éteinte, non ?

— Epargne-moi les détails sordides de tes pratiques sexuelles, je ne suis pas intéressé.

— Bien sûr que si, tu l'es, murmura-t-elle, je parie même que tu te demandes ce que ça ferait de me faire l'amour ici, tout de suite, sur ce tapis.

Aiesha était prise à son propre piège, soudain très excitée en imaginant la situation qu'elle venait d'évoquer. Plus il lui résistait, plus elle sentait la passion monter en elle, couplée à une détermination farouche.

Il *devait* succomber à ses charmes.

— Tes techniques marchent peut-être à Vegas, mais

moi, ça me laisse froid, répliqua-t-il en tournant les talons. J'ai mieux à faire.

Elle le regarda s'éloigner d'un pas raide, les poings serrés, et sourit pour elle-même.

Oh oui, je vais gagner cette bataille.

4

James avait les yeux rivés sur son écran, mais il avait beau se concentrer sur les plans du bâtiment Sherwood, il ne parvenait pas à penser à autre chose qu'au corps nu d'Aiesha allongé sur le tapis persan, ses cheveux étalés, ses seins tressautant à chaque coup de reins, son échine cambrée au moment suprême…

Il se morigéna mentalement et se força à ne penser qu'au projet. En vain…

Gêné par la raideur de son sexe dans son pantalon, il se leva du bureau, vint se planter face à la fenêtre et s'abîma dans la contemplation du paysage laiteux. Son havre de paix des Highlands s'était transformé en prison. Il était enfermé avec une mangeuse d'hommes déterminée à le croquer. Comment allait-il parvenir à lui résister ? Aiesha était la tentation faite femme et il était déjà ivre de ses charmes. Son odeur obsédante était partout dans la maison, elle le suivait comme un spectre. Et puis, elle avait ce regard plein de promesses que ne démentaient ni sa bouche pulpeuse ni son déhanché suggestif.

Tout en elle l'attirait : sa liberté d'esprit, ses moues boudeuses, la façon qu'elle avait de ramener ses cheveux en arrière. Une force implacable le poussait vers elle et lui donnait la sensation d'être à l'étroit dans ses vêtements.

Il marmonna un juron et se détourna de la fenêtre. Il était minuit passé et il n'avait rien avalé. Il aurait tué pour un verre de vin rouge, mais dans son état, l'alcool n'était sans doute pas très indiqué. Il devait à tout prix éviter de tomber dans la toile de la vénéneuse Aiesha. Elle collectionnait les hommes comme des trophées, et plus ils étaient riches, mieux c'était. James serait la pièce maîtresse de sa collection et elle le désirait de longue date. Si elle parvenait à avoir et le père et le fils sur sa liste, son tableau de chasse serait complet. Puis elle le jetterait sans remords pour passer au suivant.

Il lui restait à espérer que la presse se lasse rapidement de leur histoire et s'intéresse à un autre couple. La présence des médias l'horripilait, lui rappelant l'époque honnie durant laquelle Aiesha avait monnayé son histoire avec son père. Les caméras avaient campé devant la demeure londonienne de ses parents pendant toute une semaine. Il ne vivait pas avec eux à cette époque, mais sa propre résidence avait été également assiégée. Chaque matin, une forêt de micros se dressait sur son passage et on lui demandait de réagir sur le comportement de son père. Cela avait atteint de telles proportions que l'un de ses clients avait préféré se tourner vers la concurrence.

Il avait mis du temps à reconstruire un lien de confiance avec ses clients et voilà qu'Aiesha menaçait de ruiner ses efforts.

Il sortit promener Bonnie avant de faire le tour de la maison pour éteindre les lumières. Arrivé devant le salon, il trouva la porte entrouverte. La table basse était couverte de miettes. Il y avait un verre vide, un pot de yaourt entamé et une petite cuillère poisseuse. Aiesha tout craché ! Elle avait investi l'endroit comme si elle était chez elle. Ce n'était pas un hôtel, bon sang ! Pour qui se prenait-elle ?

Son regard fut attiré vers le canapé, où il découvrit… la Belle au bois dormant.

Son visage était tourné vers le feu dans la cheminée dont ne subsistaient que des cendres rougeoyantes, et elle dormait recroquevillée, comme un bébé. Ses cheveux tombaient librement sur son visage et ses épaules. Comme elle semblait vulnérable et innocente dans le sommeil ! Elle faisait beaucoup moins que ses vingt-cinq ans.

Leur différence d'âge de huit ans lui sembla soudain comme un gouffre infranchissable.

Devait-il la réveiller ?

Non !

Il ne pouvait pas raviver le feu, cela ferait trop de bruit. Mais l'air commençait à se rafraîchir. Il avisa alors une couverture en mohair sur le dos d'une chaise. Devait-il la couvrir ?

Il demeura immobile durant quelques instants et la regarda dormir sans trop savoir que faire. Elle avait un sommeil légèrement agité, et ses jolies paupières se plissaient parfois, comme si de mauvais rêves venaient la hanter.

Il attendit encore une minute avant de s'avancer à pas de loup sur le tapis.

Il levait les yeux au ciel face au ridicule de la situation en posant la couverture sur son dos... lorsqu'elle bondit du canapé pour le frapper violemment au visage ! Le coup l'atteignit près du nez et une galaxie d'étoiles tourbillonnantes vint envahir son champ de vision.

James jura, tituba, et porta les mains à son nez pour empêcher le sang de couler sur le tapis. La douleur irradia dans tout son visage, avant de se propager à son crâne puis à son ventre.

Aiesha recula, saisie de stupeur, en masquant son visage derrière ses mains, les yeux écarquillés par l'horreur.

— Oh, mon Dieu ! Je t'ai fait mal ?

— Non, répondit-il, une main sur le nez tandis qu'il cherchait un mouchoir de l'autre, j'ai souvent des saignements de nez spontanés !

— Je... je suis désolée, je ne savais pas que c'était toi.

Il leva les yeux vers elle derrière le mouchoir taché de sang.

— Et qui croyais-tu que c'était, bon sang ?

C'était elle l'intruse ici, pas lui !

Elle se mordit la lèvre inférieure et se dirigea vers la porte.

— Je… je vais te chercher de la glace…

Aiesha porta la main à son cœur tandis qu'elle se dirigeait d'un pas rapide vers la cuisine. Elle avait réagi instinctivement en voyant une forme sombre se pencher sur elle, avant d'avoir eu le temps de comprendre qu'il ne s'agissait pas d'une menace. Depuis toute petite, elle avait appris à se protéger de cette façon, pour éviter les attentions un peu trop pressantes de certains des hommes que sa mère avait fréquentés. C'était pour cette raison qu'elle ne passait jamais une nuit entière avec un homme. Cela lui évitait d'avoir à expliquer l'origine de ses cauchemars.

Comment parler de ce genre de chose à un amant ?

A en juger par la douleur lancinante dans ses phalanges, James allait avoir un sacré mal de tête demain matin…

Elle revint dans le salon avec une poche de glace, toujours sous le coup de ce qui venait de se passer.

James était assis sur le canapé, la tête en arrière. Il ouvrit les yeux en la voyant arriver.

— Tu as une sacrée droite, dis donc !

Aiesha lui tendit la poche en évitant son regard.

— J'ai pris des cours de boxe il y a quelques années, c'est bon pour le corps. Tu devrais essayer.

— L'idée de frapper un adversaire jusqu'à ce qu'il s'écroule ne me séduit qu'à moitié, répondit-il en posant la poche de glace sur son visage.

— Tu as très mal ? s'enquit-elle avec inquiétude.

— C'était ton intention, non ?

Aiesha alla remuer les braises dans l'âtre pour se donner une contenance, tout en sentant le regard de James peser sur elle. Il s'était approché d'elle alors qu'elle était endormie, vulnérable. Avait-elle parlé dans son sommeil ? Avait-elle révélé quoi que ce soit de son passé ? Elle rentra dans sa coquille comme elle avait appris à le faire. *Ne montre pas tes émotions, ne montre pas ta peur.*

— Je n'aime pas qu'on me prenne par surprise.

— J'essayais de t'offrir un peu de confort, tu t'étais endormie devant un feu éteint. Je m'inquiétais pour toi. J'avais peur que tu prennes froid.

Il s'inquiétait pour elle ? Ah ! Personne ne s'était jamais soucié de son bien-être. Elle était invisible aux yeux du monde. Toute sa vie, elle avait été à la marge. Pas assez polie, pas assez éduquée…

L'idée même qu'il puisse vouloir prendre soin d'elle lui semblait incongrue. Personne n'avait jamais veillé sur elle, à moins d'espérer quelque chose en retour.

— Pourquoi ne m'as-tu pas réveillée ? Pourquoi t'es-tu glissé comme ça près de moi pour me faire peur ? Je suis heureuse de t'avoir frappé. J'aurais même dû y aller plus fort !

Il la rejoignit près de la cheminée.

— Tu veux me frapper encore ? Vas-y, serre les poings et donne-moi tout ce que tu as !

Elle lui jeta un regard glacial.

— Arrête de te moquer de moi !

— Je ne plaisante pas, si ça peut te libérer… Tu as envie de me faire mal, alors vas-y. Je peux encaisser.

Oui, elle pouvait le frapper, elle pouvait même certainement le mettre au tapis, mais elle n'en avait aucune envie.

Elle s'en voulait terriblement de l'avoir agressé. A dire vrai, elle détestait la violence. Si elle avait pris des cours de boxe à Vegas, c'était uniquement pour se protéger.

Une fois avinés, les hommes qui fréquentaient les bars avaient tendance à se croire tout permis et importunaient les chanteuses. Jusqu'à ce jour, elle n'avait jamais eu à taper sur autre chose qu'un sac d'entraînement, qui lui servait d'exutoire pour toutes les injustices subies par sa mère.

Elle repensa à ce pauvre Archie qui lui avait fait confiance, qui pensait qu'elle le protégerait de son beau-père. Elle avait failli à sa mission. Le gémissement du chien lui revint à la mémoire, suivi du craquement sinistre et fatal. Elle revit son petit corps sans vie…

Ses défenses faiblissaient. James l'avait contemplée dans un moment de vulnérabilité extrême et son mantra personnel lui revint en tête : fuir ou frapper.

Fuir.

Frapper.

Fuir.

Frapper.

Elle prit soudain conscience du silence qui régnait dans la pièce, seulement rompu par la course lente et régulière de l'horloge qui trônait sur la cheminée. Elle avait la gorge sèche et l'œil humide de larmes retenues.

Non, elle ne devait pas pleurer.

— Je pourrais vraiment te faire mal si je voulais, affirma-t-elle.

— Je n'en doute pas une seconde.

Etait-il sérieux, ou était-il en train de se payer sa tête pour voir comment elle réagirait ? Elle dressa le poing, mais il ne bougea pas d'un millimètre. Sa main approcha de la joue de James, dans un silence de mort.

Il posa sa main sur la sienne et la serra doucement.

— C'est tout ce dont tu es capable ? murmura-t-il.

— Je ne voudrais pas abîmer ton beau petit minois.

— Tu as peur, affirma-t-il en plongeant dans son regard avec la puissance d'un laser.

— Lâche-moi, James…

— Tu dois d'abord te faire pardonner.

— Me faire pardonner ?

Il lui passa une main dans les cheveux, tout en promenant son regard sur sa bouche.

— Tu m'as frappé, j'ai le droit de t'embrasser, ça me semble équitable.

Elle fit une grimace peu convaincante d'indifférence teintée de dégoût.

— Est-ce que c'est une sorte de punition ?

— Essayons, nous verrons bien, dit-il avant de poser les lèvres sur les siennes.

Le baiser fut lent, intense, envoûtant, et Aiesha se sentit aussitôt portée par une vague de désir ardent. Elle posa une main sur sa nuque et lui rendit avec passion son baiser.

Leurs langues se nouèrent dans un ballet d'une sensualité absolue. James avait une saveur parfaite, agréable, enivrante.

Elle agrippa les cheveux de James pour résister à l'ivresse qui l'envahissait, tandis que ses jambes tremblaient. Il l'embrassait avec force et douceur mêlées, et sa bouche s'ouvrait en retour comme une fleur sous les rayons brûlants du soleil. Elle avait déjà embrassé des hommes, mais elle n'avait jamais rien vécu de comparable à cette étreinte.

James se lova contre elle afin qu'elle n'ignore rien du désir qui l'habitait, et Aiesha sentit son corps réagir en réponse à son excitation.

Il avait le souffle court, comme s'il peinait à se contrôler. Il avait posé les mains sur ses hanches et semblait hésiter à les déplacer, de peur de céder à l'appel de ses sens…

Elle émit un gémissement félin lorsqu'il lui mordit la lèvre inférieure. Elle avait tellement envie de lui que c'en devenait presque douloureux. Avait-elle jamais désiré un homme à ce point ? Il était l'homme de ses rêves : dès l'instant où son regard s'était posé sur lui, elle avait su que c'était lui qu'elle voulait. Ce jour-là, il avait gardé ses distances, afin de lui faire clairement comprendre qu'il ne se laisserait pas séduire par une adolescente. Il s'était montré poli, mais ferme. Et elle lui en avait voulu.

Et que ressentait-elle désormais pour lui, à part un besoin ardent de lui arracher ses vêtements ? Il représentait tout ce dont elle avait été privée dans son enfance, sans doute était-ce là la vraie source de son désir. Ses doigts dénouèrent habilement la ceinture de son pantalon, mais il arrêta son geste.

— Non.

Non ?

Aucun homme ne lui avait jamais dit non. C'était toujours elle qui avait repoussé leurs avances… Cette inversion du rapport de force la prit par surprise. C'était *elle* qui décidait de ce genre de chose.

— Tu as envie de moi, répliqua-t-elle d'un ton neutre.

Il libéra sa main et fit un pas en arrière.

— Ça ne nous mènera nulle part, tu le sais comme moi, soupira-t-il en ramenant ses cheveux en arrière.

Aiesha dissimula sa déception derrière une arrogance de façade.

— Je ne suis pas assez bien pour toi, c'est ça ?

— Je pense que notre relation devrait rester platonique, c'est… plus prudent.

— Donc nous voilà amis, maintenant ? s'enquit-elle en fronçant les sourcils.

James prit le temps de réfléchir avant de répondre en la regardant droit dans les yeux.

— Je pense que ta pire ennemie, c'est toi-même, Aiesha.

Il lui adressa un petit signe de tête, puis quitta la pièce avant qu'elle ait eu le temps de répondre.

5

James referma la porte de sa chambre en réprimant un juron.

Tu as perdu l'esprit ? Comment peux-tu la toucher, l'embrasser, la désirer ? Il n'aurait jamais dû l'embrasser, il avait franchi une limite qu'il s'était pourtant fixée dix ans auparavant.

Aiesha était une fille intelligente, et même si, l'espace d'un instant, il avait cru la voir abaisser ses défenses et montrer une certaine fragilité, elle savait très exactement ce qu'elle faisait. Elle savait comment manipuler les hommes. C'était une fille de la rue, dure, déterminée, et le coup de poing qu'elle lui avait assené en était la preuve.

Il examina son nez dans la salle de bains. Il n'y avait rien de cassé, mais il aurait un joli coquard, c'était certain. Tout ça parce qu'il avait voulu se montrer prévenant…

Il n'avait tout de même pas rêvé, elle était bien endormie lorsqu'il s'était approché. Son souffle régulier le prouvait. Pourquoi avait-elle réagi de manière aussi extrême ?

Il repensa au passé d'Aiesha. Elle s'était toujours montrée évasive au sujet de sa famille. James savait seulement qu'elle avait fui son foyer. Pour autant qu'il le savait, elle n'avait jamais été victime de l'alcool ou de la drogue, et elle n'avait qu'un petit tatouage sur le poignet, représentant le prénom Archie entouré de roses et surmonté d'un cœur. Il ignorait qui était cet Archie.

Oui, il avait eu tort de l'embrasser. Il avait commis

une énorme erreur. Il s'en était rendu compte sur l'instant mais il avait été incapable de résister. Dès que leurs peaux s'étaient touchées, le baiser était devenu inévitable. Il l'avait fait pour assouvir un désir violent, mais aussi pour se prouver à lui-même qu'il pouvait l'embrasser sans perdre totalement la tête.

Il avait rêvé de ce baiser pendant des années et la réalité s'était révélée plus enivrante encore que ses fantasmes. Leur étreinte avait été si passionnée, si parfaite, qu'il avait dû se forcer à ne pas glisser les mains sous ses vêtements, jusqu'au cœur de son intimité, et…

James n'était pas homme à obéir à ses pulsions. Il n'aimait pas les aventures d'un soir. Il avait des besoins, qu'il assouvissait de façon raisonnée et responsable. Sa vie tout entière était cloisonnée, planifiée, organisée, afin d'éviter toute surprise désagréable. Il avait vu trop d'hommes dans son entourage — sans parler de son père — dont l'univers s'était effondré à cause de leur comportement excessif.

La double vie que menait son père avait été percée à jour lorsqu'il était adolescent, brisant l'image de famille joyeuse et unie qu'il avait toujours eue des siens. Au fond de lui-même, il se doutait que ses parents n'étaient pas si heureux qu'ils le laissaient paraître, mais sans envisager à quel point leur couple battait de l'aile. L'affaire avait éclaté lorsque l'un de ses camarades de classe avait vu son père sortir d'un hôtel en galante compagnie. Sa mère avait bravement tenté de maintenir leur union sur des rails pendant quelques années après que Clifford eut promis de faire amende honorable, mais bien entendu, il avait renoué avec ses mauvaises habitudes, quoique de façon plus discrète.

James s'était juré de ne jamais devenir comme son père, à vivre une vie de mensonges et de compromissions.

Et voilà qu'Aiesha revenait dans sa vie, faisant vaciller

ce bel édifice... Il ouvrit les rideaux et regarda les flocons chuter mollement derrière la fenêtre.

Quelle poisse !

Le lendemain matin, Aiesha attendit que James ait quitté la maison pour descendre. Elle le vit s'éloigner en compagnie de Bonnie, le téléphone à l'oreille, et se diriger vers la rivière en courbant l'échine pour résister au vent. Il s'était retourné plusieurs fois en direction de la maison, mais Aiesha avait pris soin de rester à l'abri des regards. Même à cette distance, elle pouvait discerner le bleu qu'il avait à l'œil. Se demandait-il encore pourquoi elle l'avait frappé de cette façon ?

Pourquoi se souciait-elle de ce qu'il pouvait penser ? A ses yeux, elle était une âme perdue, une fille de mauvaise vie.

La pièce qu'elle préférait à Lochbannon était la salle de bal. Elle jouxtait le salon et donnait sur les jardins. Les fenêtres y étaient voilées de grands rideaux de soie aux motifs complexes qui tombaient comme des robes de danseuses, sur un parquet parfaitement ciré. Un immense plafonnier en cristal était suspendu au centre de la pièce et les luminaires disposés aux murs nimbaient l'endroit d'une lumière très raffinée. Il y avait là un piano de concert récemment accordé. Aiesha suspectait Louise de l'avoir fait accorder à sa seule intention.

Louise était une violoniste de talent qui avait abandonné ses rêves de devenir musicienne lorsqu'elle avait épousé Clifford. Celui-ci avait besoin d'être l'unique centre d'attention et voulait que Louise soit dans son ombre, à le soutenir, à recevoir ses invités et à faire oublier ses escapades extra-conjugales, tout en éduquant leur fils selon leur rang social.

Aiesha repensa à la vie abominable qu'avait eue sa

propre mère. Cela avait commencé avec son père. Du jour où elle était tombée enceinte, elle s'était pliée au moindre de ses caprices, mais pour autant, rien de ce qu'elle faisait n'était jamais assez bien pour lui. Il trouvait toujours à redire sur le ménage, sur sa cuisine, ou sur la façon qu'elle avait de le regarder. Elle n'avait aucun moyen de savoir ce qui était bien ou mal à ses yeux et elle en était venue à perdre toute estime de soi, à mesure que son corps se couvrait d'ecchymoses.

Et même lorsque son père avait été mis derrière les barreaux pour vol à main armée, sa mère avait plongé dans une nouvelle relation destructrice qui obéissait au même schéma. Et cela s'était produit encore et encore. Chaque fois qu'elle trouvait le courage de fuir les maltraitances, elle basculait dans le même cauchemar avec un autre homme. C'était la drogue qui avait cet effet sur son psychisme. Alcool, héroïne, cocaïne, tout était bon pour fuir la réalité, jusqu'au jour où cette existence tragique avait finalement eu raison d'elle.

Aiesha s'intéressa au petit meuble qui contenait les partitions. Il y avait là tous les classiques et une sélection d'œuvres plus modernes. Elle songea au talent gâché de Louise, à toutes ses heures d'entraînement et de sacrifices, jetés aux orties au bénéfice d'un homme indigne de toute estime.

Le jour où Aiesha avait franchi le seuil de la demeure des Challender, elle s'était consumée de jalousie pour l'enfance qu'avait eue James. Que n'aurait-elle donné pour vivre dans un tel luxe, un tel confort, pour avoir une nuit de sommeil paisible, loin des cris et des bris de vaisselle ! Contrairement à elle, James avait mangé à sa faim, il avait toujours eu un toit au-dessus de la tête. Il avait bénéficié de la meilleure éducation et il avait passé ses vacances dans des endroits de rêve, à l'autre bout du monde.

Pour autant, n'avait-il pas ses propres blessures ? Rien de comparable avec ce qu'elle avait vécu, sans doute, mais il devait lui aussi avoir quelques cicatrices.

Quelle enfance pouvait-on avoir en grandissant dans l'ombre d'un homme aussi égoïste que Clifford Challender ? Comment avoir confiance en l'avenir en subissant la honte de ses infidélités constantes envers sa femme ?

Les semaines qui avaient suivi le scandale provoqué par Aiesha, Louise et James avaient beaucoup souffert. James avait été pourchassé par les journalistes et son entreprise en avait pâti. Etait-ce pour ne pas ressembler à son père que James était devenu un drogué du travail, rigoureux à l'extrême et incapable de la moindre fantaisie ? James ne souriait pas, il plissait les joues. Il travaillait plutôt que de s'amuser. Etait-ce pour cela qu'il avait voulu épouser une femme aussi prévisible et ennuyeuse ? Phoebe était sûrement une personne charmante, mais ce n'était pas celle qu'il lui fallait. Il avait besoin d'une femme qui lui tienne tête et qui le pousse en dehors de sa zone de confort, quelqu'un qui soit capable de libérer la passion qui sommeillait en lui.

Quelqu'un comme elle…

Aiesha tira le petit tabouret près du piano et s'assit en soupirant. Elle n'était pas le genre de James, elle ne rentrait pas dans une case.

Elle venait du mauvais côté de la ville.

Elle était même née du mauvais côté de la vie.

Les hommes tels que James Challender n'épousaient pas une chanteuse de cabaret de Vegas dont le père était en prison.

Les hommes comme lui jetaient leur dévolu sur des femmes lisses et sophistiquées au pedigree irréprochable sur plusieurs générations, des aristocrates qui savaient quel couvert utiliser avec le poisson et avec la salade.

Elle posa un doigt sur une touche, puis assouplit ses mains par quelques mouvements. Ses articulations meurtries par le coup de poing protestèrent un peu, mais elle les ignora. Elle avait appris à vivre avec la douleur physique, quelle qu'elle soit.

La douleur morale était plus difficile à supporter.

— Tu as perdu la tête ? s'écria Clifford Challender dans le haut-parleur du portable de James. Cette petite traînée va ruiner ta réputation !

James se retint de lui dire toute la vérité au sujet de leur mise en scène. Son père n'était pas très discret et la nouvelle de leur petite comédie serait sur tous les réseaux sociaux dès que Clifford aurait avalé sa première vodka de la journée. Et à en juger la diction approximative de ce dernier, il avait sans doute déjà entamé les hostilités. Or il n'était que 10 heures…

— Je ne me mêle pas de tes affaires et j'apprécierais que tu fasses de même.

— Tout ça, c'est la faute de ta mère, avec sa manie de recueillir tous les chiens errants ! Cette fille va encore semer le chaos dans notre famille.

James fut soudain très heureux que son père soit à des milliers de kilomètres de là, cela lui épargnait la tentation de lui pocher l'œil comme Aiesha l'avait fait avec lui. Il détestait cette habitude qu'il avait de saisir le moindre prétexte pour traîner sa mère dans la boue depuis leur divorce. C'était sa façon à lui de se dédouaner de toute responsabilité. De son point de vue, sa mère était responsable de l'explosion de leur famille, pour avoir fait *toute une histoire* de ses petites aventures.

Même si James en voulait à Aiesha d'avoir provoqué ce séisme, il était secrètement heureux que cela ait abouti à un divorce qui aurait dû avoir lieu des années auparavant.

— Je t'ai déjà dit de ne pas parler de maman de cette façon.

— Quoi, tu penses que ce n'est pas elle qui a tout planifié ?

— Non.

Oui, non, peut-être. Je n'en sais rien.

Il n'avait pas dit à sa mère qu'il venait à Lochbannon, il ne lui avait même rien dit de son intention de demander Phoebe en mariage. Etait-ce une simple coïncidence ?

— Maman a dû quitter le pays précipitamment. Je ne lui ai pas parlé depuis un bref échange de SMS.

Clifford émit un bruit de gorge méprisant.

— Je ne vous donne pas un mois, à toi et à ta princesse de la rue ! Tu n'as pas les moyens de dompter ce genre de pouliche, fils. Continue de sortir avec de gentilles filles, laisse-moi les pur-sang…

James éloigna le téléphone de son oreille. En comparaison d'Aiesha, les *gentilles filles* semblaient bien fades, mais l'idée même que son père puisse poser la main sur Aiesha lui faisait bouillir le sang.

De retour de sa promenade, James entendit des notes de piano lui parvenir depuis la salle de bal. Cette musique ne ressemblait à aucune autre. Elle était mélancolique, étrangement hypnotique. C'était un morceau puissamment émouvant qui le touchait au cœur. Debout sur le pas de la porte, il regarda les mains d'Aiesha courir sur le clavier. Elle portait un sweat-shirt rose dont la capuche était ornée d'oreilles d'ourson. Comme elle semblait inoffensive, ainsi vêtue ! Cela révélait une facette d'elle plus farceuse et joueuse, comme si elle se moquait de ce que les gens pouvaient penser de son accoutrement, tant qu'elle-même se sentait bien. Elle jouait sans partition, le front plissé, entièrement habitée par sa musique.

James fut brusquement ému par cette mélodie à nulle autre pareille. C'était comme si des émotions enfouies depuis des années resurgissaient sans crier gare, et venaient se loger dans sa gorge.

Lorsque la dernière note résonna, Aiesha laissa sa tête retomber en avant, comme si l'effort l'avait épuisée.

James entra dans la pièce et, aussitôt, elle se redressa, comme un pantin dont on aurait tiré les ficelles.

— Tu aurais pu frapper ! lui reprocha-t-elle.

— Je n'avais pas compris que c'était une représentation privée.

Elle se leva et croisa les bras dans son habituelle posture défensive. Puis elle chercha à dissimuler le rose qui lui montait aux joues en se tournant vers la fenêtre. Ses petites oreilles étaient vraiment mignonnes, vues de derrière… et ses fesses aussi.

— La promenade était agréable ?

— Tu m'as vu partir ?

Etait-ce parce qu'elle le savait absent qu'elle s'était ainsi abandonnée au piano ?

— Difficile d'ignorer les jappements de cette chienne.

— Cette chienne a un nom, tu sais ?

— Ton œil est vraiment dans un sale état.

— Heureusement que les photographes ne rôdent pas autour de la maison.

— Les routes sont toujours bloquées ?

— Complètement.

Aiesha ne manifesta pas la moindre émotion à cette nouvelle, mais ses doigts jouèrent nerveusement avec la fermeture Eclair de son sweat-shirt.

James fit le tour du piano et appuya sur deux notes pour briser le silence.

— C'était quoi, ce morceau ?

— En quoi ça t'intéresse ?

— J'ai beaucoup aimé. C'était… émouvant.

Aiesha se déplaça jusqu'au petit meuble contenant les partitions de Louise et laissa ses doigts courir sur le bois. Allait-elle finir par lui répondre ?

— Ça s'appelle *Ode à Archie*, soupira-t-elle après un long silence.

— C'est toi qui l'as composée ?

— Oui, et alors ? Tu crois qu'une simple chanteuse de cabaret en est incapable ?

— C'est le même Archie que celui tatoué sur ton poignet ?

— Oui, répondit-elle en cachant le tatouage de son autre main dans un geste inconscient.

— Qui est-ce ?

— *Etait*, corrigea-t-elle en revenant vers le piano dont elle referma le couvercle, comme on clôt une conversation ou comme on referme un cercueil, il est mort.

— Je suis désolé…

Elle haussa les épaules et James n'aurait su dire si cela signifiait qu'elle était touchée par sa sympathie ou n'en avait que faire.

— Qui était-ce ?

Il croisa son regard. Il était neutre, vide. Elle avait dressé ses murailles autour d'elle.

— C'était un ami. Un ami d'enfance.

— Que lui est-il arrivé ?

— Est-ce que tu joues d'un instrument ? demanda-t-elle à brûle-pourpoint.

James perçut une émotion intense qu'elle cherchait à dissimuler en changeant de sujet. Il était intrigué par cette part d'elle-même qu'elle conservait dans l'ombre, celle qu'il avait fugitivement aperçue lorsqu'elle dormait sur le canapé, ou lorsqu'elle jouait du piano. Elle était donc capable de ressentir des émotions… Personne ne pouvait composer une telle musique sans posséder une sensibilité à fleur de peau.

Malgré son intérêt, il décida de ne pas insister.

— Je crains de ne pas avoir hérité des talents de ma mère. Je pense que cela a été une grande déception pour elle. Elle aurait sans doute aimé que je devienne une sorte de virtuose.

— Ton père a eu tort de la forcer à abandonner sa carrière, dit Aiesha en rabattant sa capuche en arrière.

— Elle t'en a donc parlé ?

Aiesha plissa les lèvres comme si elle regrettait ce qu'elle venait de dire.

— Je ne crois pas qu'elle ait été déçue. Elle est fière de ta carrière, comme n'importe quel parent digne de ce nom devrait l'être. Tu es bon dans ce que tu fais, tu es même excellent. Tout le monde t'envie tes innovations architecturales.

— Un compliment venant de la sévère Aiesha Adams, quel honneur !

— Savoure-le, ça ne se reproduira pas de sitôt.

Elle fit mine de sortir de la pièce, mais il la saisit par le bras, dans un geste qu'il n'avait pas prémédité.

— Si tu n'arrêtes pas tout de suite, ton coquard va bientôt avoir un jumeau.

— Si je n'arrête pas quoi ?

— De me toucher.

— Je croyais que tu aimais ça ? Je croyais que ton plan, c'était de me séduire ?

Elle tenta de dégager son bras, mais il tint bon… et la fièvre commença à envahir son bas-ventre.

— J'ai changé d'avis.

Elle avait changé d'avis ? Après avoir bataillé autant ? Elle avait sans doute compris qu'il avait su la voir au-delà de son masque revêche. Aiesha était décidément une jeune femme fascinante, tout en contradictions et faux-semblants, et cela ne faisait qu'accroître son désir pour elle. Elle était imprévisible, mystérieuse…

Il se rapprocha et huma son parfum de gardénia. Les pupilles d'Aiesha s'élargirent et... et il se sentit basculer. Toute son énergie masculine vint inonder ses sens, ses membres et son sexe, en un flot si puissant qu'il fut pris au dépourvu.

Il ne s'était jamais imaginé avoir une telle force de vie en lui, un désir aussi brûlant pour elle.

— Tu n'aimes pas perdre le contrôle de la situation, n'est-ce pas ? Tu veux être celle qui mène la danse, tu veux donner le tempo et ne jamais te soumettre...

Le regard d'Aiesha glissa jusqu'à sa bouche, comme si le souvenir de leur baiser revenait la hanter, et elle se passa la langue sur les lèvres. Si elle avait vraiment voulu se libérer, elle aurait pu le faire, car James avait relâché sa prise.

Il baissa la tête vers elle et sentit son souffle sur sa bouche lorsque leurs visages se frôlèrent.

— Tu sais que j'ai envie de toi, murmura-t-il.

— Et ? répondit-elle d'une voix bien moins assurée que d'ordinaire.

Oui, elle doutait. Comme s'il avait enfin réussi à lézarder son armure. Elle doutait, mais son corps vint se coller au sien, comme mû par une puissance magnétique.

Il caressa sa lèvre supérieure d'un baiser fugace, comme une invite.

— Et... il est peut-être temps que je fasse quelque chose pour y remédier ?

— Entre dans les ordres.

Il sourit contre sa bouche.

— C'est une idée...

— Si tu m'embrasses, tu es un homme mort.

— Alors tue-moi, murmura-t-il en concluant le débat d'un baiser.

6

Bien sûr, Aiesha ne le tua pas. Elle ne tenta même pas de le repousser. Elle l'accueillit et, telle une traînée de poudre, le désir se propagea en elle, irradiant la moindre de ses terminaisons nerveuses. Elle venait de perdre le contrôle des événements, mais elle s'en moquait, tout ce qu'elle voulait désormais, c'était lui. Elle avait besoin de lui.

Sa façon de l'embrasser avait quelque chose de parfaitement implacable. Il avait pris possession de sa bouche et elle ne pouvait rien faire que se laisser porter en frémissant malgré elle, le cœur lancé dans un galop fou.

Cette fois les mains de James ne demeurèrent pas immobiles. Il lui caressa la nuque, appuya sur ses reins pour lui faire sentir l'intensité de son érection. Puis il lui saisit les seins avec avidité avant, dans un tourbillon désordonné, de l'aider à ôter son sweat-shirt.

Elle réprima un petit cri lorsque James posa ses mains encore froides sur la peau nue et brûlante de sa poitrine. Du pouce il joua avec le bout durci de son mamelon, ni trop vite, ni trop lentement, avec une douceur que peu d'hommes possédaient. C'était comme s'il lisait en elle, comme s'il devinait ce qu'elle aimait. Il jouait d'elle comme d'un instrument, virtuose de son corps fiévreux.

La bouche de James quitta la sienne pour venir happer un de ses seins avec sensualité, jusqu'à ce qu'elle sente ses jambes faiblir. Ses baisers se firent plus précis lorsqu'il l'embrassa juste sous le mamelon, sur le galbe de son sein, là où personne ne l'avait jamais embrassée auparavant. Comme sa peau était sensible à cet endroit. Sous ses baisers, elle se sentit chanceler. Lorsqu'il reprit sa bouche, elle l'imagina déjà aller et venir en elle. Pourtant, elle refusait de s'offrir totalement, elle ne voulait pas lui laisser la maîtrise de leur étreinte. Glissant une main dans son pantalon, elle prit son sexe et le caressa jusqu'à le sentir frémir entre ses doigts.

— Tu vas me tuer, murmura-t-il.

— Je t'avais dit de ne pas me toucher…

Il lui prit alors les mains et les serra avec force.

— Non, attends. Pas comme ça.

Avait-il soudainement des remords ? Allait-il la rejeter, lui aussi ?

— Tu as peur de t'abîmer les genoux sur le tapis, dit-elle, avec une légèreté qu'elle était loin de ressentir.

— J'ai tellement envie de toi que je pourrais m'allonger sur des charbons ardents, déclara-t-il avec un regard de prédateur.

— Mais ? Il y a un mais, n'est-ce pas ?

Il relâcha un peu sa poigne et lui caressa les mains.

— Je ne fais jamais l'amour juste comme ça, j'ai besoin d'avoir une vraie relation.

— Pas d'histoires d'un soir ?

— Non.

Aiesha n'était pas surprise. James était d'une nature méticuleuse. Il était organisé, aimait contrôler chaque aspect de sa vie et ne cédait pas à ses pulsions. Cela lui évitait sans doute d'avoir à regretter ses erreurs et lui permettait de se coucher le soir sans rien avoir à se reprocher.

— Tu ne sais pas ce que tu manques.

La solitude, une existence vide…

— Tu imagines l'argent que tu économiserais en couchant le premier soir ? poursuivit-elle en se rhabillant.

Il lui prit la main, tout en la scrutant avec une acuité telle qu'elle se sentait mise à nu. Pourtant, elle continua d'arborer son masque d'assurance revêche. Il l'avait prise au dépourvu lorsqu'il l'avait surprise endormie sur le canapé, mais son armure était de nouveau bien en place.

— J'aime apprendre à connaître une femme avant de lui faire l'amour.

— Bonjour, je m'appelle Aiesha ! annonça-t-elle en lui offrant un sourire provocant. J'ai presque vingt-six ans et je suis chanteuse de cabaret. Du moins je l'étais il y a encore quelques jours. Je suis actuellement sans emploi…

— Comment t'es-tu retrouvée à Vegas ?

Le sourire d'Aiesha se fana imperceptiblement, mais elle parvint à donner le change au prix d'un immense effort. Elle n'allait certainement pas lui avouer qu'elle était partie pour réaliser son rêve et qu'il avait fini par s'évaporer dans la poussière du Nevada. L'audition sur laquelle elle avait tout misé s'était révélée n'être qu'un emploi de topless, or jouer du piano en petite culotte n'était pas vraiment son truc. Pas plus que l'effeuillage, accrochée à une barre. Mais l'argent avait fini par manquer et elle avait pris cet emploi de chanteuse de cabaret en espérant que cela lui permettrait d'être repérée. Mais elle avait vite compris que tout le monde se moquait de savoir qui jouait du piano dans ce genre de lieu.

— J'aimais l'ambiance de fête et le climat. Ça me changeait du froid humide de Londres.

Il l'observa longuement sans rien ajouter.

— Ta couleur préférée ? demanda-t-il enfin.

— Quelque part entre le rose et le bleu. Je n'arrive jamais à répondre à cette question.

— Tu as un ou une meilleure amie ? demanda-t-il encore en souriant.

— Hum... je passe.

— J'en déduis que tu n'en as pas ?

— Disons que j'ai *des* amis — *quoique aucun ne soit digne de confiance*, songea-t-elle.

— Tu as des loisirs pendant ton temps libre ?

Aiesha faisait son possible pour ne jamais avoir de temps libre, pour être toujours en mouvement afin de ne pas laisser de place aux fantômes de son passé. Et puis, elle n'avait jamais appris à se détendre. Depuis toute petite, elle avait toujours été en alerte, à guetter le moindre danger.

— Et moi, j'ai le droit de te poser des questions aussi, non ?

— Pas tant que tu n'auras pas répondu aux miennes.

— Ce n'est pas juste ! lança-t-elle avec une moue boudeuse parfaitement étudiée.

— Réponds à ma question, demanda-t-il en lui caressant la lèvre avec douceur.

Ce contact électrisa Aiesha.

— Je traîne, répondit-elle, évasive.

— Où ça ?

— Salle de gym, piscine, barre...

— Dans les bars ?

— Non, à *la* barre. Je prends des cours de ballet. C'est très bon pour le maintien et pour l'équilibre.

James sembla intrigué, peut-être même un peu admiratif.

— Où es-tu allée pendant tes dernières vacances ?

— A San Diego.

— Avec qui ?

Elle hésita une seconde.

— Je... toute seule. C'est pénible de voyager à plusieurs, il y en a toujours un qui veut voir un truc qui n'intéresse personne. J'aime pouvoir aller où bon me semble.

— Qu'est-ce qui s'est passé à Vegas ? demanda-t-il finalement.

— Tu as vraiment besoin que je te le raconte ? Tous les journaux en parlent. Toute la planète est au courant.

— J'aimerais entendre ta version.

Le regard d'Aiesha se posa sur leurs mains unies, sur le contraste entre sa peau blanche et celle de James, bronzée. Il avait des mains puissantes, des mains d'artiste. Des mains dignes de confiance, des mains d'honnête homme.

— Il ne m'a pas dit qu'il était marié, expliqua-t-elle, saisie par la honte.

Dire qu'elle avait laissé cet homme la tromper… Il l'avait touchée, l'avait convaincue de l'embrasser. Elle en avait la nausée.

— Il ne portait pas d'alliance, poursuivit-elle, j'ignorais tout de son mariage, jusqu'à ce que sa femme m'envoie un SMS.

— Combien de temps a duré votre relation ?

— Pas longtemps.

— Combien de temps ?

Aiesha croisa les bras sous sa poitrine comme pour se protéger.

— On a dîné ensemble une ou deux fois après mon service, mais contrairement à ce qu'a prétendu la presse, on n'a jamais couché ensemble.

Mais il s'en est fallu d'un cheveu.

— Les photos dans les journaux te montraient sortant de sa chambre d'hôtel.

Oui, Antony s'était bien arrangé pour que tout le monde lui fasse porter le chapeau ! Plus jeune, elle aurait aimé avoir ce rôle de méchante. Adolescente, elle provoquait des scandales dans ce seul but. C'était sa façon à elle — certes maladroite — d'attirer l'attention.

Mais tout était différent aujourd'hui.

Elle avait passé les derniers mois à mettre sur pied

une stratégie pour quitter Vegas. Sa vie là-bas lui plaisait de moins en moins. Elle travaillait dans la ville la plus amusante et la plus industrieuse du monde et pourtant elle se sentait désespérément seule. L'image négative qui lui collait à la peau commençait à lui peser.

Mais Antony avait détruit tous ses espoirs de démarrer une nouvelle vie. Il s'était construit un rôle sur mesure de victime, de mari abusé et incompris, proie d'une séductrice froide et calculatrice. Aiesha ne pouvait pas le confronter à ses propres mensonges sous peine de faire souffrir sa femme et ses enfants. Elle avait donc décidé de disparaître et d'attendre que le scandale retombe.

— Je suis effectivement montée dans sa chambre, mais j'ai reçu un SMS de sa femme quand j'étais dans la salle de bains. Je suis partie en lui disant ses quatre vérités.

— Les journalistes ont eu de la chance d'être là au bon moment.

— Sa femme les a renseignés. Elle savait où il était et avec qui. La presse a ensuite fait son *travail*.

— Tu te rends compte qu'en prenant la fuite, tu as dû paraître encore plus coupable ?

— J'en avais terminé avec Vegas, de toute façon.

— Et qu'est-ce que tu vas faire maintenant ?

— Je vais me trouver un riche mari, que veux-tu que je fasse d'autre ?

— Non, sérieusement…

— Je suis sérieuse !

Elle avança vers lui en se hissant sur la pointe des pieds.

— Qu'est-ce que tu en dis, James ? Ça te dirait de m'engager comme épouse à temps plein ? Tu pourras faire de moi ce que tu veux… si tu y mets le prix.

Il lui attrapa la main avec fermeté.

— Je sais ce que tu essaies de faire.

Elle bascula le bassin en avant afin d'attiser son désir.

Elle était beaucoup plus à l'aise sur ce terrain-là que sur celui des confidences. James ne voyait en elle qu'une séductrice prête à tout. Tout le monde la voyait comme ça. Alors pourquoi ne pas jouer ce rôle jusqu'au bout ? Pour ce qu'elle avait à perdre...

— Et qu'est-ce que j'essaie de faire, à ton avis ?

Il serra les dents pour parvenir à conserver un peu de son sang-froid.

— Tu te caches derrière ce personnage, mais je sais que ce n'est pas toi, ce n'est qu'un masque, un jeu.

Elle éclata de rire pour masquer son embarras. Il était en train de la percer à jour. Elle qui pensait être impossible à cerner... Personne ne parvenait jamais à percer ses défenses, personne ne devait l'atteindre. Même Antony n'y était pas parvenu. Mais James Challender n'était pas un homme comme les autres, on ne le manipulait pas aussi aisément, car il n'était pas de ceux qui avançaient dans la vie par le mensonge et la duplicité.

Il respectait les règles du jeu.

Toujours.

Le combat entre eux était sans pitié. Elle s'évertuait à le maintenir sur le plan physique alors que lui essayait de la prendre par les sentiments afin de la pousser à se révéler au grand jour. Il voulait la connaître en profondeur, et cette pensée la terrifiait. Comment pourrait-elle s'ouvrir à un autre être ? Elle se suffisait à elle-même, elle n'avait besoin de personne d'autre. Son esprit et son corps étaient ses armes et elle savait s'en servir, mais son cœur n'était pas disponible.

— Toi aussi tu aimes jouer, pas vrai, James ? Tu as très envie de jouer avec moi...

Oui, il avait envie d'elle, cela se lisait sur son visage, mais il luttait contre lui-même.

— Je sors faire un tour ! s'exclama-t-il finalement en faisant un pas en arrière.

— Mais il neige !
— Tant mieux…

James avala une grande bouffée d'air glacé, mais cela ne suffit pas à apaiser le feu qui brûlait en lui. Aiesha était un brasier vivant et elle mettait son corps et son cœur au supplice. Jamais il n'avait désiré une femme à ce point. Elle hantait ses pensées et il ne pensait qu'à son corps. Il avait envie d'elle, faim d'elle, chacun de ses regards l'enflammait. Elle était à la fois innocente et impudique, et la faille qu'il avait perçue la veille s'était aussitôt refermée. Elle avait recommencé à jouer son jeu de séduction, et James n'aimait pas que l'on joue avec lui.

Il allait une fois de plus lutter pour la pousser dans ses retranchements. Il devait la décourager de jouer les démons tentateurs s'il voulait parvenir à atteindre la femme derrière le personnage.

Elle n'avait pas d'amis et prenait ses vacances seule. Elle avait été victime d'un scandale dont le seul véritable responsable était un mari inconstant et elle avait perdu son travail à cause de lui.

Elle avait en outre composé un morceau magnifique à l'intention de quelqu'un qui, à l'évidence, comptait beaucoup à ses yeux.

Avait-elle jamais joué cet air pour quiconque ? Il y avait dans cette musique une telle force d'émotion qu'il aurait pu l'écouter pendant des heures. Elle avait semblé tellement absorbée par son art durant ce bref moment de grâce… James avait encore l'impression d'entendre cette mélodie envoûtante, ces accords mineurs, ces ruptures de rythme. Oui, ce morceau devait certainement revêtir une importance toute particulière aux yeux d'Aiesha, pourquoi, sinon, aurait-elle semblé si perturbée par sa présence ?

Il avait encore tant de choses à découvrir à son sujet… C'était une femme complexe, aux multiples facettes. Elle était fascinante, étrange, magnifique et fière, volcanique et secrète, parfois agaçante.

Mais tellement attirante.

Il ne s'était pas trompé, elle avait vraiment regretté son geste après l'avoir frappé. Même si elle s'en défendait, elle ne cessait de jeter des regards à la dérobée en direction de son cocard.

Il lui restait à découvrir pourquoi elle faisait tout pour le séduire, tout en battant en retraite chaque fois qu'il prenait l'initiative.

Il releva le col de son manteau pour se protéger du froid mordant en décidant qu'il devait tenter de se rapprocher d'elle, encore et encore, coûte que coûte.

7

Aiesha court aussi vite qu'elle peut pour rejoindre Archie à temps, mais ses jambes trop faibles tremblent comme des feuilles chahutées par le vent. La peur lui glace le sang et lui coupe le souffle, lui serrant le ventre comme dans un étau. Elle se rapproche pourtant, mais trébuche sur un skate-board. Elle tombe à genoux et tend les bras, désespérée, en criant. Nooooon !

Aiesha se redressa violemment dans son lit, la gorge sèche et le souffle court. Seule sa respiration hachée perturbait le silence de la chambre.

Avait-elle vraiment crié ? La chambre de James n'était pas très éloignée de la sienne et pourtant elle n'entendait pas de bruit venant de cette direction. Pas de porte qu'on ouvre, pas de bruit de pas…

Elle attendit en dressant l'oreille avec anxiété.

Les minutes s'égrenèrent lentement.

Rien.

Elle se laissa aller en arrière et ferma les yeux sans parvenir à se détendre. Impossible de trouver le sommeil avec ces images atroces qui dansaient derrière ses paupières closes.

Elle repoussa les couvertures et tendit la main vers son peignoir. Une boisson chaude et un verre d'alcool lui feraient sûrement le plus grand bien.

Lorsqu'elle entra dans la cuisine, Bonnie leva vers elle ses yeux bruns et agita la queue comme un métronome.

— Pas question, déclara Aiesha en ouvrant la porte du frigo, tu vas devoir te retenir.

La chienne émit une petite plainte aiguë et se dirigea vers la porte de derrière, sans quitter Aiesha du regard, comme pour lui demander si elle allait se décider à lui ouvrir.

Elle referma le frigo et posa la bouteille de lait sur le comptoir en marmonnant.

— Tu ne sais donc pas utiliser une chatière ? Je croyais que les golden retrievers étaient des animaux intelligents... Tu es la plus stupide de ton espèce, ma parole...

Elle ouvrit la porte et tressaillit face à l'assaut glacial. La chienne sortit tranquillement en reniflant le sol, comme si elle avait toute la vie devant elle.

— Tu vas te dépêcher, oui ! Et reste par là, hein, je ne vais pas aller te chercher dans le noir !

La chienne disparut pourtant derrière les buissons. Aiesha attrapa une veste en lâchant un juron. Le parfum de Louise était niché dans le vêtement, et l'espace d'un instant, ce fut comme si elle la tenait dans ses bras.

Elle demeura un moment immobile, dans le froid et les ténèbres, à se demander ce qu'aurait été sa vie avec Louise comme mère. Sans doute l'aurait-elle encouragée à nourrir son talent pour la musique. Elle aurait été aimée, soutenue.

Elle aurait été en sécurité.

Elle leva les yeux vers la voûte étoilée en se demandant combien d'enfants à travers le monde avaient ainsi contemplé les étoiles en faisant un vœu pour que leur vie soit différente.

Elle enfila une paire de bottes en soupirant, mais à

peine avait-elle fait deux pas dans la neige que la porte claqua derrière elle.

Oh non !

James fut réveillé en pleine nuit par un claquement de porte. Il lui semblait pourtant avoir tout verrouillé la veille... La maison était ancienne et le vent très fort, un loquet avait dû être délogé quelque part. Il enfila sa robe de chambre et descendit. La porte de la chambre d'Aiesha était fermée et aucune lumière ne filtrait. La Belle au bois dormant devait dormir...

Lorsqu'il entra dans la cuisine, il entendit des jurons et des coups frénétiques frappés contre la porte de derrière. Il ouvrit et Aiesha entra, frigorifiée. Elle portait une veste appartenant à sa mère dont elle avait ramené la capuche sur sa tête. Elle le fusilla du regard en claquant des dents.

— Tu ne t'es pas pressé ! s'écria-t-elle en le bousculant. On devrait greffer un GPS à ce stupide animal. En tout cas, c'est toi qui vas sortir pour aller la chercher, moi je suis gelée !

James saisit au vol la veste qu'elle venait de lancer avant de se déchausser avec des gestes brusques ; elle était dans une colère noire, une colère sans doute assez malvenue étant donné les circonstances.

— Elle ne va pas rester longtemps dehors, avec ce vent. Je ne l'ai pas entendue aboyer. Est-ce qu'elle t'a réveillée ?

— Non, j'étais... déjà debout.

James la vit se refermer comme une huître. Que faisait-elle en bas au beau milieu de la nuit ? se demanda-t-il en observant ses joues rouges de colère — ou était-ce simplement le froid ? Manigançait-elle quelque chose pendant qu'il dormait ? Avait-elle volé les bijoux de Louise ? Préparait-elle sa fuite ? James sentit la colère monter en lui. C'était de cette façon qu'elle comptait remercier sa mère pour son hospitalité ?

— Que faisais-tu en bas en pleine nuit ? lui demanda-t-il carrément.

Elle pâlit légèrement, mais son regard demeura inflexible.

— J'étais descendue boire un verre.

James avisa la bouteille de lait.

— C'est tout ?

— Comment ça, c'est tout ? s'emporta-t-elle. Tu crois que j'étais en train de voler l'argenterie pendant que tu dormais ? Tu devrais peut-être vérifier, au cas où !

Elle se mit à ouvrir à la volée les portes et les tiroirs avec des gestes violents, presque frénétiques. Elle en tira un si fort qu'il sortit de son logement et que son contenu se déversa sur le sol avec un fracas abominable.

Elle se tint quelques instants immobile, la lèvre frémissante, au milieu de l'argenterie éparpillée, et, sous les yeux de James, elle s'effondra lentement. Ses épaules s'affaissèrent, ses yeux s'embuèrent de larmes.

— Je suis désolée, dit-elle d'une voix à peine audible, en s'agenouillant pour tout ramasser.

Mais ses mains tremblaient tant qu'elle fut incapable de saisir ne serait-ce qu'une cuillère à café. Il s'accroupit près d'elle et lui prit la main.

— Laisse…

— Tu peux tout recompter, au cas où, lança-t-elle d'une voix aigre.

James trouva touchant qu'elle lui envoie cette dernière pique malgré son désespoir évident. Elle était comme un chaton acculé qui faisait le gros dos et crachait pour se défendre.

— Non, ça peut attendre. Ça va aller, toi ?

Il y eut un grattement contre la porte, et immédiatement, Aiesha en profita pour se glisser dans son armure d'indifférence hautaine.

— Tu devrais t'occuper d'elle. Tu ne peux pas laisser la chienne de ta mère se geler les pattes dehors, Louise ne te le pardonnera pas.

Il ne fallut pas plus de quelques secondes à James pour faire entrer l'animal, mais Aiesha en avait profité pour disparaître.

Elle s'adossa à la porte de sa chambre et essaya de se calmer. Qu'allait-il penser d'elle après cette crise d'hystérie ? se demanda-t-elle avec angoisse. Il venait de la voir dans l'un de ses pires moments : paniquée, vulnérable, hors d'elle… Elle avait totalement perdu son sang-froid et s'était comportée comme une folle en mettant la cuisine sens dessus dessous.

Allait-il se moquer d'elle ? Ou pire, serait-il tenté d'essayer de la comprendre ? Pendant un instant, elle envisagea de tout lui dire, de partager avec lui ce fardeau qu'elle portait seule depuis des années, ce sentiment d'être seule au monde, et cette culpabilité de ne pas avoir su protéger sa mère et Archie. Elle aurait pu lui dire combien sa vie lui échappait, combien elle aurait aimé se libérer de ce passé douloureux pour prendre son envol et enfin réaliser ses rêves. Comment James réagirait-il s'il découvrait qu'elle n'était pas aussi forte qu'elle le prétendait, que sous ses dehors bravaches se cachait une âme sensible ?

Elle entendit l'escalier craquer sous les pas de James, puis celui-ci s'approcher, jusqu'à s'arrêter devant sa chambre.

— Aiesha ?

Elle s'empêcha de lui répondre. Elle n'avait pas besoin de son réconfort. Elle s'était débrouillée seule pendant dix ans, qu'avait-elle besoin de lui ? Oui, elle avait un peu paniqué en bas, mais personne n'avait été blessé et la chienne était saine et sauve. Pas de quoi en faire toute une histoire !

Le silence s'étira à l'infini pendant qu'elle retenait son souffle.

— Est-ce qu'on pourrait parler ? demanda la voix étouffée de James.

Non, va-t'en, songea-t-elle en serrant les poings.

— Ce que je t'ai dit en bas… tout à l'heure. C'était déplacé, je te prie de m'excuser.

De nouveau le silence, immense. Puis elle l'entendit soupirer et il s'éloigna lentement. Sa porte s'ouvrit, se referma, et elle ferma les paupières de toutes ses forces pour retenir ses larmes.

Le lendemain matin, en descendant, elle vit James dégager la neige de l'allée avec une pelle. Il y avait eu de nouvelles chutes pendant la nuit. Il pelletait avec force et régularité, dans le décor immaculé que le soleil rendait aveuglant. Il avait enlevé son manteau pour travailler et elle voyait distinctement ses muscles jouer sous sa chemise, tandis qu'il évacuait la neige avec une rage manifeste. En était-elle responsable ? Sans doute.

Quelle opinion pouvait-il avoir d'elle, désormais ? Qu'elle était une enfant capricieuse dans un corps de femme ? Qu'elle avait besoin de consulter un psy, voire d'être mise sous camisole ?

Elle allait bien devoir l'affronter à un moment ou à un autre, alors autant le faire tout de suite. Et si jamais il se moquait d'elle… eh bien, elle ferait de même avec lui.

Elle enfila son manteau et ses gants, puis enroula une écharpe autour de son cou. L'air frais lui gifla le visage dès qu'elle franchit le seuil. Elle resserra l'écharpe et se dirigea vers James.

— Tu cherches l'endroit où j'ai caché l'argenterie ?

Il se redressa et se tourna vers elle.

— J'imagine que je l'ai méritée, celle-là. Est-ce que ça va, toi ? demanda-t-il en scrutant son visage.

— On ne peut mieux, affirma-t-elle avec autant d'aplomb qu'elle put.

Il acquiesça, comme s'il acceptait tacitement d'oublier l'épisode de la veille, et se remit au travail. Pelletée après pelletée, il dégagea le chemin, sans qu'Aiesha parvienne à se départir du sentiment qu'il cherchait à oublier sa présence. Est-ce qu'il ressentait du dégoût pour elle après son accès de folie passagère ? Oui, ce devait être ça. Il ne la désirait plus maintenant qu'il avait vu de quelle façon elle pouvait se comporter.

Très bien.

— Les prévisions météo sont optimistes, annonça-t-il. On devrait pouvoir partir d'ici à mardi. Peut-être même avant avec un peu de chance.

On ? Comment ça, « on » ?

Il reposa sa pelle une nouvelle fois.

— Tu vas devoir m'accompagner à Paris, j'ai rendez-vous avec un client.

— Attends une minute… Je croyais que tu ne restais ici qu'une semaine et qu'ensuite, *ton amie* venait te rejoindre pour le week-end. D'où sors-tu ce voyage à Paris ?

— Mon client veut voir les plans que j'ai dessinés pour lui.

— Tu ne peux pas lui envoyer par e-mail ?

— Il est de la vieille école, il préfère me rencontrer en personne. Et puis il veut faire ta connaissance.

— Pourquoi diable voudrait-il me voir, moi ?

— Tu es ma fiancée, tu te souviens ?

Il se remit à pelleter.

— Nous logerons dans un hôtel près de la tour Eiffel, expliqua-t-il, mon client y organise un bal de charité.

Aiesha réprima un frisson de terreur. Un hôtel. Une

suite. Un lit. Une nuit entière ! Et si elle avait un nouveau cauchemar, et si elle…

— Non, je refuse d'aller à Paris. Je déteste Paris.

Des amoureux dans tous les coins, main dans la main… Rien que d'y penser, elle avait la nausée.

James appuya son menton sur le manche de la pelle.

— C'est toi qui as provoqué cette mise en scène, je te rappelle. Et de toute façon, j'ai fait le virement sur ton compte. Vois ça comme un travail. Nous sommes fiancés jusqu'à ce que je décide du contraire.

Ainsi donc, il voulait mener la danse. Parfait.

— Je veux ma propre chambre, exigea-t-elle en plantant les poings sur ses hanches.

— Cela susciterait trop de ragots, dit-il en plongeant la pelle dans la neige, on ne peut pas se permettre que tous les réseaux sociaux s'en fassent l'écho, tu es d'accord ?

— Je dors toujours seule. Je déteste avoir à partager un lit ou qu'on me tripote pendant que j'essaie de dormir.

— Tu as des troubles du sommeil, on dirait ?

Aiesha fut saisie d'un léger vertige, mais elle tint bon.

— Ce n'est pas parce qu'il m'arrive de me lever pour boire un verre que je suis insomniaque. Cette maison craque de partout la nuit, c'est… inquiétant.

— Dans ce cas, rassure-toi, je serai avec toi pour te protéger de tous les fantômes, persista-t-il en l'épinglant de son regard inquisiteur.

Etait-il en train de se payer sa tête ? Difficile à dire, aussi décida-t-elle de changer de sujet.

— Et la chienne ? Qui va s'occuper d'elle ?

— Mme McBain a un neveu qui pourra prendre soin de Bonnie pendant quelques jours.

Aiesha tenta une autre approche :

— J'ai promis à ta mère de m'occuper d'elle moi-même et j'entends bien le faire. Mme MacBain doit rendre visite à sa fille dans le Yorkshire, je ne veux pas laisser tomber Louise, pas après tout ce qu'elle a fait pour moi.

— As-tu eu de ses nouvelles depuis son départ ?

Non, pas un mot. Louise était-elle fâchée contre elle, ou bien trop préoccupée par l'état de santé de son amie pour penser à appeler ?

— Non, mais je suis persuadée qu'elle est très occupée à prendre soin de son amie. Et puis elle est peut-être loin de tout, si ça se trouve elle ne capte pas.

— Tu crois qu'elle est responsable de tout ça ? Je veux dire… toi et moi, coincés ici ensemble ?

— Tu ne penses tout de même pas que ta mère est capable de faire souffler le blizzard, rassure-moi ? Et pourquoi voudrais-tu qu'elle essaie de nous rapprocher ? Elle sait à quel point nous nous détestons.

— Elle essaie peut-être de jouer les bonnes fées, hasarda-t-il en la couvant d'un regard qui la fit fondre de l'intérieur, peut-être qu'elle essaie de nous réconcilier.

— Je doute que ta mère souhaite avoir une chanteuse de Vegas en guise de belle-fille, rétorqua Aiesha en songeant combien ce serait merveilleux d'avoir Louise pour belle-mère.

— Elle a un faible pour toi, depuis toujours.

— De là à souhaiter que je sois la mère de ses petits-enfants…, répondit-elle en tapant du pied dans un tas de neige.

Le regard de James se posa sur son ventre, comme s'il l'imaginait portant un enfant. Aussitôt leurs yeux se rencontrèrent et Aiesha se sentit rougir malgré elle. James ferait un père fantastique, c'était une évidence. Il serait présent, fiable, compréhensif et doux. Il saurait être patient tout en se montrant ferme. Il prendrait le temps de comprendre ses enfants et il veillerait toujours à subvenir à leurs besoins, sans jamais abuser de son pouvoir d'adulte sur eux.

Elle eut la vision fugitive de James tenant un bébé dans les bras, un petit être rose et potelé, et quelque chose se passa en elle. Une envie ? James pouvait-il percevoir cette mutation qui s'opérait en elle, ce besoin croissant de se poser enfin, de fonder une famille stable, de connaître ce sentiment…

… d'appartenance.

Oui, appartenir à une famille soudée, prête à se dresser contre la dureté du monde, solidaire.

Aimer et être aimée en retour.

Aiesha se gifla mentalement de nourrir ce genre de rêve impossible. Quelle mère pouvait-elle espérer être ? Elle qui n'était même pas capable de protéger un chiot !

— Je vais prendre mon petit déjeuner, lança-t-elle en tournant les talons.

— Et si tu préparais le mien par la même occasion ?

— Débrouille-toi, rétorqua-t-elle en lui adressant un regard glacial.

Lorsque James entra dans la cuisine, Aiesha était assise devant une tasse de thé fumante. Elle lui lança un regard peu amène et s'absorba dans la contemplation du liquide ambré. James aperçut le bol de porridge qu'elle avait posé sur le comptoir à son intention et sourit pour lui-même : il avait vu juste, elle n'était pas aussi dure qu'elle le laissait paraître. Elle avait un grand cœur sous cette armure.

L'épisode de la nuit précédente prouvait à quel point elle était sensible. Elle s'était vraiment inquiétée de l'absence de Bonnie, même si elle avait caché son anxiété derrière une indifférence de façade. Soumise à la pression, elle s'était comportée de façon immature, mais plutôt que de rire de ce comportement, James fut attendri. Elle faisait naître en lui un puissant instinct protecteur, et plus il la connaissait, plus il était fasciné par cette femme pas comme les autres.

Comment pourrait-il la convaincre de baisser sa garde ? Parviendrait-il à la mettre suffisamment à l'aise pour qu'elle s'autorise à se montrer fragile en sa présence, ou devrait-il se contenter de l'image qu'elle voulait bien lui présenter ?

— C'est pour moi ? demanda-t-il en désignant l'assiette de porridge.

— J'en ai fait trop. Inutile de gâcher de la bonne nourriture.

— Arrête de jouer ce jeu, Aiesha, ça me coupe l'appétit, dit-il en venant s'asseoir face à elle.

Elle joua avec l'anse de sa tasse, de sa main bleuie par le coup de poing. Le cœur de James se serra en voyant ces marques. Il ne s'était pas rendu compte qu'elle s'était meurtrie en le frappant, car elle n'avait rien dit.

Tant de secrets, tant de méfiance…

— Ta main, comment va-t-elle ? Elle a l'air esquintée.

— Ce n'est rien, affirma-t-elle en la dissimulant vivement sous la table, je me suis juste cognée.

— Aiesha…

— Quoi ?

— Donne-moi ta main.

Elle sembla sur le point de refuser, mais consentit finalement à lui tendre la main en roulant des yeux d'un air exaspéré. Il la prit doucement dans la sienne et la caressa. Son visage demeura impassible, mais il la sentit frémir imperceptiblement. La chaleur envahit alors son bas-ventre au souvenir de cette main glissée dans son pantalon… Il avait une statue de glace face à lui, mais elle pouvait à tout instant se transformer en irrésistible sirène.

Oui, Aiesha était une énigme vivante.

Il libéra sa main et se laissa aller en arrière.

— Il faut qu'on te trouve une bague.

— Quoi ?

— Une bague de fiançailles, précisa-t-il en agitant sa petite cuillère.

Aussitôt, il la vit se métamorphoser sous ses yeux.

— Est-ce que je pourrai la garder après notre rupture ?

— Bien sûr, confirma-t-il en versant du sucre en poudre sur son porridge, vois ça comme un lot de consolation.

Il y eut un bref silence.

— Ce n'est pas la bague que tu avais achetée pour Phoebe, j'espère ?

— Inutile de gâcher un bon diamant, dit-il en paraphrasant Aiesha.

Elle se pencha au-dessus de la table avec un regard assassin, l'empêchant d'avaler sa bouchée.

— Ecoute-moi bien, James. Je ne porte pas les rebuts des autres femmes, pigé ?

Le contact de sa peau l'électrisa immédiatement et il s'absorba dans la contemplation de ses lèvres, tout en sentant son sang courir dans ses veines à un rythme frénétique. Il imagina la langue d'Aiesha dans sa bouche, sur sa peau…

— Je ne vais pas gaspiller de l'argent dans une bague que tu ne porteras que quelques semaines. Quel intérêt ?

Elle se leva vivement en faisant crisser sa chaise sur le sol.

— Très bien, peu importe !

— Qu'est-ce qu'il y a ? s'enquit-il tandis qu'elle rangeait sa tasse dans le lave-vaisselle.

— Rien, répondit-elle en refermant l'appareil.

Il se leva et s'approcha d'elle. Elle avait les bras croisés et le visage fermé.

— Pourquoi cette bague t'importe-t-elle autant ? Tout ceci n'est qu'un mensonge, après tout !

— Tu ne te rends pas compte à quel point c'est

insultant de recevoir quelque chose qui était destiné à quelqu'un d'autre ?

— On parle toujours de la bague, là ?

— De quoi veux-tu qu'on parle d'autre ?

— Je devine que dans le passé, on t'a déjà donné quelque chose qui ne t'était pas initialement destiné...

— Non.

James la dévisagea puis poussa un long soupir.

— Parle-moi, Aiesha.

— De quoi ?

Il lui effleura le menton et curieusement, elle ne l'en empêcha pas.

— Dis-moi ce qui te contrarie à ce point.

— Je ne suis pas contrariée... je suis en colère, murmura-t-elle.

— En colère que je t'emmène à Paris pour plusieurs jours, tous frais payés ?

— Je suis partie précipitamment, je n'ai rien à me mettre.

— Je t'achèterai quelques vêtements sur place, c'est bien ce que font les vieux riches avec leurs fiancées, non ?

— Comment vas-tu expliquer ton œil au beurre noir à tes confrères ?

James s'était déjà posé la question.

— Je leur dirai que j'ai heurté une porte.

— Très original...

— Tu as mieux à proposer ?

— Je peux te donner du fond de teint, ou je peux te le mettre moi-même, je suis experte, tu sais. Les hématomes sont assez faciles à camoufler, les coupures, c'est plus compliqué.

— Tu as souvent fait ça ? demanda-t-il avec gravité.

— J'aurais dû faire carrière dans le maquillage, affirma-t-elle avec cynisme, j'ai été à bonne école avec les salopards qui cognaient sur ma mère. Je pourrais mettre cette compétence sur mon CV. Il n'est peut-être pas trop tard pour changer de carrière !

Le cœur de James se serra en songeant aux horreurs dont elle avait été témoin et aux souffrances endurées par sa mère.

— Est-ce que l'un d'eux t'a frappée ?

— C'est arrivé.

James serra les poings en songeant à l'enfant qu'elle était alors, livrée à la brutalité des hommes. Comment aurait-elle pu se défendre ? Il abhorrait la violence d'une manière générale, mais les maltraitances envers les femmes et les enfants le révulsaient tout particulièrement. Pas étonnant qu'elle ait un sommeil troublé...

— C'est pour ça que tu as fui ta maison ?

Elle inspira. Bloqua sa respiration, puis expira avant de répondre.

— Quelques jours après que ma mère est morte d'une overdose d'héroïne généreusement fournie par son dernier petit ami en date, cette ordure s'est dit que je la remplacerais parfaitement dans le lit conjugal.

James ravala la bile qui lui montait dans la gorge.

— Il a essayé de te... violer ?

Le regard d'Aiesha se perdit dans le lointain.

— J'ai réussi à m'enfuir avant que ça se produise.

— Voilà pourquoi tu es partie.

— Ouais.

James comprit qu'il y avait autre chose, mais il était inutile d'insister davantage, elle ne livrerait rien de plus, il le sentait. Voilà pourquoi elle maintenait tout le monde à distance : elle voulait se protéger, ne plus souffrir. Lorsqu'elle entrait ainsi en elle-même, son regard devenait plus froid et sa voix plus cassante, afin de tenir le reste de l'espèce humaine à l'écart. Elle était comme un jeune chiot livré à lui-même, qui aboie pour se défendre.

— Combien de temps as-tu vécu dans la rue ?

— J'ai été de canapé en lit d'appoint ici et là, mais les gens ont tendance à se lasser assez vite des sans domicile fixe.

— Mais tu n'avais que quinze ans ! Ils n'ont donc pas de cœur ?

Elle chassa sa remarque d'un haussement d'épaules.

— On dit que charité bien ordonnée commence par soi-même, et ils ont tous eu tendance à se soucier surtout d'eux-mêmes. Sauf ta mère.

— Alors pourquoi avoir tout gâché avec elle ?

Il plongea dans son regard : impénétrable, dur comme l'acier.

— Ton père la trompait, je l'ai entendu discuter avec sa maîtresse. J'ai décidé de montrer à ta mère quel genre d'homme il était vraiment. Elle mérite tellement mieux que ça.

James la dévisagea sans comprendre.

— Mais enfin, tu aurais pu lui révéler son infidélité sans alerter la presse, non ? Tu as fait plus de mal à ma mère qu'à mon père !

Et tu m'en as fait, à moi aussi.

Nouveau haussement d'épaules.

— Comme tu l'as dit toi-même, je n'avais que quinze ans, je n'ai pas réfléchi plus que ça.

— Et les bijoux volés, comment tu justifies ça ? Tu te rends compte que tu aurais pu être accusée de vol, si ma mère n'avait pas affirmé te les avoir offerts ?

— Détends-toi, je lui ai tout renvoyé par la poste après que la presse m'a payée pour acheter mon histoire.

James la contempla avec un mélange d'admiration et d'indignation. C'était une survivante. Elle était prête à se battre bec et ongles pour se protéger et elle utilisait toutes les armes à sa disposition : intelligence, charme, séduction. Elle pouvait jouer sur toute la gamme des comportements féminins, depuis la jeune fille en détresse, jusqu'à la mangeuse d'hommes.

Pourtant, derrière toutes ces attitudes, James percevait autre chose, sa vraie personnalité, peut-être. Quelqu'un de secret, de fragile et de sensible.

— Tu m'as dit que ta mère était morte, mais ton père ?

— Je ne l'ai pas revu depuis mes huit ans.

— Il a choisi de ne pas te revoir ?

— L'Etat a choisi pour lui.

— Il est en prison ?

— Oui.

— Sous quel motif ?

— Etre un abruti.

Elle préférait éviter le sujet. Message reçu. C'était déjà bien beau qu'elle ait accepté de lui livrer tout cela. Il n'était même pas certain qu'elle se soit confiée autant à sa mère. Il aurait tant aimé être capable de comprendre Aiesha ! Sans doute sa mère y était-elle parvenue, sans doute était-ce ce qui l'avait poussée à maintenir le contact avec cette adolescente au caractère bien trempé ? Elle avait vu son potentiel et elle avait voulu lui permettre d'émerger de sa chrysalide pour devenir un magnifique papillon. Elle s'était montrée patiente pendant huit années, sans trop insister sans doute, en laissant toujours entendre à la jeune femme qu'elle disposait d'un endroit sûr, si elle voulait s'y réfugier un jour.

— Tu n'as pas à avoir honte de tes origines, Aiesha. Rien de tout ça n'est ta faute.

Qu'est-ce que tu en sais ? sembla-t-elle dire en haussant un sourcil.

— Je vais prendre une douche. Je me sens toujours sale quand je parle de mon passé.

*
* *

Mais la douche ne parvint pas à dissiper sa tension. Elle alla contempler le paysage enneigé derrière la fenêtre, en se demandant ce qui l'avait poussée à se livrer ainsi à James, elle qui ne parlait jamais à personne. Son héritage familial n'était pas de ceux que l'on évoquait avec légèreté dans les réceptions mondaines.

Mon père, ce qu'il fait dans la vie ? Eh bien, c'est un criminel endurci, condamné pour vol à main armée, trafic de drogue, effraction, la liste est longue…

A l'école, elle avait toujours été à l'écart du groupe. Elle était celle que l'on montrait du doigt, celle dont on parlait à voix basse en la regardant de loin. Elle avait dû apprendre à dissimuler ses émotions et à se blinder afin de ne pas se laisser atteindre par leurs commentaires cruels. Pourtant elle avait souffert de ne jamais être invitée aux anniversaires, de ne jamais être sélectionnée dans une équipe et d'être la seule à ne pas retrouver ses parents à la sortie de l'école.

Le pire au collège, c'étaient les réunions parents-enseignants. Sa mère faisait en sorte de dessoûler un peu pour se traîner jusqu'à l'établissement, mais le regard condescendant que ses professeurs portaient sur elle ne faisait qu'amplifier le malaise d'Aiesha.

Et puis un jour, peu avant son quinzième anniversaire, elle avait rencontré Archie. Encore aujourd'hui, cela restait le plus beau jour de sa vie. Elle l'avait trouvé près de la station de métro du quartier où elle vivait avec sa mère et le compagnon de celle-ci. Elle n'avait pas le droit d'avoir un animal de compagnie dans l'appartement, mais Aiesha le faisait entrer en douce, sous ses vêtements. C'était un petit chiot bâtard, mélange de terrier et d'autres races indéfinissables, avec une tête impossible. Elle ne savait pas quel âge il pouvait avoir ni d'où il venait, mais elle avait fondu sur place devant ses grands yeux tristes.

Archie trottait à ses côtés chaque matin pour aller au

collège et attendait patiemment toute la journée pour la retrouver dans une allée, derrière la laverie toute proche, en fin d'après-midi. Ces retrouvailles quotidiennes étaient l'unique rayon de soleil de son existence. Il lui faisait la fête en agitant la queue et elle lui donnait à manger ce qu'elle avait pu faire sortir de l'école en catimini. Puis ils allaient au parc, où Aiesha avait l'impression d'être une adolescente comme les autres.

Comme tout le monde.

Elle s'imaginait qu'elle rentrait ensuite vers sa belle maison en traversant son jardin odorant. Il y aurait largement à manger dans le frigo et elle ne retrouverait pas sa mère ivre, ou droguée ou battue. Dans ses rêves, son père — ou beau-père — ne l'accueillerait pas avec des regards concupiscents.

Pourquoi diable avait-elle parlé de son passé à James ? Comment pourrait-elle continuer à entretenir avec lui une relation normale si elle s'épanchait ainsi à la moindre occasion ? Qu'est-ce qui l'attirait à ce point chez lui ? Sa constance ? Sa maîtrise de soi ? Sa compassion envers elle ?

Elle avait toujours été jugée et vilipendée. On l'avait insultée, exclue, raillée. Et voilà que lui l'écoutait, la comprenait ? Elle n'était pas habituée à se dévoiler ainsi. Qu'arriverait-il s'il parvenait à percer son armure pour de bon, pour atteindre son cœur ?

Qu'il la prenne contre lui, qu'il lui procure encore cette douce chaleur et elle serait perdue à jamais…

8

— Enfin tu te décides à décrocher ton téléphone ! soupira James en s'adressant à sa mère, un peu plus tard, dans la soirée. Mais qu'est-ce que tu fichais, bon sang ?

— Je pourrais te retourner la question, mon chéri, rétorqua Louise. Tu n'es pas réellement fiancé à Aiesha, dis-moi ?

— Bien sûr que non, mais je te demande de ne pas le dire à papa. Je lui ai laissé croire que je l'avais vraiment fait… ainsi qu'au reste du monde.

— Ton petit secret est bien gardé avec moi, répondit-elle d'un ton amusé.

— Tu devais te douter que cela allait se produire, non ?

— J'ignorais que tu comptais me rendre visite ! La dernière fois que nous nous sommes parlé, tu étais au milieu d'un projet énorme et tu prétendais ne pas avoir une seconde à toi, alors envisager de venir me voir…

— Oui, je peux être vraiment accro au travail par moments, c'est vrai, la coupa-t-il, mais tu te ferais du souci si j'étais sur une plage des Caraïbes en compagnie d'un mannequin en Bikini, à peine assez vieille pour être ma fille, non ? Tu vois à qui je fais référence… Pourquoi ne pas m'avoir dit qu'Aiesha était ici ?

— Tu sais pourquoi.

Il laissa quelques secondes s'égrener.

Sa mère avait raison. Il pouvait se montrer très obtus et il avait du mal à passer l'éponge après avoir été trahi.

Mais de là à lui dissimuler qu'elle et Aiesha étaient restées en contact pendant huit ans ! Elle aurait dû le lui dire, il aurait eu moins de mal à encaisser le coup. Il avait été pris au dépourvu et il n'aimait pas cela du tout. Lui qui contrôlait toujours tout et qui planifiait des stratégies à long terme pour éviter des situations de ce genre, voilà qu'il était plongé en plein scénario catastrophe…

— Tu ne la connais pas vraiment, James. Tu ne la connais pas comme je la connais. Tu t'es comporté avec elle comme tout le monde l'a toujours fait, en te fiant à ta première impression. Mais il y a une femme en or, derrière cette façade de dure à cuire.

Oui, James avait entrevu cette femme-là. Mais il ne savait pas du tout quelle conduite tenir, même s'il avait une idée très précise de ce qu'il *voulait* lui faire. Il vivait désormais avec ce désir constant niché au creux des reins, un désir qu'il n'était pas certain de pouvoir maîtriser éternellement.

— Je persiste à dire que tu aurais dû m'informer de sa présence. Tu sais à quel point je déteste les surprises.

— J'espère que tu ne t'es pas montré désagréable avec elle ?

James éclata de rire.

— Désagréable ? C'est moi qui ai un œil au beurre noir, pas elle !

— Oh, mon Dieu, que s'est-il passé ?

— Tu connais le dicton : ne réveillez pas l'eau qui dort… eh bien, disons que j'ai voulu me baigner !

— Je suis persuadée qu'elle ne l'a pas fait exprès, soupira Louise.

James fit pivoter sa chaise afin de laisser son regard se perdre sur la crête des arbres baignés de lune. L'Australie lui sembla soudain terriblement éloignée.

— Quand rentres-tu ?

— Eh bien, mon chéri… il y a quelque chose que je dois te dire. Mais je ne veux pas que tu te fâches, d'accord ?

James fit brusquement pivoter son fauteuil dans l'autre sens en agrippant le bras capitonné.

— Tu n'envisages pas d'émigrer, rassure-moi ?

— Non, rien de tel.

Il l'entendit prendre une brève inspiration avant de poursuivre.

— Je fréquente quelqu'un.

— Tu fréquentes quelqu'un… ? Tu veux dire que tu *fréquentes* quelqu'un ?

Sa mère eut un petit rire embarrassé.

— On dirait ton grand-père, la première fois que je suis allée à un rendez-vous avec un garçon. Ne sois pas contrarié. Je suis enfin heureuse pour la première fois depuis bien longtemps.

— Qui est-ce ?

— Richard, le frère de Julie. On se connaît depuis des années. En fait, je l'ai même rencontré avant ton père, mais il était en couple à l'époque. Et puis ton père est arrivé dans ma vie et… tu connais la suite. Bref… Richard a quitté Manchester pour rejoindre Julie après son accident et… nous sommes tombés amoureux.

Sa mère, amoureuse ?

— Et tu le connais bien, ce type ? Vous ne vous êtes pas vus depuis des années, pourtant ! Et s'il avait changé, s'il était devenu un cinglé qui n'en veut qu'à ton argent ? Fais attention, maman, réfléchis. Tu ne peux pas te jeter dans cette relation sur un coup de tête. Tu dois peser le pour et le contre.

— Comme tu l'as fait quand tu as décidé que Phoebe était la femme de ta vie ?

— Je n'ai jamais dit que je comptais l'épouser.

— C'était inutile, je l'ai compris toute seule. Elle n'est

pas du tout faite pour toi, et je suis surprise que tu ne t'en sois pas rendu compte par toi-même.

James se leva brusquement.

— Tout cela commence à sentir la manipulation !

— Je ne suis pour rien dans ce qui t'arrive, mais on dirait que l'univers essaie de t'envoyer un message. Ne gâche pas ta vie en épousant une femme que tu n'aimes pas. Tu feras un époux parfait, James, mais tu dois cesser de contrôler tes émotions. Si tu aimes, fais-le à fond, de tout ton être.

James arpentait la pièce en serrant un peu trop fort son téléphone.

— Il faut que tu comprennes que mes fiançailles avec Aiesha ne sont que de la poudre aux yeux. Dès que mon projet avec Howard Sherwood sera bouclé, je mettrai fin à cette mascarade.

— Bien entendu.

— Je ne suis pas amoureux d'elle.

— Bien sûr que non, mon chéri.

— Et surtout reste en dehors de tout ça, insista James face au ton mielleux de sa mère.

— Ce que tu peux être cynique ! Tu ne crois tout de même pas que j'aurais provoqué l'accident de voiture de Julie ou que je maîtrise les chutes de neige ! Aiesha avait besoin d'un endroit où elle se sentirait en sécurité et je l'ai accueillie. Alors certes, je ne t'en ai pas parlé, mais je ne vais tout de même pas te prévenir chaque fois que je reçois quelqu'un ! A moins que ce ne soit ce que tu souhaites ?

— Non, ne sois pas ridicule…

Louise eut un petit rire malicieux.

— Je dois admettre que j'ai toujours espéré que vous puissiez vous retrouver face à face, tous les deux, ne serait-ce que quelques instants. Tu ne l'avais pas revue depuis des années. Il est peut-être temps d'aller de l'avant, non ? Vous êtes coincés ensemble ! Moi je dis que c'est une bonne chose, c'est le destin...

— Est-ce que tu as bu ?

— Ce que tu peux être obtus parfois, mon chéri ! Tu t'es fait une opinion sur Aiesha il y a des années, à l'époque où elle n'était qu'une adolescente à la dérive. Elle a changé. Alors je te demande d'être gentil avec elle.

James se demanda comment sa mère réagirait si elle savait à quel point il s'était montré *gentil* avec elle... Assez gentil pour l'embrasser, pour la prendre dans ses bras et pour avoir terriblement envie de lui faire l'amour.

— Je l'emmène à Paris avec moi. Est-ce que c'est assez *gentil* ?

— Merveilleux. Je savais que vous parviendriez à dépasser vos différences. Es-tu disposé à te montrer agréable avec Richard quand tu le rencontreras ?

— Quand aurai-je ce plaisir ?

— On organisera un dîner à quatre à mon retour, ça pourrait être sympathique, non ?

— J'ai vraiment hâte d'y être...

Aiesha égrenait les chaînes de télévision, installée sur le canapé, quand James entra d'un pas vif dans le salon.

— Ma mère s'est entichée d'un type et elle est convaincue d'être amoureuse. Tu le crois, ça ? Elle le connaît depuis des années et ils s'étaient perdus de vue, mais voilà qu'il revient dans sa vie et le tour est joué ! Incroyable. C'est tout bonnement insensé !

— Oh... Comme c'est mignon !

— On parle de ma mère, là, pas d'une adolescente. Elle a cinquante-neuf ans, bon sang ! Elle devrait avoir un peu plus les pieds sur terre !

Aiesha reposa la télécommande sur le canapé avant de se lever.

— Ce n'est pas parce qu'elle est dans l'âge mûr qu'elle n'a plus de besoins.

— Qu'est-ce que tu veux dire ? s'enquit James en fronçant les sourcils.

— Je te parle de sexe, James, expliqua-t-elle en dégageant les cheveux de sa nuque d'un geste démonstratif.

— Je préférerais éviter de placer ma mère et le mot sexe dans la même phrase, si ça ne t'ennuie pas.

— Tu es affreusement vieux jeu, James. Ça ne te gêne pas que ton père saute sur toutes les femmes de moins de vingt-cinq ans, mais tu es outré que ta mère puisse s'engager dans une relation stable et sérieuse. C'est un peu injuste, non ?

— Je ne veux pas la voir souffrir, se justifia-t-il.

— Elle est amoureuse, évidemment qu'elle va souffrir !

— Es-tu déjà tombée amoureuse ? lui demanda-t-il à brûle-pourpoint.

Aiesha éclata de rire.

— Tu plaisantes ? Je ne suis pas du genre à tomber amoureuse. Moi, j'utilise les hommes et je les recrache comme des pépins de pomme quand j'en ai terminé avec eux. Tu devrais le savoir, puisque tu sais tout de moi.

— Ce que je sais, c'est que tu ne laisses personne s'approcher de toi, dit-il en venant près d'elle.

Elle pouvait humer son parfum et contempler ses pupilles dilatées par un désir immense. Un désir qui la caressait comme une brise d'été. Une brise qui lui échauffait les sangs plutôt que de la rafraîchir.

— Je sais que tu aimes montrer quelle femme forte tu es, même si à l'intérieur tu es quelqu'un de sensible.

— Tu veux être plus proche de moi, James ? Alors enlève tout ça…

Quand il la saisit par les épaules, elle retint son souffle.

— J'ai l'impression que ma mère s'est convaincue que nous allons finir par tomber amoureux l'un de l'autre.

— Elle rêve !

James effleura la bouche d'Aiesha de ses lèvres.

— C'est ce que je lui ai dit.

— Ça ne marcherait jamais entre nous, tu es trop guindé, trop campé sur tes positions.

— Et toi, tu es trop imprévisible, murmura-t-il en laissant sa bouche caresser la lèvre inférieure d'Aiesha, qui sentit ses jambes flageoler.

Elle avança son visage, attendant que leurs bouches s'unissent, en une torture indescriptible. *Mais tu vas te décider à m'embrasser ?*

— Maîtrise, c'est ton deuxième prénom, hein, James ? James Maîtrise Challender, ça sonne bien, non ?

Elle le sentit sourire contre sa bouche.

— Je crois que tu aimes ça chez moi, même si tu ne te l'avoues pas.

Elle noua les doigts autour de sa nuque, tout en avançant le bassin afin de prendre la mesure de son excitation.

— Quoi ? Tu crois que j'ai un faible pour toi ?

James continua de laisser ses lèvres glisser sur les siennes. Ce n'était ni une caresse ni un baiser, mais quelque chose entre les deux.

— Tu ne veux pas te l'avouer, et cette idée te déplaît. Tu ne veux avoir de faible pour personne. Ma mère est la seule exception à cette règle… Oh, et Bonnie, bien entendu.

— Cette grosse boule de poils incontinente ?

Il prit sa joue au creux de sa large paume et la força à plonger dans son regard.

— *Quelqu'un* avait laissé une friandise pour chien sur son tapis quand je l'ai ramenée de sa dernière promenade et ce n'est pas moi qui l'y ai mise, donc c'est forcément toi.

Aiesha n'avait pas prévu qu'il la trouve avant la chienne. Elle l'avait cachée entre les plis du tissu, pour que Bonnie la découvre par hasard.

— Ta mère m'a donné des instructions précises sur la façon dont je devais m'occuper d'elle. Je me contente de faire ce qu'on m'a demandé.

James posa une main sur sa hanche pour l'empêcher de reculer.

— Je m'étais promis de ne pas faire ce que je m'apprête à faire. Je m'étais juré de ne pas compliquer encore notre situation.

— C'est juste du sexe, James. Tout le monde le fait et ça n'a pas vraiment de conséquences.

— J'imagine que tu t'en étais rendu compte, mais… j'ai envie de toi.

Elle le força à baisser la tête afin de mêler leurs souffles.

— Alors décide-toi, James…

Il l'emporta enfin dans un long baiser passionné qui attisa les flammes de leur désir.

Il se montra tout à la fois respectueux et autoritaire et bientôt, sa langue la soumit à sa volonté en un ballet délicat et enivrant. Il ne résista pas lorsqu'elle prit à son tour l'ascendant.

Ce jeu se poursuivit jusqu'à ce qu'il saisisse délicatement son sein entre ses doigts. Ce ne fut qu'une caresse, mais qui l'électrisa. Il émit un grognement rauque en passant sa main sous le pull et ses doigts rencontrèrent la dentelle de son soutien-gorge. Quand, à travers le tissu délicat, il se mit à jouer avec son mamelon dressé, Aiesha eut un petit gémissement de plaisir. James ne perdit pas de temps et l'enlaça pour la débarrasser de cet encombrant sous-vêtement qui tomba au sol lorsqu'il la libéra de son pull.

— Comme tu es belle ! s'exclama-t-il à voix basse avant de prendre la pointe de son sein dans sa bouche.

Aiesha tressaillit lorsque sa langue caressa son mamelon durci. Oui, entre ses bras, elle se *sentait* belle. Belle, désirable… respectée. Entre ses mains, elle était la plus belle femme du monde. Comme s'il voulait partager avec elle plus que de l'amour physique. Il s'intéressa ensuite à son autre sein avec le même soin, la même frénésie douce, avant de caresser de la langue son cou et le lobe de son oreille.

Enfin leurs bouches se trouvèrent et elle sentit son ventre s'enflammer comme avec aucun autre homme auparavant. Elle n'avait jamais été emportée par un tel torrent de désir. D'ordinaire, c'était elle qui menait la danse, et elle gardait la tête froide. Mais avec lui, elle se sentait perdre ses moyens et c'était si enivrant !

Elle le débarrassa de son pantalon et prit son sexe entre ses doigts afin de lui faire partager l'ivresse qu'il venait de lui offrir. Elle l'entendit gémir contre son oreille tandis qu'elle affermissait ses caresses le long de son membre dressé.

D'un geste fluide, il fit glisser le pantalon de yoga qu'elle portait. Le vêtement tomba à ses chevilles en une seconde. Elle en profita pour ôter sa petite culotte, tandis qu'il faisait de même avec son caleçon et son T-shirt.

Elle se délecta comme jamais auparavant de la vision de son corps puissant, explorant du regard les reliefs parfaits de son ventre et de ses pectoraux proéminents.

— Par terre, ordonna-t-il d'une voix qui la fit frissonner de bonheur.

Elle obéit sans discuter et il enfila un préservatif avant de la rejoindre sur le tapis. Puis, plutôt que d'entrer en elle avec précipitation, il prit le temps de lui prodiguer la plus intime des caresses, avec une douceur telle qu'elle se cambra malgré elle.

On lui avait déjà prodigué de telles caresses, mais jamais elle ne s'était laissée aller au point de glisser implacablement vers l'orgasme. Ses partenaires précédents s'étaient acquittés de leur tâche sans prendre le temps de lui demander ce dont elle avait envie. Ils avaient eu la prétention de penser qu'ils connaissaient son corps mieux qu'elle, sans lui demander ce qu'elle ressentait. Elle avait donc bien vite feint l'orgasme, tout en se moquant intérieurement de leur ignorance et de leur arrogance.

Mais ce qu'elle vivait à présent… c'était tout autre chose.

James s'interrompait pour lui demander s'il devait accélérer, ralentir…

— Dis-moi ce que tu préfères…

Aiesha était à peine capable d'articuler le moindre mot…

— Oui, comme ça… doucement, et… plus… plus vite… Oh, mon Dieu ! Ooooooh…

Son corps fut secoué par un orgasme violent, qui la laissa pantelante et alanguie entre ses bras.

Elle se sentait agréablement vulnérable. C'était la première fois qu'elle s'abandonnait ainsi. Ce qu'elle venait de vivre dépassait la simple étreinte et James l'avait entraînée vers quelque chose de plus intense, un lieu qu'elle n'avait jamais visité auparavant.

Il la recouvrit de son corps tout en lui caressant les cheveux.

— Ça va ?

— Bien sûr. Pourquoi ça n'irait pas ?

— On n'est pas forcés de continuer, si tu as des regrets, tu sais.

Des regrets ? Il devait plaisanter ! Et pourtant, c'était touchant : il ne partait pas du principe qu'il avait automatiquement le droit de poursuivre, que son propre plaisir devait être assouvi, et cela ne fit qu'accroître le désir qu'elle avait de lui. Elle lui caressa la joue, ses doigts crissant sur sa barbe naissante.

— Ce serait dommage de gâcher un préservatif tout neuf, non ?

Il lui prit la main et l'embrassa sans la quitter des yeux.

— Je ne sais pas pour toi, mais je déteste gâcher.

— Moi aussi, affirma-t-elle en le saisissant par la nuque pour l'attirer à elle.

Leurs bouches fusionnèrent une nouvelle fois avec une passion renouvelée, puis il lui saisit les fesses afin d'entrer en elle en un long mouvement d'une douceur infinie. Aiesha fut traversée par un frisson d'extase en sentant chacune de ses terminaisons nerveuses s'enflammer à son contact. Il bougea d'abord avec lenteur afin que leurs corps s'accordent sur un tempo commun, puis un peu plus vite, au son de leurs souffles mêlés. Enfin, ils basculèrent et elle fut soudain juchée sur lui, les fesses tendrement caressées par ses mains expertes. Comment avait-il deviné que c'était dans cette position que son désir était à son apogée ? Le rythme fut plus soutenu et Aiesha ondula bientôt des hanches avec frénésie, chevauchant une vague de plaisir immense, le visage contracté par l'imminence de l'orgasme, les cheveux fouettant ses épaules.

Elle s'envola alors vers le septième ciel, dans un cri de jouissance libérateur, le corps agité de secousses délicieuses, l'esprit libéré de toute entrave, tandis que des larmes de pur bonheur roulaient sur ses joues.

James la fit de nouveau rouler sur le dos sans rompre leur union intime.

— C'était bon ?

Aiesha remua légèrement. Elle voulait le sentir jouir en elle, sentir les vibrations de son plaisir.

— Tu le sais déjà, non ?

— Tu aurais pu simuler. C'est difficile pour un homme de faire la différence.

— Mais toi, tu y arrives, non ?

— Disons que je ne m'arrête pas à moins d'en être parfaitement sûr.

Aiesha se sentit partir en douceur lorsqu'il reprit de

longs et lents mouvements du bassin. Encore une fois, le rythme s'accéléra, jusqu'à ce que leurs corps se heurtent, encore et encore, telles des déferlantes à l'assaut d'une falaise. Elle agrippa ses fesses, savoura le poids de son corps sur le sien et la façon dont il occupait tout son univers, tout son corps. Une fois encore, elle se sentit gravir les marches du nirvana, mais elle hésita. Devait-elle lui dire ce dont elle avait besoin pour qu'il lui donne un nouvel orgasme ? C'est alors qu'il se déplaça légèrement, juste assez pour que sa main se glisse entre leurs deux corps. Il l'effleura au plus intime, au plus sensible, et la jouissance s'empara d'elle, l'emportant comme un train fou lancé à pleine vitesse.

Mais lui... Il n'avait toujours pas succombé. Elle s'émerveilla de le voir aussi maître de lui-même, tout en déplorant qu'il refuse de s'abandonner. Comment arrivait-il à lui résister avec une telle aisance ? D'habitude, les hommes prenaient leur plaisir sans vraiment se soucier du sien. Mais James attendit qu'elle revienne à elle, la main dans ses cheveux.

— Encore ?

— Et toi ?

— On va y venir..., murmura-t-il avant de reprendre ses lents et délicieux mouvements.

— Est-ce que tu penses à ta mère pour réussir à te maîtriser comme ça ?

Il passa doucement la main sur ses seins.

— Non, je prends simplement mon temps. Pourquoi se presser ?

— Où est le piège, dis-moi ?

— Quoi, tu n'es pas à l'aise ?

— Ce n'est pas ça, c'est juste que c'est la première fois qu'un homme prend autant de temps avant de se laisser aller...

— Donc tu n'as pas de plaisir chaque fois.

— Je n'ai pas dit ça.

Comment faisait-il pour lire ainsi dans ses pensées ?

— C'était implicite.

Pourquoi s'entêtait-il à vouloir la comprendre ? Elle ne voulait pas être comprise. Elle voulait être invisible, hors d'atteinte. Cela avait du moins été son souhait jusqu'à ce jour...

— Le sexe, ce n'est rien de plus que du sexe.

— Ça peut être infiniment plus que ça, affirma-t-il en lui caressant le menton.

Il avait cessé ses va-et-vient, mais il était toujours en elle, toujours aussi... présent. Il avait envie d'elle, elle le sentait. Elle déglutit et se passa la langue sur les lèvres. James suivit son geste du regard puis passa son index sur sa bouche avec lenteur, faisant naître en elle des sensations nouvelles. Le désir la saisit une nouvelle fois sans qu'elle parvienne à le maîtriser. Etait-ce cela que l'on était censé ressentir lorsque l'on avait envie de quelqu'un au point d'en avoir presque mal ? C'était comme si toucher James lui était devenu aussi vital que de respirer.

— Faire l'amour, c'est un voyage, affirma-t-il en recommençant à bouger en elle, déclenchant une foule de sensations.

Il l'embrassa sans cesser d'aller et venir et Aiesha répondit en ondulant et en basculant ses hanches afin de hâter l'union de leurs deux corps. James accéléra peu à peu ses mouvements, mais sans jamais sembler perdre le contrôle de ses émotions. Quand Aiesha lui saisit les fesses, il émit un bruit de gorge et accéléra encore le tempo, encouragé par les gémissements qu'elle ne parvenait plus à réprimer. Elle sentit les muscles de son corps se raidir à l'approche de l'orgasme. Sa peau se hérissa, juste avant qu'il succombe entre ses bras, emporté par une déferlante de plaisir.

Elle le tint contre elle tandis que leurs souffles s'apaisaient peu à peu. Cela aussi était très nouveau pour elle. En temps normal, elle se rhabillait bien vite avant de s'éclipser. Mais elle ne voulait pas rompre le lien presque magique qui venait de se nouer avec James. Elle se sentait bien, en paix avec son corps, comblée. Un sentiment qu'elle n'avait sans doute jamais ressenti jusqu'à ce jour. Cette façon qu'il avait eue de lui faire l'amour... l'avait émue. Il avait fait preuve de respect et de considération envers elle, il s'était soucié de son plaisir et elle s'était sentie en sécurité.

Elle savoura son souffle chaud contre sa nuque et perçut les amples respirations de son torse puissant. Elle laissa négligemment courir ses mains sur son dos large et sur ses épaules, dessinant le relief de ses muscles, le paysage de sa peau, avant d'enfouir les doigts dans ses cheveux.

— Alors, pas trop inconfortable, ce tapis ?

— Soit il est vraiment très doux, soit tu n'y es pas allé assez fort.

— On peut arranger ça, murmura-t-il avant de prendre sa bouche.

9

Au petit matin, James tendit le bras vers Aiesha, mais trouva sa place vide et froide. Son parfum flottait encore dans l'air. Il se redressa et tendit l'oreille en direction de la salle de bains, mais ne perçut que le silence.

Un silence total.

Il repoussa les couvertures. Il ne l'avait pas entendue partir, et il ne s'était pas attendu à ce qu'elle le fasse. James eut la sensation désagréable de n'être qu'un gigolo qu'on jette après usage, une simple aventure d'un soir. Il n'aimait pas avoir l'impression d'être utilisé. Après leur première étreinte, ils étaient montés dans la chambre, car il avait le sentiment que faire l'amour sur le tapis n'était pas ce qu'elle préférait. Pour sa part, ce n'était pas non plus sa tasse de thé.

Il se souvint alors qu'elle ne passait jamais la nuit avec quiconque. Sa fierté en fut un peu égratignée : n'était-il qu'un amant de plus à ses yeux ? Il avait tout de même pris le temps d'apprendre à la connaître, de cerner ses désirs…

Au-delà du sexe pur et dur, il lui avait fait *l'amour* ! Il avait veillé à écouter son corps, à cerner ses besoins, ses préférences, et elle avait répondu à ses caresses avec une ardeur qui ne pouvait être feinte. Ce qu'ils avaient vécu cette nuit avait forcément de la valeur à ses yeux !

Un coup d'œil en direction de l'horloge : 4 heures du matin. Il enfila sa robe de chambre en essayant de se convaincre qu'il se mettait à sa recherche dans l'unique but de s'assurer qu'elle allait bien.

Sa chambre était vide.

Le lit était défait, mais difficile de savoir si elle y avait dormi. Pourquoi refusait-elle de lui parler de ses problèmes de sommeil ? Si seulement il avait su plus tôt les épreuves qu'elle avait traversées, il aurait pu l'aider et ils n'auraient pas perdu toutes ces années d'incompréhension et de rancœur. Dire qu'il l'avait accusée d'être une voleuse ! Il allait devoir parcourir tout le chemin en sens inverse, désormais, s'il voulait gagner sa confiance.

Lorsqu'il alluma la lumière de la cuisine, Bonnie leva la tête et cilla, mais resta couchée dans son panier. Puis elle reposa sa tête sur ses pattes et ferma les yeux en poussant un profond soupir.

James inspecta la pièce. Les plaques de cuisson étaient froides et il n'y avait pas la moindre miette sur la table. Il éteignit et se dirigea vers la salle de bal, dont la porte entrouverte laissait filtrer un rayon de lune. Le piano était silencieux et Aiesha faisait face à la fenêtre, couverte d'un tissu vaporeux qui lui donnait une allure fantomatique. Cette fois, James ne se risqua pas à l'approcher sans bruit.

— Aiesha ? dit-il en frappant doucement à la porte.

Elle avait dû l'entendre approcher car elle ne tressaillit pas. Le contre-jour masquait ses traits, tout en mettant en évidence sa nudité sous le voile diaphane.

— Qu'est-ce que tu fais ici toute seule ?

— Je n'arrivais pas à dormir.

— Tu aurais dû me réveiller.

Elle émergea des ombres et James contempla son expression de mécontentement.

— Pour quoi faire ? Tu m'aurais préparé un lait chaud, tu m'aurais raconté une histoire pour m'endormir ?

— Qu'est-ce que tu as, ma chérie ?

Aiesha eut un hoquet qui évoquait vaguement un rire.

— Ma *chérie* ? Tu ne crois pas que tu pousses un peu loin la comédie ?

James approcha d'elle et la vit se raidir.

— Qu'est-ce que tu as ?

L'habituel masque d'indifférence vint couvrir son visage.

— Rien.

— D'accord. Alors il va falloir que tu m'expliques deux ou trois choses. Il y a encore quelques heures, nous étions blottis l'un contre l'autre et tu allais t'endormir entre mes bras. Et maintenant on dirait que tu es prête à me casser le nez. Tu veux bien me raconter l'épisode que j'ai manqué ?

Elle posa sur lui un regard dur et sans pitié.

— Ecoute, je ne veux pas dormir avec toi, O.K. ?

— Je ne te suis pas.

— Je ne veux pas partager ton lit, c'est trop… intime.

James éclata d'un rire étonné.

— Parce que ce qu'on a fait tout à l'heure, ce n'était pas intime, peut-être ?

— Ce n'était rien de plus que du sexe, expliqua-t-elle en rougissant imperceptiblement.

— Qu'est-ce qui t'effraie tant à l'idée de partager mon intimité ?

— Pourquoi est-ce que tu me poses ces questions stupides ? demanda-t-elle avec irritation.

— J'aimerais te comprendre.

— Et moi qui pensais que tu n'en voulais qu'à mon corps de rêve !

— C'est sans doute le cas pour la plupart des hommes, mais je ne suis pas superficiel à ce point.

Aiesha releva la tête avec un air de défi.

— Eh bien, tu sais quoi, *chéri* ? Je n'offre rien d'autre que mon corps. C'est à prendre ou à laisser.

Son instinct lui dicta de tourner les talons, mais Aiesha

était devenue sa drogue. Lui qui d'ordinaire maîtrisait ses pulsions et son désir se retrouvait esclave de cette femme incroyable.

— Viens ici…

Nouveau regard rebelle.

— Pourquoi tu ne viendrais pas, toi ?

— Je te l'ai demandé en premier, rétorqua-t-il, le désir lui brûlant les veines.

Elle ramena ses cheveux en arrière d'un mouvement de tête qui fit glisser son drap, découvrant légèrement son sein.

— Tu n'as rien demandé, tu as ordonné.

— Et alors ?

— Alors je veux que tu demandes gentiment.

— Tu veux que je te supplie, c'est ça ?

La bouche d'Aiesha s'arqua en un sourire diabolique tandis qu'elle laissait tomber au sol son vêtement improvisé.

— Tu le ferais ?

— Je pensais que tu me connaissais un peu mieux que ça.

Elle laissa son doigt courir sur sa robe de chambre, jusqu'à sa ceinture. Elle décrivit un cercle autour de son nombril.

— Tu veux que je descende plus bas ?

— Jusqu'où es-tu prête à aller ?

Elle lui sourit d'un air canaille et il oublia presque de respirer en la voyant se mettre à genoux.

— Est-ce que je suis bien placée ici ? s'enquit-elle en laissant son souffle chaud caresser le membre dressé de James.

Il sentit ses jambes le trahir en la voyant jouer ainsi avec ses émotions et avec son désir.

— Attends, je vais mettre un préservatif, annonça-t-il en fouillant dans sa poche, tu veux bien t'en occuper ?

— Avec plaisir.

Il retint son souffle quand elle déchira l'emballage de ses dents blanches avant de dérouler avec gourmandise la membrane transparente le long de son sexe. Il sentit une nouvelle fois son souffle sur sa peau brûlante, avant que sa langue vienne l'effleurer. Ce n'était qu'une infime caresse, mais qui l'électrisa même à travers le latex. Puis elle entreprit de le prendre entre ses doigts avec une douceur infinie et James sentit un frisson courir le long de ses nerfs. Enfin elle l'accueillit dans sa bouche et cette brusque chaleur le fit gémir de plaisir. Elle joua d'abord avec lui lentement, puis la cadence s'accéléra, jusqu'à ce qu'il se sente approcher de l'extase.

Il la prit par les cheveux pour reprendre le contrôle de la situation, mais elle ne se laissa pas faire et accentua même la pression de sa bouche experte, jusqu'à ce que le barrage de sa volonté cède, laissant place à une jouissance infinie.

Doucement, elle se releva, le sourire aux lèvres, et appuya sa poitrine nue contre son torse. Aiesha était un fantasme vivant, doublé d'une âme sensible.

— Tu veux recommencer ?

— Il va me falloir un autre préservatif, haleta-t-il en se passant une main dans les cheveux.

— J'imagine que tu n'en as pas d'autre dans la poche ?

— Malheureusement, non.

— Eh bien, c'est ton jour de chance, parce que moi, si.

Elle pivota et retourna vers ce qu'il avait pris pour un drap, mais qui était en réalité une longue veste de soie. Elle se pencha de façon provocante, afin de lui offrir le spectacle ébouriffant de ses longues jambes et de ses fesses parfaites. Puis elle revint vers lui, triomphante, le petit objet à la main.

Une nouvelle fois elle déroula le morceau de latex sans le quitter des yeux. James, n'y tenant plus, la prit par les épaules et l'embrassa avec ardeur, dévorant ses lèvres charnues. Ses mains glissèrent sur ses seins, ses hanches, son sex, avec avidité, jusqu'à ce qu'elle émette de petites plaintes aiguës. Il se montra sans pitié avec elle, tout comme elle l'avait fait avec lui, laissant monter le désir au plus haut, mais sans lui donner ce qu'elle demandait.

— Maintenant ! supplia-t-elle contre sa bouche.

— Pas encore. Ne sois pas si impatiente, répliqua-t-il en la mordillant.

— Je veux te sentir en moi !

Il la fit reculer jusqu'au mur le plus proche, sans que leurs peaux se quittent.

— Pourquoi es-tu si pressée ?

Elle lui prit les fesses à pleines mains et il huma son parfum féminin, intime, musqué. Tout en l'embrassant avec une passion renouvelée, il glissa un doigt en elle. Leurs langues entamèrent une danse sensuelle, comme si chacun cherchait à embraser le désir de l'autre. Jamais il n'avait eu envie d'une femme à ce point. Il avait l'impression d'être sous l'effet d'un sortilège et ressentait à la fois une attirance bestiale et une colère animale. Elle représentait tout ce qu'il avait toujours fui, mais il ne parvenait pas à s'éloigner d'elle. Comment expliquer ce mystère ?

— Je te veux. Maintenant ! gémit-elle en lui saisissant les cheveux.

James la fit pivoter sur elle-même. Elle plaqua ses mains contre le mur, puis ondula des fesses contre son sexe dressé. L'invitation était trop tentante. Lorsqu'il entra doucement en elle, il sentit une vague de pure extase le parcourir.

Il plongea son nez dans sa chevelure, s'enivrant de son parfum tandis que leurs corps se heurtaient. Il accéléra la chevauchée au diapason des petits cris de jouissance qu'Aiesha laissait échapper. Puis il la saisit par les hanches en serrant les dents pour ne pas se laisser aller trop tôt.

Tandis qu'Aiesha se hissait sur la pointe des pieds, James passa une main le long de son ventre pour lui prodiguer la caresse ultime qui la propulsa au firmament. Il sentit les spasmes délicieux qui parcouraient le corps d'Aiesha, accompagnés de cris libérateurs, presque animaux.

James ne tarda pas à la rejoindre, puis écarta le rideau de ses cheveux mouillés de sueur pour embrasser sa nuque.

— Tu aimes ça ?

— Hmmm..., murmura-t-elle d'un ton rêveur.

Il couvrit son dos et ses épaules de baisers en se demandant si elle réagissait de cette manière avec tous les hommes qu'elle rencontrait.

Il l'imagina alors entre les bras d'un autre et un malaise le saisit. C'était la première fois qu'il ressentait de la jalousie. Il ne s'était jamais attaché suffisamment à une femme pour ressentir cette émotion.

Avec combien d'hommes Aiesha avait-elle fait l'amour ?

Quelle importance, après tout ! On était au XXIe siècle, elle pouvait disposer de son corps à sa guise !

Il ôta son préservatif tout en renvoyant ses sombres pensées au Moyen Age, dont elles étaient issues.

Leur relation n'avait de toute façon aucun avenir, alors pourquoi se torturer ainsi ? Elle détestait tout ce que son univers représentait et elle ne l'appréciait même pas, lui. Il n'était qu'un trophée de plus dans sa collection, une case à cocher. Elle prenait du plaisir avec lui, mais ça n'allait pas plus loin.

Tu en es vraiment certain ?

Elle ramassa son vêtement de soie et le passa en captant le regard de James.

— Il n'y en a pas eu autant que tu te l'imagines.

— De quoi tu parles ? demanda James en nouant la ceinture de sa robe de chambre.

— Des hommes, mes amants. La presse m'a taillé sur mesure un costume de traînée, mais c'est un mensonge.

Je ne passe pas mes soirées à chasser le mâle. Tu es mon premier cette année.

— Pas mal ! Nous sommes tout de même le 10 janvier, rétorqua-t-il en levant les yeux au ciel.

— Tu as faim ?

— De quel genre de nourriture parles-tu ?

— Tu es un lève-tôt, n'est-ce pas ? s'enquit-elle en s'approchant de lui.

— Quand c'est nécessaire. Et toi ?

— Oh ! je suis très souple, affirma-t-elle en défaisant la ceinture de sa robe de chambre, avant de saisir son sexe déjà dressé dans sa main, je prends chaque jour comme il vient.

Elle ondula contre lui, l'entraînant une nouvelle fois sur les berges de cette passion sans fin qu'il nourrissait pour elle.

— Heureusement que la neige commence à fondre, parce qu'à ce rythme, je vais finir par être à court de préservatifs.

— A l'avenir, chuchota-t-elle en lui griffant légèrement le torse, tu te montreras plus prévoyant.

A l'avenir…

Quel avenir ?

C'était une aventure sans lendemain. Elle ne se liait jamais avec quiconque à moins que cela ne serve ses intérêts immédiats, elle l'avait affirmé elle-même. Comment savoir si elle voulait être avec lui pour autre chose que son argent ? Cette idée rôderait toujours dans un coin de son esprit si leur histoire venait à évoluer.

James la prit par les épaules.

— Tu as bien conscience que notre histoire ne survivra pas plus d'un mois, n'est-ce pas ?

Un sourire narquois fleurit sur son visage.

— Evidemment. Tu me paies pour jouer un rôle, expliqua-t-elle en faisant glisser son index et son majeur sur le torse de James, est-ce que je me débrouille bien jusqu'ici ?

— Arrête, ordonna-t-il en lui prenant la main.

— Que j'arrête quoi ? demanda-t-elle avec une fausse innocence. Vas-y, dis-le, James, ne sois pas si prude ! Je suis ta maîtresse rémunérée, la poupée au bras de l'homme puissant, non ? Ton père en a une aussi, et je crois qu'elle me ressemble un peu.

James serra les dents. Elle le provoquait délibérément, c'était même son passe-temps favori. Mais il souffrait de voir qu'elle semblait le faire avec un total détachement. Elle l'avait voulu et elle l'avait eu. Elle avait tendu son piège et, comme un imbécile qu'il était, il avait mordu à l'hameçon. Et maintenant, elle jouait les prostituées pour que le remords le ronge. Elle savait combien il détestait être comparé à son père et elle jouait sur cette corde sensible. Pourquoi ? Etait-ce la vengeance qui la motivait ? L'argent ? Le plaisir de le torturer ? Par son comportement, elle venait de lui montrer à quel point elle se moquait de le heurter.

— Tu es ma fiancée. C'est ce que croit la presse et c'est ce qu'ils doivent continuer de penser jusqu'à ce que j'en décide autrement. Compris ?

— Alors tu vas devoir sortir la carte bleue et m'acheter une énorme bague si tu veux qu'ils avalent cette couleuvre.

James marmonna un juron avant d'ajouter :

— Sois prête pour l'heure du déjeuner. Si nous ne pouvons pas partir en voiture, je ferai venir un hélicoptère.

10

La colère de James était une bonne chose, car pendant tout le voyage jusqu'à Paris, il ne décrocha pas un mot et se concentra sur son ordinateur portable, comme s'ils n'étaient que deux inconnus voyageant ensemble. Cela convenait à Aiesha : elle avait besoin de temps pour rassembler ses idées, car elle commençait à avoir des difficultés à jouer son rôle tout en ressentant des émotions contraires.

Emotions. Voilà, le mot était lâché.

Elle qui ne ressentait jamais rien, elle qui s'était protégée contre les émotions toute sa vie durant commençait à ressentir des choses pour lui — et elle savait que c'était terriblement dangereux.

Tant qu'une relation demeurait purement charnelle, cela lui convenait. Après tout, les hommes faisaient ça tout le temps, eux ! Ils assouvissaient un besoin physique.

Elle ne serait pas stupide au point de tomber amoureuse de James, un homme pour qui ce sentiment ne serait jamais réciproque, un homme dont elle avait détruit la famille. Lui qui avait une relation compliquée avec son père, que la présence d'Aiesha à ses côtés ne ferait que dégrader un peu plus.

Louise l'avait acceptée telle qu'elle était, mais il ne fallait pas exagérer. Aiesha venait d'un autre monde, séparé du leur par un gouffre infranchissable. Tous la jaugeraient, la jugeraient, attendant un faux pas inévitable qui plongerait de nouveau les Challender dans la disgrâce.

C'était stupide de sa part d'imaginer un avenir avec James. Elle était une créature de la nuit, une femme de Vegas. Les contes de fées, ce n'était pas pour les filles comme elle et plus tôt elle l'accepterait, mieux elle se porterait.

La presse ne retrouva leur trace qu'à l'approche de l'hôtel qui se trouvait non loin de la tour Eiffel. James la prit par la main et franchit le flot de journalistes en souriant et en leur répondant dans un français parfait. Aiesha ne parvint qu'à attraper quelques mots épars, mais elle comprit qu'il exprimait sa joie pour leurs fiançailles et qu'il avait hâte de l'épouser dans l'année.

Mais lorsque les portes de l'ascenseur se furent refermées, il lui lâcha la main et son sourire s'envola.

— C'est ridicule. Combien de temps vont-ils nous tourner autour de cette façon ? Nous ne sommes pas des célébrités !

— Tu es riche, expliqua Aiesha en s'adossant à la paroi de l'ascenseur, tu es beau, les gens veulent savoir ce que tu fais et avec qui tu le fais.

Visiblement agacé, il se passa la main dans les cheveux. Elle savait que l'attention de la presse lui rappelait la honte qui avait frappé sa famille des années auparavant. La présence d'Aiesha à ses côtés décuplait encore l'attention des paparazzi. A Lochbannon, il avait pu oublier pour un temps les turpitudes du monde, mais le monde venait de le rattraper.

— Je t'ai fait préparer une tenue pour le dîner de demain soir et une autre pour ce soir. Un bijoutier viendra également te présenter quelques bagues tout à l'heure.

Il consulta sa montre avec nervosité.

— Il sera ici dans quelques heures.

— Bon… et à quoi allons-nous employer ces quelques heures ?

La bouche pincée mais le regard enflammé, il parvint à ne pas trop plonger vers son décolleté.

— Est-ce qu'il t'arrive de penser à autre chose qu'au sexe ?

— C'est pour ça que tu me paies, non ?

La porte de l'ascenseur s'ouvrit et il la saisit par le poignet, comme si elle était sa prisonnière.

— Je commence à être fatigué de tes remarques perpétuelles. Nous ne serions pas dans cette situation si tu n'avais pas envoyé ce tweet, tu te souviens ?

Il lui fit signe d'entrer dans la suite d'un geste sec du menton.

— Tu ne me portes pas pour franchir le seuil ?

— Entre là-dedans !

— Je veux ma propre chambre, réclama-t-elle.

— Je préfère t'avoir sous la main.

— Et si je n'en ai pas envie ?

Il eut un petit tic nerveux.

— Ta chambre est là, à côté, tu dormiras avec moi, un point c'est tout.

Aiesha se campa devant lui et lui planta son index dans le plexus. Elle appuya de toutes ses forces, mais il ne bougea pas d'un millimètre…

— Personne ne me dit où je dors, compris ?

Il lui prit la main avec force et l'attira à lui.

— Je sais ce que tu manigances, Aiesha. Tu veux me faire perdre la tête pour que j'agisse en dépit du bon sens. Tu penses que je suis comme tous les autres hommes, mais tu te trompes. Ça ne marchera pas avec moi. Tu peux me provoquer autant que tu veux, je ne sortirai pas de mes gonds, je ne te laisserai pas gagner. Tu vas passer la nuit avec moi, quoi qu'il en coûte, affirma-t-il avec un calme olympien. Je vais aller voir mon client, ajouta-t-il. A mon retour, les vêtements et les bijoux seront là. Ne quitte pas l'hôtel sans moi, la presse est toujours dehors.

— Tu ne peux pas me donner d'ordre, remarqua-t-elle avec un sourire mutin.

Il ouvrit la porte et prit le temps de se retourner avant de lui lancer :

— C'est pourtant ce que je viens de faire.

Elle attendit de le voir grimper dans un taxi avant de prendre son manteau et son sac. Elle n'allait certainement pas se laisser dicter sa conduite sans rien dire. Et puis, elle avait besoin de prendre l'air. James n'avait pas à décider pour elle.

Aucun homme n'avait ce droit.

Elle se faufila par une porte de service, tandis que la presse s'agglutinait autour d'une tête couronnée de passage à Paris.

La neige avait rendu les rues glissantes et l'air glacé pénétrait douloureusement ses poumons, comme s'il était chargé de petites échardes. Elle se plia en avant pour marcher contre le vent et conserver sa chaleur. Paris était magnifique en toutes saisons, mais en hiver, la tour Eiffel et les monuments alentour étaient couverts d'un manteau blanc qui leur donnait un air intemporel.

Aiesha longea les berges de la Seine bordées d'arbres aux feuilles alourdies de neige. Les bancs, sentinelles silencieuses, étaient eux aussi d'un blanc immaculé.

Elle marcha ainsi une heure durant, avant de faire demi-tour pour regagner l'hôtel. C'est alors qu'elle vit un homme chaudement couvert tirer un petit chien au bout d'une laisse. L'animal ne semblait pas satisfait de son sort et agitait la tête de droite à gauche pour se libérer. L'homme l'invectiva en français et l'entraîna dans une petite ruelle.

Le sang d'Aiesha ne fit qu'un tour, et malgré le froid mordant, elle sentit la sueur lui couler dans le dos.

Elle entendit alors un jappement plaintif émerger de la ruelle. Cela la tira brutalement de sa torpeur et elle s'élança en avant.

— Non ! s'écria-t-elle en courant.

Elle dérapa sur les plaques de verglas et tomba à genoux auprès de l'homme, qu'elle se mit à supplier.

— Non, je vous en prie, ne lui faites pas de mal. S'il vous plaît !

L'homme baissa le regard vers elle sans comprendre. Même le chien lui jeta un regard curieux avant de se cacher derrière les jambes de son maître.

— Vous êtes folle ou quoi ?

— Donnez-moi ce chien ! ordonna Aiesha en tendant les bras.

L'homme prit l'animal et le tint fermement sous son bras droit.

— Laissez-moi tranquille.

— Je peux vous payer si vous voulez, proposa-t-elle en fouillant dans son sac d'une main tremblante. Tenez, prenez, c'est tout ce que j'ai sur moi, mais donnez-moi le chien, s'il vous plaît !

— Vous êtes folle ! répondit l'homme en grimaçant, ce n'est même pas un chien de race, il a quinze ans et il lui manque des dents.

Aiesha tremblait et la tête commençait à lui tourner. Elle avait l'impression désagréable de quitter son corps et de contempler la scène de haut, comme si ce n'était pas vraiment elle qui implorait cet homme.

Une autre silhouette apparut alors dans la ruelle. Lorsque la voix familière l'appela, elle se releva en sanglotant.

— James, je t'en prie, fais quelque chose !

— Mais qu'est-ce que tu fais là, bon sang ? demanda-t-il en ouvrant les pans de son manteau afin qu'elle puisse se réchauffer contre lui. Viens, ça va aller, je suis là, maintenant.

— Il va lui faire du mal ! Tu dois l'arrêter, il va le tuer !

— Cette femme est folle ! Elle a essayé de voler le chien, et ensuite elle a voulu me l'acheter !

— Ma fiancée semble inquiète pour cet animal, expliqua James.

— C'est le chien de ma femme. Comme elle est malade, j'ai proposé d'aller le promener. Il n'aime pas être tenu en laisse, mais si je le laisse en liberté, il va s'enfuir et c'est moi qui vais me faire tuer !

— Qu'est-ce qu'il raconte ? demanda Aiesha en reprenant peu à peu ses esprits.

— Je t'expliquerai plus tard.

Il se tourna vers l'inconnu.

— Je suis désolé pour ce quiproquo et j'espère que votre femme sera bientôt remise.

L'homme se redressa, fit rouler ses épaules, puis caressa le chien qui lui lécha la main.

— Allez, viens, Babou. Tu vois, je t'ai toujours dit que les Anglais étaient fous.

Aiesha regarda l'homme s'éloigner, puis entrer dans un immeuble un peu plus loin.

— Je suppose que c'est là qu'il vit…

— Oui, avec sa femme. Est-ce que tu es sûre que ça va ?

— Je vais bien.

— On ne dirait pas, tu trembles comme une feuille.

— Tu veux bien me ramener à l'hôtel ? J'ai froid, je suis trempée et… j'ai besoin d'un verre.

— Je crois que ça me ferait du bien à moi aussi, soupira-t-il en lui prenant la main.

***

James la tint contre lui pendant tout le chemin du retour. Elle continuait de trembler, et il voulait qu'elle soit de nouveau elle-même avant de s'entretenir avec elle au sujet de cet incident. Il ne l'avait jamais vue dans un tel état de nerfs. En la découvrant dans cette ruelle, face à cet homme au regard agressif, il avait tout d'abord cru qu'elle était en danger, et son sang s'était glacé. L'idée qu'elle puisse être blessée l'avait tétanisé. Il tentait de se convaincre qu'il aurait sans doute eu la même réaction avec n'importe qui d'autre, mais il savait que c'était un mensonge. Il avait ressenti une douleur physique en la croyant en danger.

Pourquoi s'était-elle comportée de cette façon ? Elle n'aimait même pas les chiens… c'était du moins ce qu'elle prétendait. Pourquoi s'était-elle précipitée au secours de cet animal alors qu'il ne risquait rien ? Etait-ce lié à son passé ? Lui répondrait-elle s'il l'interrogeait à ce sujet, ou lui servirait-elle ce regard dur qu'elle avait parfois, tout en lui demandant de se mêler de ses affaires ? Finirait-elle par lui accorder sa confiance ? James voulait savoir ce qui se cachait derrière les apparences, découvrir pour quelle raison elle repoussait ceux qui tentaient de prendre soin d'elle.

— Comment m'as-tu retrouvée ? demanda-t-elle lorsqu'ils furent de retour dans la suite.

James la débarrassa de son manteau.

— J'étais dans un taxi et je revenais vers l'hôtel quand je t'ai vue t'engouffrer dans cette ruelle. J'ai d'abord cru que tu te cachais de moi. J'ai payé la course et je suis arrivé au moment où tu étais à genoux face à ce pauvre homme. Tu veux bien m'expliquer ce qui s'est passé ? Tu n'aimes même pas les chiens !

— Je n'aime pas qu'on maltraite les animaux, se

justifia-t-elle en enlevant son écharpe, tout en prenant soin d'éviter son regard. J'ai réagi un peu trop vivement et j'en suis désolée. Est-ce qu'on peut passer à autre chose ?

— Non, Aiesha. Je veux savoir ce qui t'a mise dans un tel état. Parle-moi, dis-moi ce qui t'a bouleversée.

En la voyant enrouler nerveusement son écharpe autour de sa main, il crut qu'elle allait refuser, mais elle consentit à laisser tomber le masque. Son regard se fit moins dur, il vit ses épaules se relâcher, comme si elle acceptait enfin de retirer son armure.

— J'aurais dû me douter… j'aurais dû savoir qu'il tuerait Archie pour me faire du mal.

James sentit son cœur s'emballer dans sa poitrine.

— Qui était Archie ?

— Mon chien, confessa-t-elle enfin avec une tristesse infinie.

James commençait à avoir une meilleure vue d'ensemble, mais le tableau qui se dessinait était franchement hideux.

— C'est ton beau-père qui…

— Oui.

James la prit dans ses bras, comme s'il pouvait absorber un peu de sa douleur.

— Oh, mon pauvre bébé…, murmura-t-il.

Aiesha le serra de toutes ses forces, comme s'il était le seul repère dans son univers chaotique, et elle se livra, le visage plaqué contre son torse, sa voix étouffée. Elle s'ouvrit à lui et lui révéla tout de son passé.

Enfin…

Alors, il comprit. Il comprit sa douleur, ce qui l'avait poussée à devenir celle qu'elle était. Il imagina l'adolescente terrifiée et traumatisée qu'elle avait été et il comprit qu'elle avait dû se forger une armure par simple instinct de survie. Louise avait tout de suite su voir au-delà des apparences. Pourquoi lui avait-il mis autant de temps ?

Il l'écouta raconter l'innommable en lui caressant

les cheveux, il la cajola tandis qu'elle déversait le flot de colère et de rancœur qui lui gangrenait l'âme depuis trop longtemps.

Puis ce fut le silence.

James hésita à le rompre, de peur de briser la magie de l'instant. Il recula légèrement et contempla son visage ravagé par le chagrin et la colère. Après tant d'années, elle avait enfin réussi à laisser couler ses larmes. Il était si heureux et si fier qu'elle lui ait fait l'honneur de vivre cet instant avec lui ! Enfin elle acceptait de lui faire confiance. Quel bonheur, quelle sensation enivrante... Il passa un pouce sur ses joues pour essuyer ses larmes.

— Et si on te faisait couler un bon bain chaud ? Je vais repousser le rendez-vous avec le joaillier.

Elle lui prit la main et la tint contre sa joue.

— James...

— Oui ?

— Ce que je viens de te dire..., avoua-t-elle en se mordant la lèvre, je ne l'ai jamais dit à personne, même pas à ta mère.

Il chassa une mèche rebelle de son front avec douceur.

— J'aurais aimé savoir tout ça il y a dix ans, j'aurais peut-être pu t'aider...

— Je suis désolée de ce qui s'est passé avec ton père... Tout ce que je voulais, c'était montrer à ta mère quel salopard il était vraiment. Je ne me suis pas rendu compte des dégâts que cela allait provoquer pour toi.

— Je savais que mes parents n'étaient pas heureux en couple. Si tu n'avais pas percé l'abcès, ma mère aurait peut-être végété dans cette relation morbide pendant encore des années. Tu sais qu'elle n'est pas du genre à baisser facilement les bras.

— Je lui dois tellement ! Et voilà comment je la remercie : je torpille tes fiançailles avec Phoebe...

James fut légèrement choqué de constater qu'il n'avait

pas repensé à Phoebe depuis des jours. Il dut même faire un effort de volonté pour se souvenir de ce qu'il avait apprécié chez elle. *Apprécié ?* N'était-il pas supposé l'*aimer* ? Avait-il été amoureux d'elle ? Elle était cultivée et issue d'une bonne famille. Elle cadrait parfaitement dans son monde, et était prête à rester dans son ombre pour le bien de sa carrière, mais à part ça ?

Il y avait aussi chez elle tout un tas de petites choses qu'il avait délibérément choisi d'ignorer. Elle n'avait pas l'esprit d'aventure et elle n'était pas joueuse, que ce soit au lit ou ailleurs. Elle était même encore plus guindée que lui. En outre, elle ne s'intéressait absolument pas aux personnes qui se trouvaient en dehors de son cercle social et n'adressait jamais la parole au jardinier ou aux cuisiniers.

Quant à l'imaginer courir en hurlant dans les rues de Paris pour sauver un petit chien…

— A l'heure où l'on parle, elle est sans doute dans les bras de son amour d'enfance, Daniel Barnwell.

— Et ça ne te contrarie pas qu'elle ait tourné la page aussi vite ?

Non, cela ne le contrariait pas. Et il en était le premier surpris.

— Ils sortent ensemble depuis des années. Ils ont rompu l'année dernière, juste avant que j'entre en scène.

— On dirait que je t'ai rendu un grand service, alors ?

James étudia son visage afin de déterminer si elle ressentait la même confusion que lui. Leur relation était si complexe, et réalité et fantasme s'y mêlaient si étroitement qu'il lui arrivait de perdre le fil. Cela lui paraissait pourtant très réel lorsqu'il l'embrassait, lorsqu'il lui faisait l'amour.

Des années durant, elle avait endossé le rôle de l'ennemie avec une délectation manifeste. Elle s'était moquée de lui et avait saisi la moindre occasion de le tourner en ridicule. Difficile, dans ces conditions, d'estimer ce qui était feint et ce qui était sincère dans son comportement. Dissimulait-elle une âme tendre derrière cette agressivité de façade, ou bien le passé l'avait-il meurtrie au-delà de tout espoir de guérison ? Il aurait voulu savoir ce qu'elle pensait de lui. Ce qu'elle pensait *sincèrement* de lui. Eprouvait-elle des sentiments à son égard, ou n'était-il qu'un homme de plus, pour elle ?

— Que feras-tu quand notre relation prendra fin ?

— Je me trouverai un nouveau boulot. Pas à Vegas, mais peut-être sur un bateau de croisière. Peut-être que je rencontrerai un riche héritier qui m'entretiendra. Un vieux beau qui cassera sa pipe quelques mois après le mariage, en me léguant son immense fortune… Ce serait génial, non ?

James serra les dents. Et voilà qu'elle recommençait à jouer avec lui et à endosser un rôle ! Mais il n'était plus dupe de ses petites manœuvres.

— Tu n'en penses pas un mot.

— Bien sûr que si, affirma-t-elle avant de se diriger vers la salle de bains en ondulant des fesses.

— Je ne te crois pas. Tu t'évertues à attirer les critiques, parce que tu es convaincue de ne pas valoir mieux que ça, mais ce n'est pas vraiment toi. Tu n'es pas la rebelle que tout le monde voit en toi. Ma mère a su voir au-delà des apparences et je peux enfin te considérer telle que tu es, moi aussi. Ne joue pas la comédie avec moi, c'est insultant.

Aiesha le défia du regard avant de répliquer.

— Tu parles beaucoup, James. J'avoue avoir été la première à envoyer ce tweet, mais tu t'es engouffré dans la brèche pour lancer cette histoire de fiançailles. Aie au moins le courage d'appeler un chat un chat. C'est une petite aventure que tu t'offres à moindre coût. Et tu profites de chaque seconde.

Il sentit son sang se figer en regardant la porte de la salle de bains se refermer.

Elle avait raison.

Bon sang, elle avait raison !

11

Lorsque Aiesha sortit de la salle de bains, James n'était plus là, mais elle découvrit, sur le lit, toutes sortes de vêtements. Il y avait une robe de cocktail bleu nuit, une robe de soirée de satin noir assortie de longs gants et d'une étole. Au pied du lit, on avait disposé des chaussures et, sur la commode, un sac. Plusieurs bagues serties de diamants scintillaient sur un tissu pourpre. Elle choisit la plus simple, qu'elle passa à son doigt.

Elle eut un pincement au cœur en songeant que cela aussi faisait partie de la mise en scène, de cette parodie de fiançailles. Tout ce qu'il y avait dans cette chambre n'était qu'un déguisement afin de la faire passer pour une Cendrillon, le temps d'une soirée. Elle s'habilla, se coiffa, se maquilla. Lorsqu'elle eut terminé, elle examina son reflet dans le miroir et, sans vanité aucune, se trouva belle. Elle rentrait dans le moule de la bonne société.

Pourtant, sous le mascara et le satin, elle restait elle-même, une fille des bas quartiers, avec un accent populaire et un pedigree honteux.

Bref, elle n'était pas à sa place.

La porte de la suite s'ouvrit sur James… et elle en eut le souffle coupé. Il était vêtu d'un costume gris foncé, d'une chemise blanche et d'une cravate rouge et argent. Il était beau à en tomber à la renverse.

— Tu es…

James chercha ses mots.

— Tu es absolument fabuleuse.

Aiesha lissa sa robe d'un geste machinal.

— Ne t'attends pas à ce que j'avale quoi que ce soit, et prie pour que je n'éternue pas, je doute que la fermeture à glissière supporte la pression.

— Tu as choisi une bague ?

— Oui, répondit-elle en levant la main devant son visage.

James observa le bijou.

— Tu n'aimais pas les autres ?

— Non.

— Mais c'est la moins jolie…

Aiesha fit tourner la bague dans la lumière et observa ses facettes.

— Pas pour moi.

— Je suis d'accord, elle est jolie aussi, mais…

— Ne t'inquiète pas, James, je te la rendrai quand tout sera terminé et tu pourras l'offrir à ta vraie fiancée.

James la dévisagea en fronçant les sourcils.

— Qu'est-ce qu'il y a ? J'ai du rouge à lèvres sur les dents ?

— Non.

— Alors pourquoi tu me regardes comme ça ?

Il tendit le bras pour lui caresser le dos de la main.

— Je m'étais dit que nous pourrions aller boire un verre tous les deux dans un endroit tranquille. Je connais un petit bar très chaleureux où la musique n'est pas assourdissante. On peut même y soutenir une conversation sans hurler.

Il voulait lui parler ? Une alerte sonna dans le cerveau d'Aiesha. Elle lui avait déjà révélé trop de choses. Il en savait trop sur elle.

— Je ne suis pas trop chic pour un endroit comme celui-là ?

— Nous sommes à Paris, c'est impossible d'être trop chic.

Le bar se trouvait à Saint-Germain-des-Prés. Le pianiste y jouait des airs de blues et de jazz. L'atmosphère était intime et chaleureuse et les consommations hors de prix. Aiesha opta pour un cocktail coloré qui lui tourna la tête après la deuxième gorgée… à moins que ce ne fût la présence de James qui l'enivrait. Il semblait plus détendu, moins raide qu'un peu plus tôt dans la journée, et il la regardait jouer avec sa paille avec un sourire satisfait.

Il fallait admettre qu'il s'était montré patient avec elle. Il avait attendu qu'elle consente à baisser sa garde, sans insister. Mais il avait aussi vaillamment résisté à ses tentatives de manipulation. Il avait raison quand il affirmait qu'elle jouait avec lui. C'était ce qu'elle faisait toujours pour maintenir les autres à distance.

Ce manège durerait jusqu'à la fin du mois. Ensuite, chacun partirait de son côté. Il se trouverait une gentille petite femme. Une femme qui ne jouerait pas avec lui et qu'il pourrait présenter à ses collègues et à ses amis sans en avoir honte. Une femme qui ne le mettrait pas dans l'embarras et qui ne risquerait pas de ruiner sa réputation avec des commentaires déplacés.

Et pourquoi ne pourrait-elle pas être cette femme, après tout ? Sans doute parce que les contes de fées n'existaient pas. Aiesha n'était plus une petite fille et elle n'avait pas de baguette magique pour écrire une fin heureuse à cette histoire.

— Tu ne devrais pas boire ça aussi vite, suggéra James.

Aiesha remua le liquide avec sa paille avant d'aspirer une autre gorgée.

— Ne t'inquiète pas, James, je ne vais pas te faire honte en me mettant à danser sur les tables.

Il accueillit sa remarque avec une grimace contrariée.

— Tu ne voudrais pas baisser les armes juste le temps d'une soirée ?

Aiesha croisa les jambes et se laissa aller au fond du fauteuil moelleux.

— Quelles armes ?

— J'aimerais qu'on puisse se parler sans que tu te sentes obligée de jouer au bras de fer. Je voudrais revoir la femme qui était dans cette ruelle tout à l'heure, celle qui m'a confié ses secrets en se réfugiant dans mes bras.

Elle pinça les lèvres et avala une généreuse gorgée d'alcool. Elle sentit aussitôt la tête lui tourner. Etait-ce l'effet du cocktail ou bien la perspective de baisser sa garde ? C'était peut-être l'occasion de tisser un lien avec un autre être humain, quelqu'un de compréhensif, de sensible…

C'était tellement tentant…

Oserait-elle le faire ? Juste le temps d'une soirée ?

Qu'avait-elle à perdre, de toute façon ? James n'allait pas subitement tomber amoureux d'elle parce qu'elle consentait à se dévoiler un peu. Il avait de l'affection pour elle, mais cela n'allait pas plus loin. Il était comme Louise, mais il n'avait pas pour autant l'intention de passer sa vie avec elle ! Il était à la fois trop traditionnel et trop sensible pour s'enticher d'une fille aussi rugueuse qu'elle.

— Pourquoi fais-tu ça ? demanda-t-elle en étudiant avec attention l'ombrelle plantée dans son cocktail.

— Je voudrais que tu cesses de te méfier de moi, que tu arrêtes de te cacher. Je déteste quand tu joues à ce petit jeu. Je n'ai pas l'intention de t'utiliser, je ne suis pas ce genre d'homme. Tu devrais commencer à t'en douter, non ?

Elle contempla longuement le visage de James. C'était

vraiment un homme à part. Il possédait une telle patience et il était tellement gentil ! Son cœur se serra en songeant que leur histoire serait bientôt terminée. Jamais elle ne retrouverait quelqu'un avec qui elle se sentait à ce point en harmonie, et elle redoutait le vide béant qu'il allait laisser dans sa vie, une fois parti.

Elle prit une courte inspiration, puis baissa une nouvelle fois les yeux sur son verre.

— Je déteste mon enfance. Tout ce que j'en retiens, c'est la pauvreté, la cruauté et le sentiment de n'être pas à ma place. Aussi loin que je me souvienne, j'ai toujours voulu fuir cette réalité, et la musique était ma seule échappatoire.

— Comment as-tu appris à jouer du piano ? As-tu pris des leçons ?

— Il y avait un piano dans l'église près de chez moi. J'y allais souvent et je jouais pendant des heures. Le pasteur me laissait faire. Puis il a commencé à laisser traîner des livres de solfège et j'ai appris toute seule. La technique a été plus compliquée à acquérir. Je faisais en sorte d'écouter tous les disques qui me tombaient sous la main, mais je n'ai jamais été assez bonne pour qu'on m'autorise à jouer ailleurs que dans des clubs de seconde zone.

— Pourtant, tu joues comme une professionnelle.

Elle fit la grimace.

— Je n'aurais jamais le cran de jouer face à un public, pas mes propres compositions en tout cas.

James se pencha en avant pour lui saisir la main.

— Mais tu as un véritable talent. Cette musique que tu as jouée l'autre soir à Lochbannon, c'était… magnifique. On aurait dit la bande originale d'un chef-d'œuvre du cinéma. Est-ce que tu as d'autres compositions de ce genre ?

Aiesha contempla leurs mains unies et songea combien

cette bague convenait à son doigt, combien tout cela semblait douloureusement réel. James était si parfait, comment avait-elle pu ne pas s'en rendre compte avant ? Il était parfait pour elle, mais l'inverse n'était pas vrai. Elle ne ferait que lui attirer des ennuis, comme elle l'avait déjà fait par le passé.

— Tu es vraiment très différent de lui, tu sais ?

— Différent de qui ?

— De ton père.

Une ombre passa sur son visage et il lui lâcha la main.

— J'ai passé ma vie à essayer de m'en convaincre.

— C'est la vérité, James, insista-t-elle en reprenant sa main dans la sienne. Il ne pense qu'à lui, mais pas toi. Tu es généreux. Il n'y a qu'à voir la façon dont tu t'es occupé de ta mère après leur divorce. Elle m'a raconté que tu as veillé à ce que les biens soient partagés équitablement, à ce qu'elle ne soit pas lésée. Si tu n'avais pas été là, ton père l'aurait dépouillée. C'est même toi qui as payé le notaire, c'est toi qui lui as acheté Lochbannon et je sais que tu lui rends visite chaque fois que tu peux. Et tu es inquiet au sujet de cet homme qu'elle fréquente. Si ce n'est pas de l'amour, si ce n'est pas de la générosité, alors je ne sais pas ce que c'est.

James prit une inspiration avant de répondre, en regardant leurs mains jointes :

— J'ai longtemps pensé que même s'ils ne nageaient pas dans le bonheur, leur couple tenait bon. Je crois que j'ai refusé de voir mon père tel qu'il était, et ma mère a toujours voulu préserver ma relation avec lui, au prix de sa propre liberté. Pendant des années, elle a toléré ses aventures extra-conjugales afin que je grandisse dans un environnement paisible. Elle-même avait vécu un divorce lorsqu'elle était enfant et elle ne voulait pas m'infliger une garde partagée.

— Ça a dû être un sacré choc de découvrir la vérité ? supposa Aiesha en lui caressant le pouce.

— En effet. J'ai eu le sentiment que toute mon enfance n'était qu'un mensonge. Tout ce en quoi je croyais s'est effondré. L'amour, le mariage, l'engagement, ces valeurs se sont vidées de leur sens. J'en suis venu à me demander si le bonheur conjugal existait vraiment.

— Je suis certaine qu'il y a des gens heureux en couple.

Il continuait de lui caresser la main en passant sur sa bague de fiançailles — sa *fausse* bague de fiançailles.

— Tu veux danser ?

Ils se levèrent et elle se laissa conduire sur la piste. Quand il entama une valse lente, elle posa la tête sur son torse. Lorsqu'elle était contre lui, elle se sentait en sécurité, ancrée dans le monde, aimée.

Aimée ?

James ne l'aimait pas, il avait de l'affection pour elle, comme il en avait pour la plupart des gens de son entourage. C'était un homme responsable qui avait à cœur le bien-être de ses proches. Rêver à autre chose était vain et elle savait que ses souhaits ne seraient jamais exaucés.

James lui saisit la nuque avec douceur.

— Où étais-tu, à l'instant ?

— Comment ça, où j'étais ?

— Tu as manqué un pas.

— Rien d'étonnant, je suis une piètre danseuse.

— On a dit qu'on laissait les armes au vestiaire, tu te souviens ? lui rappela-t-il avec un sourire complice.

— Ce n'est pas facile pour moi…

Il effleura sa lèvre.

— Je sais.

— J'ai du mal à me laisser approcher. J'ai tendance à tenir tout le monde à distance, c'est plus fort que moi.

— Tu peux être toi-même avec moi, inutile de revêtir un masque.

Aiesha planta son regard dans le sien.

— Je fais des cauchemars, d'horribles cauchemars. Je repense à Archie… c'est pour ça que je ne dors jamais avec personne. Je serais trop gênée de me réveiller en criant ou… pire.

Elle avait parlé sans réfléchir, sans se censurer, et au lieu de sentir la honte l'envahir, elle éprouva un soulagement immense.

— Merci, chuchota-t-il en la couvant d'un regard brillant de reconnaissance.

— Merci de quoi ?

— Merci de me faire confiance.

Se rendait-il compte à quel point cet aveu lui coûtait ? Elle avait l'impression de mettre son âme à nu : ses peurs, ses doutes, ses secrets honteux… Mais au lieu de lui tourner le dos avec dégoût, il la regardait avec compréhension. Lui l'acceptait telle qu'elle était.

— Comment fais-tu pour être aussi gentil avec un père comme le tien ?

— Je peux devenir méchant, en cas de besoin, répondit-il avec un sourire canaille.

— J'aimerais bien voir ça ! affirma-t-elle en nouant ses doigts sur sa nuque.

Quelques heures plus tard, James tirait la couverture sur Aiesha, endormie. Elle était roulée en boule comme un chat, la joue posée sur l'oreiller, ses cheveux en bataille éparpillés autour de son visage paisible. Il lui caressa les cheveux en regardant ses paupières tressauter tandis qu'elle plongeait de plus en plus profondément dans le sommeil. Elle était tellement belle qu'il sentait son cœur se serrer chaque fois qu'il posait les yeux sur son visage.

Chaque fois qu'ils avaient fait l'amour ensemble, il en avait appris un peu plus à son sujet. Elle avait une telle façon de laisser son corps s'exprimer qu'il avait l'impression d'y voir le reflet de son âme. Etait-ce un mirage, ou avait-elle vraiment des sentiments pour lui ? Elle lui avait ouvert son cœur, mais sans lui dire les mots qu'il attendait. Il aurait voulu lui avouer ce qu'il ressentait pour elle, mais peut-être était-ce prématuré, peut-être risquait-il de l'effrayer ?

Elle remua et entrouvrit les yeux.

— Quelle heure est-il ?

— 6 heures du matin, il est trop tôt pour se lever.

Elle se frotta les yeux avec son poing fermé, en un adorable geste enfantin.

— J'aime dormir près de toi, avoua-t-il.

— Au moins tu n'es pas resté collé à moi toute la nuit !

— Mais il n'est pas trop tard pour ça, tu sais, dit-il en la faisant rouler sur le dos.

Il enfouit son nez dans son cou et l'entendit rire à gorge déployée. C'était la première fois qu'elle se laissait aller à une hilarité aussi spontanée.

— Arrête, ça chatouille ! s'écria-t-elle en se débattant.

— Tu es sûre que tu veux que j'arrête ? insista-t-il en s'intéressant à ses seins nus.

— Maintenant que tu le dis, j'hésite, soupira-t-elle alors que ses baisers descendaient sur son ventre. Mais tu n'as pas des choses importantes à faire ?

— Rien qui ne puisse attendre un peu.

Lorsque Aiesha pénétra dans la salle de bal au bras de James, tous les regards convergèrent dans leur direction. Toute la journée, les réseaux sociaux avaient crépité en relayant la nouvelle de leurs fiançailles, accompagnée par les photos de leur arrivée à l'hôtel parisien. Tout le monde semblait fasciné par leur romance : la gamine des rues et l'architecte de renom.

Mais ce n'était qu'une mise en scène. Elle portait le costume, elle connaissait son texte, James menait la danse, et les convives de ce soir seraient leur public.

Les hommes et les femmes étaient tous sur leur trente et un, et même dans sa robe de couturier, Aiesha avait le sentiment d'être le mouton noir de la soirée. Elle s'attendait à ce qu'à tout instant on vienne lui taper sur l'épaule pour lui dire qu'elle était démasquée et pour lui demander de quitter les lieux.

Elle remarqua que plusieurs femmes discutaient à mots couverts derrière leurs gants blancs, en regardant dans sa direction. Se demandaient-elles si James avait perdu l'esprit en la prenant pour fiancée ? Se moquaient-elles d'elle ? Et que se passerait-il si elle mettait James dans l'embarras en ouvrant sa bouche à mauvais escient ? Et si elle faisait échouer un gros contrat ? Elle avait déjà causé suffisamment de tort à l'entreprise Challender.

James la présenta à leur hôte.

— Chérie, je te présente Howard Sherwood. Howard, ma fiancée, Aiesha Adams.

Howard lui sourit en prenant sa main.

— Vous êtes aussi ravissante que James me l'avait laissé entendre. Toutes mes félicitations. Pour quand le grand jour est-il prévu ?

Aiesha se sentit rougir. Ne voyait-il pas que tout ceci n'était qu'une farce ? Elle avait le sentiment d'avoir le mot IMPOSTEUR tatoué sur le front.

— Eh bien… euh… nous sommes en train de caler une date. Mais nous sommes tous les deux très occupés, vous savez ce que c'est…

— Ne traînez pas trop, la vie est trop courte. Dépêchez-vous de faire d'elle une honnête femme, James !

— J'en ai bien l'intention.

Aiesha attendit que Howard se soit éloigné.

— Tu es en train de devenir un menteur professionnel, ça m'inquiète.

— Que veux-tu boire ? demanda-t-il en éludant étrangement sa remarque.

— Du champagne, soupira-t-elle en souriant aux téléphones braqués dans sa direction.

— Sur les réseaux, nous sommes le nouveau couple à la mode, lui apprit-il en lui tendant une coupe.

— Je me demande bien pourquoi. A vrai dire, je suis étonnée que tout le monde ait avalé ce mensonge. Les gens croient vraiment n'importe quoi…

Elle vida sa coupe d'un trait et remarqua alors que James la regardait étrangement.

— Quoi ?

— Et si c'était vrai ? murmura-t-il en lui effleurant le menton.

— Si quoi était vrai ?

— Nous.

— Nous ?

— Pourquoi jouer la comédie ? Nous pourrions avoir une vraie relation, toi et moi.

Elle se passa la langue sur les lèvres, la gorge soudain très sèche malgré le champagne. Son cœur s'affolait, tout à coup.

Il plaisantait, c'était forcément une mauvaise blague. Il l'avait mise à nu et voilà maintenant qu'il jouait avec ses nerfs…

— Tu as failli m'avoir, tu sais ! Tu imagines la tête de ton père en me voyant arriver à ton bras ? Il te déshériterait sur-le-champ. Je suis même étonnée qu'il ne l'ait pas déjà fait.

James sembla sur le point de répondre quelque chose, mais Howard revint vers eux.

— James, désolé de vous interrompre, mais nous avons

un souci avec l'artiste qui était prévu ce soir. Il a été saisi d'une migraine, son agent vient de m'en informer.

Il se tourna vers Aiesha.

— Accepteriez-vous de le remplacer au pied levé ? James m'a confié que vous étiez une artiste de talent. C'est l'affaire d'une heure tout au plus, le temps pour l'orchestre de se mettre en place pour le bal.

— Je... je ne crois pas que...

— Fais-le, ma chérie, tu es douée, tout le monde va adorer ta musique.

— S'il vous plaît, Aiesha. Vous me rendriez un immense service en acceptant, ainsi qu'à cette œuvre caritative. Il y a ici des sponsors d'envergure internationale et ils seraient très déçus si on les privait d'animation. Je peux vous payer, bien entendu, si c'est...

— Non, non, bien sûr que non. Il ne s'agit pas d'argent, je le ferai gratuitement, c'est juste que...

— Fantastique ! s'exclama Howard en tapant dans le dos de James. C'est une sacrée femme que vous avez là, James ! Oh ! et... au sujet du contrat, considérez que c'est une affaire entendue. Et je vais faire passer votre carte de visite à mes collègues en Argentine. Avez-vous entendu parler des frères Vasquez ? Alejandro et Luis ? Ils possèdent une grande chaîne d'hôtels et ils sont en pleine expansion. Ça pourrait vous rapporter gros.

Aiesha sentit James la serrer un peu plus fort contre lui. Qui n'avait pas entendu parler des frères Vasquez ? Ils faisaient partie des plus grandes fortunes d'Amérique du Sud. Comment pouvait-elle refuser de jouer dans ces conditions, alors que sa prestation pouvait ouvrir à James les portes d'un véritable empire financier ? C'était l'occasion rêvée pour redonner au cabinet Challender son lustre passé. Elle prit une profonde inspiration et décida de laisser son trac et ses doutes derrière elle.

— Quand voulez-vous que je commence ?

*
* *

James s'installa à la première table, la plus proche de la scène, et écouta Aiesha entamer son mini-récital. Ses doigts couraient sur les touches et sa voix résonnait, pure comme le cristal. La chanson était l'une de ses compositions, aux paroles profondément émouvantes. Il y était question de rêves, d'amour perdu et de peine de cœur. A la dernière note, un torrent d'applaudissements se déversa sur elle et elle enchaîna aussitôt avec un autre morceau. Le texte parlait cette fois d'espoirs secrets et cela toucha profondément James. N'avait-il pas, lui-même, abandonné ses espoirs et ses rêves ? Il ne vivait plus que pour le travail, s'acharnant à reconstruire ce que le scandale qui avait éclaté dix ans auparavant avait détruit. Mais il le faisait au détriment de sa vie affective. Il avait mis ses sentiments sous clé, il était devenu une machine et en voulant épouser Phoebe, il n'avait fait que suivre ce même chemin.

Aiesha était parvenue à réveiller la passion qui sommeillait en lui.

A ses côtés, il se sentait vivant, capable de déplacer des montagnes.

Il était amoureux d'elle. Il en eut la certitude en la voyant jouer sa musique sur cette scène, sa voix transperçant l'âme de tous ces gens. Il vit des femmes porter discrètement un mouchoir à leurs yeux tandis que des hommes déglutissaient avec peine.

Elle était faite pour ça, pour offrir au monde sa voix d'ange, pour jouer cette musique qui procurait tant d'émotions à ceux qui l'écoutaient. Dire qu'elle avait gâché son talent dans d'obscurs bars ! Il aurait pu la sortir de là bien plus tôt, il aurait pu entendre ses appels à l'aide, plutôt que de lui tourner le dos, comme tous les autres l'avaient fait avant lui.

Tout allait changer. Il allait la demander en mariage, réellement cette fois. Il poserait un genou à terre et lui dirait combien il l'aimait. Ils se construiraient un avenir ensemble, ils fonderaient une famille, cette famille dont elle avait si cruellement manqué.

Il imagina leurs enfants. Une petite fille aux yeux rieurs ou un petit garçon à l'expression faussement sérieuse.

Oui, il avait envie de tout cela.

Il voulait la rendre heureuse et lui faire oublier son enfance malheureuse. Il serait son chevalier servant, son prince charmant, il serait son défenseur, son protecteur, son meilleur ami et son amant.

Il ferait en sorte qu'elle se sente en sécurité, qu'elle se sente aimée.

Aiesha se leva et salua le public à la fin de sa prestation. On l'applaudit à tout rompre. Elle n'avait jamais rien entendu de tel et elle fut même tentée de jeter un œil derrière elle pour vérifier que c'était bien elle que l'on acclamait. Elle avait choisi de jouer ses propres chansons, pour laisser derrière elle sa vie à Vegas. C'était peut-être son unique chance de montrer au monde ce dont elle était capable.

Elle avait donc joué chaque morceau en ouvrant son cœur comme jamais elle ne l'avait fait jusqu'à ce jour. Elle s'était offerte à la musique, au public, à James… Elle avait utilisé ce biais pour lui parler à lui seul, malgré la foule, pour lui dire ce qu'elle n'avait jamais eu le courage de lui avouer. Avait-il vraiment l'intention de s'engager avec elle dans une véritable relation comme il le lui avait affirmé quelques minutes auparavant ?

Quoi qu'il en soit, elle ne pouvait pas accepter. Son passé houleux représentait un péril trop grand pour la carrière de James, en particulier maintenant qu'il approchait des Vasquez. Elle resterait toujours une fille des bas quartiers et un squelette pouvait resurgir du placard à tout moment. Non, c'était trop risqué. Il valait mieux partir avant d'avoir fait de trop sérieux dégâts, avant que James comprenne ce qu'elle ressentait vraiment pour lui…

Les flashes crépitèrent et toute la salle se leva pour l'acclamer tandis qu'elle rejoignait James à sa table.

Il la prit dans ses bras et la serra fort contre lui.

— C'était fantastique, ma chérie ! Tu as été incroyable !

— J'ai raté un accord, dit-elle avec une grimace, j'espère qu'il n'y avait pas de vrais connaisseurs dans la salle… Quel amateur je fais !

— Tu devrais arrêter de faire ça systématiquement.

— De faire quoi ?

— Te déprécier.

— Ça évite que les autres le fassent pour moi.

— Mademoiselle Adams ? demanda un homme en lui tendant sa carte de visite. Je suis Georges Bassleton, je suis un chasseur de talents et je travaille pour un studio à Londres. Je gère les contrats des jeunes artistes de la scène londonienne. Accepteriez-vous de venir au studio pour une audition ?

— Je… Merci, bafouilla Aiesha en prenant sa carte d'une main qui ne tremblait presque pas.

— Vous pourriez être la nouvelle sensation musicale du moment, la nouvelle Amy Winehouse, la nouvelle Norah Jones. Il y a beaucoup de *soul* dans votre voix. Appelez-moi quand vous serez à Londres.

James lui sourit en regardant l'homme regagner sa table.

— Tu vois, qu'est-ce que je t'avais dit ? Tu es une étoile montante.

— J'irais bien prendre l'air une minute, toute cette tension me monte à la tête.

— Viens, je connais un endroit parfait pour ça.

Aiesha le suivit jusqu'à une alcôve tranquille, derrière une composition florale. Deux fauteuils et une petite table semblaient les y attendre. Sur un signe de James, un serveur leur apporta un seau à champagne et un verre d'eau minérale orné d'une rondelle de citron. Il attendit qu'elle l'ait entièrement bu pour s'agenouiller devant elle.

— Qu'est-ce que tu fais ? Tu as perdu quelque chose ?

— J'ai presque failli perdre *quelqu'un* : toi.

Aiesha s'humecta les lèvres. Il était temps d'enfiler de nouveau son armure.

— Je sais que ma musique est plutôt émouvante, mais là, tu commences à me faire peur. On dirait presque que tu t'apprêtes à me demander en mariage, ce qui serait vraiment une mauvaise idée pour un homme dans ta situation...

— Pourquoi ça ?

Aiesha éclata d'un rire forcé.

— Toi et moi ? Tu es devenu fou ! On s'étriperait avant la fin de notre lune de miel. Cela dit, ta demande était joliment mise en scène, chapeau.

James la saisit par les bras.

— Aiesha, je t'aime. J'ignore quand ça a commencé, mais... voilà, c'est comme ça. Je veux t'épouser, je suis sincère, ça n'a rien d'une plaisanterie. Je veux que tu sois ma femme.

Aiesha se leva, saisie par un vertige.

— Le problème, c'est que moi je ne t'aime pas.

Il se leva à son tour et posa fermement les mains sur ses épaules.

— C'est faux. Tu m'aimes, je le vois dans tes yeux, je le sens quand nous faisons l'amour. Tu m'aimes mais tu as trop peur de me l'avouer pour une raison que j'ignore. Peut-être que c'est la première fois que tu vis ça, je n'en sais rien... Tout ce que je sais, c'est que je t'aime. Tu es celle que j'ai attendue toute ma vie durant.

Aiesha aurait voulu trouver quelque chose à répondre, mais les mots refusaient de sortir. Toutes ces années de souffrance et de faux-semblants avaient anesthésié ses sentiments. Elle avait aimé sa mère et elle avait aimé Archie et, chaque fois, son cœur avait été brisé.

Elle devait partir tant qu'il était encore temps. James finirait par s'en remettre, et en épouserait une autre.

— Je suis désolée, James, murmura-t-elle à regret, crois-moi, c'est mieux ainsi. Tu es un type formidable, mais tu es trop gentil, je commence déjà à m'ennuyer avec toi.

— Je ne te crois pas. Tu veux la même chose que moi. Pourquoi refuses-tu de l'avouer ?

— Evitons de faire un scandale, d'accord ? Ce ne serait pas bon pour ton image. Howard Sherwood risquerait de changer d'avis et de ne pas te recommander auprès de ses amis du club de polo.

— Tu crois vraiment que j'en ai quelque chose à faire ? C'est toi qui m'importes, je serais prêt à tout abandonner pour toi.

Se rendait-il compte que c'était précisément en la faisant entrer dans sa vie qu'il risquait de tout perdre ? Elle serait toujours une étrangère dans son monde, une pièce rapportée. Que se passerait-il si son criminel de père ou si son beau-père se mettaient en tête de donner une interview à la presse ? Elle était même étonnée qu'ils ne l'aient pas déjà fait… La réputation de James pouvait être salie par sa faute, à elle. Elle n'échapperait jamais à son passé, il flotterait toujours derrière elle tel un spectre malfaisant, attendant le pire moment pour se manifester.

— Je vais me repoudrer le nez, nous parlerons de tout ça plus tard.

— Tu me prends pour un idiot ou quoi ? Tu vas t'enfuir dès que j'aurai le dos tourné. C'est un comportement de lâche, Aiesha, je te croyais plus courageuse que ça. On dirait que je me suis trompé…

Aiesha serra les poings.

— Je ne suis pas lâche, rétorqua-t-elle entre ses dents, ne t'avise plus jamais de me traiter de lâche !

Tu ne vois donc pas que c'est pour toi que je fais ça !

— Eh bien vas-y, va-t'en, fuis ce qui t'effraie ! Nous verrons combien de temps cela te prendra de réaliser que tu as tourné le dos à tout ce qui avait de l'importance pour toi.

— Tu n'as aucune importance à mes yeux, James, je n'en veux qu'à ton argent, affirma-t-elle avec une froideur feinte, c'est tout ce qui m'intéresse chez les hommes. Peut-être que je pourrais passer un coup de fil à ton père, je suis majeure, maintenant. Tu aurais son numéro ?

Elle vit les muscles de sa mâchoire jouer sous son bronzage.

— Trouve-le toi-même ! cracha-t-il avec dégoût avant de lui tourner le dos.

12

Quelques semaines plus tard…

James consulta son téléphone pour la quinzième fois. Aucun message en absence. Aucun SMS. Il avait bien conscience de se montrer obtus, mais il tenait à ce que ce soit Aiesha qui fasse le premier pas. Il n'aurait jamais dû être dupe de son ultime provocation. Bien sûr qu'elle n'allait pas appeler son père…

Il se passa la main dans les cheveux en songeant que même sa mère avait une vie amoureuse plus épanouie que la sienne. Elle avait pris des vacances en Australie avec Richard, ils campaient à la belle étoile tandis qu'il était là à ruminer en songeant à celle qu'il avait été incapable de retenir.

Les médias avaient fait des gorges chaudes de leur rupture, et il avait fait de son mieux pour les ignorer. Il avait des choses autrement plus importantes à gérer. Il voulait qu'Aiesha revienne vers lui, qu'elle fasse la démarche. Il lui avait offert son cœur et elle l'avait jeté comme un jouet dont elle se serait lassée.

S'était-il trompé sur toute la ligne à son sujet ? Avait-elle vraiment joué la comédie durant tout ce temps ? Il repensa à leurs étreintes brûlantes : ces instants-là étaient réels, intimes. Il songea à la façon dont elle s'était confiée à lui au sujet de ses cauchemars. Elle s'était livrée comme elle ne l'avait fait avec personne d'autre, il en était certain, tout comme il était certain de l'amour qu'il avait pour elle.

Il se leva de son bureau en poussant un juron. Combien de temps cela allait-il prendre ? Il était d'un naturel patient, mais là, ça dépassait les bornes. Elle lui manquait infiniment. Il avait lu des articles à son sujet et il savait qu'elle donnait son premier concert le soir même à Berlin, en première partie d'un groupe célèbre. C'était l'occasion de sa vie. D'après les journalistes musicaux, si sa prestation était convaincante, elle suivrait le groupe pendant tout le reste de la tournée.

Son téléphone vibra sur le bureau. Il se jeta dessus, mais constata avec déception que ce n'était qu'un flux d'actualité. L'une des dépêches lui apprenait que le beau-père d'Aiesha avait donné une interview-fleuve à la presse. Il avait déversé un tombereau de mensonges et le journaliste n'avait été que trop heureux de déterrer pour la énième fois les photos du scandale Challender. Il y avait même une photo du père biologique d'Aiesha à la porte de la prison.

Tout cela risquait d'entacher sa gloire montante… Et qui serait là pour la protéger des retombées, pour la réconforter ?

Il s'installa devant son ordinateur pour réserver le premier vol vers Berlin.

Il serait avec elle.

— Miss Adams ? Vous entrez en scène dans cinq minutes.

La productrice de la tournée, Kate Greenhill, avait juste passé la tête par la porte entrebâillée.

Aiesha ajusta ses boucles d'oreilles et respira pour chasser le stress qui montait en elle. Elle allait bien devoir s'y habituer si le groupe l'emmenait en tournée.

Nervosité. Panique. Doute. Et si elle ratait une note ? Et si sa voix déraillait ? Et si le public la détestait ?

— Merci, Kate. Il y a du monde ?

— C'est plein, et pour être honnête, je pense qu'ils sont là pour vous entendre vous plus que le groupe. Les garçons ne vont pas être ravis, c'est censé être leur grand retour sur scène…

Aiesha aurait dû être heureuse, fière de ce qu'elle était en train d'accomplir malgré ses origines modestes. Elle était en première partie d'un groupe célèbre, son album allait entrer en production, elle avait déjà des admirateurs. La célébrité, la fortune, tout cela s'offrait à elle.

Mais elle était seule.

Désespérément seule.

James ne l'avait pas contactée, pas une seule fois. Et c'était tant mieux, il fallait qu'il reste à l'écart, surtout en ce moment, où la presse imprimait des horreurs à son sujet. Son beau-père avait finalement vendu son histoire, et il avait sans doute attendu le meilleur moment pour causer le plus de dégâts possible. Photos, détails sordides sur l'affaire Challender, tout y était.

Son manager lui assurait que toute publicité était bonne à prendre, mais Aiesha n'en était pas vraiment convaincue. Elle voulait laisser le passé derrière elle et qu'on la connaisse pour sa musique blues et jazz, pas pour ses frasques passées.

Louise Challender lui avait fait parvenir des roses et une carte adorable qu'elle avait conservée contre son cœur en pleurant à chaudes larmes.

« J'ai toujours su que tu y arriverais, disait la carte, je t'aime. Louise. »

Mais elle n'avait pas encore atteint son but. Et les immondices déversées par la presse pouvaient encore anéantir tous ses efforts.

— Deux minutes, l'informa Kate.

Aiesha laissa échapper un soupir haché. Elle n'avait pas chauffé sa voix, elle n'avait pas pris le temps de se concentrer. Elle n'était pas prête ! Ce n'était pas comme cela qu'elle s'était imaginé la première scène. Elle adorait écrire des chansons, elle adorait les séances en studio, mais chanter face à la foule alors que la personne pour laquelle elle se mettait à nu devant un micro n'était pas là pour l'entendre…

Le public rugit lorsqu'elle entra dans la lumière, si aveuglante qu'elle distinguait à peine les premiers rangs. Elle s'installa au piano, prit une longue inspiration et entama la liste de morceaux prévue avec son agent.

Lorsqu'elle arriva à la fin de sa prestation, elle fit pivoter son siège et se tourna vers le public.

— Cette chanson est inédite. Personne ne l'a encore entendue.

Elle cilla pour chasser les larmes qui lui venaient aux yeux.

— Elle s'intitule *J'ai dû renoncer à lui.*

Une clameur incroyable secoua la salle après le silence qui suivit la dernière note. Elle se leva, salua, savoura les trois rappels, tout en se répétant intérieurement : *c'est ce que tu voulais, c'est ton moment de gloire. Tu en rêves depuis que tu as cinq ans. Profites-en, bon sang !*

Elle triomphait enfin, mais tandis qu'elle revenait en coulisses, elle se sentit affreusement vide, comme un ballon de baudruche dégonflé, inutile.

Kate entra dans sa loge pendant qu'elle se démaquillait.

— Il y a quelqu'un pour toi.

— Je te l'ai déjà dit, je ne donne pas d'interview à la presse, soupira-t-elle en jetant son coton démaquillant.

— Ce n'est pas un journaliste.

— Qui est-ce, alors ?

— C'est moi, annonça James depuis le pas de la porte.

Aiesha déglutit et posa une main sur son ventre.

— Euh… vous voulez bien nous laisser une minute, Kate ? Ce ne sera pas long.

— Bien sûr. Ravie de faire votre connaissance, monsieur Challender.

— De même, Kate.

Le silence assourdissant offrait un parfait contrepoint au tonnerre d'applaudissements qui avait retenti un peu plus tôt.

— Tu… tu aurais dû me dire que tu venais, je t'aurais fait réserver une place VIP.

— Tu sais comme je suis, j'aime payer ma place.

Elle avait encore une épaisse couche de fond de teint, mais il la vit sans doute rougir.

— Qu'est-ce qui t'amène ? Tu as des affaires à régler à Berlin ? C'est une jolie ville, n'est-ce pas ? J'ai toujours voulu la visiter. C'est étrange comme sensation, parce que je ne peux pas m'y promener incognito, à cause des affiches placardées partout. C'est la rançon de la gloire, à ce qu'on dit !

Elle parlait trop, dans le seul but de noyer le silence.

— Est-ce que tu es comblée ?

— Si tu voyais comme mon compte en banque est rempli, affirma-t-elle avec un enthousiasme qui sonnait faux. Au fait, ça me rappelle quelque chose !

Elle se retourna pour fouiller dans son sac.

— Ah, voilà, je savais qu'elle était quelque part.

Elle lui tendit la main. Dans sa paume se trouvait la bague de fiançailles.

— Je peux m'acheter mes propres bijoux maintenant.

James ignora la bague.

— Comment vas-tu ?

— Très bien, et toi ?

— J'ai vu que ton beau-père avait déversé son fiel dans la presse.

— Oui, ça fait un moment que je m'y attendais. Ça va

lui payer sa drogue, son alcool et ses cigarettes pendant un an ou deux.

— Tu ne vas rien faire ?

— Que veux-tu que je fasse ? Ça finira par retomber comme un soufflé.

— Mais ça pourrait porter préjudice à ta carrière avant même qu'elle soit lancée.

Aiesha serra très fort sa main sur le diamant, sans se soucier de la douleur.

— Tu ne devrais pas être là, James, les gens pourraient jaser.

— Et alors ? Qu'ils jasent !

— Toi aussi, ta carrière pourrait en souffrir.

Elle posa la bague sur sa coiffeuse et lui tourna le dos.

— Ta réputation a beaucoup plus à craindre que la mienne, tu tomberais de plus haut.

James se leva comme propulsé par un ressort et vint la saisir par les épaules.

— C'est pour ça que tu m'as servi toutes ces âneries, que tu as prétendu ne pas m'aimer ?

Aiesha plongea dans son regard ; tout comme lui, elle était au bord des larmes.

— Ne rends pas les choses encore plus difficiles pour moi, James. Je n'ai pas ma place dans ta vie ou dans ton monde. Je serai un poids pour toi, je causerai ta perte.

James la prit dans ses bras et l'écrasa contre son torse. Il lui embrassa le front, le nez, les yeux, et enfin la bouche, avec fièvre.

— Cette chanson, c'était pour moi, n'est-ce pas ? L'homme auquel tu as renoncé, c'est bien moi ?

Aiesha avait la gorge nouée par l'émotion.

— Je… je ne voulais pas te faire encore plus de mal. Quand je t'ai laissé partir… c'est la chose la plus difficile que j'aie jamais faite…

— Je t'aime, je t'aime tellement, hoqueta-t-il en la

serrant à lui faire mal, je ne peux pas vivre loin de toi. Chaque jour j'ai voulu t'appeler, te supplier de revenir...

— Pourquoi aujourd'hui ?

— Après Paris, j'étais en colère et, par orgueil, j'ai refusé de décrocher le premier. Il m'a fallu du temps pour comprendre que tu avais inventé ta dernière provocation au sujet de mon père pour réussir à m'éloigner de toi.

— Je suis désolée, ce n'était vraiment pas glorieux.

Il lui prit le visage entre les mains.

— Et puis j'ai vu cet horrible article, ce matin, et ça m'a rendu malade. Je voulais être près de toi pour t'aider à surmonter tout ça, que tu te sentes aimée, acceptée, soutenue. Tu fais partie de moi, je ne peux pas vivre sans toi. Pose la question à ma mère, je deviens insupportable. Tu ne peux pas lui infliger ça, il faut que tu m'épouses ou elle refusera de m'adresser la parole.

Aiesha ne put s'empêcher de sourire.

— Alors si c'est pour ta mère, comment refuser ?

— C'est vrai ? Tu acceptes de m'épouser ?

Elle éclata de rire.

— Est-ce que tu vas me demander de les dire ?

— De dire quoi ?

— Les trois mots magiques.

— Tu me les as déjà dits, murmura-t-il en la berçant contre lui.

— Quand ça ?

— Tout à l'heure, sur scène. Tu parlais au public, mais je sais que c'est à moi que tu t'adressais. J'ai pleuré comme un bébé en t'entendant chanter. J'étais au milieu de la foule, mais j'ai eu la sensation que tu chantais pour moi seul.

— C'est parce que tu es le seul qui compte vraiment à mes yeux, confessa-t-elle en pleurant.

— Mon argent ne t'intéresse plus ? la taquina-t-il, le regard humide.

— J'ai ma petite fortune maintenant, tu te souviens ?

— Et ma mère, j'espère que tu tiens un peu à elle aussi.

— Tu le sais bien, idiot !

— Est-ce que tu le lui as déjà dit ?

— Pas directement, mais je crois qu'elle le sait.

Il passa un doigt sur sa joue pour essuyer ses larmes.

— Je crois que tu devrais l'appeler pour le lui dire. Je suis sûr qu'elle aimerait t'entendre prononcer ces mots. Elle est parfois très sentimentale.

— Je veux d'abord te les dire à toi, chuchota-t-elle en se suspendant à son cou, ces mots que je n'ai jamais dits à personne.

Elle le regarda bien en face, le cœur battant comme un tambour, et prit une brève inspiration.

— Je t'aime.

Le regard de James se fit flou et elle le vit déglutir à plusieurs reprises.

— Je t'aime aussi. Je t'aime tellement ! J'ignorais que cela était possible. Tu es vraiment d'accord pour m'épouser, n'est-ce pas ?

— Je me demande si quelqu'un a déjà accepté une demande en mariage dans une loge de salle de concerts ?

Les lèvres de James effleurèrent les siennes.

— Il faut un début à tout, murmura-t-il avant de l'embrasser avec passion.

MAYA BLAKE

À la merci de son ennemi

Traduction française de

JEAN-BAPTISTE ANDRÉ

HARLEQUIN

Titre original :
SIGNED OVER TO SANTINO

Ce roman a déjà été publié en 2017

Prologue

Carla Nardozzi prit la main que lui tendait le chauffeur pour descendre de la limousine, et le brouhaha urbain de New York l'assaillit aussitôt. À son côté, son père était raide comme la justice. Carla adressa un sourire un peu forcé au chauffeur, puis fit quelques pas sur le trottoir avant de s'arrêter, parcourue d'un frisson d'inquiétude.

Les sept derniers jours avaient été une succession d'événements et de révélations qu'elle peinait encore à digérer. Plutôt que d'essayer de leur trouver un sens, elle avait fini par se murer dans une forme d'indifférence proche de l'anesthésie. Le plus grand défi, pourtant, était à venir. Il l'attendait au soixante-quatrième étage de la tour de bureaux devant laquelle la limousine venait de les déposer. Dans quelques minutes, elle allait affronter l'homme qu'elle avait espéré ne jamais revoir.

Malgré elle, ses yeux remontèrent le long de l'immeuble de verre.

« Une occasion qui ne se présente qu'une fois dans une vie. Un contrat juteux qu'une patineuse artistique de ton niveau serait folle de refuser. »

C'était à peu de chose près les mots qu'elle avait entendus pendant un an, de la bouche de ses avocats, de son père et même de son ami et agent, Draco Angelis. Elle les avait écoutés, elle avait acquiescé avec politesse, tout en sachant pertinemment qu'elle ne pouvait pas accepter une offre de Javier Santino, le magnat de l'industrie du luxe. Pressée d'expliquer son refus, elle éludait les questions. Elle gardait le secret depuis trois ans et n'avait pas l'intention de le trahir. Mais la donne avait changé.

Elle frissonna de nouveau — et la fraîcheur du mois de mars n'y était pour rien. Dans quelques minutes, après des années passées à l'éviter, elle se retrouverait en présence de Javier Santino, l'homme qui lui avait pris sa virginité, l'homme à qui elle devait les moments les plus extraordinaires de sa vie, l'homme, enfin, qu'elle avait humilié au lendemain de leur nuit d'extase.

— Allez, ce contrat ne va pas se signer tout seul.

Carla s'arracha à ses rêveries pour regarder son père, et une bouffée d'émotions conflictuelles l'assaillit — colère, déception — lorsqu'elle songea qu'Olivio Nardozzi avait une définition de l'amour paternel bien différente du reste du monde. Un goût amer lui tapissa soudain la bouche, et elle répliqua :

— Nous ne serions pas là si tu n'avais pas dilapidé tout mon argent…

— Ça suffit ! coupa son père, qui s'avança pour ne pas être entendu des trois avocats qui les accompagnaient. Nous avons déjà discuté de tout ça, et je n'ai aucune envie d'en reparler, surtout en public. Tu as une image à préserver, une image de perfection à laquelle nous avons travaillé *ensemble*. Dans moins d'une heure, nos problèmes financiers seront de l'histoire ancienne. Nous devons regarder vers l'avenir.

L'avenir ? En d'autres circonstances, Carla aurait éclaté de rire. Le mot était ironique, vu qu'elle était sur le point de se jeter dans la gueule du loup. Avec une profonde inspiration, elle se remit en marche et franchit la porte tambour de l'immeuble. Puis elle s'engouffra dans l'ascenseur avec son entourage.

La décoration des bureaux de J. Santino International

la prit de court. Elle s'attendait à un univers macho, tout de chrome et de verre, et fut donc surprise d'émerger dans un foyer coloré, décoré de poufs et d'œuvres d'art latino-américaines. Elle remarqua même un baby-foot dans une petite salle vitrée. Dans un silence tendu, le groupe suivit une réceptionniste à la beauté sculpturale jusqu'à une pièce dont les portes s'ouvrirent dans un ronronnement électrique.

— M. Santino sera là dans quelques minutes.

Carla entra tel un robot dans la salle de conférences, sourde aux murmures de ses avocats qui prenaient place autour de la grande table de cerisier verni. Javier Santino la détestait-il toujours autant ? Lorsqu'il avait contacté son agent avec cette proposition, elle s'était demandé pourquoi il voulait la revoir. Bien sûr, son rang de numéro un mondial du patinage faisait d'elle une figure recherchée. Mais elle soupçonnait l'intérêt de Santino de ne pas être, dans ce cas précis, purement professionnel.

Les bras croisés, elle s'approcha de la baie vitrée dominant la ville et s'autorisa un peu d'espoir. Peut-être Javier avait-il oublié leur nuit à Miami et les mots durs qu'elle avait prononcés au réveil. Peut-être avait-elle imaginé sa haine, tout comme elle avait embelli les sommets de béatitude qu'elle avait atteints entre ses bras. Oui, il était tout à fait possible qu'elle s'inquiétât pour rien. D'autant qu'à en croire les tabloïds Javier n'était pas en manque de conquêtes féminines.

— Vous comptez passer toute la réunion debout, mademoiselle Nardozzi ?

Carla frémit à cette voix reconnaissable entre mille et se retourna. Vêtu d'un costume gris à fines rayures, d'une chemise blanche immaculée et d'une cravate bleu nuit, Javier Santino n'avait nul besoin des avocats qui le flanquaient pour affirmer sa formidable autorité. Il était aussi séduisant que lorsqu'elle l'avait rencontré, trois ans plus tôt, d'une beauté féroce qui capturait l'attention. Ses lèvres incarnates s'étiraient en un sourire glacial, et ses yeux pailletés d'or la clouèrent sur place.

Au plus profond d'elle-même, au-delà de la peur et du malaise, un magma brûlant se mit à bouillonner. *Tu n'aurais jamais dû venir…* Mais avait-elle eu le choix ?

— Très bien, reprit le milliardaire, je prends cela pour un oui.

Il la toisa une dernière fois, puis alla s'asseoir en tête de table, déboutonnant sa veste d'un mouvement fluide.

— Nous commençons ?

Carla s'approcha de la table, tira une chaise d'une main tremblante et s'installa à son tour. Il n'y avait pas trace, sur le visage de Javier ni dans son comportement, de la sensualité d'autrefois. Il se montrait froid, professionnel. Leur passé n'avait pas sa place dans cette pièce, et c'était mieux ainsi.

— Nos avocats sont donc d'accord, mademoiselle Nardozzi ? demanda Javier. Vous devenez le visage des produits Santino. Vous recevrez en échange des versements trimestriels, agrémentés de royalties liées à nos résultats de vente.

Carla s'arracha à sa contemplation de l'Espagnol pour observer son père, ivre d'une rage contenue à l'idée qu'il avait dilapidé au jeu les gains qu'avait rapportés sa formidable carrière de patineuse et les avait menés à deux doigts de la banqueroute. Bien sûr, Olivio avait mille justifications méprisantes à lui opposer — et il ne s'était pas privé de le faire lorsqu'elle lui avait reproché son inconséquence.

Dans le silence qui se prolongeait, elle se concentra de nouveau sur Javier.

— C'est d'accord.

— À moins, bien sûr, que vous ne soyez prêt à reconsidérer la possibilité d'un paiement moins important, mais versé tout de suite dans son intégralité ? intervint Olivio Nardozzi.

Les yeux de Javier restèrent rivés sur Carla lorsqu'il répondit :

— Si vous êtes venus dans l'espoir de renégocier en dernière minute, vous perdez votre temps. J'espère que ce n'est pas le cas, mademoiselle Nardozzi ?

— Non, assura l'intéressée. Nous acceptons vos conditions. Peut-on en finir, maintenant ?

Javier acquiesça, les lèvres serrées en une ligne sévère.

— Étant donné le temps perdu durant la négociation, vous comprenez bien qu'il n'y aura pas de période d'essai. Une fois signé, ce contrat vous engage.

Tendue, Carla enfonça les ongles dans ses paumes. Puis, se forçant à respirer, elle posa les mains à plat sur la table et acquiesça.

— J'ai bien compris. Je ne vois aucun besoin de répéter ce que nous savons déjà. Je suis prête à signer. La seule chose qui me manque, monsieur Santino, c'est un stylo.

Si elle avait espéré provoquer une réaction, elle en fut pour ses frais. Impassible, l'homme d'affaires adressa un signe de tête à ses avocats, qui produisirent aussitôt les documents demandés, ainsi qu'un élégant stylo-bille. Elle le saisit d'une main tremblante et apposa sa signature aux endroits indiqués. Les témoins firent de même, les contrats furent échangés… Et son destin scellé.

Le cœur lourd, elle reposa le stylo et se leva.

— Merci, monsieur Santino. Si vous voulez bien m'excuser…

— Non, je n'en ai pas tout à fait terminé avec vous, mademoiselle Nardozzi.

Carla se figea, tous les sens en alerte.

— Les choses me paraissent pourtant bien claires. De quoi voulez-vous parler ?

— C'est confidentiel, répondit Javier avec un léger

sourire. Si vous voulez bien passer dans mon bureau... Seule !

Sans attendre de réponse, il se dirigea vers une porte à l'extrémité de la pièce. Carla résista au réflexe d'essuyer ses paumes moites sur ses cuisses. Son instinct lui hurlait de fuir maintenant que le pire était passé et qu'elle avait revu Santino sans incident majeur. Mais elle était paralysée.

— *Maintenant*, mademoiselle Nardozzi, répéta Santino depuis le seuil de son bureau.

L'atmosphère parut s'épaissir tandis que son père, du regard, lui intimait d'obéir. Elle l'ignora pour se tourner vers la sortie. Javier pouvait-il l'empêcher de partir ? Hélas, la réponse était oui. Elle lui appartenait depuis qu'elle avait signé ce contrat. Elle ne pouvait pas refuser une requête parfaitement raisonnable.

Elle se ravisa donc et rejoignit Santino, ignorant le soupir de soulagement collectif qui parcourut la petite assemblée. La porte se referma derrière elle dans un cliquetis inquiétant, et Carla se retourna pour voir Javier fondre sur elle à grandes enjambées. Malgré la panique, qui lui donnait la nausée, elle se força à ne pas céder de terrain et redressa la tête pour rencontrer son regard.

Javier s'était départi de son masque d'indifférence. Un éclat fiévreux brûlait dans les profondeurs de ses yeux, et ses dents blanches harcelaient furieusement sa lèvre inférieure.

— Te voilà enfin ! murmura-t-il.

— Que... Qu'est-ce que ça veut dire ? demanda Carla d'une voix à peine audible.

D'un dernier pas, il emplit son champ de vision, et le reste du monde cessa d'exister. L'univers se résuma au mur de muscles et de colère qui se dressait devant elle.

— Ça veut dire que je désespérais de voir ce jour

arriver. J'ai failli jeter l'éponge. Mais la vengeance est un plat qui se mange froid, à ce qu'on dit.

— La vengeance ? répéta Carla, sentant son sang se figer dans ses veines.

Il se pencha vers elle, comme pour partager un secret.

— Par chance, je suis un homme patient. Je savais que, tôt ou tard, je pourrais compter sur toi, et sur la cupidité de ton père, pour vous amener à signer ce contrat.

— *Dio mio*..., murmura Carla, horrifiée.

Javier croisa les bras, un sourire mauvais aux lèvres.

— C'est l'expression que j'espérais voir. Ça fait trois ans que je l'attends.

Il l'avait piégée. Et elle s'était laissé prendre comme une parfaite imbécile, tout comme elle s'était laissé duper par son père pendant des années. Une sensation d'effroi la glaça, l'empêchant de réfléchir. La voix de Javier lui parvint, distante, mais elle ne comprit pas ce qu'il disait. Puis deux mains se refermèrent sur ses bras.

— Qu'est-ce qui t'arrive, Carla ? Ou devrais-je t'appeler la Reine des Glaces, comme tes admirateurs ?

Elle ne répondit pas, fixant sans le voir le beau visage qui flottait devant elle et que traversa soudain une expression inquiète.

— Carla !

Enfin, elle revint à la réalité, et le rire hystérique qui enflait dans sa poitrine franchit ses lèvres en une explosion, exutoire bienvenu à sa tension.

— Ah ? Je ne suis plus « Mlle Nardozzi » ? ironisa-t-elle.

— Qu'est-ce qui ne va pas ? insista l'Espagnol.

— Qu'est-ce que ça peut te faire ?

— Rien, sauf que je n'ai pas envie de discuter avec un zombie. On dirait que tu es à des milliers de kilomètres d'ici.

— Un zombie... Oui, c'est une bonne description.

Javier fronça les sourcils.

— Pardon ?

Carla partit d'un nouvel éclat de rire.

— Tu devrais voir ta tête ! Que se passe-t-il ? Cette conversation ne se déroule pas comme prévu ? Tu t'attendais à ce que je fonde en larmes ? À ce que je te supplie de… *Eh, qu'est-ce que tu fais ?* s'écria-t-elle.

Sans crier gare, il l'avait soulevée du sol et, une seconde plus tard, elle sentait son dos heurter le mur. Elle hoqueta et eut à peine le temps de reprendre son souffle que les lèvres de Javier couvraient les siennes. L'engourdissement qui ne l'avait pas quittée en trois ans s'évanouit d'un coup sous ce délicieux assaut, remplacé par un appétit féroce, animal, qui la fit s'accrocher désespérément aux épaules de Javier. Leurs langues luttaient, leurs mains caressaient et pétrissaient, se cherchaient et se fuyaient. Avec un gémissement, Carla se dressa sur la pointe des pieds pour approfondir le baiser — mais était-ce possible ? L'érection marmoréenne qu'elle sentit pointer contre son ventre acheva de lui faire perdre la raison. *Dio*, elle avait le sentiment de ressusciter !

Elle s'apprêtait à glisser les deux mains dans les cheveux de Javier lorsque celui-ci se détacha d'elle.

— C'est bon, maintenant ? J'ai ton attention pleine et entière ?

Elle le dévisagea, les jambes tremblantes. Même ce baiser, manifestement, faisait partie du plan…

— Que… Qu'est-ce que tu comptes me faire ?

Un sourire cruel découvrit les dents blanches de Javier. Il se pencha et, de son nez, lui effleura le sien, mais avec une absence de tendresse qui terrifia Carla.

— Tout ce que tu as besoin de savoir, c'est que, lorsque j'en aurai fini avec toi, tu regretteras de t'être servie de moi il y a trois ans. Et tu imploreras mon pardon à genoux, Carla Nardozzi.

1

Un mois plus tard

— Je crois que vous feriez bien d'allumer la télévision.

Ignorant l'irruption de sa secrétaire, Javier continua d'étudier les dessins qu'il venait de recevoir. Les créateurs avaient fait un travail exemplaire sur la nouvelle tequila qu'il s'apprêtait à lancer. La forme de la bouteille, le logo et l'étiquette étaient parfaits.

— Pourquoi ? demanda-t-il distraitement.

Son assistante traversa le bureau pour prendre la télécommande et allumer l'écran géant. Avec un soupir, Javier redressa la tête.

— Que se passe-t-il ?

— Vous avez demandé à être informé chaque fois qu'il est question de nous dans les médias. Votre attachée de presse vient d'appeler. Carla Nardozzi est sur toutes les chaînes.

En trente-trois ans sur cette planète, seuls deux noms lui faisaient un coup au cœur chaque fois qu'il les entendait. Durant les trente premières années de sa vie, cela avait été celui de son père, et Carla Nardozzi était venue étoffer cette courte liste le lendemain de son trentième anniversaire. Ces deux noms l'emplissaient de colère et faisaient courir un frisson glacial le long de sa colonne vertébrale.

Trois ans après la nuit qu'ils avaient passée ensemble,

Javier n'était toujours pas parvenu à oublier la jeune femme. Il avait beau s'en vouloir de cette faiblesse, il avait beau en comprendre les raisons, il n'y pouvait rien. Tous ses efforts pour la consigner au rang d'expérience insignifiante avaient échoué. Il espérait que sa dernière tentative, qui consistait à la ramener dans son orbite plutôt que de la fuir, s'avérerait plus fructueuse.

— Merci, Shannon, ce sera tout, déclara-t-il, tentant de reconnaître l'immeuble qui venait d'apparaître sur l'écran de télévision.

Il ne lui fallut qu'une seconde pour comprendre, au ballet du personnel en blouse et des ambulances qui entraient et sortaient du champ, qu'il s'agissait d'un hôpital. Une horde de paparazzi était massée devant. Saisi de panique, Javier bondit et activa le son.

> *L'état de Mlle Nardozzi est sérieux, mais il n'est plus considéré comme critique. Après l'avoir réveillée du coma artificiel où elle avait été placée, les médecins, qui suivent de près son évolution, ont fait savoir qu'ils étaient optimistes.*
>
> *Nous vous rappelons pour ceux qui nous rejoignent que la célèbre patineuse a été victime d'un grave accident durant son entraînement et a dû être héliportée depuis son centre d'entraînement jusqu'à un hôpital de Rome. Une rumeur laisse entendre que son entraîneur, le très controversé Tyson Blackwell, serait à l'instant même entendu par la police.*

Javier envoya la télécommande valser dans un fauteuil et cria :

— Shannon !

Sa secrétaire réapparut une seconde plus tard, sourcil levé.

— Oui, monsieur ?

— Dites à mon pilote de se tenir prêt. Nous partons pour Rome.

— Bien sûr.

La porte s'était à peine refermée derrière Shannon que Javier décrocha son téléphone. Il composa le numéro de Draco Angelis, la dernière personne à laquelle il avait envie de parler. Mais il n'avait pas le choix.

— Je suppose que vous avez vu les nouvelles, fit Draco dès qu'il décrocha.

— Quand est-ce arrivé, et pourquoi n'ai-je pas été informé immédiatement ? demanda Javier.

— Du calme, *amigo* ! Comme vous l'imaginez, je n'ai pas chômé ces dernières heures.

Loin de s'apaiser, Javier s'emporta :

— Vous avez des employés dont le travail est de me tenir au courant. Je devrais être en tête de liste des personnes à prévenir lorsque quelque chose arrive à Mlle Nardozzi.

Un bref silence lui répondit, suivi d'un soupir.

— Vous avez raison. Et j'étais sur le point de vous appeler. Vous m'avez devancé.

— Dans l'intérêt de notre collaboration, je choisis de vous croire.

— Y a-t-il des choses que j'ignore derrière cet intérêt pour Carla ?

Javier réprima une réplique acerbe : son inquiétude était de nature professionnelle, rien d'autre.

— Si l'on excepte le fait que j'ai investi plusieurs millions dans votre cliente ? ironisa-t-il. Et que je m'apprête à investir encore davantage ? Vous pensez que je suis content d'apprendre par les médias qu'elle a eu un accident ? Je n'apprécie pas du tout d'être pris de court par ce genre de nouvelle, voyez-vous !

— C'est noté. Cela ne se produira plus.

— Quand est-ce arrivé ? répéta Javier.

Il avait conscience de son agressivité, mais ne fit aucun effort pour se radoucir. La douceur était un signe de faiblesse, il l'avait appris très jeune.

— Hier.

— Et cette histoire de coma artificiel ?

— Simple précaution, le temps de s'assurer qu'il n'y avait pas de dégâts neurologiques. Elle est consciente et elle se remet doucement.

Avec un soupir de soulagement, Javier relâcha les doigts sur son téléphone.

— Je décolle dès que possible. Je veux être tenu au courant.

— Vous venez en Italie ?

— Au vu des sommes que j'ai investies dans notre cliente mutuelle, déclara-t-il en gagnant la porte, ça ne devrait pas vous étonner. Je vous vois dans quelques heures.

Il raccrocha et s'arrêta devant le bureau de sa secrétaire.

— Annulez tous mes rendez-vous jusqu'à nouvel ordre.

Quelques minutes plus tard, assis à l'arrière de sa limousine, il tentait de tempérer la colère qui lui nouait le ventre. Carla Nardozzi l'avait rejeté, tout comme l'avait fait son père en refusant de reconnaître son existence. Cependant, après ces trois années, il tenait enfin sa vengeance. Et il avait juste besoin que Carla se rétablisse au plus vite pour pouvoir lui infliger la punition qu'elle méritait. Ses émotions n'avaient rien à voir avec cette affaire.

C'était une question d'honneur, rien d'autre.

Lorsque Carla voulut se redresser, un brouillard de douleur et de confusion l'aveugla. Sa tête retomba aussitôt sur l'oreiller.

— Non, *signorina*, n'essayez pas de bouger.

Carla se força à se détendre et la douleur s'apaisa, tandis que la confusion, elle, demeurait. Où était la frontière entre le rêve et la réalité ? Des voix, des images s'emmêlaient dans son esprit. Elle avait vu son père quand elle s'était réveillée dans cette étrange chambre blanche. Mais c'était *l'autre* voix qui la troublait, celle d'un homme qui n'avait pas sa place ici — même si elle ignorait où elle se trouvait !

Javier... La dernière fois qu'elle l'avait vu, il s'était d'abord montré froid et distant, pressé d'en finir avec la signature du contrat. Puis, en un inexplicable revirement de situation, il l'avait embrassée à en perdre haleine. Mais, davantage que leur baiser, c'était le regard qu'il avait posé sur elle juste après dont elle se souvenait, une expression de haine à l'état pur. Bien sûr, vu la manière dont elle l'avait traité trois ans plus tôt, elle le comprenait. Elle avait porté un coup fatal à son amour-propre. Et un homme aussi fier que Javier Santino n'oubliait pas une insulte à son honneur.

Voilà qui rendait ce baiser plus incompréhensible encore. À moins que... Peut-être était-ce *elle* qui l'avait embrassé ? Ses souvenirs étaient flous. Avec une grimace, elle effleura sa tempe. Son poignet gauche pulsait, et elle constata qu'il était plâtré.

— Où suis-je ? demanda-t-elle, la gorge serrée.

La femme gironde qui s'activait autour du lit s'arrêta, et Carla remarqua pour la première fois sa blouse d'infirmière.

— À Rome, dans un hôpital privé. Vous avez fait une mauvaise chute. Vous avez subi un grave traumatisme.

L'accident, bien sûr. Elle se rappelait la dispute avec son père, puis avec son entraîneur, Tyson Blackwell. Le pressentiment qui l'avait saisie juste avant son salto, la glace qui avait paru se rabattre sur elle, le bras qu'elle avait tendu pour amortir sa chute...

— Je suis là depuis combien de temps ?

— Trois jours. Vous dormez depuis votre opération du poignet, mais vous êtes en voie de guérison. Je vais chercher le médecin, et vous pourrez voir votre famille. Ils seront contents de vous savoir réveillée.

— *Ils* seront... ? répéta Carla.

— Votre père et votre ami. Votre père vient de partir, mais votre compagnon, en revanche, est toujours là. Il n'a quasiment pas quitté l'hôpital. Vous avez beaucoup de chance d'avoir un tel homme dans votre vie.

— Quoi... ? Un tel homme dans ma vie... ?

— Ne vous inquiétez pas, fit l'infirmière en lui tapotant la main. Je vais chercher le docteur.

Elle sortit en abandonnant Carla à son désarroi.

Ressaisis-toi, bon sang !

Elle s'empara de la télécommande et redressa le lit. Au même moment, un homme en blouse blanche, stéthoscope autour du cou, entra dans la chambre, une nouvelle infirmière sur les talons.

— *Signorina* Nardozzi, je suis ravi de voir que vous êtes réveillée.

Carla se força à sourire, puis se soumit patiemment à un examen. Le brouillard se dissipait peu à peu, et la mémoire lui revenait. L'accident s'était produit parce qu'elle avait voulu fuir ses démons. Elle avait dépassé ses limites en une tentative éperdue d'oublier la querelle avec son père. Un point de non-retour avait été atteint, et elle devait désormais en tirer les conséquences.

— Votre père est sûr que vous voudrez reprendre l'entraînement au plus vite, déclara le médecin en consultant un dossier. Vous avez un spectacle dans deux mois, c'est bien ça ?

— Oui.

Il fronça les sourcils d'un air dubitatif.

— Je vois... Je vous déconseille tout de même de

rechausser des patins avant plusieurs semaines. En tout cas, quinze jours de repos me paraissent un minimum absolu. Et votre poignet gauche aura besoin d'un peu plus de temps.

— Mais… J'ai des engagements publicitaires. Je suis obligée de les satisfaire !

Une chose était sûre : le contrat avec Santino International ne consistait pas à se tourner les pouces dans un lit d'hôpital. Elle était presque surprise de ne pas avoir déjà reçu la visite des avocats de Javier.

— Comme je vous l'ai dit, reprit le praticien, deux semaines de repos absolu. Après quoi, peut-être que si vous êtes suivie par des spécialistes…

— Ce ne sera pas nécessaire. Je suis parfaitement capable de prendre soin de moi.

— Elle aura tous les spécialistes nécessaires dès sa sortie de l'hôpital. Je m'y engage, docteur.

Carla retint son souffle en entendant cette voix caractéristique. Javier venait de pénétrer dans sa chambre. Ainsi, elle n'avait pas rêvé… Comme d'habitude, il était vêtu avec le plus grand chic, ses chaussures brillaient, et sa chemise était d'un blanc impeccable. Il dégageait un tel charisme que les autres occupants de la pièce parurent aussitôt réduits à l'état de figurants.

— Que… Qu'est-ce que tu fais là ? souffla-t-elle.

— Les médias du monde entier parlent de ton accident. Tes fans campent devant l'hôpital. Tu me crois assez cruel pour rester indifférent à ton sort ?

Sa voix était douce, nuancée d'un reste d'accent de son Espagne natale et, surtout, assez caressante pour masquer le cynisme que Carla seule discernait. Elle entendait son glas menaçant résonner pour elle, et pour elle seulement. Toutefois, il n'était pas question de se laisser intimider. Elle avait passé sa vie à courber l'échine. Il lui avait peut-être fallu vingt-quatre ans pour trouver le courage de dire non, mais elle était bien résolue à ne plus recevoir d'ordres de personne. Mieux valait tard que jamais !

— Merci de ta sollicitude. Comme tu le vois, je suis en pleine consultation avec mon médecin. Alors si tu veux bien nous excuser…

Le praticien les étudia tour à tour d'un air gêné, puis se racla la gorge.

— Excusez-moi, *signorina*, mais votre père m'a dit que M. Santino faisait partie des personnes autorisées à vous rendre visite.

— Ce genre de décision n'appartient pas à mon père.

Le silence s'abattit sur la pièce. Carla lut un éclat jubilatoire dans le regard de Javier, tandis qu'un sourire rehaussait le coin de ses lèvres.

— Tu ne te sens pas de taille à m'affronter, princesse ?

— Je ne suis pas une princesse. Et je suis de taille à affronter n'importe qui. Mais ce n'est ni le moment ni l'endroit. Tu pourrais peut-être revenir plus tard.

Ou jamais…

— Je pourrais, concéda le milliardaire en se caressant la mâchoire d'un air songeur, mais à quoi bon ? Le médecin affirme que tu as besoin de repos. Après ce qui s'est passé, je suis prêt à suspendre tes obligations contractuelles jusqu'à ce que tu sois rétablie. Je veillerai à ce que tu reçoives toute l'assistance médicale dont tu auras besoin.

— C'est une excellente nouvelle, commenta le médecin avec un hochement de tête approbateur.

— C'est très aimable à toi, mais je n'ai pas besoin de ton aide.

Sous ses dehors bravaches, Carla était quelque peu déroutée par la générosité inattendue de Javier. Il avait une idée derrière la tête, elle en était sûre, et elle n'avait pas la moindre envie de découvrir laquelle.

Elle retint son souffle lorsqu'il s'approcha du lit. Son magnétisme était tel qu'elle se sentit saisie d'un léger vertige.

— Tu as peut-être oublié ce que disent les petits caractères en bas de ton contrat ? Laisse-moi te rafraîchir la mémoire : une clause stipule que je dois être informé de tout ce qui est susceptible d'affecter notre collaboration. Cet accident pourrait avoir un impact négatif sur l'image de ma société et me pousser à reconsidérer le contrat qui nous unit. À moins, bien sûr, que je ne décide de me montrer magnanime.

À contrecœur, Carla détacha les yeux des lèvres cruelles.

— Je suis navrée que mon accident nuise à ton image, ironisa-t-elle.

— C'est malencontreux, en effet. Mais je suis prêt à faire un effort si tu en fais un de ton côté aussi.

— Je ne suis pas ton esclave. Je ferai ce que je veux. Je n'ai pas besoin de médecins pour récupérer.

— Si vous voulez bien nous laisser, docteur ? fit l'Espagnol en souriant. Je suis sûr que Mlle Nardozzi saura entendre raison, ne vous inquiétez pas.

L'intéressé acquiesça et sortit, ainsi que l'infirmière. Sitôt la porte refermée, un silence oppressant envahit la chambre. Javier promena le regard sur Carla avec une lenteur qui lui donna l'impression que la température était montée de plusieurs degrés. Elle se sentait soudain terriblement vulnérable sous le simple drap qui la couvrait. Une sensation de faiblesse qui n'avait rien à voir avec son état de santé lui liquéfia les muscles.

Cette sensation, elle la reconnaissait — c'était exactement la même que trois ans plus tôt, le jour de leur rencontre à Miami. Elle se souvenait de ce week-end fatidique comme si c'était hier, de la jeune fille naïve en pleine révolte qui s'était jetée dans les bras d'un inconnu.

Ce n'était qu'en se réveillant dans le lit de Javier qu'elle avait pris conscience de l'énormité de ce qu'elle avait fait.

— Tu n'as plus rien à dire, tout à coup ?

— J'ai beaucoup de choses à dire, au contraire ! rétorqua-t-elle. Mais, comme tu ne sembles pas d'humeur à les écouter, j'attends que tu te fatigues de jouer les dictateurs.

— Tu as déjà oublié, *cara* ? Je possède une endurance à toute épreuve… Surtout quand quelque chose me stimule.

Une onde brûlante chassa l'impression de faiblesse, et Carla grimaça en sentant un étau se resserrer sur ses tempes. Javier faisait monter sa tension. Dans son état, c'était bien la dernière chose dont elle avait besoin !

En silence, il remplit d'eau le gobelet qui se trouvait sur la table de chevet et le lui tendit.

— Bois !

Elle fut tentée de refuser, mais s'aperçut qu'elle mourait de soif. Et plus vite elle se rétablirait, plus vite elle reprendrait le contrôle de son existence. À contrecœur, elle saisit le gobelet et aspira goulûment l'eau à travers une paille.

— Doucement, fit Javier après quelques instants. Tu vas te rendre malade.

En lâchant un rire narquois, Carla constata avec plaisir que sa gorge était moins endolorie.

— Tu n'as pas de public. Tu peux arrêter ton petit numéro.

Sans la moindre expression, Javier reprit le gobelet et le reposa sur la table.

— La bonne marche de mes affaires est liée à ton état de santé. Je ne fais donc pas semblant de me faire du souci, je protège mes intérêts. Dis-moi ce qui s'est passé avec ton entraîneur.

Carla changea de position dans le lit, mal à l'aise. Elle savait qu'elle n'aurait jamais dû accepter de s'entraîner avec Tyson Blackwell. Son instinct le lui avait déconseillé — son agent aussi.

— J'ai commis une erreur de jugement. Ça ne se reproduira pas.

Puis elle pâlit, horrifiée. Un coup d'œil à Javier lui indiqua qu'il se souvenait, lui aussi. C'étaient les mots exacts qu'elle avait prononcés trois ans plus tôt, quand ils s'étaient réveillés dans le même lit.

— Je... Je voulais dire...

— Je sais très bien ce que tu voulais dire. Apparemment, tu as pour habitude de faire des choix que tu regrettes. Tu souhaitais savoir ce que je fais là ? C'est très simple, *querida* : je suis venu honorer la promesse que je t'ai faite il y a un mois.

2

À ces mots, Carla sentit son estomac se nouer.

— Et que… Qu'est-ce que ça veut dire ?

Sans répondre, le milliardaire gagna la fenêtre d'un pas nonchalant. Il regarda longuement dehors avant de se retourner. Dans le contre-jour, sa haute silhouette nimbée de soleil paraissait surnaturelle.

— Je t'ai choisie pour être le visage de mes produits parce que, sous un vernis d'innocence, tu incarnes l'ambition et le succès.

— C'est un compliment ?

Javier haussa les épaules dans le halo qui l'enveloppait.

— Tes résultats sportifs parlent d'eux-mêmes.

— Si tu allais droit au but ?

— Très bien. Tes choix récents ont été… décevants.

— Mes choix ?

— Tu as retardé notre accord alors que ton propre agent, Draco Angelis, était convaincu de son bien-fondé. Même Draco a failli te lâcher sur ce coup-là. Puis tu as insisté pour prendre un entraîneur que tu aurais dû fuir comme la peste, connaissant sa réputation.

Carla déglutit, mortifiée. Comment lui dire la vérité sans accuser son père ? D'ailleurs, elle était la première responsable d'avoir écouté celui-ci, au nom d'un lien affectif qui n'existait que dans son imagination.

— Mon ancien entraîneur a pris sa retraite. Tyson n'est qu'un intérimaire en attendant d'en trouver un autre.

— Un intérimaire connu pour pousser ses athlètes trop loin.

— Je n'ai pas eu le choix, maugréa Carla, incapable de se contenir plus longtemps. Mon père a signé sans me le dire.

— Tu aurais dû refuser.

C'était ce qu'elle avait d'abord fait, et cela lui avait valu une énième dispute avec son père. À cette occasion, Carla avait soudain découvert qu'elle n'avait pas d'argent pour engager elle-même quelqu'un d'autre.

— Quel est le but de cette discussion ? soupira-t-elle.

— M'assurer que tu ne te blesses pas de nouveau, répliqua Javier, s'approchant du lit pour effleurer son plâtre.

Carla sursauta comme si elle s'était électrocutée, puis rougit.

— Ne me touche pas.

Elle vit Javier serrer les poings et n'eut pas besoin de lever les yeux pour savoir qu'elle l'avait fâché.

— Ta coopération est essentielle si nous voulons te remettre d'aplomb au plus vite, reprit-il froidement.

— Je t'ai déjà dit que je n'avais pas besoin d'une nounou, répliqua-t-elle. Une fois rentrée en Toscane…

— Oublie la Toscane ! Là-bas, l'hôpital le plus proche est à cent kilomètres de chez toi. Tu as eu de la chance de trouver un hélicoptère pour t'emmener à Rome, mais ça ne se reproduira peut-être pas. Je veux pouvoir veiller sur toi.

— Tu veux dire me *surveiller*.

— Appelle ça comme tu veux, ça ne change rien pour moi.

— Très bien, maugréa Carla. Je louerai un appartement à Rome et…

Elle s'interrompit en voyant Javier secouer la tête.

— Quoi ? Qu'est-ce que j'ai dit ?

— Rome n'est pas davantage une option.

— Ah bon ? Et où devrais-je aller, selon toi ?

— New York ou Miami me paraissent de meilleurs choix.

— Pour toi, tu veux dire ?

— Bien sûr, répondit Javier avec naturel. Je lance de nouveaux produits dans les semaines à venir, et ma présence est requise. Je ne peux pas sauter dans mon avion chaque fois que tu fais une bêtise. Et, accessoirement, ton prochain tournage pour Santino International est à New York. Tu seras sur place.

— Mais...

— Avant que tu te serves de ton père comme excuse, sache que je lui ai déjà parlé. Il est d'accord.

Carla ravala une repartie rageuse — elle s'occuperait de son père plus tard.

— Tu portes la même attention à tous tes collaborateurs ?

— Non, *querida*. Je la réserve aux princesses qui pensent être au-dessus du reste du monde.

— Je ne...

— J'en ai fait l'expérience, tu te rappelles ? Alors économise ton souffle.

L'accusation fit à Carla l'effet d'un coup de fouet. Elle humecta ses lèvres desséchées pour murmurer :

— Ce qui s'est passé il y a trois ans... Ce n'était pas moi. Je sais que je n'aurais pas dû...

— Arrête avant d'aggraver ton cas ! coupa Javier d'un ton sec. Tout ce que je veux entendre de tes lèvres, ce sont les répliques que tu es payée pour réciter. Je t'emploie pour que tu vantes mes produits, et c'est ce que tu feras dès que tu seras sur pied. Tu seras la championne, la jeune femme lisse et parfaite que tout le monde adore. Mais, en privé, tu peux m'épargner ton petit numéro.

— Ton amour-propre a donc tellement souffert

que tu es incapable d'oublier ce qui s'est passé entre nous ? N'essaye pas de me faire croire que tu es là pour protéger ton investissement. Tu as une armée d'avocats qui auraient pu me communiquer tes instructions sans que tu aies besoin de te déplacer.

— Vraiment ? Et pourquoi suis-je venu, selon toi ?

— Parce que je suis la seule femme qui t'ait résisté et que tu ne l'as jamais digéré.

Dans le silence de la chambre, le rire de Javier claqua comme un coup de tonnerre.

— Si ma mémoire est bonne, tu ne m'as pas résisté du tout…

Carla s'empourpra, puis contre-attaqua :

— Dans ce cas, pourquoi me détestes-tu à ce point ?

Elle s'en voulut aussitôt d'avoir posé la question. Elle savait très bien pourquoi il la détestait. Elle avait été horrifiée, après leur nuit d'amour, de constater qu'il ne s'était pas simplement agi de quelques heures de plaisir. Ils avaient partagé un lien bien plus profond — en tout cas, pour elle. Soucieuse d'éviter les complications et prisonnière d'une spirale d'autodestruction, elle l'avait frappé là où elle le savait vulnérable. C'était un moment dont elle n'était pas fière.

— La haine est une émotion inutile, déclara Javier. Je ne perds pas mon temps à haïr qui que ce soit. En revanche, je fais tout pour protéger ma réputation.

— Je ne comprends pas…

— Tu trompes peut-être ton public adoré, *chiquita*, mais nous savons très bien que ce n'est pas la moralité qui t'étouffe. Te jeter dans les bras d'un homme qui ne veut pas de toi est une chose. Te jeter dans les bras d'un homme qui est fiancé en est une autre, très différente. Si je suis venu personnellement, c'est pour te prévenir qu'il y aura des conséquences si tu t'obstines à poursuivre Draco Angelis de tes ardeurs.

— Draco ? Qu'est-ce que tu racontes ? Il ne m'intéresse pas.

— Les photos mentent, alors ? On te voit dans ses bras à une soirée mondaine organisée par ton père il y a un mois.

Cette fois, Carla rougit. Draco était le frère de sa meilleure amie et le grand frère qu'elle-même n'avait jamais eu. Certes, elle avait fantasmé sur lui pendant son adolescence, mais cette phase n'avait pas duré. La photo en question les montrait dans les bras l'un de l'autre, en une étreinte dénuée de la moindre connotation sexuelle. La fiancée de Draco, Rebel Daniels, n'avait d'ailleurs rien trouvé à y redire. Carla s'était peut-être montrée un peu trop affectueuse, mais c'était bien le seul reproche qu'on pouvait lui faire.

— Ce n'est pas du tout ce que tu crois, répondit-elle.

— Non, bien sûr. Les choses ne sont jamais ce qu'on croit, avec toi.

Carla tourna la tête sur son oreiller, soudain lasse.

— Imagine ce que tu veux… Je ne te dois pas d'explications. Si tu as dit ce que tu avais à dire, tu peux me laisser.

Un silence menaçant accueillit ces paroles. Une nouvelle fois, elle perçut la fureur de Javier sans avoir besoin de le regarder.

— Je ne m'en irai d'ici que lorsque tu auras accepté de revenir à New York avec moi.

— À t'entendre, j'ai le choix. Ça fait bien partie de ta vengeance, non ?

— Peut-être.

Carla ferma les yeux.

— *Sì*, soupira-t-elle. Tu as gagné. New York, Rome, je m'en fiche. Tout ce que je te demande, c'est de me laisser tranquille maintenant.

*
* *

Javier prit quelques secondes pour l'observer avant d'obtempérer. Sa pâleur faisait ressortir la courbe élégante de ses cils, d'un noir profond. Une bouffée de culpabilité l'assaillit, qu'il réprima aussitôt. Mieux que quiconque, il savait que cette façade fragile cachait une âme en acier trempé. Elle n'était pas la meilleure patineuse artistique au monde pour rien. Sa vulnérabilité affichée n'était qu'une illusion.

Pourtant, son innocence était réelle autrefois. Seulement, elle l'avait sacrifiée pour obtenir ce qu'elle désirait plus que tout : l'attention de Draco Angelis.

Certains hommes aimaient les femmes vierges, mais Javier n'était pas de ceux-là. Il préférait une partenaire expérimentée. Toutefois, il avait perdu la raison en rencontrant Carla, le soir de la fête organisée pour son trentième anniversaire.

Il s'arracha à ses réminiscences. Il s'était comporté comme un idiot, et le simple fait d'y repenser le mettait mal à l'aise. Il ne commettrait plus jamais la même erreur.

Il lui fallut quelques minutes pour constater que Carla ne faisait pas semblant de dormir. Elle s'était assoupie. Dans son sommeil, son visage s'était détendu, et sa beauté n'en était que plus spectaculaire. Javier s'apprêtait à quitter la pièce, mais une étrange émotion le retint. C'était la même intuition qu'il avait éprouvée en la revoyant à New York, le jour de la signature du contrat. Carla dégageait une apathie étonnante, un ennui qui contrastait avec l'énergie débordante qu'elle dégageait autrefois. C'était pour cela qu'il l'avait embrassée, pour essayer de la faire réagir. Il était curieux de savoir ce qui lui était arrivé pour la transformer à ce point.

Javier n'aimait pas être confronté à un problème qu'il ne pouvait pas résoudre. Voilà pourquoi il était toujours là quelques heures plus tard, assis dans un coin de la chambre, à regarder la jeune femme dormir. Sans raison particulière, il repensa au jour où il avait affronté son propre père. L'expérience avait été déplaisante et aurait sans doute brisé un homme moins solide que lui, mais il l'avait traversée la tête haute. Et, s'il n'en était pas sorti indemne, il n'en était que plus fort.

Carla connaissait-elle le même genre d'épreuve ? Nul besoin d'être sorcier pour comprendre que ses relations avec son père, Olivio, n'étaient pas au beau fixe.

Il fit rouler ses épaules pour se détendre, puis se força à étudier de façon clinique la jeune femme endormie. Qu'est-ce qui l'attirait à ce point chez elle ? Sur le papier, elle n'était pas son genre. Elle était fine comme une gazelle, et il préférait les femmes voluptueuses.

Pourtant, elle l'avait captivé dès le premier instant. Ses cheveux couleur chocolat, ses yeux verts et son corps avaient lancé un appel muet à ses sens. Malgré tout ce qui s'était passé entre eux, en dépit des insultes et de la rebuffade cuisante qu'elle lui avait infligée, il sentit son sexe se durcir au spectacle des seins menus qui, sous le drap, se soulevaient au gré de sa respiration.

Il bondit, horrifié. Que lui arrivait-il ? Il fantasmait sur une femme allongée sur un lit d'hôpital !

Non, pas juste *une* femme, corrigea-t-il. Carla incarnait ce que Javier avait passé sa vie entière à nier. Elle l'avait rejeté parce qu'il n'était pas *à la hauteur*. Tout comme l'avait fait son père, en toute impunité.

Cette impunité, Javier était bien décidé à ne pas l'accorder à Carla.

3

Avant même d'ouvrir les yeux, Carla sut que Javier était toujours là. Il était impossible d'ignorer une présence aussi intense, aussi oppressante.

Dieu merci, sa tête ne la faisait plus souffrir. Et, si son poignet pulsait, elle se sentait bien mieux que quelques heures auparavant. Elle souleva les paupières et tourna la tête vers l'occupant du fauteuil installé dans un coin.

Javier était assoupi. C'était un fait en lui-même étonnant, car on aurait pu croire qu'un tel homme ne dormait jamais. Toutefois, ce fut la transformation de son visage qui stupéfia Carla. Toute sévérité l'avait quitté. S'il n'avait rien perdu de sa force, une impression due à sa mâchoire carrée et à son menton décidé, il semblait apaisé. Ses jambes étaient allongées, très longues, et ses bras pendaient des deux côtés du siège. Ses lèvres, sans le sourire cruel qui les ourlait en temps normal, étaient d'une sensualité qui rappela aussitôt à Carla leur nuit d'extase à Miami. Il avait comblé tous ses désirs et plus encore, et c'était précisément cette passion qui l'avait poussée à prendre ses jambes à son cou le lendemain matin. Carla connaissait sa réputation de bourreau des cœurs et elle avait compris, avant même de se réveiller, qu'elle n'était qu'une croix de plus sur son tableau de chasse. Elle avait préféré trancher net le lien immatériel qui s'était noué entre eux plutôt que de risquer son âme.

— Le spectacle te plaît ?

Elle tressaillit — Javier avait ouvert les yeux et surpris l'examen rêveur auquel elle le soumettait.

— J'aurais aimé lire la même fascination dans ton regard un certain matin, il y a trois ans. Malheureusement, je n'y ai vu que du dégoût.

— Ce n'était pas du dégoût, protesta Carla. Du moins, pas à ton encontre.

— Ah bon ! C'est censé me réconforter, *pequeña* ? De savoir que tu t'en es voulu d'avoir passé la nuit avec moi ? De m'avoir offert ton innocence ?

— Que dois-je dire pour te convaincre d'oublier ce que je t'ai dit ce matin-là ?

Le regard de Javier se durcit. Toujours assis dans le fauteuil, il croisa les mains sur son ventre plat.

— Coucher avec moi a été la plus grosse erreur de ta vie, c'est ce que tu m'as affirmé, et ton attitude depuis ce jour tend à confirmer que tu le pensais. Si tu essayes tout d'un coup de me persuader du contraire, c'est pour sauver la face.

— Pour sauver la face ? répéta Carla sans comprendre.

— Allons… Draco est fiancé à une autre, n'est-ce pas ? Il a fait son choix, et ce n'est pas toi.

— Mais je ne suis pas amoureuse de lui ! se récria Carla. Pas le moins du monde !

— Dans ce cas, pourquoi t'es-tu laissé photographier dans ses bras il y a un mois ?

— Tu me croiras si je te réponds que c'est une méprise ?

— Non.

Javier bondit et s'approcha du lit avec une grâce féline.

— Tu es toujours obsédée par lui, renchérit-il, et tu ne sembles pas accepter le fait qu'il ne s'intéresse pas à toi. Quand tu veux une chose, dans la vie, tu sautes dessus sans te soucier des conséquences, n'est-ce pas ?

— Je refuse d'en discuter ! De toute façon, rien ne te fera changer d'avis sur mon compte. Je t'ai dit que j'acceptais de t'accompagner à New York, alors qu'est-ce que tu fais encore ici ? Tu crois que je vais m'enfuir ?

Javier fronça les sourcils comme s'il se posait soudain la même question, puis il haussa les épaules.

— Tu t'es endormie avant que je puisse te dire que, dorénavant, tu te tiendras à bonne distance de Draco.

Carla se redressa brusquement et posa les pieds par terre. Un vertige la saisit, mais il passa presque aussitôt.

— Draco Angelis est mon agent. Je ne peux pas l'éviter. Et ce serait contre-productif.

— C'est pourtant ce que tu feras. Il a assez de sous-fifres susceptibles de servir d'intermédiaires. Je le contacterai personnellement pour lui expliquer la situation.

— Tu vas aussi lui interdire de m'entraîner, comme il voulait le faire ? On pourrait te croire jaloux, ironisa la jeune femme. Et ça ne te réussit pas.

Le rire mauvais de Javier résonna dans la chambre.

— Ne te fais pas d'illusions ! Aucun scandale n'a jamais entaché ma société, et j'ai bien l'intention que ça continue. Pour ce qui est de ton entraîneur, Angelis et moi avons décidé qu'il valait mieux choisir quelqu'un d'autre.

— Quoi ? Vous avez parlé de moi dans mon dos ? s'indigna Carla en agrippant le rebord du lit de sa main valide pour se lever.

— Nous avons simplement réfléchi à la meilleure façon de minimiser les conséquences de ton accident. Qu'est-ce que tu fais ? Tu ne devrais pas être debout.

— J'ai besoin d'aller dans la salle de bains. Tu vas me l'interdire, ça aussi ?

Le milliardaire s'empourpra légèrement, avant de pincer les lèvres et de secouer la tête.

— Bien sûr que non. Ne sois pas ridicule !

Carla lui aurait volontiers répondu que la situation était déjà parfaitement ridicule, mais une douleur lui remonta dans la jambe et lui arracha une grimace. Trop tard, elle se rappela qu'elle avait atterri sur la hanche gauche lors de sa chute.

— Qu'est-ce que tu fais ? s'exclama-t-elle lorsque Javier la cueillit dans ses bras. Pose-moi tout de suite !

— Hors de question ! Tu n'es pas en état de marcher.

Horrifiée de songer à l'apparence qu'elle devait offrir, Carla enfouit le visage contre son torse. Elle fut aussitôt assaillie par son parfum et ne résista à l'envie d'en aspirer de longues bouffées qu'en adoptant la tactique inverse : retenir son souffle jusqu'au moment où il la déposa enfin dans la salle de bains.

— Ça va aller ? demanda-t-il. Tu veux que j'aille chercher l'infirmière ?

— Non, merci.

Javier la dévisagea quelques secondes, puis fit un pas en arrière.

— Ne ferme pas la porte, ordonna-t-il.

Carla leva les yeux au ciel.

— Je ne suis pas une poupée de porcelaine, Javier. Je suis tombée plus souvent que la majorité des gens dans leur vie entière.

— C'est censé me rassurer ?

— Je ne savais pas que tu avais besoin d'être rassuré. Je croyais que tu voulais juste que j'acquiesce au moindre de tes ordres.

— C'est toi qui as établi les règles de cette relation, *querida*. Ne sois pas surprise que je les respecte.

Carla s'interrogeait encore sur cette remarque sibylline lorsqu'il sortit et poussa la porte. Pour la première fois depuis son réveil à l'hôpital, elle retrouva un semblant de calme. Nul doute que son comportement expliquait en partie la colère de Javier : elle prenait un malin plaisir à le provoquer. Mais sa fureur la médusait. Avait-elle donc blessé à ce point son amour-propre ? Il était difficile à croire qu'un homme connu pour avoir couché avec les plus belles femmes de la planète pût être affecté par quelques propos mal choisis.

Elle parvint à se doucher malgré le plâtre, puis étudia son reflet. Ses yeux étaient cernés, ses cheveux en bataille, et elle faillit éclater de rire en songeant à la tête que ferait son père s'il la voyait dans cet état. Il avait toujours exigé qu'elle fût parfaite, et elle avait obéi. Le contraire lui aurait valu d'encourir la colère d'Olivio. Et puis, jouer les princesses n'avait pas été difficile, au contraire. Le rôle lui offrait une façade derrière laquelle se cacher.

Carla fixa le miroir, dépitée. La façade en question s'était bel et bien fissurée, comme en témoignaient son regard hanté et ses lèvres tremblantes. Son visage portait le sceau du doute et semblait révéler au monde entier sa peur secrète : celle de ne jamais trouver la paix intérieure si elle poursuivait sa carrière.

— Carla ?

Deux coups secs frappés au battant la ramenèrent à la réalité. Elle passa en hâte ses doigts dans ses cheveux et inspira profondément — il serait toujours temps de se préoccuper de son père plus tard.

Pour le moment, elle devait affronter un autre homme, sans doute plus dangereux encore.

Dès l'instant où le médecin signa son autorisation de sortie, le lendemain matin, Javier passa à l'action.

— Ton père se charge d'apporter tes affaires. Nous passerons la nuit à mon hôtel et nous partirons demain matin.

D'une main nerveuse, Carla lissa la robe orange qu'elle avait trouvée dans son placard. Elle l'avait enfilée avec l'aide d'une infirmière et s'était maquillée légèrement avant de nouer ses cheveux en chignon, comme lorsqu'elle paraissait sur la glace. L'effort s'avéra payant quand elle fut accueillie par une foule d'admirateurs à la sortie de l'hôpital. Envahie d'une immense gratitude, elle prit le temps de signer quelques autographes avant de monter dans la limousine de Javier.

— Je ne suis pas censée porter plainte contre Tyson ? demanda-t-elle lorsqu'elle apprit par la radio que ce dernier avait été inculpé.

— Nous nous en occuperons cet après-midi si tu te sens d'attaque. Sinon, il n'y a rien d'urgent. J'ai parlé aux autorités, et ils n'ont pas besoin de déposition de ta part pour l'inculper.

— Vraiment ?

— Oui. Draco Angelis avait chargé un membre de ton équipe de filmer les entraînements. On y voit Blackwell te forcer à faire ce salto malgré tes protestations.

Carla soupira et laissa les souvenirs remonter à la surface. Son père lui avait avoué, après lui avoir amèrement reproché de vouloir interrompre leur collaboration, avoir perdu au casino tout l'argent qu'elle avait gagné. Il ne leur restait plus que la résidence familiale en Toscane, qui était presque totalement hypothéquée.

— Ton manque de concentration était-il dû à la présence de Draco ? reprit Javier. Ou à l'état de tes finances ?

Carla tressaillit.

— Que sais-tu de mes finances ?

— Ton père essaye de me faire signer ce contrat depuis plus d'un an, en me demandant de plus en plus d'argent à chaque fois. Tu crois que je suis stupide ? Que je n'ai pas mené ma petite enquête ?

— Alors tu sais…

— Je sais tout, *querida*. Bref, je te tiens. Je n'ai qu'à claquer des doigts pour te ruiner complètement.

L'engourdissement qui l'avait submergée ces dernières semaines revint en force : une envie d'abandonner, de tout laisser tomber sans se soucier des conséquences. Elle ne résista à ces sirènes que par un sursaut de volonté.

— Tu m'as entendu, Carla ?

— Cinq sur cinq. Tu peux me ruiner. Tu commandes à la foudre et au tonnerre et tu peux m'anéantir à ton gré. Je m'incline devant ta toute-puissance. Excuse-moi de ne pas faire la révérence, je suis encore un peu endolorie par ma chute.

— Mais qu'est-ce qui te prend ? s'emporta Javier. Cette apathie ne te ressemble pas, elle ne sied pas à une athlète de ton calibre.

— Il faudrait savoir ce que tu veux : que je t'obéisse aveuglément ou que je me rebelle ?

— Je dis simplement que tu ne peux pas représenter mes produits avec cet air de chien battu.

— Je penserai à des choses agréables avant chaque séance photo, ne t'inquiète pas.

— Ce n'est pas une plaisanterie, Carla.

— Oh ! crois-moi, j'en ai bien conscience.

Ils parvinrent enfin à l'hôtel, palace favori des célébrités, où ils pénétrèrent en toute discrétion par une entrée dérobée. Au moment où elle s'engagea dans la suite qui leur avait été allouée au dernier étage, Carla se figea. Son père était là, occupé à superviser le déchargement de ses bagages. Aussitôt, elle fut saisie par ce sentiment familier — et ô combien oppressant — qu'il régentait toute sa vie.

— J'ai des coups de fil à passer, annonça Javier après avoir salué Olivio d'un signe de tête. Je vous laisse rattraper le temps perdu. Carla, nous dînons à 8 heures. Repose-toi d'ici là !

Il disparut dans un couloir sans lui laisser le temps de répondre. Carla se raidit en voyant son père reposer le verre de whisky qu'il s'était servi et s'approcher d'elle.

— *Mia figlia*. Je suis ravi que tu ailles mieux. Comment te sens-tu ?

Carla ne fit pas le moindre mouvement lorsqu'il se pencha pour déposer un baiser de pure forme sur sa joue. L'état de leur relation la désolait, mais son père lui-même avait toujours affirmé qu'il abhorrait ce qu'il appelait le sentimentalisme. Carla avait dû se montrer impassible, imperturbable sa vie entière. Il n'était pas étonnant qu'ils n'aient jamais résolu leurs différends.

— J'espère que ces quelques jours à l'hôpital t'ont rendue plus raisonnable ?

— Si par « plus raisonnable », tu veux savoir si j'ai renoncé à mes rêves d'indépendance, je suis navrée, mais je vais te décevoir. Je suis déterminée à faire une pause dans ma carrière. Et non, je ne sais pas combien de temps elle durera. Dès que je le saurai, je t'en informerai.

— Est-ce que Santino est au courant de cette toquade ? Je suppose que non. Parce qu'elle invalide ton contrat. Et, s'il le savait, tu serais déjà au tribunal.

Carla se mordit la lèvre, réprimant son inquiétude. Techniquement, son contrat ne lui interdisait pas d'interrompre sa carrière. Mais cette décision, si elle durait, lui ferait perdre sa place de tête de série — et là, elle aurait un problème.

— Un contrat, ça se renégocie. Pour répondre à ta question, je ferai part de ma décision à Javier quand je serai prête. En attendant, je te demande de rester en dehors de tout ça.

Le regard de son père se durcit.

— Tu oublies que tu n'en serais pas là sans moi.

— Tu veux dire sans tes méthodes tyranniques pour t'assurer que je deviens la meilleure patineuse au monde ?

— Je t'ai fait gagner une place dans les livres d'histoire du sport !

— Par la peur et l'intimidation ! En menaçant, au

moindre signe de faiblesse de ma part, de m'abandonner comme…

— Vas-y, dis-le. *Comme ta mère l'a fait.*

— Et nous savons tous les deux pourquoi, n'est-ce pas ? riposta Carla.

— Ça suffit. Elle n'est plus là, et tu déshonores sa mémoire par cette querelle ridicule.

— Je déshonore sa mémoire, moi ? Tu ne m'as appris sa mort que le lendemain de son enterrement !

— Tu avais une compétition à gagner ! répliqua Olivio, implacable. Je savais que la nouvelle te déstabiliserait et j'ai préféré te protéger. J'ai eu raison de le faire.

Carla le dévisagea, incrédule.

— C'est incroyable. Chaque fois que j'espère trouver une étincelle d'humanité en toi, tu me déçois.

Le visage d'Olivio Nardozzi se figea sur une grimace.

— Je ne sais pas ce qui te prend, ces derniers temps, mais je te suggère de profiter de ton séjour à New York pour réfléchir à tes priorités. Ce contrat avec Santino nous met à l'abri de tout souci d'argent, à condition que tu ne gâches pas tout.

— J'ai besoin de me trouver. Après quoi…

— De te trouver ? ironisa son père. C'est un truc de perdants et d'illuminés, ça ! Tu es une sportive de haut niveau et tu le resteras…

— Sinon quoi ? Tu m'amèneras au couvent, comme tu menaçais de le faire quand j'avais dix ans ? J'ai une nouvelle pour toi : je n'ai plus dix ans !

— Certes. Mais tu as signé un contrat qui fait de moi ton manager jusqu'à tes vingt-cinq ans et tu ne te débarrasseras pas de moi si facilement ! Je te traînerai en justice s'il le faut.

— Tu traînerais ta propre fille devant les tribunaux ?

— Ma fille n'était pas comme ça il y a six semaines.

— Il y a six semaines, elle ignorait que tu avais dilapidé tout son argent !

— C'est de l'histoire ancienne.

— Pour toi, peut-être. Mais nous ne sommes plus au Moyen Âge ! Je suis libre de faire ce qu'il me plaît !

— C'est là que tu te trompes. Si tu t'imagines que je vais rester là sans rien faire pendant que…

— Je crois qu'il est temps que Carla se repose.

Carla sursauta. La voix de Javier venait de retentir depuis le seuil, et ni elle ni son père ne l'avaient entendu revenir. Elle scruta son visage, tentant de deviner ce qu'il avait entendu, mais rien ne transparaissait. Prise sous un feu croisé d'ego masculins, Carla rétorqua sèchement :

— Reste en dehors de tout ça, s'il te plaît.

Tel un faisceau laser, le regard de Javier se posa sur Olivio.

— Le moment est mal choisi pour discuter de vos problèmes familiaux, déclara-t-il à ce dernier, ignorant la jeune femme.

La remarque visait la fierté d'Olivio Nardozzi, qui se fendit d'un sourire obséquieux.

— Vous avez raison. Ce n'est ni le lieu ni l'heure. Je te rejoindrai à New York, *cara*, quand tu te sentiras mieux.

Il déposa un nouveau baiser sur la joue de sa fille, serra la main de Javier et sortit. Carla le regarda s'éloigner, raidie par la colère.

— Tu comptes rester plantée là toute la journée ? ironisa Javier.

— Non. Je n'ai pas l'intention de rester plus longtemps que nécessaire dans la même pièce que toi.

Le visage masculin se couvrit comme un ciel d'orage.

— Attention, *principessa* ! Il serait imprudent de me pousser à bout.

— Arrête ton numéro ! Tu n'as pas davantage envie de ma compagnie que moi de la tienne.

— Tu ne sais rien de ce dont j'ai envie.

— Très bien ! Comme tu veux... Dis-moi où sont mes valises, je voudrais me changer.

Javier la dévisagea pendant plusieurs secondes, le front barré d'une ride furieuse, puis tourna les talons. Carla le suivit dans un couloir jusqu'à une chambre immense, décorée comme le reste de la suite d'un mélange étudié d'antiquités et d'œuvres contemporaines. Le plafond avait conservé ses fresques et son style rococo d'origine. De la fenêtre, une vue magnifique s'offrait sur toute la ville, jusqu'au Vatican.

Mais ce fut le lit qui retint son attention, un lit à baldaquin très large recouvert d'une couette d'allure si douillette que Carla éprouva aussitôt l'envie de s'y enfoncer pour oublier ses soucis. Ou était-ce une autre pulsion qui la motivait ?

Une bouffée de chaleur grimpa le long de son cou comme elle se rappelait une autre ville, un autre lit où elle s'était abandonnée au plaisir, à quelques heures de passion torride dont le souvenir brûlant la hantait aujourd'hui encore.

— Si tu as besoin de quoi que ce soit, il y a un interphone près du lit, qui te met directement en relation avec le concierge.

— D'accord. Merci.

Javier acquiesça mais, contre toute attente, ne quitta pas la pièce. Au lieu de cela, il étudia lentement Carla, ce qui la fit s'empourprer plus encore. Elle voulut lui ordonner de la laisser tranquille, mais les mots restèrent coincés dans sa gorge. Un son étrange se fit entendre, comme un soupir — venait-il d'elle ?

Alors, Javier tourna les talons pour gagner la porte.

— Attends !

Il se figea, puis revint vers elle.

— Ça me gêne de devoir te demander ça, mais, euh...

— Quoi, Carla ?

— La fermeture de ma robe, murmura-t-elle en levant son poignet plâtré. Je ne vais pas y arriver seule… Tu peux m'aider à la défaire ?

À pas lents, il s'approcha d'elle.

— Tu es sûre que c'est ce que tu veux ? Je vais devoir te toucher. Et nous savons tous les deux à quel point ça te dégoûte.

— Très bien, répliqua-t-elle en redressant le menton. Je demanderai au garçon d'étage.

Elle allait prendre la direction du salon lorsque deux mains se refermèrent sur sa taille.

— Encore un pas et je te le ferai regretter.

— Tu lances des menaces comme des confettis. Ça devient fatigant.

À sa grande surprise, il se mit à rire.

— Ravi de te voir retrouver de ta combativité ! dit-il en lui soulevant le menton d'un doigt. Peut-être que mon investissement n'est pas en danger, après tout. Tourne-toi !

Carla soutint son regard, se demandant soudain si elle avait bien fait de requérir son aide. Il était plus prudent de rester habillée en compagnie d'un tel homme ! Mais il était trop tard pour changer d'avis.

Elle déglutit et, à contrecœur, pivota sur elle-même pour lui présenter son dos. L'atmosphère parut s'épaissir, les envelopper d'une touffeur qui n'existait que dans son imagination. Elle sentit le souffle de Javier sur sa nuque et frissonna quand les doigts masculins lui effleurèrent la peau tandis que les phalanges accompagnaient la fermeture le long de sa colonne. Le soutien-gorge et le boxer en dentelle qu'elle portait sous sa robe lui semblèrent tout à coup bien légers.

Après une éternité, il la relâcha et annonça d'un ton bourru :

— C'est fait.

Lorsqu'elle se retourna enfin, aussi essoufflée que si elle venait de courir un marathon, elle était seule dans la pièce. Elle se laissa tomber sur le lit, fit valser ses chaussures, défit son chignon et profita de ce répit pour reprendre ses esprits.

Toute sa vie, elle s'était retrouvée coincée entre le marteau et l'enclume : faire les quatre volontés de son père ou encourir sa colère. Et elle avait de nouveau l'impression d'être prise en tenaille, captive d'une situation où elle n'avait rien à gagner, quel que fût son choix.

Des larmes lui embuèrent les yeux sans crier gare. Elle les chassa d'un revers furieux de la main, mais elles se remirent à couler, incontrôlables. Carla serra les lèvres, furieuse de cette manifestation de faiblesse. Elle refusait de pleurer sur sa vie. Elle trouverait une solution pour échapper à son père.

Ce n'était pas le premier défi qui s'offrait à elle, après tout, et elle était sûre que ce ne serait pas le dernier.

4

Carla se réveilla en entendant frapper. Elle voulut se redresser, désorientée, et grimaça quand une douleur fulgurante lui remonta dans le bras. Elle se rappela un peu tard son poignet blessé et s'assit contre les oreillers, le berçant de sa main valide.

Une autre salve ébranla le battant, qui s'ouvrit alors sur Javier. Il avait ôté sa veste, et les manches de sa chemise, remontées, révélaient des avant-bras cuivrés.

— Entre, je t'en prie, ironisa-t-elle.

— Ça fait au moins une minute que je frappe, et tu ne répondais pas, riposta-t-il.

— Je me suis endormie sans m'en rendre compte.

Javier fronça les sourcils, s'approcha du lit de sa démarche souple et lui souleva le menton.

— Tu as pleuré. Pourquoi ?

— Qu'est-ce que ça peut te faire ?

— Réponds-moi !

— Je n'en sais rien.

— Mauvaise réponse, gronda Javier en resserrant légèrement les doigts sur le menton de la jeune femme.

— C'est la vérité ! Je n'ai pas pleuré depuis l'âge de dix ans. Je ne sais pas ce qui s'est passé.

— Je doute d'être en mesure de te faire pleurer. Je suppose donc que c'est lié à ton père, *sì* ?

— Tu me laisseras tranquille si je te dis que ça ne te regarde pas ?

Une émotion qu'elle ne put identifier illumina le regard de Javier.

— Non. Je ne veux pas te voir pleurer sur ton sort.

Elle s'arracha à sa main, furieuse. Pourtant, n'était-ce pas exactement ce qu'elle avait fait ? Pour la première fois de sa vie, elle n'avait pas un emploi du temps surchargé pour l'empêcher de réfléchir au sens de son existence. Ou plutôt, à son absence de sens… Dissimulant sa détresse, elle repoussa les cheveux de son visage.

— Tu voulais quelque chose en particulier ? Ou tu es juste venu pour le plaisir de me déranger ?

La mâchoire crispée, Javier disparut dans le dressing attenant à sa chambre et revint quelques instants plus tard avec un peignoir de soie richement brodé.

— Mets ça ! Le dîner va être servi ici dans vingt minutes. Inutile de t'habiller. Tu pourras revenir dormir tout de suite après.

— Je ne suis pas une enfant, protesta Carla. Je…

D'un geste, il lui coupa la parole.

— J'ai besoin que tu te rétablisses au plus vite, comprends-tu cela ? Ton accident me force déjà à décaler le lancement de plusieurs produits.

— Je vois. Et moi qui pensais que tu te faisais du souci pour moi parce que tu avais bon cœur ! railla-t-elle.

— Tu te rendras vite compte que les mots *bon* et *cœur* sont rarement associés à mon nom, répondit Javier avec le même sarcasme. Mais je n'exploite pas pour autant les malades. Tu veux que je t'aide à enfiler ce peignoir ?

S'apercevant qu'elle crispait les doigts sur le tissu, Carla se força à se détendre.

— Non. Ça ira.

L'Espagnol disparut aussi abruptement qu'il était arrivé, suscitant chez Carla une inexplicable déception. Elle s'arracha à sa léthargie et passa le peignoir, dont les larges manches évoquaient celles d'un kimono. Elle compris, en avisant le nom du couturier sur l'étiquette, pourquoi le vêtement était si luxueux. Une chose était sûre : Javier ne rechignait pas à la dépense.

Une délicieuse odeur de sauce tomate l'accueillit lorsqu'elle quitta la chambre. Son estomac gargouilla, lui rappelant qu'elle n'avait pas fait un vrai repas depuis plusieurs jours.

Javier était sur le balcon, un verre de vin rouge à la main. Il la rejoignit dès son arrivée dans le salon et la soumit à un examen silencieux.

— Tu as perdu du poids, déclara-t-il.

— C'est généralement ce qui se passe après un séjour à l'hôpital.

— Tu étais déjà trop maigre quand nous nous sommes vus à New York il y a un mois. C'est pire maintenant.

Blessée, Carla s'approcha de la table dressée pour deux dans un coin de la pièce.

— Des insultes en guise d'apéritif ? C'est charmant !

— Je ne t'insulte pas, je constate.

— Au cas où tu ne l'as pas compris, mon métier me force à surveiller mon poids.

Sans crier gare, Javier lui effleura la tempe du bout des doigts, puis lui cala une mèche de cheveux derrière l'oreille. Elle frémit.

— Et, au cas où tu l'aurais oublié, je connais ton corps. Je me rappelle jusqu'aux moindres courbes. Tu avais davantage de formes à l'époque. Aujourd'hui, tu es tout en os, et je n'aime pas ça.

Carla déglutit, puis murmura d'une voix rauque :

— Javier…

— Il est temps d'oublier tes soucis, coupa son compagnon. Rien ni personne ne vaut la peine que tu te ruines la santé.

— Tu crois que je peux oublier ce qui me tracasse sur un claquement de doigts ? protesta-t-elle, incrédule.

— Ton seul ennemi, c'est toi. Tu peux prendre ton destin en main et en faire ce que tu veux. Ou alors, tu peux passer ta vie à te lamenter sur ce qui ne va pas.

Tout en parlant, il tira une chaise et lui fit signe de s'installer. Carla prit place, déroutée par ses propos.

— C'est cette philosophie qui te guide dans la vie ?

Javier bomba le torse avec un sourire narquois, puis ouvrit les bras en un geste fataliste.

— À en croire les magazines, je suis l'incarnation de la réussite, de l'équilibre parfait entre plaisir et travail. Je suis un modèle pour les hommes de toute la planète. Et qui suis-je pour critiquer ce point de vue ? acheva-t-il d'un air moqueur.

— Je vois que tous ces compliments ne te sont pas montés à la tête.

Elle crut un instant que Javier allait sourire, mais il se renfrogna.

— J'exige la perfection des personnes avec lesquelles je travaille. Dans ton cas, il te suffit de te remplumer un peu pour l'atteindre.

Elle n'eut pas le temps de répondre qu'il lui présenta une copieuse assiette de pâtes, enrobées d'une sauce au fumet délicieux et saupoudrées de parmesan. Puis il croisa les bras et attendit.

Il la testait. L'estomac de Carla gargouilla plus fort encore et, après une ultime hésitation, elle céda à la tentation. Sa première bouchée lui arracha un gémissement de plaisir, même si elle savait qu'elle la regretterait le lendemain. Ou se féliciterait-elle, au contraire, de ce premier pas sur le chemin de l'indépendance ? Peu importait — elle comptait bien, pour l'instant, profiter de ce bon repas. Avec un sourire satisfait, Javier saisit sa fourchette à son tour.

— Je ne suis pas habituée à ne rien faire, confessa-t-elle un peu plus tard en repoussant son assiette vide avec un sourire de contentement. J'ai trop de temps libre depuis quelques jours, voilà mon vrai problème.

Javier avala une gorgée de vin, puis acquiesça.

— Je m'en doutais. Quand nous serons à New York, tu pourras, si ça t'intéresse, te familiariser avec les produits que nous nous apprêtons à lancer.

— De quoi s'agit-il ? Le contrat ne le précise pas.

— Question de confidentialité, mais je ne vois pas d'inconvénient à te mettre au courant. Nous allons lancer un hors-bord de luxe, le JS1. Il sera disponible dans deux mois, juste avant l'été.

Pensive, Carla rompit un morceau de pain et le trempa dans la sauce restée au fond de son assiette.

— Je ne connais rien aux bateaux.

— Eh bien, je fais confiance à tes talents d'actrice. Je sais que tu es douée pour faire semblant.

L'atmosphère changea soudain, lourde de récriminations tacites. À deux doigts de l'informer de sa décision d'arrêter la compétition, Carla jugea plus prudent de n'en rien faire dans un tel contexte. Elle avala son pain, qui avait pris un goût amer.

— Je ne vois pas comment notre collaboration s'avérerait fructueuse si tu ne peux pas t'empêcher d'évoquer le passé.

— Ça t'ennuie ?

Elle le dévisagea, surprise.

— Bien sûr que ça m'ennuie ! Nous avons couché ensemble, et ça s'est mal terminé. Par ma faute, je le reconnais…

— Comme c'est magnanime !

— Je ne savais pas ce que je faisais, d'accord ? se récria Carla, ballottée entre exaspération et embarras. J'étais jeune et je me rebellais contre…

— Contre… ?

Elle poussa un soupir.

— Je voulais juste être une fille de vingt et un ans comme les autres. Je voulais *vivre*. Jusqu'à cette nuit-là, mon existence avait toujours été organisée avec une précision militaire. J'ai eu besoin d'échapper à la pression.

— Tu t'es donc servie de moi, puis tu as mis un point d'honneur à me le faire savoir, c'est ça ?

— Ma réaction n'a pas été très honorable, j'en ai conscience. Mais je ne t'ai pas piégé. Je n'avais pas prévu de coucher avec toi.

— Tu veux dire que je t'ai forcé la main ? demanda Javier, le visage dur.

— Bien sûr que non ! Seulement, je ne m'attendais pas à une telle expérience… Pour moi, cette nuit a été… incroyable. J'ai perdu pied.

Un silence oppressant retomba entre eux. Javier ne s'était pas déridé et fixait son verre de vin, distant. Il se rappelait cette soirée, c'était évident. Et, malgré elle, Carla se laissa submerger à son tour par les souvenirs…

Carla venait d'avoir vingt et un ans. Après sa victoire aux championnats du monde, elle avait réussi à négocier deux semaines de vacances, qu'elle avait décidé de passer à New York avec ses amis Maria et Draco. Éprise de liberté et forte de son succès, elle s'était autorisé ses premiers excès. Elle était sortie tard le soir, avait bu et mangé sans compter les calories. Son père, resté en Toscane, ne lui avait pas manqué un seul instant. Ils s'étaient disputés juste avant son départ, si gravement que Carla avait appelé sa mère pour lui demander d'intercéder en sa faveur.

Elle s'était jetée à corps perdu dans sa dernière semaine de vacances, poussée par l'espoir naïf que sa mère était parvenue à raisonner son père. Elle avait suivi Draco et sa sœur, Maria, à Miami, ignorant qu'elle mettait ainsi en branle une succession d'événements qui la hanteraient toute sa vie.

Sa rencontre avec le séduisant Javier avait éveillé un violent émoi en elle. Incapable de retrouver Maria dans la foule des invités pour lui demander conseil, elle s'était accordé quelques tequilas en trop. Lorsque Draco l'avait surprise, peu après, il lui avait fait la leçon. Elle lui avait échappé en acceptant l'invitation de Javier d'aller se promener sur la plage, malgré la réprobation évidente de son agent.

Elle avait laissé le bel Espagnol lui prendre la main et s'était abandonnée avec délice à l'impression qu'avec un tel homme rien de mal ne pourrait lui arriver. Pour la première fois depuis longtemps, elle n'avait pensé ni à son père ni à sa mère. Après leur promenade, Javier l'avait emmenée manger une glace en ville. Sur le coup de minuit, ils s'étaient embrassés sur une jetée, face à la mer, puis ils avaient regagné la maison désormais déserte.

— Tu es sûre que c'est ce que tu veux ? lui avait-il demandé en atteignant sa chambre.

Avec une hardiesse qui l'avait surprise elle-même, elle avait posé la main sur la fermeture du jean de son compagnon — et s'était presque affolée en sentant le sexe durci qui gonflait le tissu.

— Certaine. Ne me fais pas attendre. Dis-moi ce que tu aimes, et je le ferai.

— *Madre de Dios !* On peut dire que tu sais comment t'y prendre avec les hommes.

— Justement non, je ne sais pas. C'est… C'est ma première fois.

Javier s'était figé, puis avait posé son front contre celui de Carla en murmurant :

— Répète, *mi corazon.* Je ne suis pas sûr d'avoir bien entendu.

— Tu es le premier, Javier. Je suis vierge. S'il te plaît, ne refuse pas.

— Refuser ? avait répété Javier avec incrédulité. Tu as une idée de ce que tu me fais ?

— Euh… Non…

— Laisse-moi te montrer…

Il avait pris possession de ses lèvres en un baiser explosif. La robe pailletée que portait Carla avait paru s'évanouir d'elle-même, comme ses sous-vêtements, et le sexe de Javier s'était imprimé contre son ventre, dur comme une barre d'acier.

— Tu sens ça, *querida* ? Tu sens comme j'ai envie de toi ?

Le visage brûlant, Carla avait acquiescé. Par pur réflexe, elle s'était frottée contre lui.

— Tu es d'une nature sensuelle, avait grondé Javier. C'est bien. D'autant que j'ai beaucoup de choses à t'apprendre.

Elle avait hoché faiblement la tête, saisie d'un étourdissement qui ne devait rien à l'alcool, dont les effets s'étaient dissipés depuis longtemps. L'effet que produisait Javier sur son corps était bien plus puissant que n'importe quel spiritueux.

Les lèvres de l'Espagnol avaient alors glissé sur son corps, entamant une enivrante descente. Il s'était arrêté sur ses seins, et elle avait crié de plaisir quand il avait taquiné un téton bourgeonnant du bout de la langue. Puis il avait poursuivi son voyage d'exploration, tombant à genoux pour perdre sa bouche entre ses cuisses. Carla avait pris appui des deux mains sur ses épaules, à la fois choquée et excitée par l'intimité de ces caresses. C'est alors que son premier orgasme l'avait cueillie, d'une intensité telle qu'elle se serait effondrée si Javier ne l'avait pas prise dans ses bras pour la déposer sur le lit.

Il s'était positionné entre ses cuisses après les avoir

ouvertes d'une main douce et ferme à la fois. Elle se souvenait du moment où elle avait senti l'extrémité de son membre glisser entre les pétales moites de son sexe, caresser son clitoris engorgé. Une incroyable langueur dominait alors tous ses sens, et elle avait ressenti une douleur distante quand, d'un puissant coup de reins, il s'était enfin glissé en elle.

— *Lo siento, querida.* Je suis désolé, il fallait en passer par là.

Un plaisir brûlant avait bientôt chassé l'inconfort. Lentement, Javier s'était retiré, arrachant à Carla un gémissement de protestation. Avec un rire ravi, il était revenu à l'assaut, plus dur et plus massif encore. Sidérée par l'extase qui renaissait déjà en elle, Carla peinait à respirer. Son excitation était si intense qu'elle en était presque douloureuse, une délicieuse agonie que lui seul pouvait apaiser.

Ils avaient fait l'amour toute la nuit. Leur désir était à peine assouvi qu'il se renflammait de plus belle. Carla, qui, en tant que sportive, pensait connaître son corps, avait constaté qu'il n'en était rien. C'était comme de découvrir, dans sa propre maison, une pièce entière dont elle ignorait l'existence. Elle avait surfé jusqu'au matin sur une vague d'excitation à l'état pur.

Puis le jour s'était levé. Un seul regard à l'homme qui l'avait éveillée à sa féminité et son cœur s'était serré. Elle avait lu quelque part que l'on n'oubliait jamais sa première expérience, mais elle savait qu'elle n'aurait pu oublier Javier même s'ils n'avaient pas fait l'amour. Quelque chose avait changé en elle dès l'instant où elle avait croisé son regard.

Seigneur, qu'avait-elle fait ? Javier Santino était un séducteur notoire, un homme que l'on ne voyait jamais plus de quelques jours avec la même femme. Et elle lui avait offert sa virginité ! Mais le pire, c'était qu'elle lui avait livré son cœur.

— *Buenos dias, cariño.*

Carla n'aurait su dire si ce fut la voix rauque de Javier ou les mains possessives qu'il avait posées sur ses hanches qui la poussèrent à bondir du lit. L'idée d'être tombée amoureuse de cet homme en l'espace de quelques heures l'avait terrifiée. Son existence tout entière était déjà placée sous le signe de la dépendance — vis-à-vis de son père, de son public, de son métier. Elle ne pouvait pas se permettre de la compliquer.

— Je dois y aller, avait-elle annoncé.

— Rien ne presse. Nous sommes dimanche. Laisse-moi te préparer un petit déjeuner, puis nous passerons la journée ensemble et…

— Non. Ce qui s'est passé… Ça ne se reproduira pas.

Elle avait commencé à ramasser ses vêtements, mais Javier s'était retrouvé à ses côtés en une fraction de seconde. Il l'avait prise par le bras et fait pivoter vers lui, sourcils froncés.

— Qu'est-ce qui se passe, Carla ?

Je suis amoureuse de toi, voilà ce qui se passe.

— Rien. Draco va s'inquiéter de mon absence.

— Tu pourrais te servir de cette merveilleuse invention qu'on appelle « téléphone » pour le rassurer.

La tentation était si violente, si insidieuse, qu'elle avait failli céder. Elle s'était ressaisie de justesse.

— Non, je préfère partir.

— Je ne comprends pas. Ne me dis pas que tu regrettes ce qui s'est passé ?

Carla avait ouvert la bouche pour le détromper, pour lui avouer qu'elle avait vécu la nuit la plus extraordinaire de son existence, mais il lui offrait une excuse toute trouvée, et elle s'y était raccrochée.

— Si. J'ai commis une erreur de jugement. Ça ne se reproduira pas.

Javier avait pâli, visiblement éberlué.

— Pardon ?

Elle avait voulu se dégager, et il l'avait retenue d'une main pareille à une serre.

— Javier, tu me fais mal !

— Je veux une explication. J'ai fait quelque chose qui t'a déplu ?

— Non.

— Dans ce cas, pourquoi ?

Il lui avait pris le menton, l'avait forcée à le regarder. Carla avait lu une myriade d'émotions dans ses yeux, auxquelles avait soudain succédé une lueur glaciale.

— Tu t'es servie de moi pour perdre ta virginité, c'est ça ?

— Je… Quoi ?

— Angelis n'aime pas les femmes vierges, n'est-ce pas ? Tu t'es donc dit que je pourrais t'aider à régler ce problème. C'est pour ça que vous vous disputiez, hier soir ?

L'accusation était si ridicule que Carla en avait eu le souffle coupé. Mais elle avait songé qu'une nouvelle fois il lui servait une excuse sur un plateau.

— On ne peut rien te cacher. C'est exactement ça. Je peux y aller, maintenant ?

Javier l'avait relâchée avec une expression de dégoût sur son beau visage.

— Sors d'ici !

Il s'était dirigé vers la porte, puis s'était retourné.

— Au fait…

— Oui ?

— Prie pour que nos chemins ne se recroisent jamais. Parce que, si ça arrive, tes pires cauchemars seront bien pâles en comparaison de ce que je te ferai subir…

*
* *

— Ça en valait la peine ?

Carla fut tirée du passé par la voix de Javier. Elle s'était mise à trembler sous la violence des souvenirs et elle cacha vivement ses mains sous la table.

— Qu'est-ce qui en valait la peine ?

— De m'offrir ta virginité pour attirer l'attention d'Angelis et le rendre jaloux ?

Carla prit une profonde inspiration, s'efforçant de conserver son calme.

— Je le répète : Draco n'a rien à voir avec ce qui s'est passé entre nous. Tu m'as fourni une excuse parfaite, et je m'en suis servie, c'est tout.

— Tout de même, on t'a beaucoup vue en compagnie de ton *excuse* durant le mois qui a suivi.

— Ma mère venait de mourir, et Maria a eu son accident. J'ai passé beaucoup de temps avec mes deux amis pour les aider. Rien de plus. De toute façon, je ne comprends pas comment un séducteur tel que toi pourrait être affecté par ce que je pense de lui.

— Personne n'aime être utilisé et jeté comme un vieux mouchoir.

— Je suis sûre que chacune de tes maîtresses serait d'accord avec ça.

Javier se renfrogna, et Carla leva les mains en signe d'apaisement.

— Désolée. Il faut vraiment que nous oubliions ce qui s'est passé il y a trois ans.

— Ah oui ? Il y a autre chose que j'ai du mal à oublier : l'interview que tu as donnée peu après cette histoire et tes remarques croustillantes sur mon compte. Si je me souviens bien, tes propos exacts ont été : « Javier est un play-boy. Ce genre d'homme ne m'intéresse pas. » Et, quelques semaines plus tard, quelqu'un, dans ton entourage, a dit de moi une chose qui ne m'a pas plu du tout. Cette personne a déclaré à la presse que j'étais « un individu à ce point dénué de sens moral que son propre père n'a pas voulu le reconnaître ».

Carla se figea, glacée. Ce qui s'était passé à Miami n'était rien en comparaison de ce qu'il venait de lui révéler. Enfin, elle comprenait sa colère.

Et la rancœur, contrairement à ce qu'elle avait cru, dépassait de loin une simple blessure d'amour-propre…

5

Javier vit la jeune femme pâlir, tandis que ses yeux verts s'emplissaient de stupeur.

— Mais qu'est-ce que tu racontes ? Je n'ai jamais fait le moindre commentaire sur tes origines.

— Mais tu admets m'avoir qualifié de play-boy ?

— Je... Des rumeurs circulaient sur notre compte, alors j'ai préféré...

— Prendre tes distances par rapport à l'homme qui menaçait ton image de jeune fille très sage ?

— Je pensais que tu n'aurais pas davantage apprécié de voir ton nom associé au mien.

— Je vois. Tu m'as donc jeté en pâture aux médias dans mon propre intérêt ? C'est très généreux. Ou devrais-je dire, ingénieux ?

De sa main valide, Carla essuya son front moite, puis reprit avec véhémence :

— Ce journaliste m'a prise de court, j'ai sans doute parlé un peu vite. Mais je n'ai jamais rien dit sur ta famille.

— J'ai fait mes recherches. L'information émanait de ton entourage. Et il se trouve que je suis en effet un enfant illégitime. Mais ça ne vous donnait pas le droit d'aller fouiller dans mon passé.

Javier la vit ouvrir la bouche, sans doute pour lui servir de nouvelles excuses ou des protestations d'innocence. Il patienta, curieux de découvrir par quelle pirouette elle pourrait s'en sortir.

— Javier, je t'en prie…

— Économise ton souffle. Ce qui m'étonne, c'est que tu puisses être si talentueuse professionnellement et avoir raté ta vie personnelle à ce point.

Il la vit encaisser le coup, puis redresser le menton. Elle eut même l'audace de hausser un sourcil moqueur.

— Très bien. Quelle est la suite des événements ?

Javier prit son temps pour terminer son verre. Il aurait apprécié un alcool plus fort que du vin.

— Ne t'inquiète pas, *querida*. La leçon que je te réserve sera administrée en temps et en heure.

Il la vit tressaillir, mais la peur qu'elle manifestait n'atténua en rien la rage qui le consumait. Elle n'avait pas la moindre idée des dégâts que ses déclarations à la presse avaient causés. Elle avait fourni à son père l'excuse parfaite pour refuser la seule chose que Javier lui ait jamais demandée : faire enterrer sa mère auprès de la famille qui l'avait toujours rejetée. C'était là une promesse que Javier avait faite à sa mère sur son lit de mort et que, par la faute de son père, il n'avait pu honorer.

Incapable de rester assis plus longtemps, il repoussa sa chaise. Carla leva les yeux vers lui en une supplique muette à laquelle il n'avait pas l'intention de succomber. À son tour, elle se leva pour se placer en travers de son chemin.

— Je n'ai jamais répandu la moindre rumeur sur ta famille, Javier.

— Peut-être. Mais cette petite phrase venait de quelqu'un de ton équipe. Que tu le veuilles ou non, tu en es responsable, et j'ai bien l'intention de te le faire payer.

La jeune femme tituba et recula d'un pas. D'instinct, il voulut la retenir, avant de se raviser et de fourrer les mains dans ses poches, furieux. Avec Carla, il était bien placé pour savoir qu'il ne devait pas faire confiance aux réflexes de son corps.

La fragilité de cette femme, se rappela-t-il, était une illusion. Elle n'avait nul besoin de son aide.

— Je ne suis pour rien dans cette affaire, répéta-t-elle. Si seulement nous pouvions en parler calmement, je t'aiderais peut-être à arranger les choses !

— Il est trop tard pour arranger quoi que ce soit. Il ne te reste plus qu'à payer les pots cassés.

— Laisse-moi deviner : tu n'as pas encore l'intention de me dire *comment* je vais payer, n'est-ce pas ? Tu préfères me laisser mariner ?

Javier se fendit d'un sourire sans joie.

— Tu vois, *chiquita*, tu commences à me connaître…

Puis il quitta la suite, parce qu'il ne supportait pas de voir les lèvres de la jeune femme trembler une seconde de plus, et se perdit dans la nuit romaine.

Carla ne revit pas Javier avant le lendemain, lorsqu'une limousine la conduisit à l'aéroport et la déposa au pied d'un jet privé. Ce n'était pas la première fois qu'elle voyageait ainsi — son père soutenait qu'un certain luxe était essentiel à son image —, mais l'appareil de Santino dépassait en luxe tous ceux qu'elle avait connus, même de l'extérieur. Il était aussi spectaculaire, dans sa livrée noire striée de lignes rouges, que son propriétaire. Ce dernier l'attendait justement en haut de la passerelle, les bras croisés et l'air impatient.

— Si tu tardes encore, nous risquons de rater notre créneau de décollage.

De sa main valide, Carla mit son sac sur son épaule et monta les marches. Levant son plâtre pour ne pas risquer de le cogner, elle se tourna de profil et tenta d'entrer dans l'appareil sans toucher Javier, qui n'avait pas bougé. Il l'arrêta d'une main sur la hanche.

— Ton poignet te fait mal ?

— Un peu. J'ai mal dormi la nuit dernière. Je suppose que ça n'aide pas.

— Je t'ai envoyé un médecin ce matin. Tu l'as vu ?

— Oui. Il a dit que tout allait bien.

— Il ne t'a pas donné quelque chose contre la douleur ?

— Je n'ai pas demandé.

L'exaspération vint s'ajouter à la myriade d'émotions qui tourbillonnaient dans les yeux de Javier. Sans la relâcher, il précéda Carla dans la cabine et lui indiqua un canapé. Puis il fit signe à une femme entre deux âges, vêtue d'un tailleur élégant, qui patientait au fond de l'appareil. Cette dernière s'approcha en souriant.

— Voici Selma. Elle fait partie du service médical de ma société. Elle va te donner quelque chose pour ton poignet.

Carla avala sans protester les gélules que le médecin lui tendit. Avec un hochement de tête satisfait, Javier fit un pas vers le cockpit, mais elle le retint par la manche. Les révélations de la nuit passée continueraient de les hanter tant qu'ils ne crèveraient pas l'abcès.

— Nous pourrions parler, s'il te plaît ?

— Nous aurons tout le temps de discuter plus tard. Pour le moment, repose-toi !

Carla serra les dents, maudissant en silence le sentiment de culpabilité qui la torturait. Si elle avait été aussi calculatrice que Javier l'affirmait, elle aurait pu fermer les yeux et prétendre que les problèmes de l'Espagnol ne la concernaient pas. Au lieu de cela, elle s'agita dans son siège pendant que l'avion décollait et mettait le cap vers l'ouest.

Bientôt, les médicaments firent effet et, lorsqu'elle rouvrit les yeux un peu plus tard, elle découvrit une couverture de mohair sur ses genoux. Quelqu'un avait éteint la lumière au-dessus d'elle et posé un verre d'eau sur une table basse. Carla en but une grande gorgée avant de se rendormir.

Elle fut réveillée par Selma. Souriante, cette dernière lui apprit qu'ils avaient atterri à New York et que Javier était déjà parti. Carla fit de son mieux pour se persuader que la déception ressentie à cette nouvelle était due au fait de n'avoir pu dissiper leur malentendu.

Elle se le répéta pendant les deux semaines suivantes, durant lesquelles elle vit à peine Javier. Selma, en revanche, lui rendait visite deux fois par jour dans l'appartement de l'Upper East Side où vivait Javier et où Carla avait pris ses quartiers. Selma veillait à ce qu'elle se nourrisse, s'hydrate, dorme, et elle lui faisait effectuer des exercices de rééducation quotidiens.

Un matin, Carla émergea de sa chambre et se figea en avisant son reflet dans le miroir en pied du couloir. Son teint était éclatant de santé, ses courbes étaient réapparues et ses cheveux, tout juste lavés, retombaient sur ses épaules en une cascade soyeuse.

— Tu admires la nouvelle Carla ? Sacrée amélioration, non ?

Elle tressaillit et se retourna. Javier se tenait derrière elle, vêtu d'un jean noir et d'une chemise ouverte. Les bras croisés, il exsudait une décontraction sophistiquée qui lui coupa le souffle — et la parole.

— L'ancienne Carla était très bien, répliqua-t-elle quand elle put enfin s'arracher à son mutisme.

— C'est discutable.

— Qu'est-ce que tu fais là ?

— Aux dernières nouvelles, j'habite ici, ironisa Javier.

Carla s'empourpra et corrigea :

— Ce n'est pas ce que je voulais dire. Je pensais que tu étais déjà au bureau.

— Désolé de te décevoir, mais je tiens à préserver mon légendaire équilibre entre plaisir et travail.

— Tu prends ta journée ?

— Ça va dépendre de toi.

— Comment ça ?

— Selma dit que tu as la bougeotte. J'ai donc décidé de te permettre d'assister à une ou deux réunions créatives.

Carla baissa un regard critique sur la tunique toute simple qu'elle avait mise après sa douche parce qu'elle était facile à enfiler avec le plâtre.

— Avec plaisir. Je dois juste me changer.

— Inutile, tu es très bien comme ça. Le directeur artistique sera là après le petit déjeuner. Nous travaillerons de la maison.

Réprimant une bouffée d'excitation, Carla le suivit jusqu'au salon. Javier et elle s'installèrent à une table chargée de mets appétissants, et Carla coupa tant bien que mal un bagel pour le tartiner de miel. La présence de l'Espagnol annonçait-elle un réchauffement diplomatique ? C'était la première fois depuis son arrivée qu'elle ne déjeunait pas seule. Elle espérait que ce repas finirait mieux que le dernier qu'ils avaient partagé et qui s'était conclu sur une note menaçante.

— Je ne suis pas sûre de savoir ce que fait un directeur artistique, déclara-t-elle entre deux bouchées.

— Nous discuterons des dessins préliminaires, puis du ton et de la direction à donner à la campagne.

— Le plus simple n'est-il pas de me mettre sur ton hors-bord ?

— J'ai décidé de repousser le lancement de mon hors-bord jusqu'à ce qu'on t'enlève ce plâtre.

— Ah…

— Mais je mets sur le marché une tequila haut de gamme dans six semaines et j'ai songé que tu serais parfaite pour la représenter.

Carla reposa sa tasse de café, stupéfaite.

— Pardon ?

— Tu as bien entendu.

— Je préférerais ne pas avoir à faire ça, si ça ne te dérange pas.

— Justement, ça me dérange. Et, si je me souviens bien, tu aimes la tequila. C'est tout juste si tu ne t'es pas noyée dedans le soir de mon anniversaire.

— À la lumière de ce qui s'est passé après, tu crois vraiment que je sois la personne idéale pour vendre ta tequila ?

— Tu n'arrêtes pas de répéter que nous devons oublier le passé, je répondrai donc par l'affirmative. Et puis, personne ne te demande d'en boire. Tu n'auras qu'à faire semblant et dire qu'après le patinage c'est la chose que tu aimes le plus au monde.

— Très bien. Mais, dans l'intérêt de cette collaboration, nous devrions clarifier certains points.

— Je t'écoute.

— D'accord, je t'ai qualifié de play-boy. Et alors ? C'était faux, peut-être ? Tu en étais un, et ça n'a pas changé. Si j'en crois la presse, on ne t'a jamais vu deux soirs de suite avec la même femme !

— Tu t'es donc intéressée à ce que je devenais pendant toutes ces années ? fit Javier en haussant un sourcil ironique.

— Pas du tout. Mais tu n'es pas particulièrement discret, et il est difficile de t'ignorer. Tu fais souvent la une des tabloïds.

— Une partie de ma vie est publique, en effet. Ce qui n'est pas le cas de mes origines. C'est toi qui as poussé la presse à s'intéresser à mon passé.

— Je te l'ai dit et je le répète : je n'y suis pour rien. Ça ressemble à un coup de mon père pour discréditer les rumeurs qui couraient sur nous. Je ne suis coupable que par association.

— Non, *querida*, tu es coupable de bien davantage,

mais nous en discuterons plus tard. Pour le moment, tu vas vendre ma tequila. Et je suis sûr que tu seras très convaincante : tu es douée pour faire semblant.

Un carillon discret retentit à cet instant, l'empêchant de répondre, et Javier se leva. Contournant la table, il se pencha pour déposer un baiser sur sa tempe.

— Tu seras parfaite dans ce rôle, je t'assure.

Carla resta figée sur sa chaise. Elle n'avait pas bougé quand il revint une minute plus tard en compagnie d'un homme en jean et blouson de laine. Darren O'Hare portait de grosses lunettes à la mode derrière lesquelles ses yeux gris brillaient d'un éclat chaleureux.

— Ravi de vous avoir sur ce projet, Carla ! Quand Javier m'a annoncé que vous en faisiez partie, j'ai sauté sur place. Je suis fan ! ajouta-t-il avec un fort accent irlandais.

Prenant soin de ne pas regarder Javier — elle ne voulait pas trahir leur inimitié devant leur visiteur —, Carla sourit à Darren.

— Merci. J'espère être à la hauteur !

— Je n'en doute pas un instant. J'ai regardé vos derniers galas sur Internet, et vous avez ce je-ne-sais-quoi qui vous fera crever l'écran.

— Si nous nous mettions au travail, maintenant ? lança Javier avec humeur.

Visiblement dérouté par son agressivité, Darren fronça les sourcils.

— Bien sûr…

— Passons dans mon bureau !

Darren lui emboîta le pas, non sans jeter un regard médusé à Carla. Ils prirent place devant un chevalet sur lequel le publicitaire déposa un story-board du film conçu par son agence, puis les visuels de la campagne d'affichage associée. Carla ne put s'empêcher d'admirer la bouteille créée spécialement pour *La Pasión*, la tequila de Santino International. Le slogan se déroulait en lettres élégantes sous la bouteille :

REPOUSSEZ LES LIMITES.

— Notre département est en train de travailler sur le scénario du film publicitaire, reprit Darren. Il vous mettra en scène en compagnie de Pavlov Krychek.

— Pavlov Krychek ? répéta-t-elle.

Carla connaissait bien la star du patinage russe, un homme à l'ego démesuré connu pour ses caprices. Pavlov s'imaginait qu'aucune femme ne pouvait lui résister.

— Oui, fit Darren avec un sourire en coin. Nous avons eu du mal à le convaincre mais…

— Malheureusement, il ne fait plus partie de la campagne, coupa Javier.

Darren le dévisagea avec un ahurissement non dissimulé.

— Pardon ? Mais depuis quand ?

— Depuis que je l'en ai éjecté ce matin. Il a eu des exigences de dernière minute, j'ai dit non. Je ne tolère pas les divas, hommes ou femmes. Il n'y aura donc que Carla, ma tequila et ses patins.

— Mes patins ?

— C'est bien l'accessoire qui te définit, non ? Ton essence, ce qui te différencie de dizaines d'autres célébrités ?

Darren acquiesça en silence, enregistrant ce coup de théâtre avec équanimité.

— Oui, dit-il. Ça peut marcher…

— Il n'y a quasiment rien à changer au scénario, reprit Javier. Nous commencerons par les scènes dans la boîte de nuit et nous terminerons par la patinoire quand Carla sera complètement rétablie. Darren, vous donnerez à Mlle Nardozzi toute la documentation nécessaire pour qu'elle se familiarise avec le produit.

— Le scénario ne suffit pas ? demanda Carla.

La question arracha à Javier un sourire froid.

— Tu t'entraînes d'arrache-pied pour être la meilleure, et je fais de même : je rassemble toutes les informations possibles avant de me lancer dans un projet. Puisque tu travailles pour moi, j'attends que tu fasses la même chose. Le savoir, c'est le pouvoir. Tu n'es pas d'accord ?

Carla lui retourna un sourire narquois. Elle savait très bien qu'il la provoquait et qu'il ne parlait pas de leur campagne publicitaire.

— Tout à fait, dit-elle.

— Parfait !

Puis Javier se tourna vers Darren, qui avait observé leur échange avec curiosité.

— Rien d'autre ?

— Euh, non..., bredouilla le créatif. Tout est dans le dossier que je vais vous laisser, y compris les dates de tournage prévisionnelles. Je vous recontacterai pour valider la patinoire quand nous l'aurons trouvée. En attendant, Carla, ma carte est agrafée à la première page, si vous avez la moindre question. N'hésitez pas à m'appeler.

Carla déglutit, saisie d'un étrange malaise à l'idée de retourner sur la glace.

— Carla ?

Redressant la tête, elle affronta le regard inquisiteur de Javier.

— Oui ?

— Qu'est-ce qui ne va pas ?

— Rien. Tout va bien.

Mais le léger tremblement qui l'avait saisie à la mention de la séance à la patinoire refusait de s'apaiser. Elle s'éloigna vers une fenêtre pour le dissimuler.

— Merci, Darren, reprit Javier. Nous nous verrons lundi au bureau.

— Parfait. Enchanté de vous avoir rencontrée, Carla.

— De même.

Javier disparut pour raccompagner Darren, et Carla se laissa tomber avec un soupir sur un canapé, massant ses tempes du bout des doigts. Javier, elle le savait, ne la croyait pas quand elle prétendait que tout allait bien. Rétrospectivement, elle se demandait même pourquoi elle prenait la peine de mentir à un homme qui voyait tout.

Quelques instants plus tard, il revint dans la pièce, se dirigea droit vers le canapé et s'accroupit devant elle.

— Et maintenant, tu vas me dire ce qui se passe.

6

Javier serra les dents en la voyant secouer la tête. Si elle refusait de lui parler, c'était qu'elle n'avait pas encore intégré le message : elle n'avait pas compris qu'il était sérieux et avait bien l'intention de la faire payer.

— Tu te sens mal ? insista-t-il.

— Je te l'ai dit : tout va bien.

— Alors explique-moi pourquoi tu as l'air d'être en transe.

Elle affronta un instant son regard, puis se détourna.

— Je suis désolée si tu n'aimes pas mon expression quand je réfléchis.

— N'insulte pas mon… *madre de Dios*, regarde-moi quand je te parle !

Les yeux en amande revinrent se poser sur lui. Ils flamboyaient de colère.

— Là, je te regarde. Tu es content ?

— Je le serai davantage quand tu me diras ce qui ne va pas. Et ne perds pas ton temps à répondre « rien ».

Il vit son pouls palpiter sur la colonne d'albâtre de son cou, puis Carla déclara :

— Très bien. Je n'ai pas envie de rechausser les patins, voilà ce qui ne va pas.

— Bien sûr… Pas tant que ton poignet est dans le plâtre. Cette partie du film sera tournée en dernier.

Carla secoua la tête, éveillant chez Javier une inquiétude sourde.

— Je préférerais tourner la scène en studio.

— Mais… Pourquoi pas sur une patinoire ?

— Si je retombe, la moindre blessure pourrait bien m'immobiliser plusieurs mois. À quoi bon prendre ce risque pour une simple publicité ?

— Parce que cette *simple publicité*, comme tu dis, va te rapporter plusieurs millions de dollars !

— Mais on peut la tourner autrement ! Les effets spéciaux sont faits pour ça.

Javier ne répondit pas. Il sentait que la jeune femme ne lui disait pas tout. Son expérience avec Tyson Blackwell lui avait-elle laissé des séquelles psychologiques ? Il songea qu'il aimerait la voir se confier à lui, mais se trouva aussitôt ridicule. Les états d'âme de Carla Nardozzi ne le regardaient pas. Elle n'en avait pas eu, autrefois. Il la payait, et elle devait accomplir son bon vouloir sans protester.

— Je n'ai pas envie de recourir à des effets spéciaux qui me coûteront plus cher pour un résultat moins satisfaisant. À moins que tu ne me fournisses une raison valable, nous nous en tiendrons au plan initial.

Il attendit, mais rien ne vint. Si le regard de Carla s'était assombri, son menton relevé continuait de le défier.

— J'ai déjà répondu à tes questions. Désolée si ça ne te convient pas. Je peux partir, maintenant ? J'ai besoin d'air frais.

— Carla…

— Seigneur… Ne me dis pas qu'en plus tu me retiens prisonnière ?

La détresse de son regard adoucit Javier malgré lui.

— Bien sûr que non ! Mais tu ne peux pas sortir seule. Ce n'est pas prudent.

— Comment ça, « pas prudent » ?

— Un groupe de tes fans campe devant l'immeuble. Tu risques d'être blessée dans un mouvement de foule.

— Ah bon… ? Je l'ignorais. Ils n'étaient pas là quand je suis sortie hier.

— Ils sont arrivés dans la nuit. La rumeur de ta présence a dû se répandre.

— Bon sang… Je ne peux pas sortir du tout, alors ?

— Si. Tant que tu es accompagnée.

— Laisse-moi deviner… Par toi ?

— Exactement. D'autant que, si je ne m'abuse, l'un des fans en question est tellement épris de toi qu'il t'a demandée en mariage et t'a envoyé plusieurs photos osées.

— Comment le sais-tu ?

— Quand comprendras-tu qu'en ce qui te concerne je suis au courant de l'essentiel ?

— Au moins, tu ne prétends pas *tout* savoir !

— Si nous savions tout l'un de l'autre, nous n'en serions pas là aujourd'hui, n'est-ce pas ?

La jeune femme s'assombrit et fit mine de détourner la tête, mais il lui attrapa le menton pour l'en empêcher.

— Est-ce que ce type a fait quoi que ce soit d'autre que de t'envoyer des photos ?

— Il m'a écrit quelques lettres menaçantes quand je l'ai fait bannir de mon forum.

Un instinct protecteur, aussi féroce qu'inattendu, saisit Javier.

— Je veillerai à ce qu'il comprenne le message.

— Il me met mal à l'aise, mais je ne crois pas qu'il soit vraiment dangereux.

— S'il te met mal à l'aise, il a déjà dépassé les bornes !

Leurs regards se croisèrent, et Javier frissonna en sentant le souffle de Carla sur sa main. Sans réfléchir, il se rapprocha d'elle.

— Attention, on pourrait presque croire que tu te fais du souci pour moi, ironisa-t-elle.

Il glissa alors la main dans les cheveux de la jeune

femme — ils étaient doux comme de la soie. Puis il referma les doigts dessus et tira légèrement.

— Tu te fais des idées. Je protège mon investissement, c'est tout.

Une expression peinée marqua le regard de Carla, mais il y ferma son cœur. Il ne devait pas perdre de vue ce qu'Olivio et elle avaient fait. Par leur faute, sa mère reposait au milieu de parfaits inconnus.

Il la relâcha brusquement, se leva et fourra les mains dans ses poches.

— Si tu veux sortir, sois prête dans une demi-heure. Ne sois pas en retard, j'ai une conférence téléphonique importante plus tard.

— Je croyais que tu avais pris ta journée ?

— Que veux-tu, on ne se refait pas…

La jeune femme marmonna quelques mots italiens qu'il ne comprit pas — tout en étant sûr qu'ils n'étaient guère flatteurs —, puis elle disparut.

Javier regagna son bureau et s'assombrit en songeant à la conférence téléphonique en question. Carla avait supposé qu'il s'agissait de travail, et il ne l'avait pas détrompée. En réalité, c'était à son père, Fernando, qu'il devait parler, précisément à cause d'elle. Car, sans les déclarations fracassantes des Nardozzi à la presse, il aurait pu rompre tout contact avec son géniteur depuis longtemps.

Un profond soupir souleva sa poitrine. Il n'avait jamais compris ce que sa mère avait bien pu trouver à un homme aussi méprisable. Malheureusement, Juliana Santino n'était plus là pour en parler. Elle était morte depuis longtemps, officiellement d'un cancer. Javier savait toutefois que c'était le chagrin qui l'avait tuée, le dédain avec lequel Fernando l'avait traitée jusqu'à son dernier jour.

— Je suis prête !

Il sursauta. Absorbé dans ses pensées, il n'avait pas entendu Carla revenir. Elle avait passé un jean blanc qui moulait ses fesses sublimes, des bottes à talons et un haut ample qui s'obstinait à glisser de son épaule droite. Javier sentit son corps réagir à ce spectacle et fit un effort pour lâcher du regard les jambes interminables et se concentrer sur le visage de la jeune femme.

— Pourquoi t'es-tu fait un chignon ?

— J'y arrive de nouveau, répondit-elle en agitant les doigts qui dépassaient de son plâtre. Pas aussi bien que d'habitude mais il devrait tenir.

Justement, Javier ne voulait pas qu'il tienne ! Il préférait ses cheveux détachés, comme ce matin. *Dios*, voilà qu'il perdait la tête ! Il fouilla son bureau du regard, trouva ses clés de voiture et s'en empara.

— Allons-y !

— En voiture ? fit Carla avec une grimace. Je pensais marcher un peu.

— La foule de tes fans a doublé au cours de la dernière heure.

— D'accord. Alors nous pourrons peut-être nous dégourdir les jambes plus loin ?

— Nous verrons, marmonna Javier.

Il n'avait pas exagéré : une foule impressionnante se pressait à la sortie du parking lorsqu'ils en émergèrent. Des barrières avaient d'ailleurs été dressées pour tenir les fans à distance. Carla salua ceux-ci de la main, se forçant à sourire malgré le fanatisme évident de certains d'entre eux.

— *Tu es toute ma vie, et plus encore !* lut-elle à haute voix sur une pancarte. Tout un programme…

Javier ne répondit pas, occupé à ouvrir un message qui venait de s'afficher sur son portable. Une violente déception le transperça quand il en prit connaissance.

D'un mouvement brusque, il engagea sa voiture dans la circulation et écrasa l'accélérateur.

— Puis-je te demander ce qui ne va pas sans me faire aboyer dessus ? s'enquit Carla après une hésitation.

— Il se trouve que je ne suis plus pressé, en fin de compte. La conférence téléphonique est annulée.

— Ça n'a pas l'air de te ravir. Elle était si importante que ça ?

Javier partit d'un rire mauvais, puis lui lança un regard.

— Ça fait cinq ans que je l'attends, alors je dirais que oui.

Puis il déboîta et changea de file avant de crisper les doigts sur le cuir du volant.

— Tu ne peux pas reprogrammer cet appel ?

— Tu seras surprise d'apprendre que, lorsqu'il s'agit de mon père, je suis complètement démuni.

— Ton père ? répéta Carla. C'est avec lui que tu devais parler ?

— Oui. Et c'est la quatrième fois qu'il annule en dernière minute ce mois-ci, maugréa Javier en accélérant pour passer un feu à l'orange.

— Tu sais où il se trouve ?

— Oui. Mais, avant que tu suggères l'évidence même, tu dois savoir que, la dernière fois que mon père et moi nous sommes retrouvés dans la même pièce, nous avons failli en venir aux mains.

— Pardon ?

— Vois-tu, *querida*, mon père est, avec toi, la seule personne au monde qui éveille en moi des sentiments… primitifs.

— Je suppose que ce n'est pas un compliment ?

— Je perds rarement le contrôle de moi-même, alors peut-être que c'en est un, si.

— Pas si je te rends violent !

— Dans ton cas, ce n'est pas de la violence que tu provoques, et tu le sais très bien.

Carla rougit, mais fut dispensée de répondre lorsque Javier glissa le long du trottoir avant de freiner sans douceur. Levant les yeux, elle observa l'immeuble de brique devant lequel ils venaient de se garer.

— Où sommes-nous ?

— Dans un endroit où personne ne nous dérangera, répondit-il en ouvrant sa portière. Viens !

Il descendit de voiture et gagna la grille qui flanquait la maison, composa un code et précéda la jeune femme sous une tonnelle chargée de jasmin. L'espace d'un instant, il se demanda pourquoi il l'avait amenée là alors que la ville regorgeait de parcs. Maintenant que son après-midi était libre, ils auraient même pu se rendre dans le Connecticut ou dans les Hamptons.

Une exclamation ravie l'arracha à ses interrogations.

— C'est magnifique !

Javier se retourna. Carla s'extasiait devant ce jardin que sa mère avait adoré — en tout cas, autant qu'elle pouvait apprécier un lieu qui n'était pas en Espagne. Un sourire rêveur aux lèvres, elle passa devant lui pour aller admirer les carpes paresseuses qui nageaient dans le grand bassin, puis les bonsaïs méticuleusement taillés. Elle paraissait aux anges et se pencha même pour *caresser* une fleur, comme si elle n'avait rien de mieux à faire.

— Où sommes-nous ?

— Chez ma mère.

Carla promena autour d'elle un nouveau regard émerveillé, avant de lever les yeux vers la maison.

— Elle est là ?

— Non. Elle est morte il y a cinq ans.

Les yeux verts revinrent sur lui, soudain voilés.

— *Mi dispiace*. Je suis désolée. Toutes mes condoléances.

Il acquiesça en silence, le cœur serré par une émotion qu'il réprima aussitôt. Carla avait repris ses déambulations, plus détendue qu'il ne l'avait jamais vue. Elle suivit le vol d'un papillon et finit par s'asseoir sur un banc, le visage levé vers le ciel. Il la trouva si belle en cet instant qu'il se surprit à jalouser les rayons du soleil qui caressaient sa peau.

Maintenant c'était sûr : il perdait vraiment la tête !

— Je te remercie de m'avoir amenée ici.

— *De nada*, murmura-t-il.

— Ta mère devait s'y plaire. C'est un merveilleux havre de paix. C'est rare, au milieu d'une ville comme New York.

— Oui, elle appréciait ce lieu. Mais rien ne pouvait lui faire oublier l'Espagne.

La jeune femme le considéra avec curiosité.

— Ça ne lui suffisait pas que tu sois là ?

Javier, qui s'était plus d'une fois posé la même question, aurait dû s'attendre à l'émotion qui lui noua la gorge. Au fond, il savait très bien que rien ni personne n'avait pu faire oublier à sa mère sa vieille maison au nord de l'Espagne.

Il haussa les épaules, se demandant comment la conversation en était arrivée à ce point.

— Elle m'aimait, bien sûr.

— Mais ?

— Mais pour elle, sa vie était à Menor Compostella. Le reste n'était qu'un pis-aller.

— C'est là que se trouve ton père ? À Menor Compostella ?

— Tu dois le savoir, vu que tu as mené ta petite enquête sur mon passé.

— Je t'ai dit que je n'y étais pour rien. Mon père est aussi mon manager, je te rappelle. En entendant les rumeurs qui couraient sur notre compte, il a sans doute voulu voir…

— Qui avait corrompu sa ravissante petite princesse ? acheva Javier avec un regain d'amertume.

— Tu t'es bien renseigné sur mon compte, toi aussi !

— La différence, c'est que je n'ai pas rendu public ce que j'ai découvert.

Puis il pivota et se dirigea vers la maison. La trêve fragile qui s'était installée entre eux était bel et bien rompue. Il ouvrit la porte et entra, sans trop savoir ce qu'il espérait trouver à l'intérieur. Il déambula alors sans but à travers les pièces aux meubles couverts de draps blancs. Tout avait été neuf autrefois, tentative illusoire de sa part d'offrir à sa mère un nouveau départ. Apparemment, il n'était pas doué en matière de psychologie féminine. Mieux valait donc qu'il s'en tienne à ce qu'il savait faire : naviguer dans les eaux troubles du monde des affaires et enchaîner les aventures sans lendemain. Le seul problème, c'était que, parmi ces dernières, il y en avait une qu'il peinait à oublier…

Avec un soupir, il regagna le jardin et s'arrêta net derrière un buisson de roses en entendant la voix de Carla. Elle était au téléphone.

— Non, je ne veux pas que tu viennes à New York, surtout si tu t'obstines à essayer de me faire changer d'avis. Ma décision est prise. D'ailleurs, il n'y a que ça qui t'intéresse, n'est-ce pas ? Tu ne m'as même pas demandé comment j'allais !

Javier serra les poings, saisi de cet instinct protecteur et primitif qu'il avait déjà ressenti. Il était sur le point de se montrer lorsque Carla reprit :

— Non, papa, rien n'a changé. Je fais une pause dans ma carrière… Je ne sais pas, jusqu'à nouvel ordre. C'est ça. Au revoir !

Glacé, Javier ne se rendit compte qu'il avait bougé que

lorsqu'il vit Carla écarquiller les yeux et faire un pas en arrière. Une partie distante de lui-même fut amusée par cette réaction — comme si Carla pensait pouvoir lui échapper !

— Javier ? murmura-t-elle d'une voix mal assurée.

— Réponds par oui ou par non ! As-tu signé notre contrat en sachant pertinemment que tu voulais interrompre ta carrière ?

Elle pâlit si violemment que le vert de ses yeux prit par contraste une teinte émeraude. Ses lèvres s'entrouvrirent. Javier se raidit.

— Réponds-moi ! répéta-t-il dans le silence qui semblait soudain s'être fait dans le jardin.

La jeune femme hésita encore, avant d'acquiescer.

— Oui, souffla-t-elle.

Fou de rage, Javier tourna les talons et regagna la rue, frappé par une idée absurde : il aurait préféré qu'elle lui mente.

7

— Dis quelque chose, *per favore* ! murmura Carla. Je ne supporte pas ce silence.

Ils avaient quitté la maison et son jardin, où elle avait cru, l'espace d'un instant, avoir découvert un Javier plus humain. Cet homme, s'il existait ailleurs que dans son imagination, avait maintenant disparu. Javier conduisait les dents serrées, les mains crispées sur le volant comme pour l'arracher. Son visage de marbre inspirait à Carla une terreur sourde.

— Javier, je t'en prie...

— Tu ne voulais rien me dire avant d'avoir reçu le premier versement trimestriel, c'est ça ?

La voix masculine était calme, ce qui ne la rendait que plus menaçante. Elle n'eut pas le temps de répondre.

— Le bonus versé le jour de la signature ne te suffisait pas, reprit-il. Tu voulais attendre un peu avant de disparaître...

— Non ! Je n'ai jamais prévu de disparaître ! J'ai bien l'intention de remplir mon contrat.

— Pourquoi moi ? demanda Javier comme si elle n'avait rien dit. Avec un visage et un corps comme les tiens, tu aurais pu choisir bien d'autres milliardaires crédules, tous prêts à tolérer ton manque d'intégrité...

— Je ne t'ai jamais donné de raison de douter de mon honnêteté !

Un rire sardonique salua ces paroles.

— Tu plaisantes ? Chaque fois que nos chemins se sont croisés, tu m'as menti d'une façon ou d'une autre.

— Ce n'est pas vrai !

— Ah non ? Éclaire ma lanterne, alors ! Dis-moi où je me trompe.

— D'accord, j'avais prévu de faire une pause dans ma carrière. Mais je ne savais pas quand, ni pour combien de temps.

— Et tu n'as pas jugé bon de m'en informer avant de signer le contrat ? Tu essayes de me faire croire que ta discrétion sur le sujet n'a rien à voir avec l'état de tes finances ?

— Parce que, toi, tu es sans reproche, peut-être ? Il y a trois ans, tu m'as dit que tu ne voulais plus jamais me revoir. Soudain, tu insistes pour signer avec moi. Tu oses prétendre que tes intentions sont purement professionnelles ?

— Si tu avais des doutes sur mes intentions, pourquoi avoir signé ?

— Parce que, au fond, j'espérais que tu m'avais pardonné. Et je te répète que j'ai bien l'intention de remplir ma part du contrat. Il n'y a pas de grand championnat avant l'année prochaine, je suis donc tenante de mon titre pendant encore un an. Je ne sais pas pourquoi tu m'en veux. Rien n'a changé.

Javier ne répondit pas. Ils approchaient de son immeuble, devant lequel la foule, loin de se réduire depuis leur départ, avait au contraire augmenté. La mâchoire serrée, Javier descendit à toute allure la rampe d'accès au parking et se gara.

Carla le suivit dans l'ascenseur, où l'espace confiné ne fit rien pour dissiper la tension entre eux. Au point où elle en était, elle songea alors qu'il valait mieux tout révéler à Javier.

— Il y a autre chose, murmura-t-elle.

— Quoi ?

— Mon père a accepté de signer une série d'articles pour le magazine *Vita Italia.*

— Et alors ?

— Techniquement, ça ne devrait pas concerner ma carrière. Mais comme nos relations ne sont pas au beau fixe...

— Tu as peur qu'il règle ses comptes par tabloïds interposés ?

Plus abattue que jamais, Carla acquiesça. Javier la dévisagea plusieurs longues secondes et ne bougea pas lorsque les portes de l'ascenseur s'ouvrirent.

— Ta vie privée est un désastre..., déclara-t-il.

Il sortit sur ces mots et gagna la porte de l'appartement. Carla le rattrapa au moment où il tournait la clé dans la serrure.

— Javier...

Avec une vivacité à laquelle elle ne s'attendait pas, il la saisit et la cloua contre le battant.

— À supposer que cet accès d'honnêteté n'ait pas pour but d'éviter un procès, ça ne change rien au fait que tu aurais dû tout me dire dès le début.

De près, Carla discernait les paillettes dorées qui flottaient dans le brun acajou de ses yeux. D'abord déconfite, elle songea qu'il n'était pas totalement innocent lui non plus.

— Tu m'as tirée de l'hôpital et tu m'as confinée dans cet appartement pendant deux semaines, riposta-t-elle. Tu n'étais jamais là. Je n'ai pas eu la moindre occasion de te parler avant aujourd'hui, même si je l'avais voulu.

Les mains qui lui tenaient les coudes remontèrent vers ses épaules et jusqu'à sa nuque. Carla dut mobiliser toute sa volonté pour ignorer la chaleur qui inonda alors tout son être.

— Tu joues à merveille les demoiselles en détresse,

murmura-t-il. Seulement, si tu n'étais pas aussi égoïste, tu ne serais pas dans une telle situation aujourd'hui.

— Quelle situation ? Celle de devoir de nouveau te supplier de me croire ? Laisse-moi deviner, tu vas annuler le contrat ?

Javier se rapprocha. Encore quelques centimètres et leurs bassins se toucheraient.

— Ça te plairait, n'est-ce pas ? Un nouveau coup de théâtre pour faire plaisir à tes fans ? Est-ce notre destin ? Faut-il que chacune de nos rencontres se termine en drame ?

Carla secoua la tête, si captivée par ses lèvres qu'elle faillit lever la main pour les toucher.

— Crois-le, ce n'est pas mon but, murmura-t-elle.

— Ce n'est pas ton but, mais c'est bien ce qui se passe.

— Fais ce que tu as à faire, alors. Renvoie-moi…

Le visage de Javier se rapprocha légèrement.

— Non. Si je te renvoie, tu iras torturer quelqu'un d'autre.

— Ah ! tu rends service à l'humanité en me gardant ?

— Exactement !

Alors il franchit les derniers centimètres qui les séparaient encore, et Carla hoqueta en sentant la barre de son érection s'imprimer contre son ventre. À son grand dam, ses seins bourgeonnèrent aussitôt.

— Javier, souffla-t-elle quand il passa le pouce sur ses lèvres.

— Tu as envie de moi.

Ce n'était pas une question, et Carla rougit comme une pivoine. Elle aurait voulu nier, remettre ce présomptueux à sa place, mais elle ne pouvait résister à l'appel muet de son corps.

— Ça te plairait que je t'embrasse, Carla *mia* ?

— Oui…, s'entendit-elle répondre. Embrasse-moi.

Un son étouffé franchit les lèvres de Javier — un juron

ou une prière, elle n'aurait su le dire. Puis il l'embrassa, plongeant Carla dans un tumulte de sensations qui émanaient de tous les points de contact entre leurs deux corps.

Avec un gémissement, elle laissa la langue de Javier envelopper la sienne, ses mains glisser dans ses cheveux, puis descendre sur ses épaules et s'emparer de ses seins.

— Noue tes jambes autour de ma taille, ordonna-t-il.

Elle obéit sans réfléchir, plaçant le cœur de son être en contact direct avec le sexe rigide de Javier. La transportant comme si elle ne pesait rien, il ouvrit la porte et traversa l'entrée pour la déposer sur le canapé. Alors il se pencha sur elle, il l'embrassa de nouveau, tout en explorant son corps de ses mains puissantes. Elle poussa un gémissement de frustration lorsqu'elle voulut l'imiter et que son poignet plâtré se rappela à elle.

— Tu es en manque, *principessa* ? fit Javier d'une voix rauque et narquoise. Ton dernier petit ami n'était pas à la hauteur ? Ne t'inquiète pas, quand je te ferai de nouveau mienne, tu seras comblée…

Ses paroles sombrèrent dans l'esprit de Carla et lui firent prendre peu à peu conscience de ce qu'elle était en train de faire.

Quand je te ferai mienne…

Cette fois, il n'y aurait pas d'offensive de charme. Pas de promenade nocturne en décapotable, de glace partagée sur une plage, de rires étouffés sous le regard complice de la lune… Contrairement à ce qui s'était passé à Miami, et même si leur désir était intact, il s'agissait de vengeance. Ce mot, qui venait d'apparaître comme un néon dans son esprit, donna à Carla la volonté de lutter contre son désir. Avec force, elle repoussa Javier.

— Ne me dis pas que tu as de nouveau honte de faire des cabrioles avec quelqu'un qui ne te mérite pas ? railla Javier.

Elle préféra ignorer l'amertume qui perçait dans sa voix pour demander :

— Quel préjudice t'ai-je causé, au juste ?

Javier se redressa, les sourcils froncés.

— *Perdón ?*

— La remarque de mon père sur tes origines… Elle a bien dû avoir des conséquences pour justifier une telle rage !

Étouffant un juron, Javier se redressa et passa une main dans ses cheveux bruns, avant de traverser la pièce sans un mot pour aller se servir un whisky, qu'il but d'un trait.

— J'ai le droit de savoir, insista Carla. Je veux comprendre pourquoi tu me tortures.

De nouveau, Javier se passa les doigts dans les cheveux, avec pour seul effet de les emmêler davantage.

— Tu as oublié la précipitation avec laquelle tu as tenu à disparaître après cette nuit passée ensemble à Miami ? lâcha-t-il enfin.

— Pour la centième fois, j'ai couché avec toi parce que j'en mourais d'envie. Et tu n'as pas répondu à ma question.

Lentement, il revint vers elle, mais, au lieu de s'asseoir sur le canapé à côté de Carla, il prit place sur la petite table basse devant elle, les coudes appuyés sur les genoux et le regard vague. Après quelques instants, un sourire fit saillir ses pommettes.

— Tu veux savoir pourquoi la petite phrase assassine de ton père a fait des dégâts ? *Muy bien.* Je vais te raconter… Ma mère avait dix-sept ans quand, en se rendant à l'église, elle a aperçu un homme séduisant, visiblement très riche, au volant d'une voiture de sport. Pour beaucoup, ce serait le début d'un conte de fées. Pour elle, cela a été le début de la fin. Il s'agissait du fils d'un aristocrate local. Du fils *marié* d'un aristocrate local, devrais-je dire. Il l'a séduite, l'a obligée à rompre avec sa famille et l'a installée dans une maison délabrée, en bordure de sa propre propriété. C'est là que je suis né six ans plus tard. C'est une vieille femme du village qui a accouché ma mère, parce que mon père ne voulait pas que les gens sachent qu'il avait enfanté un bâtard. Évidemment, le village tout entier était déjà au courant.

Le cœur serré, Carla murmura :

— Et cet homme, ton père… Il a d'autres enfants ?

— Oui, avec son épouse officielle, qu'il promettait de quitter chaque fois qu'il rendait visite à ma mère.

— Tu as donc des demi-frères ou des demi-sœurs ?

— Non. Rappelle-toi que je n'existe pas… On m'a éduqué à la maison, pour que je ne sois pas vu à l'école. Je devais prendre garde à ne rien faire de dangereux. Par exemple, je n'avais pas le droit de grimper à un arbre, parce qu'une chute nous aurait obligés à faire venir un médecin. Le seul avantage de cette situation, c'est que j'avais beaucoup de temps pour lire et me cultiver.

— Ta mère n'a jamais voulu quitter cet homme ?

— Non. Par la suite, je lui ai fait construire plusieurs maisons à travers le monde. Mais, dans chacune, j'ai dû faire créer à grands frais une réplique du jardin de notre masure. Et quelque chose la poussait à retourner là-bas régulièrement.

— Quels sont tes rapports avec ton père ?

— Crois-le ou non, mais j'avais déjà neuf ans quand je l'ai vu pour la première fois. J'ai escaladé le mur de sa propriété et je l'ai regardé jouer au tennis avec l'un de ses fils. J'avais envie d'aller le trouver et de lui cracher au visage parce qu'il faisait pleurer ma mère.

Un frisson le parcourut, et Carla lui effleura la main sans réfléchir. Il sursauta comme s'il s'était brûlé et se leva pour se diriger vers la fenêtre. Elle en fut blessée, mais se morigéna aussitôt pour cet accès d'égoïsme.

— J'ai décroché une bourse à l'université, mais j'ai vu mon père juste avant de partir. Il s'était trompé de jour et il rendait visite à ma mère, pensant que je n'étais pas là. Je lui ai dit alors ce que je pensais de lui. Après ça, je ne l'ai revu qu'à l'enterrement de ma mère. Elle avait exprimé le désir d'être enterrée dans le caveau de sa propre famille, mais les siens l'avaient rejetée et ils ont refusé. Seulement, mon père, en tant que baron, avait le pouvoir légal de les y obliger.

— Mais cela aurait été, d'une façon indirecte, reconnaître l'existence d'un lien entre ta mère et lui.

— Exactement. Il a donc refusé de le faire. Et puis, il y a trois ans, ses vignes ont été ravagées par une tempête juste avant la récolte... Il a perdu des millions en une nuit. Et, comme son vin n'était déjà pas particulièrement bon, il était au bord de la faillite. Il a alors fait appel à moi. Bien sûr, je l'aurais volontiers laissé se débrouiller seul. Mais j'avais un intérêt à l'aider.

— À condition qu'il intervienne pour que la dépouille de ta mère soit déplacée et enterrée avec sa famille...

— Voilà. Je lui ai donc donné la somme qu'il me demandait. Seulement, la petite révélation de ton père est parue dans la presse trois jours plus tard. Les journalistes sont allés fouiner, et ils ont trouvé une déclaration officielle de paternité que ma mère a fait enregistrer peu avant sa mort — sans doute une façon de rendre à mon père la monnaie de sa pièce. Bref, ce qui était jusque-là une rumeur locale est devenu, du jour au lendemain, de notoriété publique. Mon père a refusé de répondre à mes coups de fil pendant deux ans.

Carla s'humecta les lèvres, atterrée par ce récit.

— Je suis sincèrement désolée.

— Sans doute, *querida*. Mais le fait est que ma mère est toujours enterrée derrière une vieille maison qu'elle a détestée toute sa vie, même si elle y retournait sans cesse. Je ne me sens donc pas d'humeur magnanime.

Sous le regard médusé de Carla, il se dirigea vers la porte, saisissant au vol ses clés sur une console.

— Où vas-tu ?

— Au bureau. Je n'aurais pas dû prendre ma journée. Et je vais en profiter pour calmer les ardeurs de ton père.

— Tu vas l'empêcher d'écrire dans *Vita Italia* ? demanda Carla, saisie d'espoir.

— Oui, sauf s'il me prouve qu'il ne porte pas préjudice à ton image dans ses articles. Dans le cas contraire, ça se réglera au tribunal. J'ai du temps et de l'argent. Surtout de l'argent.

— Et ton propre père, dans tout ça ?

— Ses nouvelles vignes se portent mal. Je n'ai qu'à attendre.

— Et… Et moi ?

Javier s'arrêta sur le seuil, l'ombre d'un sourire aux lèvres.

— Chaque chose en son temps, *principessa*. Je m'occuperai de toi, ne t'inquiète pas…

8

Elle ne revit Javier que ponctuellement durant le week-end, qui se conclut par un départ soudain pour Los Angeles pour une série de rendez-vous. Livrée à elle-même, Carla s'arma des documents que Darren lui avait laissés et s'installa dans le salon pour les étudier. Au passage, elle jeta un coup d'œil par la fenêtre et constata avec soulagement que la foule de la veille s'était dissipée.

Son cœur bondit dans sa poitrine quand elle vit, en première page du dossier, le portrait de Javier. Il regardait droit dans l'objectif, un léger sourire aux lèvres. Le bleu cobalt de sa chemise déboutonnée rehaussait l'intensité de son hâle. Carla l'observa un long moment pour s'apercevoir soudain, à ses poumons brûlants, qu'elle retenait son souffle.

Ne fais pas attention. C'est juste un homme…

Sous sa complexité, derrière cette façade de pur séducteur, il était aussi vulnérable que n'importe quel autre. Néanmoins, aux yeux de Carla, il n'en devenait que plus attirant.

Elle tourna la page, irritée de ne pouvoir s'empêcher de penser à lui. Le dossier donnait un historique rapide de sa carrière, commencée dès sa sortie de l'université. Son amour des belles choses et son œil exercé lui avaient permis de bâtir un empire du luxe. Si son succès paraissait facile, Carla savait qu'il était le fruit d'un travail acharné et du besoin qu'avait Javier de s'arracher à ses origines.

Elle se força à lire tous les autres documents, résistant tant bien que mal à l'envie de revenir à la photo. Puis elle vérifia son courrier électronique et ses messages et fut contrariée de n'y trouver aucune nouvelle de son père. Il y avait fort à parier que l'intervention de Javier n'allait guère arranger les choses entre eux.

L'esprit en ébullition, elle enfila une paire de bottines et annonça à Felipe, le majordome, qu'elle sortait prendre l'air. Une vérification rapide lui permit de constater que la rue était toujours déserte, mais elle s'affubla tout de même d'une paire de grosses lunettes de soleil, au cas où. Elle sourit à Johnny, le gardien assis derrière la réception dans l'entrée de l'immeuble, mais se figea lorsqu'un colosse en costume lui barra le passage au moment où elle allait sortir.

— Bonjour, mademoiselle Nardozzi, fit l'inconnu d'un ton aimable.

— Euh, bonjour…, répondit Carla avec un froncement de sourcils. Nous avons été présentés ?

— Non. Je suis Antonio, votre garde du corps. M. Santino m'a demandé de veiller à ce qu'il ne vous arrive rien si vous décidiez de quitter le bâtiment.

Carla n'aurait su dire quelle émotion l'emporta : son irritation ou le plaisir qu'elle éprouva à l'idée que Javier se faisait du souci pour elle. Même dans ce dernier cas, songea-t-elle néanmoins dans un accès de lucidité, il ne faisait que protéger son investissement. Il ne lui accordait aucune confiance, cet Antonio en était la preuve. Craignait-il qu'elle ne profite de son absence pour s'enfuir ?

— Je sors me promener, déclara-t-elle sèchement. Je ne sais pas combien de temps ça prendra.

— Aucun problème. Vous ne saurez même pas que je suis là.

Réprimant un ricanement fort peu féminin, Carla

émergea sur le trottoir et tira son téléphone de son sac pour taper un message.

Je n'ai pas besoin de garde du corps, merci beaucoup ! Tu peux rappeler ton chien de garde.

La réponse lui parvint quelques secondes plus tard.

Puisque tu l'as rencontré, je suppose que tu as quitté l'appartement. Antonio reste. Et n'essaye pas de le semer, tu n'y arriveras pas.

Carla serra les dents, furieuse.

C'est inacceptable.

C'est le prix de ta sécurité. Et si tu tentes quoi que ce soit, tu seras punie comme tu le mérites.

Tu es à des milliers de kilomètres. Que peux-tu faire ?

Essaye et tu verras…

Marmonnant des imprécations, Carla rangea son téléphone avant de traverser la rue. Le soleil de cette journée de printemps ne tarda pas à lui faire retrouver sa bonne humeur, et elle entra sur un coup de tête dans la boutique d'un couturier qu'elle appréciait. Mais la présence d'Antonio à la porte attira bien vite l'attention, et elle ressortit rapidement avec un sourire gêné à l'intention des vendeuses. Elle avait fait quelques pas à peine lorsque son téléphone sonna.

Son cœur bondit dans sa poitrine, mais le numéro affiché sur l'écran n'était pas celui de Javier. Réprimant un pincement de déception, elle décrocha.

— Carla ? C'est Darren O'Hare.

— *Ciao* Darren ! Que me vaut le plaisir ?

— Je sais que Javier n'est pas là, mais je pensais aller revoir les trois boîtes de nuit entre lesquelles j'hésite encore pour le tournage. Voudriez-vous m'accompagner ce soir ?

Carla ouvrit la bouche pour refuser, mais elle se

ravisa. N'était-elle pas à l'aube d'une nouvelle vie ? Et, pour être honnête, la perspective de passer une autre soirée seule dans l'appartement ne l'enchantait guère.

— Euh, Carla... ?

— Oui, je suis là. C'est d'accord.

— Formidable ! Je passe vous prendre à 7 heures ? Nous pourrons grignoter un morceau avant d'y aller.

— Parfait. À tout à l'heure, alors.

Elle raccrocha et sentit un sourire fleurir sur ses lèvres. C'était un tout petit pas vers l'indépendance, mais il était essentiel. Puis elle regarda de nouveau son téléphone et hésita un court instant avant de composer un numéro. Son père répondit après quelques sonneries.

— Qu'est-ce que tu veux ?

Un nuage passa devant le soleil au même moment, parfaite illustration de l'humeur de Carla.

— Tu sais très bien ce que je veux. Je t'ai laissé plusieurs messages.

— Je ne suis pas ton chien et je n'ai pas l'intention d'accourir quand tu claques des doigts.

— Je veux juste parler, papa. Trouver un moyen de résoudre nos problèmes.

Olivio Nardozzi éclata d'un rire si bruyant qu'elle éloigna le combiné de son oreille.

— Tu as bu ? demanda-t-elle.

— Fais attention à toi, *ragazza* ! Tu penses peut-être avoir toutes les cartes en main, mais ce n'est pas le cas.

— Qu'est-ce que ça veut dire ?

— Que tu ferais bien de convaincre Santino de ne pas mettre son nez dans mes affaires.

— Sinon ?

— Sinon j'écrirai un article très différent, que tu ne pourras pas bloquer. Tu voulais savoir comment ta mère est morte ? Je t'ai épargné les détails sordides jusqu'à présent, mais je t'en ferai part quand j'en aurai envie.

Ou alors, tu les liras dans la presse. Dans les deux cas, j'espère que tu es aussi solide que tu le prétends.

— Quoi ? Je...

Mais son père avait déjà raccroché. Carla s'aperçut qu'elle restait pétrifiée au beau milieu du trottoir lorsque Antonio toussota dans son dos.

— Tout va bien, mademoiselle ?

Elle acquiesça en silence et se força à mettre un pied devant l'autre, pressant le pas à mesure qu'elle approchait de l'immeuble de Javier. Elle s'était mise à trembler lorsqu'elle pénétra enfin dans l'appartement. Une seconde plus tard, la sonnerie de son portable la fit sursauter.

— Qu'est-ce qui ne va pas ? demanda Javier quand elle décrocha.

— Mais... Comment sais-tu que...

— Réponds, coupa-t-il.

— C'est mon père. Je viens de lui parler.

Puis elle secoua la tête comme pour en chasser la conversation menaçante qu'elle venait d'avoir.

— Et alors ?

— Alors rien.

— Carla... Qu'est-ce qu'il t'a dit ?

— Tu as bloqué la publication de ses articles dans *Vita Italia* ? s'enquit-elle, éludant la question.

— Oui. Je t'ai dit que je le ferais si je n'étais pas satisfait de leur contenu.

— J'ai besoin que tu laisses mon père tranquille, murmura Carla, saisie d'effroi. En tout cas, jusqu'à ce que je puisse lui reparler.

— Répète-moi ce que vous vous êtes dit, et je réglerai ton problème.

— Non, *è il mio problema*. Je m'en occupe.

— Je trouve charmant que tu parles italien quand tu es en colère, *principessa*, mais tu as tort. Cette affaire me concerne au premier chef. J'attends toujours...

— C'était… C'était au sujet de ma mère. La façon dont elle est morte, plus précisément.

— Comment est-elle morte ?

Une douleur sourde anesthésia Carla, qui se laissa tomber sur le canapé.

— Justement, je ne l'ai jamais su. Je n'étais pas là, et il n'a jamais voulu me le dire. Mais je sais que j'en suis responsable, d'une certaine façon.

— Responsable ? Comment est-ce possible ?

— Je l'ignore, mais je pourrai t'en dire plus quand j'aurai parlé à mon père. Je t'en prie, Javier, laisse-moi le temps de régler ça à ma façon.

— Désolé, *querida*, je ne peux te faire aucune promesse.

— Javier !

Pour la seconde fois en moins d'une heure, Carla constata qu'on lui avait raccroché au nez. Sans se donner le temps de réfléchir, elle courut jusqu'à sa chambre, ouvrit son ordinateur et composa un courrier électronique, une tâche que compliquait son poignet plâtré.

MA DERNIÈRE OFFRE : TRENTE POUR CENT DE MON CONTRAT AVEC SANTINO ET LA VILLA EN TOSCANE EN ÉCHANGE DE LA VÉRITÉ SUR MAMAN. ET TU NE SERAS PLUS MON MANAGER.

Elle n'aurait jamais une relation normale avec son père, c'était un fait. Autant l'accepter dès maintenant et prendre les mesures qui s'imposaient, même si elles étaient douloureuses. Tremblante, elle envoya le message en retenant son souffle jusqu'à recevoir la confirmation de lecture qu'elle avait requise.

La réponse arriva quelques minutes plus tard, si lourde de jubilation que Carla en eut la nausée.

C'EST D'ACCORD. MAIS JE VEUX LE PREMIER PAIEMENT SOUS QUINZE JOURS.

TU L'AURAS.

Carla referma son ordinateur, submergée par le désespoir. Pendant des années, elle avait espéré que son père finirait par l'aimer. Aujourd'hui, elle comprenait que cela n'arriverait jamais.

Elle passa l'heure suivante à arpenter l'appartement, se demandant comment résoudre son problème le plus urgent : payer son père. Le prochain versement de Santino n'arriverait pas sur son compte avant deux mois, et elle ne disposait pas, même en réunissant toutes ses économies, de la somme promise.

Après quelques tergiversations, elle finit par accepter l'inévitable et appela un agent immobilier de ses amis pour mettre en vente le cottage de sa mère en Angleterre. Avec un peu de chance, elle trouverait l'argent d'ici là et n'aurait pas à vendre la maison, mais en attendant cette mesure rassurerait Olivio en lui prouvant qu'elle avait l'intention de le payer.

Le cœur lourd, elle regagna sa chambre et prit une douche, une main tendue hors de la cabine pour ne pas mouiller son plâtre. La complexité de cette opération lui permit d'oublier un instant ses préoccupations jusqu'au moment où elle sortit de la salle de bains.

Alors, les souvenirs l'assaillirent, aussi clairs que les événements qui s'étaient déroulés trois ans plus tôt. Elle se rappelait sa dispute avec son père lorsqu'elle lui avait demandé deux semaines de vacances avant un championnat. Elle avait appelé sa mère dans l'espoir que cette dernière pourrait le pacifier, puis était partie aux États-Unis. Olivio n'avait pas donné la moindre nouvelle jusqu'à la fin du championnat et il n'était réapparu qu'au moment de son sacre, avec une nouvelle bouleversante. Sa mère était morte. *Morte.* Carla avait eu beau l'interroger, il avait refusé de lui en dire davantage. Malgré la cause inscrite sur le certificat de décès — un accident —, elle avait toujours soupçonné qu'elle ne savait pas tout. Et son père avait entretenu ses doutes, au fil des ans, par des allusions voilées.

Elle pénétra dans sa garde-robe, où elle ignora les tenues blanches qu'elle affectionnait au profit d'un jean noir et d'un débardeur lamé qu'elle avait toujours trouvé trop osé, car il ne pouvait se porter que sans soutien-gorge. Ce soir, elle se sentait d'humeur rebelle. Elle remonta ses cheveux en un chignon lâche qu'elle retint à l'aide d'une épingle ayant appartenu à sa mère, puis se maquilla de façon plus prononcée que d'habitude, d'un fard intense et d'un rouge à lèvres cerise. Le résultat lui parut trop spectaculaire, et elle se serait démaquillée si le carillon de l'entrée n'avait pas retenti au même instant. Agrippant un blouson de cuir, elle alla ouvrir. Darren parut stupéfait en la voyant.

— Eh bien… ! Vous êtes superbe !

— *Grazie*. Vous n'êtes pas trop mal non plus.

— Vous trouvez ? fit le publicitaire en promenant les yeux sur la chemise grise, le pantalon noir et la veste vert bouteille qu'il portait. Ça va, c'est acceptable… Mais j'ai l'habitude d'épater les femmes par mon intelligence et mes propos spirituels plutôt que par mes tenues !

Elle rit de bon cœur, et ils sortirent dans l'air frais de la nuit. Antonio apparut aussitôt, discret comme un fantôme.

— Ce géant va nous suivre partout ? chuchota Darren.

Carla se retourna et décocha un sourire au molosse, qui lui répondit d'un clin d'œil inattendu.

— Il est inoffensif, expliqua-t-elle. En tout cas, je crois. Une fois habitué, vous le remarquerez à peine.

— Si vous le dites… Le restaurant n'est pas loin, ça vous dérange de marcher un peu ?

— Au contraire !

Ils se mirent en route, échangeant un badinage qui se poursuivit au cours du dîner, qu'ils prirent dans un pub irlandais. Quand ils en ressortirent, Darren héla un taxi. Antonio s'installa sans un mot à l'avant, sous le regard vaguement inquiet du chauffeur.

— La première boîte est dans le centre, expliqua Darren. J'ai des entrées VIP.

Ils s'arrêtèrent bientôt devant un club cubain, à l'entrée duquel limousines et voitures de sport déposaient leur chargement de privilégiés. Résolue à se limiter à deux verres pour la soirée, Carla sirota son cocktail avec lenteur, pendant que Darren lui décrivait, à grand renfort d'anecdotes, son enfance à Dublin. Lorsque le propriétaire des lieux fit son apparition pour s'entretenir avec lui, Carla retira sa veste et s'approcha de la piste de danse. Elle répondit d'un sourire poli à quelques regards appréciatifs, en ignorant les plus appuyés, et fut tout de même soulagée quand Darren la rejoignit, quelques minutes plus tard.

— Qu'est-ce que vous en dites ? demanda-t-il, élevant la voix pour couvrir la musique. L'endroit vous plaît ?

— Oui, répondit Carla. Il est assez chaleureux et ethnique pour représenter la tequila de Javier, mais moderne en même temps et donc susceptible de plaire à une clientèle cosmopolite.

— Vous voulez tester la piste ? proposa son compagnon en lui tendant la main.

— Pourquoi pas ?

Ils entrèrent en riant dans la foule qui se pressait sous les projecteurs. Les bras levés, ils ondulèrent au gré de rythmes cubains. Darren était bon danseur et, lorsqu'un slow succéda à une frénésie de percussions, il se rapprocha d'elle avec un sourire. Tout en maintenant une distance respectable entre eux, il lui prit les bras pour les déposer délicatement sur ses épaules.

— Vous êtes éblouissante, ce soir, lui souffla-t-il à l'oreille.

Carla rougit, embarrassée. Darren s'intéressait peut-être plus à elle qu'elle ne l'avait soupçonné. Il lui posa une main légère sur la taille et ajouta :

— J'adore votre accent. En fait, j'adore tout ce qui vous…

Puis il s'interrompit brutalement, les yeux écarquillés.

— Oh non…

— Qu'est-ce qui ne va pas ?

— Carla !

Elle pivota vivement en entendant la voix rauque de colère dans son dos. Javier la dévisageait, les narines frémissantes — un véritable taureau furieux. Il serrait les poings, et son torse montait et descendait à toute allure. Il exsudait une telle force que plusieurs danseurs s'arrêtèrent pour le regarder.

— Que… Qu'est-ce que tu fais là ? bredouilla-t-elle.

Sans répondre, l'Espagnol baissa les yeux vers la main que Darren avait laissée sur sa taille.

— Si vous tenez à sortir d'ici en un seul morceau, O'Hare, je vous conseille de la lâcher.

Darren s'exécuta avec une précipitation presque comique.

— Monsieur Santino…

— Allez-vous-en ! *Tout de suite !*

— Javier ! intervint Carla, outrée. Tu ne peux pas…

— Lâche-le toi aussi, Carla, ou je ne réponds pas de la suite des événements.

Carla attendit quelques instants — elle ne voulait pas donner l'impression d'obéir à ses ordres — puis relâcha à son tour Darren, qui lui décocha un regard navré avant de tourner les talons et de disparaître dans la foule.

— Tu as deux minutes, reprit Javier.

Carla leva un sourcil narquois, refusant d'admettre que les palpitations de son cœur étaient dues à l'apparition inattendue du milliardaire.

— Deux minutes pour quoi faire ?

— Pour récupérer les affaires avec lesquelles tu es arrivée. Sinon, nous repartirons sans.

— Qu'est-ce qui te fait croire que j'ai envie de repartir avec toi ?

— *Principessa*, pour une fois dans ta vie, écoute-moi et tu t'éviteras des ennuis ! Ne me pousse pas à bout ou tu vas le regretter, et en public !

Un coup d'œil rapide confirma à Carla qu'ils étaient devenus le centre de l'attention. Elle s'empourpra, mortifiée.

— C'est toi qu'on regarde, maugréa-t-elle. C'est toi qui te donnes en spectacle.

Il garda le silence, et Carla eut une nouvelle fois l'impression qu'il ne se contrôlait que de justesse. Ils s'affrontèrent du regard, puis elle tourna les talons et regagna la zone VIP, où Antonio lui tendit ses affaires d'un air embarrassé.

Moins d'une minute plus tard, elle émergea dans la nuit la tête haute et se dirigea aussitôt vers l'intersection voisine dans l'espoir de trouver un taxi. Elle n'avait pas fait trois pas que Javier lui barra le chemin.

— Où vas-tu, au juste ?

— Je t'ai dit que je ne partirais pas avec toi.

— Tu vas devoir changer d'avis.

— Rends-moi service, Javier : laisse-moi tranquille !

Puis elle bifurqua vers la rue la plus proche et s'y enfonça. Un choix mal avisé, car cette dernière se terminait par un mur de brique, à une cinquantaine de mètres de là. Dans son dos, elle entendit Javier ordonner à Antonio de barrer le passage. Carla continua d'avancer jusqu'au fond de l'impasse, ignorant les pas de l'Espagnol derrière elle. Au pied du mur, elle n'eut d'autre choix que de se retourner.

La silhouette de Javier bloquait le peu de lumière provenant de l'entrée de la ruelle. Ses vêtements sombres et son expression lui donnaient l'apparence d'un ange déchu tout juste tombé sur terre. Carla frissonna.

— Tu ne me fais pas peur, Santino, affirma-t-elle cependant.

Un rire grave accueillit ce défi.

— J'en ai conscience. Mais nous savons tous les deux pourquoi tu cours. Rassure-toi, *chiquita*, c'est ton jour de chance. Je suis disposé à t'offrir exactement ce que tu désires.

9

Si Javier affectait le plus grand calme, c'était pour mieux dissimuler la tempête qui faisait rage en lui. Il n'aurait su dire si son tumulte émotionnel était dû à l'apparence inattendue de la jeune femme qui lui faisait face ou à la panique qu'il avait ressentie en trouvant l'appartement vide à son arrivée. Peu importait, d'ailleurs.

— Comme d'habitude, répondit-elle, je ne comprends rien à ce que tu racontes.

Il baissa les yeux sur le jean noir qui moulait les hanches de la jeune femme et sur le débardeur bien trop échancré pour dissimuler un soutien-gorge. Comment osait-elle sortir dans une telle tenue, et sans lui ? Il avait quitté une ingénue et retrouvait une sirène. Il n'aurait su dire laquelle des deux il désirait le plus.

— Qu'est-ce que tu portes ? demanda-t-il sèchement.

— Ça s'appelle « des vêtements », ironisa Carla.

Il fit un pas furieux vers elle, la forçant à se plaquer contre le mur.

— Tu n'étais pas là quand je suis rentré. Il n'y avait pas le moindre mot pour expliquer ton absence. Sans Antonio, je n'aurais pas su où tu étais. Et, quand je te trouve enfin, tu te moques de moi ?

— Tu m'as raccroché au nez lors de notre dernière conversation, je te rappelle. Qu'est-ce que tu espérais, au juste ? Me retrouver en larmes, roulée en boule sur mon lit ?

— J'étais en plein milieu d'une réunion quand nous nous sommes parlé. J'ai annulé le reste de mes rendez-vous et j'ai sauté dans mon avion pour revenir. Si tu avais répondu au téléphone, je ne serais pas là.

— Je n'ai pas reçu le moindre appel de ta part.

— Regarde tes messages. J'ai atterri il y a trois heures.

Carla tira son téléphone de son sac — il affichait en effet plusieurs appels en absence.

— Je suppose que je n'ai rien entendu à cause de la musique, marmonna-t-elle.

— Apparemment. Tu étais trop occupée à oublier tes problèmes en te frottant contre le premier venu sur une piste de danse. J'ai comme une sensation de déjà-vu.

— Je ne me frottais pas contre Darren ! Nous sommes simplement venus repérer les lieux pour ta satanée campagne. Et, même si ce n'était pas le cas, qu'est-ce que ça peut te faire ? Il n'est pas spécifié dans mon contrat que je doive mener une existence monacale. J'ai peut-être envie d'élargir un peu mes horizons, moi !

Javier se raidit, ivre de colère.

— Tu prévoyais aussi de coucher avec lui ?

— Je ne te ferai pas l'honneur d'une réponse.

— Tu viens de dire que tu voulais élargir tes horizons sexuels ! insista Javier en se rapprochant jusqu'à se retrouver en contact avec elle.

— Mais… Pas du tout, je…

Cependant, il ne l'écoutait pas : son attention était tout entière rivée sur ses lèvres rouge cerise. Il se souvenait de leur goût, de leur douceur, et ses sens s'enflammaient comme sous l'effet d'un alcool fort. Il referma les mains sur la taille fine et plaqua Carla contre lui, avant de couvrir ses lèvres sans se donner le temps de réfléchir. Il l'embrassa férocement, comme pour lui faire payer chacune des images qui l'avaient assailli quand il était entré dans cette boîte de nuit et l'avait trouvée dans les bras d'un autre.

Elle s'ouvrit comme une fleur, sur un soupir, et accueillit sa langue avec avidité. Elle sentait bon, sa peau était chaude, ses bras fins s'enroulaient autour de sa nuque, et Javier s'entendit gronder tel un fauve affamé.

Dios, elle le rendait fou... Quand il l'avait trouvée avec O'Hare, il avait bien failli perdre la tête. Apparemment, il s'était fait des idées en imaginant lire la détresse en elle juste avant son départ.

Elle ondula contre lui, souple comme une liane. Le cœur de Javier cognait comme un piston dans sa poitrine, un sang rageur lui martelait les tempes. Avec fébrilité, il glissa une main sous son haut et lui caressa le ventre du bout des doigts. C'était à peine un effleurement, mais elle se mit à trembler comme au milieu d'une tempête de neige.

Elle réagissait au quart de tour, à l'instar de la dernière fois qu'ils avaient fait l'amour. Cette pensée l'aiguillonna, et il déboutonna le jean de la jeune femme avec fébrilité pour glisser les doigts entre ses cuisses.

Un soupir brûlant, contre ses lèvres, lui confirma qu'il avait atteint son but. Elle était moite, prête pour lui. Javier posa le front contre le sien et demanda :

— Qu'est-ce que tu veux, *principessa* ? C'est ce genre de choses que tu espérais ?

Tout en parlant, il fit rouler la perle engorgée qui pulsait sous son doigt, et Carla poussa un hoquet de plaisir.

— Javier... *Dio mio... Per favore...*

— Je vais te donner l'occasion de déployer tes ailes, souffla-t-il. Avec moi, et moi seulement. *Comprendes ?*

La tête renversée en arrière, Carla se mordit la lèvre.

— *Sei pazzo !* murmura-t-elle.

— Non, je suis loin d'être fou. Si tu as envie d'explorer ta féminité, à ta guise. Mais, si tu crois que je vais te laisser le faire avec le premier crétin venu, tu te trompes. Considère que notre contrat a une nouvelle clause. À partir de maintenant, c'est *moi* qui te donnerai du plaisir. Personne d'autre.

— *Santa Maria*… Je n'ai pas envie de parler de ça…

— Ouvre les yeux, souffla Javier sans cesser de caresser son sexe brûlant. Regarde la réalité en face.

Carla obéit, pantelante. Un désir trouble tournoyait en volutes noires dans ses pupilles, et il se pencha pour lui taquiner, du bout de la langue, la lèvre inférieure.

— Tu seras mienne, exclusivement, jusqu'à ce que je décide du contraire.

Un nouveau frisson la parcourut, et Javier accentua son va-et-vient entre les pétales tièdes de sa féminité. Après quelques secondes, Carla écarquilla les yeux et laissa échapper un gémissement sourd. En la sentant jouir sous ses doigts, Javier se demanda confusément comment il allait parvenir à garder le contrôle de lui-même.

Une minute passa, puis une autre. Enfin, il referma le jean de Carla, défroissa ses vêtements et recula d'un pas.

— Tu peux marcher ? s'enquit-il d'une voix rauque.

Elle frémit de nouveau, puis acquiesça. Javier déposa un baiser sur sa tempe et glissa un bras sur son épaule. Il éprouva un plaisir inattendu quand elle se blottit contre lui.

Sa limousine attendait non loin, Antonio debout près de la portière arrière. Le garde du corps referma derrière eux sitôt qu'ils furent montés. Carla fit mine de s'éloigner, mais Javier la retint, et elle retomba contre lui, inerte comme une poupée de chiffon. Il aurait pu la croire assoupie sans les éclats que les lumières de la ville arrachaient à ses yeux grands ouverts.

— Nous pouvons parler de ce qui s'est passé maintenant ou demain matin, dit-il après un long silence. Quoi qu'il en soit, les conditions resteront les mêmes.

Carla se redressa et, cette fois, il la laissa faire. Elle reviendrait bientôt dans ses bras, il le savait.

— Pourquoi ? demanda-t-elle.

— Pourquoi quoi ?

— Pourquoi as-tu envie de moi comme ça ?

— Si je pouvais expliquer les mystères de l'alchimie sexuelle, je serais riche.

— Tu *es* riche.

— Tu sais ce que je veux dire. J'ai envie de toi, tu as envie de moi, ça me suffit.

— Mais tu ne peux pas m'imposer un contrat de nature sexuelle ! protesta la jeune femme.

Toutefois, la façon dont elle étudia ses lèvres et retint son souffle quand leurs regards se croisèrent indiquait clairement que ses protestations étaient de pure forme. Avec un haussement d'épaules, Javier changea de sujet.

— J'ai parlé à ton père. Il m'a dit qu'il ne serait bientôt plus ton manager.

— C'est exact. J'ai juste besoin de lui verser trente pour cent du contrat qui nous lie, toi et moi, une somme dont je ne dispose pas pour le moment. Il doit me dire aussi, en échange, ce qui est arrivé à ma mère.

Javier éprouva une vague de compassion, qu'il chassa aussitôt. Il lui suffisait de se rappeler la façon dont elle avait dansé avec Darren O'Hare pour se sentir beaucoup moins bien disposé à son égard.

— Je vais t'avancer cette somme, annonça-t-il tout de go. Si tu m'offres ce que je désire.

Du bout du pouce, il suivit le dessin de sa lèvre inférieure et enchaîna :

— Avant que tu prétendes que tu n'as pas envie de moi, laisse-moi te rappeler que j'aurais pu te faire l'amour contre le mur, dans cette allée, autant de fois que je le voulais. Et tu en aurais redemandé… Alors jouons cartes sur table, afin qu'il n'y ait pas le moindre malentendu entre nous ! Quand nous reprendrons chacun nos routes respectives, tu ne pourras pas te plaindre et prétendre avoir agi sur un coup de tête.

Carla le dévisagea de ses yeux songeurs en se mordillant la lèvre.

— Et si je refuse ? demanda-t-elle.

— Si tu refuses, ta relation avec ton père continuera de se détériorer, ce qui ne manquera pas d'avoir un effet sur tes performances sportives et ton image. Et, si votre querelle porte préjudice aux marques du groupe Santino International, je vous traînerai en justice sans hésiter.

Carla ouvrit la bouche pour répondre, mais Javier la fit taire d'un baiser. Il se détacha d'elle avant que la tentation devienne irrésistible.

— Nous sommes arrivés, marmonna-t-il. Prends la nuit pour réfléchir et donne-moi ta réponse demain. Je suis sûr que tu feras le bon choix. En sus du plaisir que je te donnerai, ton père réfléchira à deux fois avant de s'en prendre à toi, en sachant que tu es à moi.

— C'est donc ça, mon choix ? C'est entre lui et toi ?

Javier se contenta de sourire, puis il mit pied à terre et l'aida à descendre. Ils regagnèrent l'appartement en silence. Dans le salon, il souhaita bonne nuit à Carla et la suivit des yeux, luttant de toutes ses forces contre une furieuse envie de l'accompagner dans sa chambre.

Tout ce qu'il avait à faire, c'était attendre le lendemain matin.

Alors Carla Nardozzi lui appartiendrait.

Carla avait la ferme intention de refuser le marché de Javier. Il devait bien y avoir un autre moyen d'obtenir ce qu'elle voulait. Elle songea un instant à demander à Draco d'intervenir, mais son agent avait déjà fait assez pour elle. Si renégociation du contrat il y avait, ce serait entre Javier et elle. Et si Javier s'imaginait que, trois ans plus tôt, elle avait couché avec lui pour rendre Draco jaloux, il prendrait sans doute mal l'intervention de ce dernier.

Elle se tourna dans son lit, dans l'aube grise qui pointait, saisie d'un doute plus troublant encore. Au fond, Javier avait raison : elle se serait sans doute offerte à lui dans cette ruelle mal éclairée s'il l'avait voulu. Car, si l'orgasme qu'il lui avait donné avait été incroyablement bon, il avait à peine entamé l'appétit sexuel que l'Espagnol éveillait en elle.

Bien sûr, se raisonna-t-elle, ce n'était pas une raison pour lui céder. Cependant, quand bien même elle ignorait les appels désespérés de ses hormones, pouvait-elle refuser une occasion de savoir enfin ce qui était arrivé à sa mère ? Si elle acceptait de se donner à Javier, il débloquerait le second versement. Elle payerait son père et pourrait enfin refermer la porte du passé. Et, puisqu'elle aspirait à un tel dénouement depuis des années, n'était-ce pas folie de reculer si près du but ?

Tout comme Javier se forçait à accepter l'inacceptable et tolérait son père biologique pour tenir la promesse faite à sa mère, Carla ne se devait-elle pas d'offrir son corps en échange de la vérité ? D'ailleurs, elle s'était déjà livrée à Javier sans la moindre contrepartie !

Lorsque le soleil illumina enfin le sommet des gratte-ciel, sa décision était prise. Elle se frotta les yeux et s'étira, épuisée par une nuit sans sommeil. Dans quelques heures, elle deviendrait la maîtresse officielle de Javier Santino. Cette idée la fit frémir d'excitation, mais elle préféra ne pas se demander pourquoi et s'endormit brusquement.

— Ah, te voilà enfin ! *Buenos dias*, Carla ! Je commençais à croire que j'allais devoir déjeuner seul.

Carla se retint d'évoquer les nombreux repas qu'elle avait pris seule dans cet appartement depuis son arrivée à New York. Malgré le ton badin qu'il adoptait, elle voyait, à la façon dont Javier suivait le moindre de ses mouvements, qu'il était tendu, comme aux aguets. En silence, elle accepta la chaise qu'il lui désigna et prit place en face de lui. Il était vrai qu'elle s'était levée plus tard que d'habitude.

L'Espagnol la dévisagea sans vergogne, puis se pencha pour écarter une mèche qui lui retombait sur les yeux. À ce geste aussi tendre que calculé, elle sursauta.

— J'ai pris ma décision, annonça-t-elle pour en finir au plus vite.

— Déjeunons d'abord, *chiquita*. Ça nous évitera les aigreurs d'estomac au cas où cette décision ne conviendrait pas à l'un d'entre nous.

Il fit un signe à Felipe, son majordome, qui déposa devant eux une série de mets appétissants. Malgré le nœud qui lui comprimait l'estomac, Carla fit de son mieux pour avaler deux œufs pochés et une tomate grillée. Elle secoua la tête quand une salade de fruits apparut sur la table, mais Javier prit une tranche d'ananas, la découpa et lui en offrit un morceau. Son regard était trouble, et elle se demanda soudain s'il ne redoutait pas son choix. Elle savait, depuis qu'il avait évoqué son enfance, qu'il dissimulait une certaine vulnérabilité derrière des manières brusques et autoritaires.

Elle accepta la portion d'ananas qu'il lui tendait et le regarda en avaler une à son tour. Ils se partagèrent en silence le reste de la tranche, puis Javier se cala contre le dossier de sa chaise pour siroter son café. Sa tasse terminée, il se leva.

— Suis-moi !

Il se dirigea vers le salon, les mains dans les poches.

Les manches de sa chemise, roulées jusqu'aux coudes, lui donnaient un air de décontraction que Carla savait feint.

Ouvrant la baie vitrée, il sortit sur la terrasse et contempla le magnifique panorama qui s'offrait à eux. Son impressionnante silhouette était nimbée du soleil matinal.

— Je t'écoute, lança-t-il enfin.

Carla s'approcha et se figea lorsque l'aura de son compagnon menaça de l'engloutir.

— Je… J'accepte tes conditions, annonça-t-elle.

Elle s'éclaircit la gorge et ajouta d'une voix plus forte :

— Je serai ta… ta… Quel que soit le qualificatif que tu veux donner à ce partenariat.

— Tu seras *à moi*, précisa l'homme d'affaires, dont le regard avait pris la couleur d'un ciel de tempête.

— C'est ça, acquiesça-t-elle dans un murmure. Je serai à toi.

Un silence interminable retomba, puis Javier tendit la main.

— Viens ici ! ordonna-t-il.

Carla obéit — maintenant qu'elle avait capitulé, à quoi bon lutter ? Javier la fixa un instant dans les yeux, puis l'enlaça et la plaqua contre lui. Une décharge électrique la parcourut alors et elle attendit, le cœur battant, qu'il la soulevât pour la conduire dans sa chambre à coucher afin d'achever ce qu'ils avaient commencé la veille au soir dans la ruelle.

Toutefois, à présent qu'elle était à sa merci, Javier semblait peu pressé de profiter de sa victoire. Tout à coup, Carla sentit qu'il lui détachait les cheveux. Ceux-ci retombèrent sur ses épaules, et Javier y glissa les doigts, puis entreprit de lui masser doucement le cuir chevelu. C'était une attention inattendue, mais les émotions que cette initiative éveilla en elle le furent plus encore. Pour la première fois de sa vie, elle eut l'impression d'être en sécurité. Elle appuya sa joue contre le torse masculin avec un soupir de bien-être.

C'était absurde, elle en avait conscience. Elle était tout, sauf en sécurité, victime d'un pacte qu'elle n'avait pu refuser. La protubérance qu'elle sentait contre elle lui en rappelait sans ambiguïté possible la nature : ce qui se passait entre eux était purement physique.

Pourtant, elle ne bougea pas, jouissant de ce rare moment de tendresse, aussi illusoire fût-il. Et, pour faire bonne mesure, elle noua même les bras autour de lui.

— *Eres mio*, fit Javier d'une voix rauque.

Même si elle n'en comprenait pas le sens, il y avait quelque chose de possessif dans ses mots. Carla se laissa aller à rêver. Et si... ? L'émotion qui lui serra le cœur lui fit comprendre qu'elle risquait de se brûler si elle s'approchait davantage de la flamme.

Contre toute attente, Javier résolut son dilemme en la relâchant. Il fit un pas en arrière et tira son téléphone de sa poche.

— Mes avocats vont amender le contrat, annonça-t-il, de manière que tu reçoives ton second versement tout de suite et que tu puisses payer ton père. Les documents seront prêts à midi. Tu n'as pas besoin de délai de rétractation, je suppose ?

— Non. Je veux en finir au plus vite.

— J'imagine que tu fais allusion à ton père, pas à nous. Parce que, toi et moi, nous allons prendre tout notre temps.

— Tu es sûr ? Je te rappelle que tu te lasses très vite des femmes que tu mets dans ton lit... Si j'en crois la presse spécialisée, bien sûr...

Tout en composant un numéro d'une main, Javier lui prit le menton pour lui caresser la lèvre inférieure du pouce.

— Je vais faire une exception dans ton cas, souffla-t-il. Ça fait trois ans que j'attends ce moment, et j'ai bien l'intention d'en profiter. Si tu pensais que ce serait vite expédié, je compatis.

Carla n'eut pas le temps de répondre — il s'était déjà détourné pour parler à son interlocuteur téléphonique. Elle tourna les talons, consternée. Elle avait réussi à se persuader que son sacrifice serait de courte durée, le temps de satisfaire le désir de vengeance de l'Espagnol, mais tout à coup l'avenir ne lui paraissait plus aussi limpide. Combien de temps devrait-elle rester sa maîtresse ? Quand se lasserait-il d'elle et l'abandonnerait-il, comme il avait abandonné toutes les autres, sur le bord de la route ?

Elle tressaillit. La main de Javier venait de glisser sous ses cheveux pour dégager sa nuque. Un instant plus tard, il lui enveloppait la taille et la plaquait contre lui. Plongée dans ses pensées, elle ne l'avait pas entendu revenir à pas de loup dans son dos. Elle frissonna en sentant ses lèvres se poser sur la peau brûlante de son cou et, de là, remonter jusqu'à son oreille.

— Il faut que j'aille au bureau, chuchota-t-il. Si tu as besoin de précisions sur le contrat, n'hésite pas à m'appeler. Je te retrouve ce soir à l'aéroport.

Elle se retourna vers lui si vivement que leurs lèvres se frôlèrent.

— À l'aéroport ? Où allons-nous ?

— À Miami.

Miami. La ville où il lui avait fait perdre la tête — et sa virginité.

— Je... Pourquoi devrais-je t'accompagner en voyage d'affaires ?

— Ce n'est pas un voyage d'affaires, *amante*. Je m'accorde quelques jours de congé. D'abord, pour célébrer notre nouveau contrat. Ensuite, pour fêter mon anniversaire, qui a lieu dans deux semaines.

10

La propriété était aussi splendide que dans le souvenir de Carla. D'architecture contemporaine, le cube blanc était percé de puits de lumière stratégiquement placés et de baies vitrées ouvertes sur l'océan. Elle la contempla avec un mélange d'admiration et de mélancolie comme ils franchissaient la pelouse qui séparait l'héliport où ils avaient atterri de la bâtisse.

Ils furent accueillis par les six domestiques qui y travaillaient à temps plein. Tandis que Javier s'entretenait en espagnol avec la gouvernante qui commandait à ce petit monde, Carla se laissa envahir par la nostalgie. C'était sur le seuil de ce salon qu'elle avait vu Javier pour la première fois, lorsqu'elle était arrivée en compagnie de Draco et de Maria. Les yeux de l'Espagnol s'étaient posés sur elle et ne l'avaient plus quittée de toute la soirée.

— Tu te remémores notre rencontre, *querida* ? fit soudain la voix de Javier derrière elle. Ce n'est pas très poli de faire ça sans moi. J'aimerais participer.

Carla tressaillit et rougit, horrifiée de songer qu'il avait parlé devant ses employés. Mais lorsqu'elle se retourna, s'arrachant à sa contemplation de l'escalier qui menait à la chambre, elle s'aperçut que le personnel avait disparu.

Javier souriait, visiblement ravi de son effet. À l'évidence, il comptait bien la torturer à chaque opportunité. Toutefois, elle était à deux doigts de savoir ce qui était arrivé à sa mère, et cela valait bien un effort de sa part.

Et puis, une petite voix lui soufflait que tout ce qui allait se passer sous ce toit ne relèverait pas seulement du sacrifice…

— Je ne voudrais pas te forcer à revivre une période toujours douloureuse pour toi, ironisa-t-elle.

— Ne t'inquiète pas, j'ai l'intention de remplacer les mauvais souvenirs par de nouveaux, plus agréables ceux-là.

— C'est pour ça que tu m'as amenée ici ? Pour réécrire le passé ?

— Il est impossible de changer le passé. Ce qui m'intéresse, c'est l'avenir. Et l'avenir, c'est toi et moi, un lit et des orgasmes à répétition.

De nouveau, Carla rougit en dépit de ses efforts pour rester impassible.

— On ne t'a jamais dit que tu étais incroyablement arrogant ?

— On ne t'a jamais dit que tu étais craquante, quand tu cherches par tous les moyens à paraître maîtresse de toi-même ?

— Ne sois pas ridic…

Carla ne termina pas sa phrase. Vif comme l'éclair, Javier lui avait saisi le poignet pour l'attirer à lui. De sa main libre, il lui redressa le menton.

— Arrête ton petit numéro, Carla.

— Que… Quel numéro ?

— Celui de la vierge effarouchée qui s'offre en sacrifice. Ça ne m'excite pas.

Avec un hoquet outré, Carla détourna le regard.

— *Santa Maria*, pourrions-nous en finir une bonne fois pour toutes ?

— Non, nous n'allons pas « en finir ». Constanza nous prépare un dîner dont nous allons profiter avant de…

— Je n'ai pas faim, coupa-t-elle. Nous avons déjeuné tard.

— C'est exact. Mais Felipe m'a dit que tu avais à peine entamé le sandwich qu'il t'a préparé. Tu veux me dire ce qui te tracasse, au juste ?

Carla se creusa la tête à la recherche d'une excuse, n'importe laquelle, qui dissimulerait son chaos intérieur. Mais plus elle songeait à ce qui l'attendait, plus ses sens s'emballaient. Elle eut la mauvaise idée de regarder de nouveau Javier et se trouva sitôt captive de ses yeux magnétiques.

— Je... Je ne...

— Quoi ? Tu n'as pas envie de moi ?

Le détromper était dangereux, le conforter dans son doute était mentir. Elle hésita, incapable de choisir entre ces deux maux.

— Javier, je t'en prie...

Le visage de l'Espagnol était d'une dureté minérale. Sans crier gare, il tourna les talons et lui fit signe de le suivre jusqu'à l'ascenseur qui menait au premier étage.

— Tu as peut-être raison, maugréa-t-il. Autant en finir au plus vite.

Elle se laissa faire, trop ébranlée pour protester, jusqu'au moment où les portes s'ouvrirent sur la chambre même où elle avait perdu sa virginité.

Elle se figea sur le seuil, submergée par une impression de déjà-vu faite de souvenirs si intenses qu'ils auraient pu dater de la veille. Le toit de verre escamotable était toujours en place, à moitié ouvert. Les premières étoiles venaient d'apparaître sur le velours bleu de la nuit. Contrairement au reste de la maison, décoré de nombreux tableaux et objets d'art, la chambre n'en comptait que quatre : un buste grec antique, deux petites peintures Renaissance et, dans la pièce qui servait de tampon entre la chambre et son salon privé, un piano blanc qui portait une photo dans son cadre. Carla supposa qu'il s'agissait de la mère de Javier.

Elle n'eut pas l'occasion de s'approcher pour vérifier, car il l'entraînait déjà vers le lit.

— Tu essayes de te convaincre que tu n'as pas envie de moi ? grommela-t-il. Tu veux pouvoir, plus tard, te dire que je t'ai forcé la main ?

— Je ne...

— Mais tu sais, je n'ai *pas* l'intention de te forcer la main, coupa-t-il d'une voix si douce qu'elle parut menaçante à Carla. Je ne te ferai l'amour que parce que tu me supplieras.

Carla sursauta quand il saisit le bas de sa robe et fit passer celle-ci par-dessus sa tête avant de l'envoyer sans égard dans un fauteuil. Seulement vêtue de sa lingerie de soie ivoire et de ses talons hauts, elle le dévisagea bouche bée.

Une bouffée de désir flamba dans les yeux de Javier, qui se fendit d'un sourire sarcastique tout en la détaillant de la tête aux pieds.

— Je vois que tu as l'honnêteté de ne pas porter du blanc. Ça aurait été un peu hypocrite.

Carla frémit sous cet examen d'une sensualité agressive. Ses seins se tendirent dans le soutien-gorge, et une moiteur brûlante explosa entre ses cuisses tandis que Javier, avec la grâce d'un prédateur, la contournait et s'arrêtait derrière elle.

— Tu es exquise...

Il lui défit son chignon, comme il en avait l'habitude, et étala lentement ses cheveux sur ses épaules.

— Je n'aime pas quand tu les attaches, murmura-t-il. Je veux pouvoir y passer la main à mon gré. Compris ?

Un nouveau frisson la parcourut, plus violent cette fois.

— Oui.

— Parfait. Maintenant, embrasse-moi.

Carla se retourna, le cœur battant la chamade. Ses talons lui permirent de ne pas avoir à se dresser sur la pointe des pieds et lui infusèrent un regain de confiance. Leurs lèvres se touchèrent, se séparèrent, se trouvèrent de nouveau. Encouragée par le grondement sourd de Javier, elle darda une langue inquisitrice contre la sienne. Il répondit en lui enveloppant les fesses de ses mains puissantes pour la plaquer plus étroitement contre lui. Une érection impressionnante distendait son pantalon.

Carla se demandait si elle n'allait pas jouir sous l'effet d'un simple baiser lorsqu'il la cueillit dans ses bras et la déposa sur le lit. Respirant à peine, ellc le regarda déboutonner sa chemise. Sa gorge s'assécha quand les pans s'écartèrent tel un rideau pour découvrir un torse cuivré et sculptural. Le moindre mouvement faisait rouler ses muscles pareils à des cordes sous sa peau.

Elle poussa un gémissement bien involontaire quand il se départit de son pantalon et de son caleçon. *Dio mio*, il était magnifique... À quatre pattes, il revint vers elle sur le lit, puis la délesta de ses chaussures, de sa culotte et de son soutien-gorge. Il tira ensuite un préservatif de la table de nuit et le déposa sur le matelas.

Carla était désormais nue, offerte. Loin de l'embarrasser, sa vulnérabilité l'excitait. Avec un mélange de fermeté et de douceur qui affola tous ses sens, Javier lécha ses tétons durcis avant de les faire rouler l'un après l'autre entre ses doigts.

Elle se cambra sur le lit, chaque halètement accueilli par une caresse plus intime. Elle se consumait sous ses mains — l'orgasme approchait. Les lèvres de Javier abandonnèrent enfin ses seins pour descendre le long de son ventre et se perdre entre les pétales de son sexe. Terrassée par le plaisir, Carla ferma les yeux et s'arcbouta pour mieux s'offrir à lui. Aussitôt, il s'arrêta.

— Ouvre les yeux, ordonna-t-il. Dis-moi que tu en as envie. Il n'est plus question de dissimuler quoi que ce soit.

— Je… J'en ai envie, murmura-t-elle à grand-peine. Continue… S'il te plaît.

— Répète, souffla-t-il. Je n'ai pas bien entendu.

— J'ai envie de toi, Javier. *Maintenant.*

Avec un grondement de satisfaction, il glissa sa langue en elle, remonta jusqu'à son clitoris engorgé. Elle tressaillit sous ses assauts, oscillant au bord de l'abîme tel un funambule. Après quelques secondes, un bruit d'aluminium déchiré se fit entendre, augurant d'un plaisir plus intense encore — si une telle chose était possible. Javier réapparut dans son champ de vision, et elle le sentit se présenter à l'orée de son être. Mais il ne la prit pas tout de suite, et elle laissa échapper un gémissement d'impatience.

— À qui appartiens-tu ?

— À toi ! Viens, Javier…

Il obéit enfin, l'emplissant d'un seul estoc qui lui coupa le souffle. Le corps de Carla se dilata pour accueillir cette enivrante invasion et l'accompagner dans une danse millénaire. Il prit d'abord son temps, lui murmurant des paroles qu'elle ne comprenait pas entre deux baisers, puis accéléra l'allure.

— Carla…, souffla-t-il, glissant les deux mains dans sa chevelure.

Une digue se fracassa, au plus profond d'elle-même, quand elle entendit son nom sur ses lèvres. Elle avait beau prétendre qu'il s'agissait d'un accouplement purement animal et dénué de toute connotation sentimentale, elle savait que c'était un mensonge. Elle avait l'impression de s'échapper de son propre corps, de s'ouvrir telle une fleur au soleil dans les bras de cet homme.

Le plaisir la terrassa comme une lame de fond et lui arracha un cri d'extase muet. Avec un grondement rauque, Javier se cambra à son tour et s'abandonna en elle, ses larges épaules secouées de spasmes.

Quand elle rouvrit enfin les yeux, il avait son visage tout près du sien et affichait une expression qui disparut avant qu'elle puisse la déchiffrer.

— Dors maintenant, *querida*. Tu as remporté la première épreuve haut la main.

Carla murmura un « J'en suis ravie », puis s'assoupit aussitôt.

Quelques heures plus tard, Javier avait toujours les yeux grands ouverts. Il fixait les étoiles à travers le plafond de verre, en proie à des pensées fébriles. La plus dérangeante d'entre elles, celle qui n'arrêtait pas de revenir, était qu'il redoutait presque la venue du jour. L'histoire allait-elle se répéter ? Carla allait-elle lui jeter son mépris à la figure ?

Si c'était le cas, autant profiter de l'instant présent. Rejetant les draps, il ouvrit un nouveau préservatif, l'enfila et attira la jeune femme dans ses bras…

Carla se réveilla allongée sur Javier. Elle savait qu'il ne dormait pas au lent mouvement de ses doigts dans ses cheveux. Les événements de la nuit lui revinrent à l'esprit, et son cœur s'emballa. La lumière d'un jour neuf inondait les fenêtres, comme trois ans plus tôt. Leur réveil, à l'époque, avait été un désastre. Et, si elle y pensait, Javier y songeait sans doute aussi.

— Je suis prêt à oublier le passé si tu fais de même.

Elle tressaillit au son de sa voix, mais plus encore parce que la remarque faisait écho à ses propres pensées. Redressant la tête, elle étudia les particules dorées qui dansaient dans les yeux de son compagnon. Son cœur lui criait de répondre que, oui, elle voulait faire comme si le passé n'avait jamais existé. Mais elle lui devait une explication.

— Non. Je ne veux pas oublier. Je veux juste que tu comprennes.

Javier s'assombrit.

— Je t'écoute…

— La semaine où nous nous sommes rencontrés… C'était la première fois depuis l'âge de douze ans que je bénéficiais de quelques jours de liberté. Car, dès l'instant où je suis devenue patineuse, ma vie a cessé de m'appartenir.

— Je croyais que tu aimais ça, objecta Javier, sourcils froncés.

— J'aimais ça. *J'aime* ça, corrigea-t-elle. C'est le seul domaine dans lequel j'excelle. Mais peut-on vraiment aimer une chose dont on dépend complètement ? Sans le patinage, je ne suis rien.

— Comment ça, rien ? Qu'est-ce que tu racontes ?

— Qu'est-ce que je serais si je n'étais pas championne de patinage artistique ?

— Absolument tout ce que tu désires. Tes seules limites sont celles que tu t'imposes.

— Je ne sais même pas si j'ai envie de faire autre chose. Le problème, c'est que je n'ai jamais eu le choix. Tu comprends ?

— Oui, soupira Javier. Ce que je ne comprends pas, c'est le rapport avec ce qui s'est passé il y a trois ans.

Avec une grimace, Carla se força à poursuivre :

— Mon père ne voulait pas me laisser rejoindre Maria et Draco à New York. Il voulait que je retourne avec lui en Toscane, comme d'habitude. Nous nous sommes disputés. Mais cette fois je lui ai tenu tête et je suis partie, terrifiée à l'idée de ce qu'il me ferait à mon retour.

Javier renversa soudain leur position et plongea un regard brûlant dans le sien.

— Comment ça ? Il te frappait ?

— Non. Mais… Il avait ses méthodes.

— Quelles méthodes ?

— Il doublait mes heures d'entraînement. Ou alors, mon cheval préféré était soudain prêté pendant deux mois à des voisins...

— Il voulait te montrer qui était le chef, en d'autres termes.

— *Sì.* Mais il y a trois ans j'ai eu vingt et un ans. Et là, j'ai pu défier son autorité en prenant ces deux semaines de vacances. J'ai aussi appelé ma mère pour qu'elle intercède en ma faveur. Elle devait expliquer à mon père que je n'étais plus une gamine.

Sa voix se brisa sous l'afflux d'émotions trop longtemps réprimées. Avec douceur mais fermeté, Javier lui prit le menton.

— Et que s'est-il passé ?

— Mon père m'a appelée le soir de ton anniversaire. Il a dit que je l'avais déçu. Que je n'aurais pas dû faire revenir ma mère dans notre vie.

— Comment ça, « revenir » ?

— Elle avait quitté mon père quand j'avais quinze ans. Elle réprouvait le régime d'entraînement auquel il me soumettait. Ils se disputaient tous les soirs à ce sujet. Et, si mon père n'a jamais levé la main sur elle, il a été plusieurs fois sur le point de le faire. Quand elle a annoncé qu'elle partait, j'ai été dévastée mais soulagée pour elle. Je savais qu'elle souffrait.

— Elle n'a jamais envisagé de t'emmener ?

— Tu connais mal mon père. Il ne l'a pas permis. Il travaillait comme ouvrier dans une usine, et j'étais sa poule aux œufs d'or, la clé d'un monde meilleur.

— Mais pourquoi ne pas avoir quitté ton père pour de bon quand tu as eu vingt et un ans ?

— J'avais signé un contrat qui faisait de lui mon manager jusqu'à mes vingt-cinq ans. Mais, avec notre récent accord, je vais enfin pouvoir en finir avec lui.

Javier étouffa un juron, puis reprit :

— Revenons-en à ce fameux soir. Ton père t'a appelée, furieux, pendant la soirée. C'est pour ça que tu as bu ?

— Oui. Je voulais tout oublier, l'espace d'un soir. Et sache qu'en fait je n'ai jamais regretté ce qui s'est passé entre toi et moi. C'est juste que…

— Oui ?

— J'aurais voulu faire les choses différemment.

— C'est-à-dire ?

— J'aurais préféré ne pas être ivre au début de la soirée.

— Tu ne l'étais pas à la fin, et c'est tout ce qui compte.

— C'est vrai. Mais les circonstances qui nous ont poussés l'un vers l'autre n'étaient pas idéales. À ce moment-là, je m'en voulais de m'être cachée derrière ma mère, bref, j'étais un véritable paquet de nerfs.

— Ton état n'avait donc rien à voir avec Draco ?

— Bien sûr que non ! Draco n'est qu'un ami. Il m'a juste servi de prétexte.

Javier la dévisagea un long moment en silence, puis acquiesça.

— *Bene*, marmonna-t-il.

Il conquit ses lèvres en un baiser étourdissant et ne redressa la tête qu'après de longues minutes.

— La boucle est bouclée, Carla. Promets-moi que tu m'appartiens, et oublions le passé.

— Je t'appartiens…

De nouveau, il l'embrassa, puis lui fit signe de continuer.

— Pendant des années, j'ai voulu m'éloigner de mon père, reprit-elle d'une voix faible. Et si je ne l'ai pas fait plus tôt, c'est que je recherchais l'impossible. Je voulais une carrière, une famille, l'harmonie parfaite. C'était ridicule.

— Ça n'a rien de ridicule. Le jour où nous cessons de rêver, de tendre vers l'impossible, autant mourir.

— Mais tu ne comprends pas ? C'est à cause de moi que ma mère est morte !

— Tu as dit que tu ignorais comment elle était morte, lui rappela Javier. En quoi serais-tu responsable ?

Carla secoua la tête, clignant des yeux pour chasser les larmes qui les embuaient.

— Tout ce que je sais, c'est que, la dernière fois que je lui ai parlé, c'est pour lui demander de plaider en ma faveur. Elle est allée voir mon père en Toscane et elle n'en est jamais revenue.

11

Lentement, Javier se détacha d'elle et s'adossa à la tête de lit de bois massif, glissant un bras autour des épaules de Carla pour l'attirer à lui.

— Tu crois que ton père a quelque chose à voir avec la mort de ta mère, c'est ça ?

— Je… Je ne veux pas le penser. Mais je ne peux pas m'en empêcher.

— Dis-moi ce que tu sais.

— Pas grand-chose, justement. Elle était en route pour l'Italie quand je suis partie à New York. J'ai appris sa mort une semaine après t'avoir quitté. Mon père a attendu la fin d'un championnat en Suisse pour me l'annoncer.

— *Dios mio*. Il ne t'a rien dit avant ?

— Le championnat était sa priorité, il redoutait que la nouvelle n'affecte mes performances. Il m'a expliqué que c'était un accident, a dit qu'il était désolé, mais que je devais aller de l'avant.

Carla ne se rendit compte que des larmes coulaient sur ses joues que lorsque son compagnon, du pouce, en essuya une. Un énorme sanglot la secoua alors, et elle se mit à pleurer de plus belle, purgeant son corps d'émotions trop longtemps contenues. Javier lui caressait les cheveux avec tendresse, et elle s'agrippa à lui comme à une bouée en pleine tempête, même si elle savait pertinemment qu'il était le dernier homme sur lequel elle pouvait compter.

— Je… Je suis désolée, souffla-t-elle enfin. J'aimerais être plus forte.

— Nous savons tous les deux que tu l'es quand c'est nécessaire, assura Javier en souriant.

— Qu'est-ce que tu racontes ? murmura Carla avec un rire amer. Si vraiment je l'étais, je n'aurais pas attendu trois ans pour chercher à en savoir plus sur la mort de ma mère. Je n'aurais pas attendu que mon père en fasse un argument de négociation.

Mais Javier continuait de sourire.

— Nous faisons tous ce que nous pouvons, selon nos moyens.

Incrédule, Carla secoua la tête.

— Je ne sais pas pourquoi tu me défends. Sans moi, ta mère reposerait dans le caveau de sa famille.

— C'est la faute de ton père, pas la tienne. J'ai appris à faire la distinction. Tu n'es pas responsable de ses actes. Quant à moi, je ne suis pas complètement innocent non plus. Pendant de longues années, j'ai laissé ma mère à la merci de Fernando tandis que je bâtissais mon empire.

— Mais tu étais parti précisément pour gagner de quoi la sortir de là !

— Certes. Mais je suis aussi parti parce que je lui en voulais de son manque d'ambition, de sa faiblesse morale. Quelque chose la poussait toujours à revenir vers mon père, et je n'ai jamais compris cela.

— Qu'est-ce que tu essayes de dire ? souffla Carla, la gorge nouée. Que nous méritons de souffrir, toi et moi ?

Javier haussa les épaules, le regard dans le lointain.

— Nous devons accepter nos responsabilités. Mais pas au point de tomber dans l'autoflagellation, ni de laisser ceux qui méritent *vraiment* d'être punis s'en tirer indemnes.

Un frisson la parcourut. Javier prétendait faire la différence entre Olivio et elle, mais était-ce vraiment le cas ? N'était-ce pas parce que Javier avait voulu se venger d'elle qu'elle était là, dans ses bras, en cet instant ?

Elle fit de son mieux pour lui sourire et dissimuler l'impact de ses paroles. Il la serra un instant contre lui, puis se leva.

— Où… Où allons-nous ?

— Prendre une douche. Puis nous irons déjeuner en ville.

Javier avait du mal à contrôler sa colère lorsqu'il songeait à Olivio Nardozzi et au mal que ce dernier avait infligé — et continuait d'infliger — à sa fille. Il réprima un juron de frustration, tout en se faufilant dans la circulation sur l'autoroute qui conduisait à South Beach. Il avait passé la nuit à redouter la venue du matin et une redite de ce qui s'était passé trois ans plus tôt, mais c'était exactement le contraire qui s'était produit. Carla s'était blottie dans ses bras et lui avait ouvert son cœur. Ses confessions l'avaient affecté bien davantage qu'il ne voulait l'admettre en lui peignant d'elle un portrait fort différent de celui qu'il s'était construit au fil des ans.

— Tu as l'intention de ne pas piper mot de tout le trajet ? demanda-t-elle en tournant vers lui un visage souriant.

Il ouvrit la bouche pour la rassurer — encore une première ! — lorsque son regard se posa sur le plâtre qu'elle portait toujours.

— Tes avocats t'ont-ils contactée pour le procès contre Blackwell ?

— Oui. Il sera jugé dans trois semaines. Draco a dit que je n'avais pas besoin d'être là. Le témoignage vidéo suffit.

Non sans effort, Javier fit taire le reste de jalousie qui le titilla à la mention de l'agent.

— Quand lui as-tu parlé ?

— Hier. Draco et toi, vous étiez bons amis autrefois, n'est-ce pas ?

— Pourquoi cette question ?

— Tu le sais très bien.

Javier fronça un sourcil, puis poussa un soupir.

— J'essaye de me montrer compréhensif. N'empêche qu'on t'a vue l'embrasser.

— Mais ce n'était pas un baiser ! protesta la jeune femme, excédée. C'était une accolade ! Draco est fou amoureux de sa fiancée !

Javier se força à décrisper les doigts sur le volant.

— Tu pourras juger de mes sentiments envers lui quand nous le verrons à mon anniversaire, dit-il.

Carla écarquilla les yeux.

— Parce qu'il va venir ? demanda-t-elle.

— Tu avais oublié que je fêtais mon anniversaire ?

— Bien sûr que non. Je pensais juste que… Que nous serions juste tous les deux.

Javier lui prit la main et la porta à ses lèvres, puis il sourit.

— Quand bien même je préfère t'avoir pour moi tout seul, j'ai une réputation de fêtard à entretenir. Draco et sa fiancée ont déjà accepté mon invitation. Et je suis prêt à oublier ma jalousie si tu sais te montrer convaincante…

Quelques instants plus tard, la voiture s'immobilisait devant un bâtiment d'allure futuriste qui se dressait face à un parc. Carla leva les yeux vers la structure de verre et d'acier, déroutée.

— Je croyais que nous allions déjeuner. Où sommes-nous ?

— Ce sont les bureaux de l'agence publicitaire qui

travaille pour moi. Je voulais te montrer quelque chose. Ça ne prendra pas longtemps.

Intriguée, elle lui emboîta le pas. L'agence occupait tout un étage, que Javier traversa pour se diriger vers une salle de réunion vitrée. Trois créatifs les attendaient et se levèrent pour les accueillir avec déférence. Malgré la décontraction ambiante, ils semblaient nerveux, désireux de plaire à ce client important qu'était Javier.

Sans lâcher la main de Carla, ce dernier leur sourit.

— Messieurs, ravi de vous voir ! déclara-t-il. Comme je suis pressé, j'aimerais aller droit au but.

— Certainement, fit le plus âgé des trois en s'approchant d'un piédestal recouvert d'un tissu noir. Les mesures sont exactement celles que vous nous avez transmises.

D'un geste théâtral, il souleva le tissu. Carla retint son souffle en découvrant la bouteille de tequila dont elle devait vanter les qualités. L'objet avait été redessiné. La forme générale restait la même, mais elle avait été légèrement creusée. Sa silhouette tout en courbes avait quelque chose de familier, et elle comprit tout à coup pourquoi.

Rougissant jusqu'à la racine des cheveux, elle voulut dégager sa main, mais Javier la retint.

— Merci pour cet excellent travail, messieurs. Pourriez-vous nous accorder quelques instants ?

Les trois hommes acquiescèrent et sortirent en file indienne. Dès qu'ils furent seuls, Carla laissa libre cours à son indignation.

— Tu ne peux pas faire ça !

— Faire quoi, *querida* ?

— Ça ! s'écria Carla, désignant la bouteille d'un doigt tremblant. C'est moi !

— Tu m'appartiens, tu l'as dit toi-même. Je ne vois pas pour quelle raison je ne pourrais pas t'immortaliser.

Des raisons, Carla en voyait tout un tas. Comme le

fait que leur pacte était seulement temporaire ! Javier se lassait vite de ses maîtresses, et elle savait qu'elle ne ferait pas exception à cette règle.

Fascinée malgré elle, elle s'approcha pour examiner la bouteille de plus près. Le dessin était réussi, elle était la première à l'admettre, les proportions paraissaient idéales. Elle ne put résister à l'envie d'y poser la main. Javier l'imita et fit descendre ses doigts sur la partie incurvée de l'objet, un sourire entendu aux lèvres. À son grand dam, Carla frissonna aussi sûrement que s'il venait de la toucher *elle*.

— Dorénavant, je penserai à toi chaque fois que je verrai cette bouteille.

— Javier…

— J'aurais dû leur demander de nous l'apporter à la maison.

Tout en parlant, il prit la main de Carla et la posa sur le faisceau marmoréen qui gonflait son pantalon. Elle rougit de plus belle, choquée et excitée à la fois. Javier se mit à rire, fit un pas en arrière, puis demanda, comme si de rien n'était :

— Tu es prête ? Je meurs de faim. Je connais un petit vendeur de sandwichs cubains excellents.

12

La semaine se poursuivit dans la même veine, à ceci près que Javier travaillait de moins en moins chaque jour. Après une phase d'adaptation à l'idée de ne rien faire, il semblait commencer à y prendre goût.

Jemma, la directrice artistique qui venait remplacer Darren O'Hare, fit son apparition pour rencontrer Carla. Lorsque cette dernière voulut savoir ce qu'il était advenu de son prédécesseur, Javier déclara avec un sourire machiavélique :

— Il a été promu et affecté à un projet fascinant. En Alaska.

Une boîte de nuit avait déjà été choisie à Miami pour servir de décor. Le tournage fut expédié en une journée, à l'issue de laquelle Javier emmena Carla sur son nouveau hors-bord, le JS1. Ils dînèrent sur le bateau et revinrent tard au port, non sans s'être arrêtés pour faire l'amour en pleine mer, à la lueur des étoiles.

Fidèle à sa parole, Javier avait débloqué le versement destiné à Olivio. Mais ce dernier n'avait toujours pas téléphoné pour honorer sa promesse et révéler à Carla ce qui était arrivé à sa mère. Carla savait qu'il faisait exprès de la laisser mariner, et l'attente commençait à lui peser. C'était précisément ce à quoi elle songeait en appliquant une dernière touche de maquillage avant de descendre rejoindre les invités qui commençaient à affluer pour l'anniversaire de Javier.

— Je te cherche partout, fit soudain la voix masculine dans son dos. J'ai besoin de toi en bas et je te trouve en train de regarder ton téléphone. Tu veux m'expliquer ?

Carla se retourna, réprimant une repartie cinglante. Elle savait désormais que, lorsque Javier voulait quelque chose, il ne servait à rien de s'y opposer. Le regard incisif la traversa tel un laser, cartographiant en silence la moindre de ses pensées, de ses émotions. Elle avait renoncé depuis longtemps à lui cacher ce qu'elle ressentait.

— Nos invités arrivent, reprit-il d'un ton radouci.

Elle hocha la tête, ravalant la boule logée dans sa gorge.

— Je suis prête.

Le regard du milliardaire passa sur elle tel un vent chaud, et il acquiesça.

— Cette robe te va bien.

— *Grazie*, murmura-t-elle.

De fait, Carla adorait la robe que Javier lui avait offerte plus tôt ce matin-là. La coupe était parfaite, et la mousseline de soie épousait à merveille ses courbes nouvellement acquises. Elle avait néanmoins hésité à accepter ce cadeau, qui lui donnait l'impression d'être une femme entretenue. Farouchement attachée à son indépendance, Carla n'avait pas l'intention de devenir un simple jouet entre ses mains. Mais elle n'avait rien à se mettre pour la soirée, comme Javier le lui avait rappelé, et elle se voyait mal se présenter en jean et en T-shirt. Elle avait donc capitulé. Une expression triomphante était apparue sur le visage de Javier, mais il l'avait aussitôt réprimée.

Carla se demanda si elle n'avait pas quitté une prison pour une autre, puis se rappela la nature éphémère de sa relation avec Javier — contrairement au contrat qui l'avait liée à son père pendant des années. Bientôt, elle serait libre comme l'air !

— Allons-y ! lança-t-elle avec un sourire forcé.

— Attends !

D'un mouvement souple, Javier sortit de sa poche un écrin plat. À sa vue, Carla écarquilla les yeux et fit un pas en arrière.

— Javier, non…

Une lueur de contrariété éclata dans le regard de son compagnon, vite maîtrisée.

— C'est mon anniversaire, *amante*. Tu ne peux pas me refuser quoi que ce soit.

Il ouvrit l'écrin, révélant un diamant poire monté en pendentif sur un collier de platine.

— Tu es censé recevoir des cadeaux, pas en faire ! protesta Carla quand elle retrouva l'usage de la parole. Ce n'est pas nécessaire, Javier.

— Non, ce n'est pas nécessaire, mais ça me fait plaisir. Tu pourras le rendre à la fin de la soirée s'il ne te convient pas.

Soulagée, Carla se retourna et souleva ses cheveux pour lui permettre d'attacher le pendentif. Javier le ferma, puis la fit pivoter et recula d'un pas pour étudier le résultat d'un œil satisfait.

— Ah ! reprit-il. J'oubliais…

— Quoi ?

— Maintenant que tu as porté ce bijou, il ne peut hélas plus être rapporté au magasin. Cela fait partie des conditions générales de vente. Désolé.

Bouche bée, Carla le dévisagea sans mot dire. Javier se mit à rire, puis l'entraîna vers la porte. Elle cherchait toujours ses mots lorsqu'elle entendit, dans son dos, le ronronnement caractéristique d'un moteur de fauteuil roulant. Elle pivota, le cœur battant.

— Maria !

Son amie lui ouvrit les bras en grand. Aussi belle que son frère Draco était séduisant, Maria avait la même peau tannée et les mêmes cheveux noirs que lui.

Patineuse de talent, elle avait fait une chute grave, elle aussi à cause de Tyson Blackwell. Mais, contrairement à Carla, elle ne s'en était pas sortie avec un poignet cassé et un simple traumatisme. C'était la raison pour laquelle Draco avait déployé de nombreux efforts pour traîner Tyson en justice.

Redressant la tête, Carla vit un peu plus loin Javier serrer la main à Draco. L'atmosphère paraissait tendue, mais Rebel Daniels, la fiancée de l'agent, fit un commentaire qui dérida le petit groupe. Soulagée, Carla reporta son attention sur son amie.

— Comment vas-tu ?

— Beaucoup mieux, maintenant que Blackwell est sur le point d'aller en prison. Merci d'avoir porté plainte contre lui, ça a renforcé notre dossier.

— Il n'a que ce qu'il mérite.

— Mais si tu me parlais plutôt de ton ténébreux Espagnol ? enchaîna Maria en levant un sourcil suggestif.

Carla s'empourpra.

— Oh ! ce n'est pas… Enfin…

Elle se tut en voyant le trio approcher. Rebel vint aussitôt l'embrasser.

— Draco et moi, nous nous marions le mois prochain ! annonça-t-elle, exhibant d'un geste théâtral le solitaire qui scintillait à son doigt. J'espère que Javier et toi, vous serez des nôtres ?

Carla ouvrit la bouche pour refuser — elle ignorait où elle serait dans un mois. Peut-être encore avec Javier. Ou, plus probablement, éjectée de sa vie. Elle se voyait mal, dans ces deux cas, en état d'assister à un mariage.

— Nous serons là, assura le maître de maison avant qu'elle ait pu répondre.

Carla retint une exclamation, et le sourire de Rebel s'élargit.

— Formidable ! À présent, Javier, j'ai entendu dire que

vous étiez expert en tequila. Si vous m'offriez une petite dégustation avant que le reste des invités n'arrivent ?

Javier lança un regard appuyé à Carla, avant de sourire à la jeune femme :

— Avec plaisir…

— Empêchez-la d'en boire plus d'une ! intervint Draco. J'ai besoin qu'elle soit en forme demain matin. Nous avons rendez-vous avec l'organisateur du mariage.

— Ne crois pas que c'est moi qui vais tout faire ! répondit sa fiancée en riant. J'attends ton avis sur le choix des fleurs, des centres de table et du gâteau.

— Va boire ta tequila, Arabella, avant que je change d'avis ! commanda Draco avec une exaspération feinte.

La jeune femme se mit à rire, puis posa une main sur l'épaule de Maria.

— Tu nous accompagnes ?

— Avec plaisir !

Javier s'éloigna avec les deux femmes, tandis que Carla restait seule en compagnie de Draco.

— Tu ne veux pas goûter cette fameuse tequila ? demanda-t-elle à son ami.

— C'est fait ! C'est l'une des meilleures du marché, évidemment. Je n'en attendais pas moins de Santino. J'ai remarqué que la nouvelle bouteille avait une forme… intéressante. Tu as quelque chose à me dire ?

Carla secoua la tête, mais elle savait que Draco n'était pas dupe.

— Je vais bien, répondit-elle. Je t'assure.

L'agent la dévisagea d'un air perplexe avant d'acquiescer.

— Santino m'a dit que la situation n'était pas complètement résolue avec ton père ?

— Vous avez parlé de moi dans mon dos ?

— Il se fait du souci pour toi, c'est tout. Alors, ton père ?

— Non, ce n'est pas réglé. Mais je m'en occupe.

— À ton aise. Je sais que tu voles de tes propres ailes maintenant, mais sache que, si tu as besoin de moi un jour, je serai là.

Émue, Carla étreignit son ami. Lorsqu'elle le relâcha, Javier émergeait de l'ascenseur, les sourcils froncés.

— Je pourrais dire deux mots à Carla ? gronda-t-il.

Draco sourit, puis inclina la tête.

— Bien sûr. Je vais rejoindre ma fiancée avant qu'elle boive trop de tequila.

— Une nouvelle fois, je te trouve dans les bras d'un autre homme ! s'emporta Javier quand Draco eut disparu. Et en plus, tu es au bord des larmes !

— On pourrait croire que tu as invité Draco juste pour me mettre à l'épreuve, riposta Carla.

— Ce n'est pas le cas. Mais ces larmes ne sont pas rassurantes. Et j'ai besoin d'être rassuré.

Carla le dévisagea avec surprise. Elle ne s'attendait pas à une telle confession. Troublée, elle s'approcha de lui et glissa une main dans ses cheveux. Malgré leur relation conflictuelle, elle soupçonnait déjà qu'il lui serait difficile de l'oublier. C'était pourtant ce qu'elle devrait faire le jour où il se lasserait d'elle.

— Comment te prouver que c'est toi que je veux, et personne d'autre ?

À cette question, les pupilles de Javier se dilatèrent.

— Oh ! je suis sûr que tu trouveras un moyen…

Il n'y avait qu'une chose à faire, qu'un seul langage qu'ils comprenaient tous les deux. Au petit matin, après le départ des derniers invités, Carla traça un sillon de baisers sur le torse de Javier et s'agenouilla devant lui pour le prendre entre ses lèvres, frémissant d'excitation aux spasmes de plaisir qui parcouraient son corps. Puis elle s'installa à califourchon sur lui et le chevaucha jusqu'à l'extase. Il murmurait des mots qu'elle ne comprenait pas, et elle-même se retint de prononcer les paroles qui lui brûlaient les lèvres.

Ils retombèrent sur les draps froissés, en sueur et étroitement enlacés.

Lorsqu'elle fut certaine que Javier dormait, Carla se glissa hors du lit et étudia de nouveau le SMS qu'elle avait reçu dans la soirée.

Argent bien reçu. Si tu veux savoir ce qui est arrivé à ta mère, viens me trouver. Seule.

Pendant une semaine, Javier se répéta que l'attitude étrange de Carla était due à la fatigue. Il parvint presque à s'en convaincre.

En apparence, tout était normal. Elle souriait quand il entrait dans une pièce, sa conversation était animée, et elle lui faisait l'amour avec sa fougue habituelle. Mais quelque chose n'allait pas, il l'aurait juré. Elle avait recommencé à attacher ses cheveux en chignon, par exemple. Et il était prêt à parier, à la façon dont elle sursautait quand il tendait la main pour le défaire, qu'elle n'en avait même pas conscience.

Grinçant des dents, il abandonna son stylo sur le bureau et fit pivoter sa chaise pour contempler l'horizon hérissé d'acier de New York. Chaque jour, il espérait voir disparaître les ombres qui hantaient le regard de Carla, mais chaque jour elles s'intensifiaient. Qu'est-ce qui pouvait bien clocher ? Les médecins lui avaient pourtant retiré son plâtre et l'avaient remplacé par un bandage plus léger. Elle était presque guérie et avait même posé pour une séance de photos destinées à la campagne publicitaire pour la tequila. Il venait d'en recevoir les épreuves, qui la représentaient patinant sur le col d'une bouteille géante. Elle était incroyablement sexy, et il ne doutait pas que le lancement serait un succès. Carla avait encore deux jours de tournage à Miami, et la campagne serait en boîte.

Javier avait la ferme intention de la rejoindre dès qu'il aurait réglé les quelques dossiers qui avaient requis sa présence urgente à New York. Sur un coup de tête, il décrocha son téléphone et composa le numéro de la jeune femme. Elle répondit à la seconde sonnerie.

— *Ciao*, Javier.

— J'ai reçu les épreuves de ta séance de poses.

— Alors ?

— Elles sont réussies.

Un rire cristallin dansa le long de la ligne.

— Seulement « réussies » ?

Javier se détendit.

— Bon d'accord, elles sont superbes. Comment ça se passe, à la patinoire ?

— Je te laisserai en juger. Je n'aime pas me regarder en vidéo. De toute façon, je n'ai pas eu à patiner beaucoup. Il s'agissait surtout de prendre des poses.

Javier se retint de lui dire qu'une copie des rushes l'attendait déjà sur son ordinateur. Il n'avait pas voulu les visionner et il était bien en peine d'expliquer pourquoi.

— Tu rentres bientôt ? reprit la jeune femme.

— Pas ce soir.

— Pourquoi ?

Était-ce de la déception dans sa voix ? Ou se l'imaginait-il pour se rassurer ?

— Mon père m'a appelé, expliqua-t-il. Il est mûr. Je pars pour l'Espagne.

Un silence suivit la nouvelle, ponctué d'un souffle léger. Javier aurait tout donné pour savoir ce que pensait Carla en cet instant.

— Tu seras parti longtemps ?

— Deux jours, trois au maximum. Mon père n'a plus la moindre carte en main.

— J'espère que tu obtiendras satisfaction.

Soudain, Javier en eut assez. Assez de tourner autour du pot, assez de mentir, assez de la distance physique et psychologique qui les séparait.

— Accompagne-moi…, suggéra-t-il.

Il entendit Carla étouffer une exclamation de surprise, puis elle répondit :

— Je ne peux pas. Nous sommes en plein tournage. Je saboterais ta campagne.

— Je m'en fiche.

— Tu n'es pas sérieux, Javier, tu ne peux pas dire ça !

— Je rêve ou tu me sermonnes ?

— Je n'oserais pas ! pouffa Carla.

— Tu es à la patinoire ?

— Oui. Je vais devoir te laisser.

— D'accord. *Querida ?*

— Oui ?

— Tu es parfaite. Tout ira bien.

— *Grazie*, murmura la jeune femme. J'avais besoin de l'entendre.

Un brouhaha de voix s'éleva en fond, et elle ajouta :

— Je dois *vraiment* y aller maintenant. À très vite !

Javier dut se retenir de rappeler sitôt après avoir raccroché, tant il avait envie d'écouter encore sa voix. Pendant trois ans, Carla Nardozzi avait hanté ses pensées et la moindre de ses relations. Pas simplement parce qu'elle avait blessé son amour-propre. Il y avait eu un peu de cela, certes, mais elle avait surtout touché quelque chose de bien plus profond, de bien plus important en lui. Et il ne s'en rendait compte qu'aujourd'hui.

De nouveau, il tendit la main vers le téléphone, mais suspendit son geste. Ce qu'il avait à dire ne pouvait être communiqué à distance. Il avait besoin d'être avec elle. De la regarder dans les yeux.

Il soupira, puisant dans ses dernières réserves de patience. Encore quelques jours et cette folie prendrait fin…

Dix jours plus tard, l'hélicoptère atterrissait sur la pelouse de la résidence à Miami. Le silence radio qu'il s'était imposé pendant son séjour à Menor Compostella avait été un véritable enfer, hélas indispensable s'il voulait régler tous les problèmes auxquels il se trouvait confronté.

Il traversa la pelouse d'un pas vif, franchit le perron d'un bond et poussa les portes-fenêtres donnant sur la terrasse. Constanza, la gouvernante, sursauta en le voyant apparaître.

— Où est-elle ? demanda-t-il, car personne n'avait répondu aux coups de fil qu'il avait passés depuis l'avion.

— *Señor ?*

— Carla ? Elle est en haut ?

— *Lo siento, señor.* Mais la *señorita* est partie.

Javier se pétrifia.

— Comment ça, *partie* ?

Un frisson glacial le parcourut comme il prononçait ce mot. Ne l'avait-il pas toujours su, au fond ? N'avait-il pas vu venir cet instant ?

— Oui, il y a quatre jours.

Quatre jours ? Et il n'en avait rien su ? Javier arpenta le salon, furieux. Bien vite, il se raisonna. Il n'avait pas donné la moindre instruction ni explication à son personnel. À leurs yeux, Carla était une femme de plus dans sa vie, et ils n'avaient pas la moindre raison de s'inquiéter de sa disparition, ni de l'en informer.

Il s'aperçut soudain que Constanza lui tendait une enveloppe pliée qu'elle venait de tirer de sa poche.

— Qu'est-ce que c'est que ça ? demanda-t-il.

— *Señorita* Carla. Elle a laissé ça pour vous.

13

— Je vous déclare maintenant mari et femme.

Pourquoi suis-je venue ?

Et pourquoi est-il venu ?

L'esprit de Carla tournait à cent à l'heure. Elle avait pourtant laissé une lettre explicite en partant. Et, sans nouvelles de Javier depuis trois semaines, elle en avait conclu qu'il avait compris le message. Que faisait-il donc dans cette église, assis quelques bancs derrière elle ? Il était arrivé dix minutes après le début de la cérémonie et s'était installé sans un mot sous les regards curieux des autres invités. Depuis, elle sentait ses yeux rivés entre ses omoplates, aussi concrets qu'un contact physique.

Elle avait compris, le soir de son anniversaire, à quel point elle était amoureuse de lui. Évidemment, il ne s'était pas agi d'une véritable révélation. Ses sentiments remontaient à trois ans, elle les avait juste enfouis. La question n'avait jamais été de savoir s'ils resurgiraient, mais *quand*.

Carla avait eu beau tourner et retourner le problème, elle en arrivait toujours à la même conclusion : il n'y avait pas le moindre espoir d'avenir avec Javier. Leur relation aurait dû se limiter à la signature qu'elle avait apposée sur son contrat. Malheureusement, elle lui avait livré son corps et son âme au passage. Et, quand elle en avait pris conscience, elle avait paniqué.

— Tu vas rester assise là toute la journée, à faire comme si je n'existais pas ?

Carla tressaillit. Un coup d'œil rapide lui permit de constater que la petite église de l'île grecque où Draco et Rebel venaient de se marier était désormais vide. Le cœur battant, elle s'autorisa à regarder Javier. Un début de barbe ombrait ses joues, ses yeux étaient cernés, et la lueur féroce qui y brillait contrastait avec son impeccable costume italien et ses chaussures brillantes.

— Javier...

— Non. Je ne veux pas discuter ici. C'est le mariage de Draco et de Rebel, et ce jour leur appartient.

— Pourquoi es-tu venu, alors ?

— *Perdón ?*

— Je t'ai demandé dans ma lettre de me laisser vivre ma vie, mais tu es là. Il y a cinq cents invités, et tu aurais très bien pu m'éviter.

— Je suis là parce que tu me dois une explication ! gronda le milliardaire, les narines frémissantes. Tu as disparu sans un mot il y a trois semaines.

— Je t'ai laissé une lettre.

— Ta lettre ne...

Javier s'interrompit, prit une profonde inspiration et enchaîna plus posément :

— Non, pas ici. Nous allons rejoindre les autres, boire une coupe de champagne en l'honneur des mariés et faire semblant de nous amuser. Je me forcerai même à danser avec toi s'il le faut. Mais, toi et moi, nous repartirons ensemble, ce soir même. Et nous réglerons cette affaire une bonne fois pour toutes !

Puis il se leva et quitta l'église, faisant résonner ses talons sur les dalles centenaires. Restée seule, Carla n'eut d'autre choix que de le suivre. À l'extérieur, ils félicitèrent les mariés, se joignirent aux réjouissances et déjeunèrent côte à côte à table. Javier ne l'invita pas à danser, mais c'était sans doute mieux ainsi.

Le moral de Carla était au plus bas lorsque Rebel partit se changer, en fin de journée, en prévision de son départ pour sa lune de miel. Profitant d'un moment d'inattention de Javier, Carla s'éclipsa à son tour.

Elle erra sans but dans les jardins, jusqu'au moment où elle rencontra Draco sur l'une des nombreuses terrasses de la villa. Il se tourna vers elle, un sourire radieux aux lèvres, puis fronça les sourcils en la dévisageant.

— Carla, tout va bien ?

Ravalant un sanglot, elle hocha la tête.

— Ne t'en fais pas pour moi. C'est ta journée. Profites-en.

— Carla…

— Embrasse Rebel de ma part, coupa-t-elle. C'était une cérémonie merveilleuse. Je vous souhaite tout le bonheur du monde…

Elle tourna les talons et sursauta violemment en découvrant Javier à deux mètres d'elle. Son visage était d'une noirceur intimidante, mais elle crut déceler dans son regard une vulnérabilité qu'elle n'y avait jamais lue. Derrière elle, Draco toussota d'un air gêné et s'éloigna sur la pointe des pieds.

— Mon avion nous attend, annonça-t-il.

— Javier, ça ne sert à rien…

— Nous verrons.

— Mais… Mes affaires ?

— Tes affaires sont déjà à bord.

Lasse de lutter, Carla le suivit jusqu'à un buggy électrique qui attendait non loin. Dix minutes plus tard, ils descendaient au pied du jet privé de Santino International. L'appareil décolla en un temps record, et Javier bondit sitôt que le voyant l'autorisa à détacher sa ceinture. Il arpenta le couloir central en silence pendant une longue minute avant de se pencher sur Carla.

— Que dois-je faire pour te prouver que je suis digne de toi ? Comment t'en persuader si tu ne m'en donnes même pas l'occasion ?

Carla le dévisagea, bouche bée.

— Mais qu'est-ce que tu racontes ?

— Je parle de ça, répliqua-t-il, tirant une feuille de papier froissée de sa poche.

— Ma lettre ? Tu l'as gardée ?

— C'est tout ce qui t'intéresse ? De savoir si j'ai gardé ta lettre ?

Puis il la déposa sur la table devant Carla et tapa dessus du plat de la main.

— Explique-moi, *por favor.*

— Que… Que veux-tu que je t'explique ?

— Tout !

Carla baissa les yeux pour relire en silence les mots qu'elle avait eu tant de mal à coucher sur le papier.

Javier,

J'ai patiné pour la première fois depuis mon accident aujourd'hui, et tu avais raison : j'aime ça ! C'est une partie de moi. Mais ce n'est pas une condition de mon bonheur. Je peux m'en passer. On dit bien qu'il faut savoir quitter ce que l'on aime, non ? Ou devrait-on dire, ceux que l'on aime ?

J'en ai assez de mentir, assez de faire semblant. Assez de ne pas regarder la vérité en face, dans ma vie professionnelle comme dans ma vie privée. Je sais ce que je veux, désormais. Je mérite mieux, et toi aussi.

J'ai l'intention de remplir mes obligations à ton égard, mais il est préférable que nous ne communiquions plus directement. Tu seras en colère, j'en suis sûre, mais j'espère que tu m'accorderas ce que je te demande : de me laisser partir.

Je suis désolée pour tout le mal que j'ai pu te faire.

Carla.

La lettre disparut brutalement comme Javier la reprenait pour la relire à son tour.

— *Tu en as assez de faire semblant ?* Quand as-tu fait semblant, exactement ? Quand nous faisions l'amour ? Quand tu souriais en te réveillant dans mes bras ?

— Bien sûr que non…

— Et tu affirmes que tu sais ce que tu veux faire de ta vie ! Pourquoi ne pas m'avoir donné une chance de t'aider ?

— Je… Je ne pensais pas que tu voulais m'aider, sachant que…

— Sachant que quoi ?

Carla secoua la tête, trop émue pour parler. Puis elle força les mots à franchir ses lèvres.

— Ça n'a pas d'importance. Tu as dit que tu partais quelques jours et tu as disparu. Tu ne m'as même pas appelée.

— Tu as donc saisi cette excuse pour disparaître à ton tour ? Quand cesseras-tu de me fuir ? De fuir ce qui se passe entre nous ? Ou alors, c'est peut-être moi qui suis fou. Je t'impose ma présence alors que tu ne veux pas de moi…

Carla hoqueta, sidérée.

— Javier…

— Tu as raison. Tu mérites mieux !

D'un geste brusque, il froissa la lettre et la fourra dans sa poche. Une expression angoissée voilait son regard lorsqu'il reprit :

— Si je ne t'ai pas appelée, c'est parce que, quand

je suis arrivé en Espagne, mon père venait d'avoir une attaque cérébrale.

— Quoi ?

— Il n'est pas mort, mais il a perdu l'usage de la parole. Et il va sans doute passer le restant de ses jours dans un fauteuil roulant.

— Je... Je ne sais pas quoi dire.

— Tu en as dit largement assez, soupira Javier. Quoi qu'il en soit, il a été placé sous curatelle, et son fils est devenu mon interlocuteur principal. Il a signé les documents qui permettront enfin à ma mère d'être enterrée avec les siens.

Impulsivement, Carla se leva et s'approcha de lui.

— C'est une merveilleuse nouvelle. Je suis ravie pour toi.

Javier acquiesça, sans pour autant se départir de son expression tourmentée. Ses yeux étaient maintenant deux abîmes de désespoir.

— Que t'ai-je fait qui soit si impardonnable, Carla ? Te forcer à être ma maîtresse ? Je sais que tu en avais envie. Je ne t'aurais jamais imposé une chose pareille.

D'une main tremblante, Carla effleura son bras.

— Non, ce n'est pas ça. Je suis partie parce qu'il le fallait.

— Comment ça, il le fallait ?

— Mon père m'a envoyé un texto le soir de ton anniversaire. Il était prêt à me révéler toute la vérité sur ma mère.

— Pourquoi ne m'en as-tu rien dit ? Je t'aurais emmenée en Toscane.

— Justement, il voulait que je vienne seule. J'ai cru que c'était parce qu'il s'apprêtait à m'annoncer une nouvelle terrible : qu'il l'avait tuée parce qu'elle l'avait exaspéré.

— Et c'est le cas ?

Carla secoua la tête.

— Non. C'était un accident. Ils se sont disputés, elle

est partie précipitamment et elle a glissé dans l'escalier près de la piscine. J'ai vu les vidéos du système de sécurité que mon père avait fait installer. Je n'ai pas pu tout regarder, mais j'en ai vu assez pour savoir qu'il disait la vérité.

— Pourquoi ne t'en a-t-il pas parlé plus tôt ?

— Je suppose que c'était un moyen de pression supplémentaire qu'il voulait garder sur moi. Une façon de me contrôler.

Javier jura, puis tendit la main, comme pour toucher Carla. Mais il se ravisa et laissa retomber son poing serré.

— D'accord, je comprends pourquoi tu es partie. Mais pourquoi n'es-tu pas revenue ? Qu'est-ce qui t'en as empêchée ?

— Toi.

— Bien sûr. Le problème, c'est moi, depuis le début.

— Oui. Le fait de t'aimer m'a compliqué la vie. Mais pas autant que de vivre avec toi.

Javier pâlit, concentrant sur elle un regard si intense qu'elle retint son souffle.

— Je… *No entiendo*. Je ne comprends pas.

D'un pas, Carla franchit la distance qui les séparait et lui prit le visage entre les mains.

— Je ne suis pas revenue parce que je pensais que tu voulais juste une aventure. Et, dans cette logique, plus je passais de temps à tes côtés, plus j'étais sûre de souffrir ensuite.

Deux yeux fiévreux l'examinèrent un long moment, puis Javier lâcha un rire incrédule.

— Je t'aime depuis trois ans, *querida*. Tu m'as brisé le cœur quand tu es partie, ce matin-là. J'ai dû me creuser la tête pour te faire revenir dans ma vie sans en avoir l'air. Et maintenant, tu… tu…

Il s'interrompit, réprima une exclamation, puis prit possession de ses lèvres avec une telle avidité que Carla faillit défaillir de plaisir. Ensuite, sans lui laisser le temps de souffler, il la souleva du sol et la porta jusqu'à la petite chambre ménagée à l'arrière de l'appareil. Leurs vêtements volèrent dans un bouillonnement d'impatience, et les doigts de Javier se mêlèrent à ses cheveux.

— Je ne veux plus jamais te voir porter ce fichu chignon. Compris ?

Ivre de joie, Carla laissa échapper un rire cristallin.

— Même en compétition ?

— Tu as décidé de rechausser les patins ?

— Pas tout de suite. Je veux d'abord profiter de toi. Mais oui, j'en ai de plus en plus envie.

Ils s'étendirent l'un contre l'autre, peau contre peau.

— Moi aussi je compte bien profiter de toi, souffla Javier avec ferveur. Nous avons trois ans à rattraper.

Carla s'arc-bouta sur le lit comme il descendait une main inquisitrice le long de son corps.

— Et comment comptes-tu faire ça ? demanda-t-elle d'une voix voilée.

Les doigts de Javier glissèrent entre ses cuisses jusqu'à trouver le cœur frémissant de son être.

— En te faisant signer un nouveau contrat, bien sûr.

— Quel… Quel genre de contrat ?

— Un contrat à vie, où tu prendras mon nom, où je te vénérerai jour et nuit et où je veillerai à ce que tu ne manques jamais de rien. C'est oui ?

— C'est oui, acquiesça Carla, les yeux embués de larmes. Et, tant que tu seras là, je ne manquerai jamais de rien. Je n'ai besoin de rien d'autre… *Ti adoro*, Javier.

— Moi aussi, je t'aime, *mi amor*. Et je ne veux plus jamais que tu en doutes.

JULIA JAMES

Une si troublante vengeance

Traduction française de
FRANÇOISE PINTO-MAÏA

HARLEQUIN

Titre original :
PAINTED THE OTHER WOMAN

Ce roman a déjà été publié en 2013

Prologue

Marisa retint une exclamation de stupeur quand Ian ouvrit l'écrin qu'il venait de sortir de la poche intérieure de sa veste.

— C'est pour toi, dit-il en poussant le coffret de velours vers elle. J'y tiens.

Il y avait une telle tendresse dans sa voix qu'elle sentit son cœur se gonfler de joie. D'un doigt tremblant, elle effleura les pierres du collier qui étincelaient à la lueur des hautes bougies éclairant leur table.

— Il est magnifique ! murmura-t-elle, admirative.

Puis brusquement, elle prit un air inquiet.

— Mais tu es sûr que... ?

Il acquiesça d'un mouvement de tête incisif.

— Tout à fait sûr.

Marisa saisit l'écrin, le referma presque à regret et le glissa dans son sac en beau cuir souple qui portait la griffe d'un célèbre créateur — autre gage somptueux des sentiments que Ian lui portait.

— Merci, murmura-t-elle, émue aux larmes.

Elle n'avait d'yeux que pour lui et elle aurait été bien incapable de décrire les autres dîneurs ou de remarquer l'homme qui, à quelques tables de là, pianotait sur son téléphone portable, le visage caché dans l'ombre.

Depuis que Ian était entré dans sa vie, elle ne pensait à personne d'autre. Entre leur première rencontre et le délicieux tête-à-tête de ce soir, il avait transformé sa vie si radicalement qu'elle en était encore étourdie. En arrivant à Londres, quelques mois plus tôt, elle avait été loin de se douter à quel point son existence allait être bouleversée. Bien sûr, elle avait été pleine d'espoir et d'ambition, de détermination aussi ; mais que ses projets aient finalement abouti, voilà ce qui lui paraissait encore incroyable aujourd'hui.

Et ce conte de fées, elle le devait à l'homme séduisant qui, assis en face d'elle, la regardait avec adoration.

Marisa se mordit la lèvre. Si seulement elle n'avait pas à cacher sa relation avec Ian, à demeurer en retrait d'un monde toujours prompt à juger, à blâmer... Un secret inavouable, voilà comment on la considérerait.

Elle soupira. C'était pour cette raison qu'elle et Ian ne se rencontraient que dans des endroits que ce dernier ne fréquentait pas d'ordinaire, des lieux où personne ne risquait de s'étonner qu'il dîne avec elle, où on ne les connaissait pas, lui et Eva.

Eva...

Ce nom résonna dans l'esprit de Marisa, comme un fantôme impossible à chasser. Elle porta un regard désemparé à son compagnon, dont le beau visage lui souriait.

Oh ! Si seulement Eva n'était pas celle qu'elle était ! Si surtout elle n'était pas... la femme de Ian.

1

Ethan Teodarkis regarda les photos étalées sur son bureau et serra les dents sous l'effet de la colère.

C'était donc arrivé ! Depuis le début, il redoutait cette situation. Depuis que sa sœur, Eva, lui avait annoncé qu'elle était amoureuse de…

Un élan de fureur le saisit et il s'adossa à son fauteuil directorial pour libérer un peu la tension qui raidissait ses épaules.

Au-delà du bureau d'acajou s'étendait un tapis luxueux qui couvrait le plancher jusqu'à la grande baie vitrée. L'immeuble de la société Teodarkis International jouissait d'une magnifique vue panoramique sur la City de Londres.

Mais Ethan n'y prêta guère attention. D'un regard dur, il continuait de fixer les photos. Bien que prises à partir d'un téléphone portable et à une certaine distance, elles parlaient d'elles-mêmes. Elles montraient Ian Randall regardant d'un air énamouré la femme assise en face de lui.

Et en un sens, Ethan comprenait pourquoi. Elle était blonde et extrêmement jolie. Ses cheveux retombaient en cascade sur ses épaules ; elle avait un teint de porcelaine avec des traits parfaits — des lèvres entrouvertes et bien ourlées, un nez délicat et des yeux bleus, d'un bleu lumineux pour autant qu'il pût en juger. Une vraie beauté…

Pas étonnant que l'autre imbécile ait été fasciné ! Où diable avait-il rencontré cette fille ?

Mais là n'était pas la question, pesta-t-il en lui-même. Ce qui arrivait était hélas prévisible. Il avait toujours su que Ian Randall était un homme faible, volage, qui s'apitoyait facilement sur lui-même. Exactement comme son père.

Martin Randall avait été un coureur de jupons notoire, succombant à toutes les jolies femmes qui passaient à sa portée. Et son fils suivait le même chemin !

Ethan frappa son bureau du poing.

« J'aurais dû empêcher Eva de l'épouser, bon sang ! Par tous les moyens, j'aurais dû empêcher ça. »

Au lieu de quoi, il avait accordé au fiancé de sa sœur le bénéfice du doute. Et aujourd'hui, il avait la preuve que Ian Randall ne valait pas mieux que son père. Un homme à femmes, voilà ce qu'il était !

Il savait déjà que son beau-frère avait installé sa conquête dans un appartement cossu et, à en juger par la robe rouge très couture qu'elle portait — sans parler du collier de diamants ! — celle-ci profitait de ses largesses. Cela voulait-il dire qu'ils étaient passés à l'acte ? Que l'adultère était consommé ?

Quelque chose l'intriguait cependant. L'expression de Ian, captée par le téléphone, n'était pas celle d'un séducteur en chasse. Il avait plutôt l'air d'un homme sous le charme, pris dans les filets d'une femme à laquelle il était incapable de résister. Une femme qu'il couvrait de cadeaux, mais à laquelle il n'accordait pas beaucoup de son temps pour l'instant, d'après les renseignements qu'Ethan détenait. En effet, les rapports du détective ne disaient pas que Randall rendait visite à cette... Marisa Milburne — c'était son nom — dans l'appartement qu'il lui avait procuré. Les seuls moments qu'il passait avec elle, c'était dans des restaurants, visiblement choisis pour leur discrétion.

Ethan y voyait une raison d'espérer. Tout n'était

peut-être pas perdu dans cette affaire sordide. Néanmoins, l'enveloppe qu'il tenait entre les mains contenait assez de preuves pour faire exploser le mariage de sa sœur.

D'un mouvement brusque, il se leva et alla se poster devant la baie vitrée. Avait-il encore une chance de sauver leur union ? Etait-il encore temps ?

Ian Randall semblait jouer la prudence, contrairement à son père qui avait toujours affiché ses liaisons de façon écœurante. Mais à en juger par l'air de totale adoration sur ses traits, son beau-frère jetterait bientôt toute prudence aux orties et ferait de cette fille sa maîtresse officielle.

Que faire, bon sang ?

S'il s'était opposé dès le début au mariage d'Eva, il ne se trouverait pas aujourd'hui dans cette situation infernale. Oh ! Bien sûr, Eva aurait eu le cœur brisé, mais comment réagirait-elle maintenant, en découvrant le vrai visage de celui qu'elle aimait ?

Hélas, il connaissait déjà la réponse à cette question, se dit-il, en proie à une intense frustration. Eva finirait par être aussi malheureuse que l'avait été la mère de Ian.

Pendant toute sa jeunesse, Ethan avait entendu parler de Sheila Randall et de ses déboires conjugaux. « La pauvre Sheila », l'appelait sa mère. Les deux femmes s'étaient connues dans un pensionnat suisse, où elles faisaient leurs études, et elles étaient restées amies. Et quand Sheila avait ouvert les yeux sur le comportement de son mari, c'était tout naturellement à son amie qu'elle s'était confiée.

Sa mère avait toujours fait de son mieux pour la consoler, se souvint Ethan. Lors de longues conversations téléphoniques ou à l'occasion de visites réciproques, à Londres et à Athènes. Combien de temps avait-elle passé ainsi à la soutenir ? La meilleure solution eût été pour Sheila de divorcer, mais celle-ci était d'un tempérament trop sensible pour prendre une décision aussi radicale.

Elle avait continué d'espérer envers et contre tout que son mari prendrait conscience qu'elle était la seule à l'aimer vraiment et qu'il abandonnerait ses aventures extraconjugales. Pire, la mère d'Ethan l'avait confortée dans ce vain espoir, car elle était aussi naïve qu'elle, un trait dont Eva avait malheureusement hérité.

Ethan soupira. A quoi cela les avait-il menées ? Martin Randall était incorrigible. Sa propre mère l'avait appris à ses dépens, car cet homme n'avait même pas résisté à la tentation de poursuivre la meilleure amie de sa femme de ses assiduités. Il avait mis en péril le mariage du couple Teodarkis et cette histoire s'était soldée par une brouille terrible entre les deux familles.

Soudain, Ethan sentit un profond dégoût l'envahir. Des hommes comme Martin Randall n'hésitaient pas à causer souffrance et chagrin autour d'eux. Et son fils risquait bien de suivre son exemple. Mais il ne le laisserait pas faire, se promit-il en laissant échapper un juron. Ça, jamais !

Si seulement Eva avait voulu voir l'homme que Ian était vraiment ! Hélas, comme tant d'autres, elle s'était laissé abuser par son charme.

Fils unique, Ian Randall avait été gâté et choyé par sa mère, surtout après la mort prématurée de son père. Avec son physique avantageux et son assurance crâne, il avait fait des ravages auprès des filles dès l'adolescence.

Dommage qu'il n'en ait rien su à l'époque, pensa Ethan avec fureur. Sinon, il n'aurait jamais laissé Eva l'approcher, bien entendu. Mais quand, après la mort tragique de leur mère, survenue alors qu'Eva n'avait que dix-huit ans, Sheila Randall avait invité la jeune fille à venir vivre avec elle à Londres, Ethan avait vu cet arrangement comme une bénédiction.

Leur père avait succombé à une crise cardiaque deux ans plus tôt et ce second coup dur avait été terrible pour

Eva. Quant à lui, il avait été complètement débordé à l'époque puisqu'il assurait seul la direction de l'empire commercial fondé par son père. Eva n'aurait pas pu s'installer dans sa garçonnière à Athènes et il n'avait pas voulu qu'elle vive seule dans le manoir familial, avec le personnel de maison pour seule compagnie.

Il l'avait donc envoyée à Londres, chez la meilleure amie de leur mère, et l'avait inscrite à l'université. Sheila avait été ravie de la prendre sous son aile et de la traiter comme sa propre fille…

Eva n'avait pas tardé à tomber amoureuse du fils de la maison. Mais pourquoi Ian Randall, qui collectionnait les aventures, avait-il répondu à l'amour d'Eva par une demande en mariage ? Ethan l'ignorait ; cependant, il avait une petite idée sur la question. N'était-ce pas la fortune de la famille Teodarkis que Randall avait visée en se mariant ?

Eva n'avait pas eu ce genre de soupçons, bien sûr. Voyant sa sœur follement éprise, Ethan avait fini par donner, non sans réticence, son consentement à ce mariage, à défaut de sa bénédiction. Il avait aussi nommé Ian à un poste enviable au sein de la société Teodarkis et lui avait assuré un siège au conseil d'administration. Pour faire plaisir à Eva, certes, mais surtout pour garder un œil sur son nouveau beau-frère.

Pendant deux ans, celui-ci avait eu une conduite irréprochable, reconnut-il. Il avait donné à tous l'impression d'être un mari dévoué. Hélas, ça n'avait pas duré, et sa vraie nature semblait aujourd'hui reprendre le dessus.

Ethan serra les poings. Il refusait de voir sa sœur adorée devenir une épouse larmoyante, comme Sheila Randall du temps de son mariage. Il allait empêcher Ian d'aller trop loin. Mais comment ? Comment s'y prendre, bon sang ?

Oh ! Il pouvait toujours le convoquer pour lui montrer

les preuves qu'il détenait, mais ce lâche essaierait sans doute de justifier la présence de la jolie blonde d'une manière ou d'une autre. Il n'était pas non plus question de montrer les photos à Eva. Il lui crèverait le cœur, et c'était justement ce qu'il voulait éviter.

Il fallait tuer cette histoire dans l'œuf, détourner Ian de son penchant. Alors peut-être — oui, peut-être — Randall prouverait-il qu'il était le mari qu'Eva méritait. Restait à trouver le moyen de le séparer de la splendide blonde dont il voulait faire sa maîtresse.

« Réfléchis. Et vite !... »

Car d'après la photo, la jeune femme était très réceptive aux attentions de Ian. Celui-ci n'aurait sans doute aucun mal à l'entraîner dans son lit.

A moins que...

Il revint vers son bureau. Et si Randall n'était pas le seul admirateur à lui tourner autour ? Si un rival se manifestait... pour le supplanter ?

Pour la première fois depuis qu'il avait ouvert l'enveloppe qui contenait ces maudites photos, Ethan sentit sa tension décroître. Il essaya d'analyser le plan qui s'ébauchait dans son esprit. Pourrait-il fonctionner ?

Oui. Il n'y avait pas de raison...

Il s'agissait juste de remplacer Ian par quelqu'un d'autre, un homme aussi riche que lui et qui avait l'expérience des femmes. Les pensées se bousculaient dans son esprit, tandis qu'il tentait de justifier sa démarche.

Aurait-il le cran de mettre ce plan à exécution ? Il avait eu beaucoup d'aventures, mais jamais à ces fins-là. D'autre part, cette jeune femme semblait très amoureuse de Ian Randall... Eh bien, dans ce cas, il lui rendrait service ! se dit-il en balayant ses doutes. Il n'avait pas l'intention de la blesser. Il voulait seulement l'éloigner de Ian et sauver le mariage de sa sœur. Car enfin, quel bonheur pouvait-elle attendre d'une liaison avec un homme marié ? Tout bien considéré, Eva ne serait pas la seule à qui il aurait épargné de souffrir inutilement, se dit-il en esquissant un sourire ironique.

Ethan reporta son attention sur les clichés étalés devant lui et examina de nouveau l'ovale parfait du visage de l'inconnue, ses grands yeux d'un bleu intense, la courbe sensuelle de ses lèvres délicates... Elle était vraiment ravissante et sa beauté l'intriguait. Oui, il s'acquitterait fort bien de cette mission-là, se dit-il d'un air rêveur.

Une autre image envahit alors son esprit : celle d'une femme, brune celle-là, avec de beaux yeux sombres emplis d'amour pour son mari...

« Et je protégerai Eva par la même occasion. »

Il rangea les photos dans un dossier et le glissa au fond d'un tiroir qu'il ferma à clé. Puis il décrocha son téléphone ; il avait besoin de faire appel à un architecte d'intérieur. Son appartement était très confortable, mais il était temps d'en refaire la décoration. Pendant la durée des travaux, il occuperait un logement temporaire. Et il savait déjà où il s'installerait...

Marisa marchait d'un pas vif le long de Holland Park Road. Le soir qui tombait était glacial et la circulation très dense, mais elle rentrait chez elle, le cœur léger. Dire qu'elle habitait maintenant dans ce beau quartier de Kensington...

Quel contraste avec le premier domicile qu'elle avait trouvé en arrivant à Londres, quelques mois plus tôt ! Une chambre meublée, minuscule et sombre, avec salle de bains commune au bout du couloir. A l'époque, c'était tout ce qu'elle avait pu se permettre avec son maigre salaire. Les loyers à Londres étaient exorbitants, encore plus que ce qu'elle avait imaginé. En quittant le Devon, elle avait pensé tenir quelque temps avec ses économies, mais son pécule avait fondu comme neige au soleil. Après avoir décroché un emploi dans une agence de nettoyage, elle avait été forcée d'en trouver un autre pour joindre les deux bouts.

Tout cela avait changé. Sa vie ressemblait désormais à un véritable conte de fées, et elle le devait à Ian.

Rien qu'en pensant à lui, elle sentit une douce chaleur l'envahir. Leur rencontre avait vraiment été un hasard extraordinaire et dès qu'il avait vu dans quel gourbi infâme elle vivait, il s'était arrangé pour l'installer dans un appartement luxueux dont il réglait lui-même le loyer et tous les frais.

Et ce n'était pas tout ce qu'il lui avait offert. Tout en marchant, elle serrait contre elle son beau sac de cuir fauve assorti à ses bottes, neuves elles aussi. Et elle se sentait si élégante, dans son manteau en daim bordé de fourrure qui la protégeait contre le vent glacial de février !

Le froid était décidément plus vif à Londres que sur la lande désolée du Dartmoor, songea-t-elle. C'était là que se trouvait le minuscule cottage en torchis rouge, vétuste et sans confort, où elle avait grandi. Sa mère avait fait de son mieux pour rendre cette maison délabrée habitable. Au moins, elles avaient un toit à elles, lui avait-elle répété. Mais l'argent avait toujours manqué, car sa mère l'avait élevée seule, sans personne pour l'épauler.

Et voici qu'aujourd'hui, Ian était entré dans sa vie et la gâtait éhontément… En plus du splendide appartement qu'il lui avait loué, il lui versait de l'argent qu'elle ne devait dépenser que pour elle-même — pour se coiffer, se maquiller et, bien sûr, s'habiller. Elle adorait acheter ces superbes tenues qu'elle n'avait jamais vues auparavant que dans les magazines de mode et dont, à présent, son armoire était remplie.

Mais ce qui la touchait plus que tous ces fabuleux cadeaux, c'était d'entendre Ian répéter qu'elle faisait désormais partie de sa vie et que rien ne changerait ça. La dernière fois qu'il avait prononcé ces mots-là, c'était la semaine précédente, lors du dîner au cours duquel il lui avait offert le somptueux collier.

Une ombre de tristesse voila le regard de Marisa. Il avait beau tenir à elle, elle ne pourrait jamais exister qu'en marge de sa vie, sans espoir d'être reconnue ou acceptée un jour. Elle resterait toujours pour lui ce qu'elle était aujourd'hui : un secret à ne jamais dévoiler, et rien d'autre.

Son ordinateur posé devant lui sur la table basse, Ethan n'accordait qu'une partie de son attention au rapport affiché à l'écran. Son téléphone portable se trouvait à proximité, et d'un instant à l'autre, il se mettrait à sonner. Le détective privé chargé de la filature lui avait déjà annoncé que la « cible » se dirigeait vers l'immeuble. Le prochain appel l'informerait qu'elle pénétrait dans le hall et prenait l'ascenseur.

D'un geste sec, il ferma l'ordinateur, le glissa dans la mallette de cuir marquée à ses initiales, prit son téléphone et se leva. Sa voiture l'attendait au pied de l'immeuble. Tout était réglé jusque dans les moindres détails…

Il se dirigea vers l'entrée et attendit devant la porte, car pour la réussite de l'opération, l'exactitude était capitale. Au bout de deux minutes enfin, la sonnerie du portable retentit.

— La cible est entrée dans le hall et les portes de l'ascenseur sont ouvertes, annonça la voix. L'arrivée à l'étage est prévue dans dix-neuf secondes.

Après avoir accusé réception du message, Ethan raccrocha et entama mentalement le compte à rebours. Celui-ci achevé, il ouvrit la porte de l'appartement et sortit sur le palier.

Au même moment, à l'autre bout du couloir, les parois de la cabine coulissèrent, livrant passage à la blonde créature qui avait subjugué Ian Randall.

Aussitôt, Ethan sentit son estomac se nouer. Bonté divine ! En chair et en os, elle était encore plus jolie que sur les photos. Mince et gracile, le teint lumineux, les cheveux voletant autour d'elle à chacun de ses pas… C'était une vision fascinante. Pas étonnant que Ian fût incapable de lui résister. Quel homme le pourrait ?

Dieu merci, il n'aurait pas à fournir cet effort, pensa Ethan. C'était au contraire pour la séduire qu'il se trouvait là.

A cette pensée, il fut saisi d'une réaction bien masculine.

« Du calme ! » s'intima-t-il en silence. Il avait une mission cruciale à accomplir : sauver le mariage d'Eva avant qu'il ne soit trop tard. C'était là-dessus qu'il devait se concentrer, et pas sur ses propres désirs, qui devaient uniquement servir son objectif.

Une fois effectuée cette mise au point avec lui-même, il s'avança d'un pas assuré en direction de l'ascenseur. La jeune femme s'était arrêtée le temps de chercher ses clés et déjà, les portes de la cabine se refermaient derrière elle.

A son approche, elle leva la tête et parut se figer. Ethan aurait juré que ses yeux s'agrandissaient comme sous l'effet d'un choc.

C'était exactement la réaction qu'il avait escomptée, songea-t-il avec satisfaction — parce que c'était celle qu'il suscitait d'ordinaire chez les femmes. Pourquoi le nier ? Sa haute taille, son corps mince et athlétique, ses cheveux de jais et ses traits virils remportaient d'emblée leur approbation. Certes, il n'avait pas le physique harmonieux de son beau-frère, qui était blond et avait le sourire facile ; mais son visage énergique et hâlé produisait un effet certain sur la gent féminine, et c'était le cas en ce moment.

Tout allait donc bien jusque-là. Maintenant, il était temps de passer à l'attaque.

— Pourriez-vous retenir les portes pour moi ? demanda-t-il d'un ton aimable.

Sa question parut ramener l'inconnue à la réalité. Elle se tourna à demi pour presser le bouton d'appel.

Ethan couvrit la distance qui les séparait et lui adressa un sourire appréciateur.

— Merci, murmura-t-il en l'enveloppant d'un regard appuyé.

Non qu'il eût besoin de se forcer. En d'autres circonstances, il se serait comporté de la même façon, comme n'importe quel homme d'ailleurs. Car vue de près, la jeune femme était encore plus ravissante.

Une lueur admirative brillait dans ses yeux d'un bleu de porcelaine et ses lèvres étaient entrouvertes comme si elle était légèrement essoufflée. Un parfum léger et exquis flottait autour d'elle, ajoutant à sa séduction.

Ethan pénétra dans la cabine et pressa le bouton du rez-de-chaussée. Quelques secondes plus tard, les portes se refermèrent, dérobant la belle inconnue à sa vue. Un élan de regret l'assaillit.

Bah, c'était juste parce qu'il allait dans la direction opposée à la sienne ! se raisonna-t-il. Il traversa le hall pour gagner la voiture qui l'attendait le long du trottoir.

Il salua son chauffeur et se glissa à l'arrière de la Mercedes noire.

« Dommage qu'elle soit engagée avec Ian Randall… »

Agacé, Ethan chassa immédiatement cette réflexion. C'était bien le moment d'avoir ce genre d'idée ! Il devait empêcher cette femme de tourner autour de Ian et il le faisait pour Eva. Point final.

Résolument, il sortit son ordinateur. Son agenda était chargé et il avait des affaires importantes à régler.

L'espace d'un instant, il savoura encore l'image de la

beauté blonde aux traits purs qui lui avait semblé un peu perdue…

En voyant le document qu'il voulait consulter apparaître sur l'écran, Ethan coupa court à sa rêverie et se mit au travail.

2

Marisa rentra chez elle dans un état second.

« Qui est-ce ?... »

Il avait surgi au bout du palier, comme par magie, et avait marché droit vers elle — ou plutôt vers l'ascenseur — d'un pas ample et décidé qui convenait parfaitement à l'homme séduisant qu'il était.

Une séduction qui était à l'opposé du charme juvénile de Ian. L'homme qu'elle venait de croiser était plus grand — il dépassait Ian d'une tête au moins —, possédait une carrure plus puissante ainsi qu'un teint méditerranéen et des cheveux très noirs. Quant à ses yeux, ils étaient si sombres que, l'espace d'un instant, elle avait eu l'impression qu'ils la transperçaient jusqu'à l'âme.

Quand il avait prononcé quelques mots, le timbre de sa belle voix grave avait résonné en elle, une voix teintée d'un accent dont elle aurait été incapable d'identifier l'origine. Puis il s'était engouffré dans l'ascenseur et avait disparu.

En tout et pour tout, la scène n'avait duré que quelques secondes ; pourtant, elle ne cessait de se la repasser. D'une démarche machinale, elle se rendit dans la chambre, posa son sac sur le lit et ôta sa veste qu'elle suspendit dans la garde-robe.

Qui était-il donc ? se demanda-t-elle de nouveau.

Il n'y avait que trois appartements à cet étage ; l'un d'eux était occupé par un couple âgé avec qui elle avait eu l'occasion de bavarder brièvement un soir. Originaires du Hampshire, ils utilisaient ce pied-à-terre chaque fois qu'ils venaient à Londres passer une soirée au théâtre.

L'autre logement était habité par un Asiatique qu'elle n'avait vu qu'une fois. Ils avaient juste échangé un signe de tête poli.

Or, l'homme qu'elle venait de croiser était sorti de cet appartement. Visiteur ou nouveau locataire ?

« Bah, peu importe ! Même si c'est un nouveau locataire, c'est sans doute la seule fois que tu le verras. A Londres, on n'épie pas ses voisins par-dessus la haie, comme à la campagne. Ici, c'est chacun chez soi. »

Quel dommage ! lui souffla insidieusement une petite voix.

Avec impatience, Marisa s'assit sur le lit et entreprit de retirer ses bottes. Quelle idée de soupirer après un bel inconnu comme une midinette ! Elle n'était pas si fleur bleue, d'habitude. Ian était le seul homme qui comptait dans sa vie. Elle avait déjà si peu de moments à passer avec lui. Et à ce propos...

Elle vérifia le répondeur du téléphone qui se trouvait sur la table de nuit. A son grand plaisir, il indiquait un nouveau message. Elle appuya sur la touche de lecture ; mais en l'écoutant, elle sentit la déception l'envahir.

— Marisa, je suis vraiment, *vraiment* désolé. Je ne pourrai pas venir ce soir. J'ai une tonne de travail qui me tombe dessus — un contrat qui doit être signé demain à la première heure — ce qui veut dire que je dois rester tard au bureau pour tout vérifier. Je suis déçu moi aussi, je t'assure. Si tout va bien, je pourrai peut-être — je dis bien « peut-être » — te rejoindre à l'heure du déjeuner. Je t'envoie un texto en fin de matinée...

La voix de Ian se tut, mais Marisa continuait de fixer l'appareil d'un air abattu. Il y avait trois jours qu'elle ne l'avait pas revu et elle avait tant compté sur leur rendez-vous de ce soir ! Ces trois journées, elle les avait passées comme les précédentes, à visiter Londres. Passionnant, certes, sauf que depuis un mois, ces balades commençaient à perdre de leur attrait.

Aussitôt, elle s'en voulut de penser ainsi. Avant de rencontrer Ian, elle faisait des ménages toute la journée pour gagner tout juste de quoi vivre, sans jamais avoir l'occasion de visiter les célèbres monuments ou de profiter des divertissements qu'offrait la capitale.

Maintenant, elle avait à la fois le temps et bien plus d'argent qu'il n'en fallait pour voir Londres, déambuler dans les grands magasins et les boutiques de mode, s'offrir une plongée dans l'héritage culturel et historique de la ville et, le soir, courir au théâtre pour assister aux pièces et aux comédies musicales les plus prisées.

C'était un programme merveilleux, mais elle regrettait de devoir en profiter seule, comme toujours. Ian ne l'accompagnait jamais. Cette situation le chagrinait autant qu'elle, elle le savait. Si seulement tout était différent… Mais ils ne pouvaient être vus ensemble. C'était déjà assez compliqué de se rencontrer en cachette, et elle ne pouvait exiger davantage.

« Tu devrais t'estimer heureuse et profiter de ce qu'il te donne, Marisa Milburne. Il fait son possible pour toi. Alors, arrête de t'apitoyer sur ton sort, parce que tu n'as aucune excuse. Absolument aucune ! » se gronda-t-elle.

Elle enfila une paire de ballerines et se rendit dans la cuisine.

Elle brancha la bouilloire électrique, puis mit dans le four à micro-ondes le feuilleté qu'elle avait rapporté. Ce faisant, elle se força à apprécier la chance qu'elle avait d'être si bien équipée. Cette cuisine luxueuse n'avait rien à voir avec la kitchenette défraîchie de sa chambre meublée, et encore moins avec le réduit en soupente du cottage.

En dépit de ces efforts, Marisa sentait le découragement la guetter. Déterminée à chasser cet accablement, elle passa dans le salon, une pièce confortable dont le décor se déclinait dans un beau camaïeu de gris, depuis le tapis de laine jusqu'aux tentures argentées qui encadraient la fenêtre.

Elle alla se poster devant la vitre et regarda la rue, deux étages plus bas. L'avenue, bordée d'arbres, était tranquille. De luxueuses voitures étaient garées le long du trottoir. Normal, ce quartier était l'un des plus huppés de Londres. Pour sa part, elle appréciait surtout la proximité du somptueux jardin de Holland Park, qui lui rappelait l'environnement verdoyant de son Devon natal. La nuit tombait. Il y avait peu de passants sur les trottoirs. Holland Park Road était morne et froid.

A part Ian, elle ne connaissait personne à Londres. Les autres femmes avec lesquelles elle avait travaillé brièvement s'étaient montrées aimables, mais l'avaient tenue un peu à l'écart. Si elle avait prévu que ses débuts à Londres seraient difficiles, elle n'avait pas imaginé qu'on pût se sentir si seul dans une grande ville.

Agacée d'être si morose, elle tira les rideaux et alluma une lampe.

Pourquoi la solitude lui pesait-elle ainsi ? Elle avait vécu une existence très solitaire avec sa mère, aux confins des landes du Dartmoor. Quand celle-ci était morte, il y avait dix-huit mois, Marisa, enfermée dans son chagrin, n'avait pas vu âme qui vive pendant des jours et il lui avait fallu plus d'un an pour surmonter ce deuil. Pourtant, cette disparition prématurée avait été presque une délivrance. Depuis qu'elle avait été renversée par un chauffard, quatre ans plus tôt, sa mère avait été confinée dans un fauteuil roulant et avait enduré de pénibles souffrances. Un soir, son cœur affaibli avait cédé, mettant fin à son supplice.

Marisa avait été dévastée. Toutefois, cette perte cruelle lui avait fourni l'occasion de quitter enfin le cottage, ce que l'infirmité et la détresse morale de sa mère ne lui avaient pas permis jusque-là — sans parler de la crainte de cette dernière. Ce n'était pas seulement la peur de rester seule et malade après le départ de sa fille qui avait rongé Fiona Milburne. C'était une angoisse plus profonde et Marisa en connaissait la cause.

C'est pourquoi, avant de partir pour Londres, elle était allée se recueillir sur sa tombe, dans le petit cimetière du village.

— Je vais à Londres, maman, avait-elle murmuré. Je sais que tu n'approuves pas ma décision, mais je te promets de ne pas faire comme toi — d'en revenir le cœur brisé et mes espoirs en miettes. Fais-moi confiance…

Puis elle avait préparé un sac de voyage et avait pris le premier train pour la capitale, sans avoir la moindre idée de ce qui l'attendait.

Dans la cuisine, le four à micro-ondes se mit à biper. Une tasse de thé, une part de feuilleté et quelque chose à regarder à la télévision, voilà ce qui lui fallait dans l'immédiat pour se changer les idées, se dit Marisa en émergeant de ses tristes pensées.

Deux minutes plus tard, elle posa sa tasse et l'assiette sur la table du salon et se pelotonna sur le sofa. Elle choisit un documentaire sur la nature, tourné sur une plage lointaine. Le présentateur parlait de la vie marine, mais ce qui retenait l'attention de Marisa, c'était avant tout le décor tropical de sable blanc, d'eau bleue transparente et de palmiers.

« Imagine-toi là-bas… Si seulement Ian… »

Non ! Ian ne l'emmènerait pas dans un endroit de rêve, parce qu'il ne pouvait pas passer une seule journée de vacances avec elle où que ce soit. Qu'elle se mette ça en tête une bonne fois pour toutes ! Il ne pouvait pas lui offrir davantage de son temps.

Elle avala une gorgée de thé et se concentra sur l'émission. Le commentateur n'était pas britannique. Il avait un accent chantant et séduisant. Français ? Espagnol ? Etait-ce le même accent que l'homme rencontré dans le couloir ? Elle ferma les yeux pour mieux se le remémorer.

Qui était-il, ce bel inconnu ?

Elle laissa échapper un soupir agacé. Quelle importance de savoir sa nationalité ou ce qu'il faisait là ? Certes, elle n'avait pas pu s'empêcher de réagir devant son physique époustouflant, mais elle avait peu de chances de le revoir, et l'histoire s'arrêtait là.

S'emparant de la télécommande, elle changea plusieurs fois de chaînes et finit son dîner. Sans Ian, la soirée promettait d'être longue…

Une heure plus tard, Marisa avait le sentiment de s'ennuyer à mourir. Elle hésita entre aller se coucher et regarder un film. A vrai dire, aucune de ces options ne l'emballait particulièrement et il n'était que 21 heures. Il régnait un profond silence autour d'elle, comme si elle était le seul être vivant à des kilomètres à la ronde.

Elle soupira et éteignit le téléviseur. Finalement, elle irait se coucher avec un bon livre, comme par exemple cette nouvelle édition de l'histoire de Londres qu'elle s'était achetée la semaine précédente.

Comme elle quittait le canapé, un coup de sonnette retentit. Marisa se figea.

Qui cela pouvait-il être ?

Elle se rendit dans le hall d'entrée et regarda par le judas qui lui renvoya l'image déformée d'un costume sombre. C'était tout ce qu'elle parvenait à distinguer.

Heureusement, la porte était munie d'une chaîne de sécurité. Avec précaution, elle entrouvrit le battant, prête à le refermer si son visiteur l'importunait.

— Je suis vraiment désolé de vous déranger…

Cette voix profonde et teintée d'accent avait quelque chose de familier. Un frisson involontaire parcourut Marisa quand elle reconnut l'homme qui lui avait demandé de retenir l'ascenseur, un peu plus tôt.

— Un moment, s'il vous plaît.

Elle ôta la chaîne de sécurité et ouvrit la porte.

— Excusez-moi, je me demandais si vous pouviez me rendre un service.

Un léger sourire flottait sur ses lèvres et Marisa découvrit que cette expression avait sur elle un effet dévastateur. Prenant conscience de son air hébété, elle s'efforça de se ressaisir.

— Oh… Oui, bien sûr, répondit-elle d'un ton à la fois poli et distant.

Le sourire de son interlocuteur s'élargit. Troublée, Marisa agrippa le chambranle.

— Je viens d'emménager dans l'appartement voisin du vôtre, expliqua-t-il. Et je m'aperçois que j'ai oublié de me faire livrer en épicerie. Ça va vous paraître idiot, mais… auriez-vous la gentillesse de me donner un peu de lait et du café instantané pour me dépanner ?

Ses prunelles sombres étaient bordées de longs cils. Bizarrement, leur expression ne cadrait pas avec la formidable autorité qui émanait de lui. Cet homme ne dépendait de personne, se dit-elle. Il était plutôt du genre à donner des ordres et à se faire obéir au doigt et à l'œil. Surtout des femmes, qui devaient accourir à sa moindre requête.

Marisa prit une courte inspiration avant de répondre :

— Oui… Oui, bien sûr. Aucun problème.

Mon Dieu ! Ce ton rauque laissait penser qu'elle avait la gorge nouée.

— C'est très gentil à vous, ajouta-t-il de sa belle voix grave au timbre si troublant.

Ouvrant plus grand le battant, elle balbutia en se détournant :

— Si vous voulez bien attendre une minute. Je vais chercher ça…

Marisa gagna la cuisine d'un pas mal assuré, non sans heurter le sofa du salon au passage. Quelle idiote ! Tout ça parce qu'un homme séduisant sonnait à sa porte… Elle se sentait de plus en plus stupide.

D'un geste brusque, elle ouvrit le réfrigérateur et en sortit une brique de lait demi-écrémé, en espérant que ça lui conviendrait. Puis elle prit un bocal de café instantané dans le placard.

Machinalement, son regard glissa vers la cafetière ultrasophistiquée dont elle ne s'était encore jamais servie. Elle aurait voulu l'essayer, pourtant, mais un seul coup d'œil au manuel d'instructions l'avait découragée et elle avait préféré abandonner.

Elle sortit de la cuisine et constata que son voisin s'était avancé dans l'entrée.

— Tenez, dit-elle en lui tendant la brique de lait et le bocal de café.

— Merci, c'est très aimable.

Il emplissait l'espace de sa haute taille, si bien que les murs de l'entrée semblaient soudain se rapprocher de façon inquiétante. Son costume sombre et son pardessus noir en cachemire renforçaient cette impression.

— J'ai aussi du café en grains, si vous préférez, dit soudain Marisa. Le paquet n'est pas entamé, parce que je n'arrive pas à faire fonctionner la machine à café.

Oh ! non ! Voilà qu'elle se mettait à parler à tort et à

travers, maintenant. Comme si ça pouvait l'intéresser qu'elle sache ou non se servir de cette maudite cafetière !

Elle se trompait, car il venait de hausser un sourcil.

— Voulez-vous que j'y jette un coup d'œil ? proposa-t-il. Je suis d'accord avec vous, ces ustensiles sont très complexes. Mais je peux toujours essayer.

Marisa se raidit. Il la prenait certainement pour une imbécile ou alors, comme la plupart des hommes, il pensait qu'une femme était incapable de comprendre un mode d'emploi.

— Non, merci. Ce n'est pas la peine. Je ne vais pas vous ennuyer avec ça.

— Ça ne m'ennuie pas du tout. Bien au contraire.

Sa voix avait changé et il parlait à présent avec une nonchalance presque langoureuse. Soudain, Marisa comprit pourquoi en voyant la lueur explicite qui brillait au fond de son regard ténébreux.

Elle inspira une bouffée d'air pour se fortifier. Un inconnu diaboliquement séduisant s'invitait chez elle sous un prétexte fallacieux et lui faisait comprendre qu'elle ne le laissait pas indifférent. Si une partie d'elle-même était flattée et se sentait envahie d'un délicieux vertige, l'autre, plus raisonnable, lui envoyait des signaux alarmants.

Marisa décida qu'il était temps d'écouter ces mises en garde muettes.

— Non, merci, répéta-t-elle plus fermement. Tenez…

Elle lui tendit les denrées avec insistance.

Il la regarda encore un instant à travers ses paupières mi-closes, puis il tendit la main pour prendre le lait et le café.

— Merci encore…

Au grand soulagement de Marisa, sa voix avait perdu son intonation ardente et son expression était redevenue neutre.

Il sortit dans le couloir et tourna la tête vers elle.

— Bonne soirée…

— A vous de même, dit Marisa avant de refermer la porte.

Ethan s'arrêta un instant dans le couloir, l'air pensif.

L'expérience avait été intéressante. Elle avait réagi à sa présence, aucun doute là-dessus. Il avait l'expérience des femmes et il savait exactement quand l'une d'elles le trouvait attirant. Marisa Milburne n'échappait pas à la règle ; dommage qu'elle ait coupé court quand il avait proposé de lui montrer le fonctionnement de sa machine à café. Cela aurait pu être la seconde phase de sa manœuvre…

Evidemment, si elle avait répondu par l'affirmative et l'avait invité à prendre un café avec elle, cela aurait été encore mieux.

Il aurait alors amorcé la suite de son plan en suggérant de commander à dîner. Ensuite… Qu'aurait-il fait ? Serait-il allé jusqu'à passer la nuit avec elle ?

L'espace d'un instant, une image vibrante emplit son esprit : des cheveux blonds étalés sur l'oreiller, un corps nu délicieusement féminin qui s'offrait à lui, un visage ravissant rosi par le plaisir…

« Ça suffit ! Inutile de brûler les étapes », s'intima-t-il en se ressaisissant.

Ethan se hâta de gagner le bout du couloir. De quoi aurait-il l'air si elle sortait à ce moment-là et le trouvait sur le palier ? Jonglant avec ses victuailles et son attaché-case, il prit ses clés et rentra chez lui.

Il se dirigea vers la kitchenette et décida de se faire du café. Ensuite, il chercherait un traiteur en ligne et se ferait livrer quelque chose à manger. Dommage qu'il n'y ait pas de concierge dans cet immeuble pour s'occuper de ce genre de choses, regretta-t-il.

D'un autre côté, la présence d'un gardien lui aurait compliqué la tâche. En général, ces personnes en savaient long sur les occupants d'une résidence. Or, il était absolument nécessaire que sa jolie voisine ne sache rien d'autre à son sujet que ce qu'il voulait bien lui confier.

Surtout, elle devait ignorer à tout prix qu'il était au courant de sa relation avec Ian Randall, lequel n'était autre que son beau-frère.

Marisa dormit mal cette nuit-là. Elle aurait aimé croire que c'était à cause de Ian, parce qu'elle n'avait pu le voir la veille ; mais elle savait que ce n'était pas l'entière vérité.

La vraie raison, c'était cet homme beau et mystérieux qui lui avait rendu visite sous un prétexte éculé. N'aurait-il pas pu trouver mieux que du lait et du café à lui emprunter ? Sa ruse était un peu grossière et bien qu'elle tentât d'en rire, elle ne pouvait s'empêcher d'être méfiante. Normalement, un homme si séduisant n'avait pas à faire d'efforts pour avoir toutes les femmes à ses pieds et ne s'embarrassait pas d'excuses pour aborder celle qui lui plaisait. Et d'abord, comment avait-il su qu'elle occupait cet appartement-là ? Après tout, il l'avait seulement vue sortir de l'ascenseur. Etant nouveau locataire, il aurait pu supposer qu'elle habitait dans l'autre appartement, celui du vieux couple. Oui, le service qu'il lui avait demandé était bien réel et il ne s'agissait pas d'une manœuvre pour la revoir. Et même s'il avait insisté pour lui montrer le fonctionnement de la machine à café, cela ne prouvait rien.

« Allez, endors-toi. Il n'y a vraiment pas de quoi fouetter un chat », s'enjoignit-elle.

Elle se retourna dans son lit et frappa son oreiller du poing. Mais le sommeil continuait de la fuir et elle ne put s'empêcher de repenser à son nouveau voisin et à sa curieuse suggestion. Bah, sans doute avait-il seulement voulu se montrer poli en lui offrant son aide ; ou alors, il avait pensé que la raison pour laquelle elle avait mentionné cette histoire de cafetière était une ruse destinée… *à l'attirer chez elle.*

Au comble de l'embarras, Marisa se recroquevilla sous la couette. Heureusement qu'elle avait refusé.

« Tu t'es comportée comme une imbécile, ma petite », se morigéna-t-elle.

Qu'allait-il s'imaginer, maintenant ? Mais il était sans doute habitué à ce genre de réaction de la part des femmes, se dit-elle pour tenter de se justifier. Un homme avec un physique pareil…

Au fond d'elle-même pourtant, elle savait que ce n'était pas qu'une question de physique. C'était toute sa personne qui forçait l'attention : son pardessus en cachemire, son costume impeccable — sur mesure, à l'évidence — sa mise soignée, tous ces détails dénotaient une certaine aisance. De plus, il dégageait un magnétisme indéniable, une aura d'assurance et de pouvoir qui lui donnait l'air de quelqu'un qui obtenait toujours ce qu'il voulait.

Marisa fixa l'obscurité de la chambre. Ian aussi arborait des signes extérieurs de richesse, mais il ne possédait pas cette autorité indiscutable qui en imposait d'emblée.

Un léger frisson la parcourut.

« Allons, oublie cet incident et endors-toi. »

Mais quand le sommeil vint, il était peuplé de rêves chargés d'une troublante anticipation…

Comme à son habitude, Ethan se rendit très tôt à son bureau. Les deux premières heures de la matinée, avant qu'il n'entame sa longue série de réunions, étaient toujours les plus productives. Ce matin-là cependant, il sentait que son efficacité habituelle était sérieusement diminuée.

Cela l'agaça d'autant plus qu'il en connaissait la raison : il ne cessait de repenser à sa petite mise en scène de la veille et sa mémoire complaisante s'attardait sur certaines images en particulier. Les cheveux blonds qui encadraient le visage de Marisa Milburne, ses grands yeux bleus qui le regardaient d'un air presque béat, sa voix légèrement haletante et rauque, enfin ses longues jambes galbées qu'il avait pu admirer quand elle s'était éloignée vers la cuisine.

Oui, décidément, elle était très, très jolie.

Bon, sa beauté lui faciliterait la tâche, c'était entendu. Mais pour l'heure, il avait une montagne de dossiers à examiner et cela n'allait pas se faire tout seul, se dit-il avec irritation.

Il devait aussi trouver un prétexte pour envoyer Randall en voyage d'affaires loin d'ici. En cela, on pouvait dire que le contrat américain tombait à point nommé. Il n'aurait qu'à convaincre Ian que leur bureau de Londres devait être représenté à la signature ; il pouvait même parler de ce voyage à Eva et lui suggérer d'accompagner son mari en Californie. Et pourquoi n'en profiteraient-ils pas pour prendre des vacances, à Hawaii par exemple ? De cette façon, il s'assurait que Ian serait absent de Londres pendant deux semaines au moins.

C'était exactement le temps qu'il lui fallait pour régler cette histoire avec Marisa Milburne. Il ne doutait pas de sa réussite, car les femmes ne lui refusaient jamais rien et il n'y avait pas de raison que celle-ci soit différente.

Leur entrevue de la veille le confortait dans cette idée. Elle lui avait aussi appris une chose capitale : la relation qu'elle entretenait avec Ian n'était pas fondée sur l'amour. Aucune femme amoureuse n'aurait réagi de la sorte devant un parfait inconnu. Il avait vu ses pupilles se dilater quand elle l'avait regardé. C'était un signe infaillible ; elle avait été sous le charme, même si elle avait tenté de résister.

Il avait déjà élaboré sa prochaine manœuvre. Après une recherche rapide sur internet, il fit un achat en ligne et valida la mention « A livrer avant midi ».

Ceci fait, il se mit enfin au travail. Il avait beaucoup à faire s'il voulait se libérer dans la soirée.

Marisa lavait son pull angora préféré quand la sonnette de l'Interphone retentit. Vivement, elle s'essuya les mains et alla décrocher le combiné.

— Une livraison pour Mlle Milburne, fit une voix inconnue.

— Une minute, s'il vous plaît. Je descends.

Marisa prit l'ascenseur et, une fois dans le hall, elle aperçut le livreur qui attendait sur le trottoir. Il portait un bouquet de lys blancs.

Oh ! Ian ! pensa-t-elle en souriant. Quel geste adorable ! Juste parce qu'il n'avait pu la voir la veille.

De retour à l'appartement, elle ôta l'enveloppe à bordure dorée attachée au papier Cellophane. Mais la carte qu'elle contenait portait un message inattendu.

« Merci pour le lait et le café que j'ai beaucoup appréciés. Votre voisin reconnaissant. »

Marisa fixa la carte, médusée. Un bouquet de lys comme remerciement ? N'était-ce pas un peu exagéré ? Quoique… Depuis qu'elle connaissait Ian, elle se rendait compte que les gens riches pensaient différemment. Ceux qui pouvaient se permettre de louer un appartement ici n'hésitaient pas à acheter un bouquet de fleurs à trente livres, c'était évident.

Les gracieuses fleurs blanches dégageaient un parfum

enivrant. Dommage que ce ne soit pas Ian qui les lui envoyait ! regretta-t-elle en les arrangeant dans un vase. Car ce parfait inconnu avait beau lui faire forte impression, il n'était rien pour elle.

Elle termina sa lessive, puis décida de faire un tour dans Holland Park en attendant de recevoir le texto que Ian avait promis de lui envoyer. La météo n'était guère engageante — il tombait une sorte de crachin qui persisterait toute la journée — mais peu lui importait. Elle avait envie de prendre l'air, de faire un peu d'exercice et de se changer les idées.

« Je devrais prendre des cours de gym ou de danse. Pour rencontrer des gens, bavarder avec d'autres femmes autour d'un café et peut-être me faire des amies, qui sait ? »

Elle n'était pas très douée pour ça, reconnut Marisa. Sans doute parce qu'elle s'était toujours sentie différente. Dans leur petit village aux confins de la lande de Dartmoor, elle et sa mère n'étaient pas vraiment acceptées. Dès leur arrivée dans la région, on les avait traitées comme des étrangères et le fait que Fiona Milburne soit mère célibataire n'avait fait qu'accentuer leur isolement. Même à l'école, Marisa s'était sentie délaissée, mise à l'écart.

C'était pour cette raison qu'elle était si heureuse d'être avec Ian. Elle adorait son charme, son sens de l'humour, sa joie de vivre. Et ils s'entendaient si bien…

Une vague de chaleur l'envahit. Il lui manquait et il lui tardait de le revoir. C'était frustrant de rester dans l'ombre, de ne pas faire partie ouvertement de sa vie. Mais inutile de revenir là-dessus. Elle n'allait pas recommencer à se morfondre.

Elle enfila un imperméable, vérifia que son portable était dans son sac et sortit de l'appartement. Et si Ian n'était pas disponible ce midi ? se demanda-t-elle. Tant pis, elle irait déjeuner dans un café, puis ferait quelques courses pour passer le temps.

Passer le temps ? Etait-ce tout ce qu'elle faisait de sa vie, à présent ?

Tout en déambulant au hasard des allées humides en direction du manoir en ruine de Holland House, Marisa se mit à réfléchir sérieusement. Même si c'était merveilleux d'habiter un si bel appartement et de n'avoir aucun souci d'argent, elle ne pouvait pas continuer à mener cette vie dorée et frivole.

Elle devait trouver un nouvel emploi. Mais que ferait-elle ? Ian avait insisté pour qu'elle laisse tomber les heures de ménage qu'elle effectuait quand elle l'avait rencontré et qui étaient si mal payées.

Une idée lui traversa l'esprit et elle s'arrêta au milieu du sentier. Pourquoi pas du bénévolat ? Faire quelque chose pour aider les autres, maintenant qu'elle n'avait plus besoin de gagner sa vie ? Elle pouvait toujours donner de son temps à une association caritative, et travailler dans une boutique solidaire, par exemple.

Enchantée par cette bonne résolution, Marisa sentit son moral remonter en flèche. Où se trouvaient les boutiques de ce genre dans le voisinage ? Du côté de Notting Hill probablement, ou le long de Kensington High Street. Elle commencerait ses recherches en début d'après-midi et passerait quelques coups de fil.

Vers la fin de la matinée, Ian lui envoya un texto pour la prévenir qu'il ne pourrait pas la rejoindre cette fois encore. Dépitée, Marisa renonça à aller déjeuner dans un café et rentra chez elle. En pénétrant dans l'appartement, elle fut saisie par le parfum exotique qui emplissait l'air.

Ah oui, le bouquet de lys…

*
* *

Quand la sonnette retentit, peu après 18 heures, Marisa sursauta. En répertoriant les associations caritatives sur internet, elle s'était plongée dans la lecture d'articles sur le travail formidable que ces organisations accomplissaient, et le temps avait passé. Ces témoignages l'avaient fait réfléchir. Bien sûr, elle avait connu des épreuves et sa mère lui manquait chaque jour, mais ce n'était rien en comparaison de la misère que tant de gens enduraient. Cette prise de conscience avait chassé le cafard qu'elle avait ressenti en lisant le texto de Ian.

Etait-ce lui qui sonnait, à présent ? se demanda-t-elle en se hâtant vers l'entrée.

Elle ouvrit la porte.

— Bonsoir. Est-ce que les fleurs sont arrivées ?

Marisa se troubla, exactement comme la veille, en découvrant son séduisant voisin sur le seuil.

Il lui sourit et la dévisagea d'un regard chaleureux.

Elle sentit son pouls s'accélérer.

— Oui, merci… Vraiment, ce n'était pas nécessaire, vous savez.

Elle parlait d'une voix saccadée, un peu brusque même. Non qu'elle voulût paraître impolie, mais elle n'allait pas non plus l'abreuver de remerciements pour ce geste excessif.

— Au contraire, répondit-il sans paraître s'offusquer de sa froideur. La gentillesse devrait toujours être reconnue. Vous ne pouvez pas imaginer à quel point j'avais besoin d'un café ! Il ne m'était pas venu à l'idée que ces appartements meublés n'étaient pas pourvus en provisions de dépannage. A propos, avez-vous réussi à démarrer votre machine à expresso ?

Marisa fut immédiatement sur ses gardes. Bien sûr, elle savait ce qu'elle devait répondre : « Non, et ça n'a aucune importance. Merci encore pour les fleurs. » Puis, d'un ton poli mais ferme, elle lui souhaiterait une bonne soirée et fermerait sa porte. Oui, c'était exactement ce qu'elle devait faire. Toute autre attitude reviendrait à s'attirer des ennuis.

Un frisson léger la parcourut. Ce type pouvait être n'importe qui, après tout. Il avait beau porter un costume sur mesure, des chaussures italiennes et occuper un appartement de grand standing, qui lui disait qu'il n'était pas quelqu'un de dangereux… un tueur en série, par exemple ?

Il dut lire l'inquiétude sur son visage car avant qu'elle ait pu prononcer un mot, il reprit la parole.

— Désolé, je suis peut-être indiscret. Nous nous connaissons à peine, au fond.

Maintenant qu'il s'était excusé, Marisa ne savait comment poursuivre. Il y avait quelque chose de sincère dans sa voix, et même un léger recul dans son maintien, qui l'empêchait de le congédier comme elle en avait eu l'intention. Ou bien étaient-ce ses yeux noirs hypnotiques qui la retenaient ? Comme s'ils voulaient la percer à jour ?

— Non, pas du tout, s'entendit-elle répondre maladroitement. C'est gentil à vous de me proposer votre aide, mais le café instantané me convient très bien. Et de toute façon, je bois surtout du thé.

Oh ! Pourquoi paraissait-elle si anglaise et si guindée, tout à coup ? Elle aurait mieux fait de sourire et de refermer sa porte.

— Exactement ce qui convient à une jolie personne dans ce pays, répondit-il, amusé. Nous autres, Grecs, buvons un café noir très épais. Un héritage des souverains turcs qui ont gouverné notre pays.

— Ah ! Vous êtes grec ? Je me demandais…

Marisa se tut. Les mots avaient franchi ses lèvres avant qu'elle ait eu le temps de réfléchir.

— Est-ce une bonne ou une mauvaise chose ? s'enquit son interlocuteur avec humour.

— Je… Je ne sais pas. Je ne connais pas de Grecs et je ne suis jamais allée en Grèce.

— Alors, j'espère que je ne vous donne pas une mauvaise image de mes compatriotes ou de mon pays.

« Oh ! pour ça, non ! », pensa-t-elle sans pouvoir s'empêcher de le fixer. Mais il reprenait la parole et elle fit un effort pour se concentrer sur ce qu'il disait.

— En fait, je ne venais pas seulement pour savoir si vous aviez reçu les fleurs. J'ai une autre faveur à vous demander. Est-ce que par hasard vous vous intéressez au théâtre ? Il se trouve que j'ai deux places pour l'avant-première d'une pièce de Tchekhov ce soir. Ça vous dirait de m'accompagner ?

A ce stade, Ethan avait conscience de prendre un risque. Marisa Milburne détestait peut-être Tchekhov. Les rapports du détective indiquaient qu'elle passait souvent ses soirées au théâtre ; il y avait donc de fortes chances pour qu'elle assiste à des représentations du répertoire classique. Ces billets pouvaient la tenter.

Marisa tombait des nues. Si elle s'attendait à ça ! Une chose était sûre : ce type lui faisait des avances.

Un plaisir incongru l'envahit, auquel se mêla presque aussitôt un sentiment de crainte. Sa mère lui avait souvent répété que la beauté était plus un danger qu'une bénédiction — et la pauvre femme savait de quoi elle parlait, hélas ! — pensa-t-elle avec tristesse. Marisa se savait jolie, mais à cause de ces avertissements sans doute, ses flirts avaient vite tourné court. Finalement, il avait fallu les regards admiratifs de Ian pour lui redonner confiance en elle et la convaincre qu'il n'y avait aucun mal à plaire aux hommes.

Même à celui qui se tenait devant elle et l'invitait à sortir avec lui le soir même ? se demanda-t-elle avec méfiance.

Il n'était bien sûr pas question d'accepter son invitation. En quel honneur ? Parce qu'il se trouvait être — temporairement — son voisin ? Que savait-elle de lui, au juste, à part qu'il était grec et irrésistiblement beau ? Elle ne connaissait même pas son nom. Bref, tout semblait indiquer qu'il voulait la séduire, et rien d'autre.

« Tu sais ce qu'il te reste à faire… »

Elle ouvrit la bouche et s'apprêtait à lui répondre par un « Non, merci » catégorique, quand, sur une impulsion, elle demanda :

— C'est cette nouvelle mise en scène des *Trois sœurs* dont on a parlé dans la presse ?

— Oui. Vous aimeriez la voir ?

Marisa ravala son souffle. Et comment ! Elle avait vu les affiches ; la pièce bénéficiait d'une distribution prestigieuse, avec notamment une star hollywoodienne qui entamait une carrière théâtrale.

Néanmoins…

Il dut percevoir son hésitation, car il déclara avec une pointe d'humour :

— Je crois qu'il est temps de vous rassurer sur mon compte. Je ne suis ni un dangereux criminel, ni un aventurier, ni un espion. Rien d'autre qu'un homme d'affaires honorable et tout à fait ordinaire.

Tout en parlant, il glissa une main dans la poche intérieure de sa veste et en sortit un étui d'argent qui contenait des cartes de visite. Il lui en tendit une, en la gratifiant d'un de ses sourires ravageurs qui mit les nerfs de Marisa à rude épreuve.

Elle fixa le bristol, lequel indiquait Teodarkis International Holdings, suivi d'une adresse dans le quartier de Mayfair, ainsi qu'un nom discret tout en bas : Ethan Teodarkis.

Ethan l'observait, guettant la moindre de ses émotions sur son visage. Car sa réaction risquait de changer les règles du jeu. Ian avait-il mentionné devant elle le nom de jeune fille de sa femme ou le nom de la multinationale dont dépendait l'entreprise qui l'employait ?

Mais il ne décela aucun signe sur ses traits qui put indiquer que le nom de Teodarkis lui était familier. Il en ressentit un vif soulagement.

— J'espère que vous êtes convaincue maintenant que je suis totalement inoffensif, déclara-t-il d'un ton léger.

Marisa leva les yeux vers lui.

Inoffensif ? Mmh... Le mot était inapproprié, songea-t-elle en admirant une fois de plus son visage fascinant.

— Est-ce que vous viendrez ? insista-t-il. Je déteste aller seul au théâtre.

— Ecoutez, monsieur Teodarkis... Il y a sûrement quelqu'un d'autre que vous pourriez inviter, reprit-elle d'un ton acerbe.

Car, enfin, un homme comme lui ne devait avoir que l'embarras du choix quand il s'agissait de trouver une jeune femme pour l'accompagner à un spectacle. Ce n'était certainement pas les volontaires qui manquaient.

— Personne qui aime Tchekhov, répondit Ethan qui avait prévu cette objection. Tout le monde n'apprécie pas cet auteur.

Par « tout le monde », il fallait sans doute comprendre des femmes futiles et capricieuses pour qui passer une soirée avec lui ne signifiait pas voir une pièce d'un dramaturge russe du XIXe siècle ! pensa Marisa avec ironie.

— Et vous pensez que je l'apprécie ? le défia-t-elle, soudain piquée qu'il la trouve différente de celles avec lesquelles il sortait d'ordinaire. C'est pour ça que vous me faites cette proposition ?

— En partie, reconnut-il. Alors, est-ce que je vous ai persuadée ?

Mise au pied du mur, Marisa déglutit avec peine.

— Mmh... Eh bien, je...

— Formidable, dit Ethan en souriant. Pouvez-vous être prête à 19 heures ?

— Attendez, se reprit-elle en sentant la situation lui échapper. Je…

— Parfait, coupa-t-il comme si elle avait accepté l'invitation.

Il s'apprêtait à s'esquiver quand il s'arrêta net.

— Oh… Je viens de me rendre compte que je ne connais pas votre nom.

— Marisa. Marisa Milburne, murmura la jeune femme, déstabilisée.

Ethan Teodarkis plissa les yeux. Avant qu'elle ait pu deviner son intention, Marisa sentit qu'il lui prenait la main.

— Enchanté de vous connaître, mademoiselle Milburne, dit-il doucement.

Et sous le regard ahuri de la jeune femme, il s'inclina et porta la main à ses lèvres.

Marisa retint son souffle. Le geste galant ne dura qu'une seconde, mais il lui laissa une impression d'irréalité.

— Pour me faire pardonner les circonstances un peu cavalières dans lesquelles nous nous sommes rencontrés, ajouta-t-il.

Puis sur un sourire désarmant, il pivota et se dirigea vers l'ascenseur.

Incapable de bouger, Marisa le regarda s'éloigner.

Quand les portes de la cabine se furent refermées sur lui, elle rentra dans l'appartement, l'esprit en déroute.

3

Le rideau était tombé et Marisa quittait lentement la rangée des fauteuils d'orchestre, suivie d'Ethan. Toute la soirée, elle avait eu une conscience aiguë de sa proximité. Dans le taxi d'abord, puis au théâtre, quand ils avaient été assis côte à côte pendant la représentation, sa manche frôlant la sienne.

Qu'est-ce qui lui avait pris d'accepter son invitation ? Elle ne le connaissait pas et le fait qu'il soit son voisin ne le dispensait pas de se présenter normalement, n'est-ce pas ? Sa carte ne voulait rien dire.

Le souvenir de son baisemain restait aussi présent à son esprit et, avec lui, la sensation furtive de ses lèvres effleurant ses doigts. Comment un geste aussi formel pouvait-il être aussi… intime ? Elle en ressentait encore les effets, en moins intense bien sûr, plutôt comme une fièvre légère qui courait dans ses veines.

Ça ne l'avait pas empêchée de bavarder pendant le trajet à propos de la pièce, du théâtre, des conditions de circulation dans Londres, afin de paraître maîtresse d'elle-même et de résister à son charme.

Pour cette occasion, elle avait délibérément revêtu une tenue sage. Pas question de lui donner l'impression qu'elle en pinçait pour lui ! Sa robe en lainage gris clair était élégante, sans être trop décolletée ou près du corps, et l'ourlet frôlait ses genoux. Elle avait chaussé des escarpins noirs tout simples et le seul bijou qu'elle avait choisi de porter était un collier en hématite rouge. Ses cheveux tressés étaient ramenés en chignon sur sa nuque. Quant à son maquillage, il était aussi discret que sa mise.

Avait-il été surpris par son apparence ? Si oui, il avait aussitôt dissimulé son expression sous des manières courtoises. Et pas une seule fois, il ne s'était montré entreprenant.

Heureusement ! Oui, heureusement, se répéta-t-elle. Elle était soulagée qu'il s'adresse à elle comme à la femme d'un ami ou comme à une collègue, car elle n'aurait pas aimé qu'il en fût autrement.

Comme ils entraient dans le foyer, Ethan prit la parole.

— Alors, qu'avez-vous pensé de sa prestation ? Ferait-elle mieux de poursuivre sa carrière à Hollywood ?

Elle se tourna vers lui.

— Je l'ai trouvée impeccable dans ce rôle, du début à la fin. Elle a réussi à me faire oublier la star. Je pense que le public a été surpris qu'elle joue aussi bien.

— Elle a endossé le rôle de la plus âgée et de la plus mal fagotée des trois sœurs, fit remarquer Ethan. Alors qu'elle n'incarne que des femmes belles et brillantes à l'écran.

— Elle a dû penser que ce rôle à contre-emploi représentait un défi, dit Marisa d'un ton léger.

— Oui, sans doute.

Au moment où ils sortaient du théâtre, un vent glacial les saisit. Ils firent quelques pas sur le trottoir.

— J'espère que vous accepterez de dîner avec moi maintenant ? déclara Ethan en lui prenant le bras.

Ce n'était pas un geste possessif. Il lui touchait légèrement le coude pour la guider. Dans la direction qu'il avait choisie, bien sûr.

Elle devait refuser, se dit d'abord Marisa. Puis elle se ravisa. Elle était déjà allée au théâtre avec lui, quel mal y avait-il à souper au restaurant en sa compagnie ? Il était encore tôt et, si elle rentrait chez elle maintenant, elle n'aurait personne à qui parler.

— Pourquoi pas ? Allons-y, répondit-elle avec entrain.

Le restaurant se trouvait non loin du théâtre. La salle à manger n'était ni bondée ni trop intime, constata Marisa. Presque toutes les tables étaient occupées et l'éclairage n'était guère propice à un dîner romantique. Elle se sentit rassurée. L'homme qui l'escortait n'avait pas l'intention de flirter avec elle.

Tout ce qui l'intéressait apparemment, c'était de choisir un menu et de commenter la pièce qu'ils venaient de voir.

Quand le sommelier eut rempli leurs verres, Ethan déclara :

— Le comportement des sœurs m'a agacé. Elles n'en finissent pas de tergiverser à propos de ce voyage à Moscou et elles n'y vont pas, en fin de compte. J'avais envie de leur crier : « Allez donc acheter un billet de train ! »

Marisa sourit avant de prendre un air pensif.

— Si vous n'êtes pas habitué à voyager, la perspective d'aller dans une grande ville peut être effrayante.

Ethan la dévisagea, intrigué.

— On dirait que vous parlez d'expérience ?

— Oui. Jusqu'à récemment, je n'avais jamais quitté mon Devon natal. Ça peut vous sembler bizarre au XXIe siècle, mais je n'étais jamais venue à Londres.

Aussitôt, elle se demanda si elle avait eu raison de lui faire cet aveu. Il allait sans doute la prendre pour la pire des gourdes !

— Qu'est-ce qui vous a poussée à venir ici ?

Elle eut un petit haussement d'épaules.

— Oh… J'avais envie de voir la capitale et ses monuments.

Menteuse, pensa Ethan. Sa véritable ambition était de mettre le grappin sur un homme riche — ce qu'elle avait réussi à faire en jetant son dévolu sur son imbécile de beau-frère ! — et de mener une vie plus sophistiquée.

Ce soir pourtant, il devait admettre qu'elle manquait singulièrement de sophistication. Il n'avait pu réprimer un léger sursaut de surprise en la voyant dans sa mise sobre, pour ne pas dire modeste. Etrange, pour une femme entretenue.

En même temps, il était satisfait qu'elle ne se soit pas habillée comme une vamp, pour le séduire. Le fait qu'elle cherchât au contraire à estomper sa beauté naturelle était beaucoup plus attirant, découvrit-il.

On leur apporta le potage et, tout en mangeant, ils se mirent à discuter de la pièce. Contre toute attente, Ethan apprécia de parler avec elle. Ses points de vue étaient sensés et révélaient une réelle empathie pour les héros et leurs dilemmes.

— Le frère est le personnage le moins sympathique, déclara Marisa avec animation. Mais il a des circonstances atténuantes, étant donné son mariage désastreux.

Ethan se raidit.

— Parce qu'un mariage malheureux excuse un mauvais comportement ?

Ce n'était qu'une question, se dit-il en pinçant imperceptiblement les lèvres. Elle pouvait commenter Tchekhov avec beaucoup de perspicacité, il n'empêche que sa vie privée était sujette à caution.

— Oui, peut-être parfois, répondit Marisa. Tenez, prenez la deuxième sœur, Macha. Elle n'aurait pas choisi un amant si elle avait été heureuse en ménage.

— Alors, à vos yeux, cela la disculpe ?

Cette fois, Ethan fut conscient de la note cassante dans sa voix. Marisa s'en aperçut aussi, car son beau regard bleu se voila.

— Je pense que certaines personnes vivent des situations difficiles, déclara-t-elle d'un ton prudent.

C'était donc ainsi qu'elle justifiait sa propre conduite ? fulmina Ethan en lui-même. Elle se disait que Ian était malheureux en ménage et que cela lui donnait carte blanche pour le séduire !

— Vous croyez que le mari de Macha a eu raison de lui pardonner ? demanda-t-il presque sèchement.

— Le divorce était sans doute impossible à cette époque. Je suppose qu'il ne lui restait qu'à en prendre son parti.

— Ah oui, le divorce, commenta Ethan en prenant son verre. Une solution très pratique, vraiment.

Marisa détourna le regard. Elle n'avait pas envie de parler de ce sujet. C'était trop personnel, trop douloureux.

Le serveur apparut soudain avec leur plat de résistance, et elle accueillit cette diversion avec soulagement.

— Qu'est-ce qui vous a amené à Londres ? demanda-t-elle en prenant ses couverts.

Ethan n'était pas dupe. Elle changeait de conversation, car le sujet devenait trop dérangeant pour elle.

— Je voyage beaucoup dans le cadre de mon travail, répondit-il. Le siège de ma société est à Athènes, mais il s'agit d'une multinationale, ce qui implique de nombreux déplacements.

— Vous devez mener une vie passionnante.

— C'est aussi ennuyeux, parfois, reconnut-il avec un sourire désabusé. Tous les aéroports se ressemblent et les bureaux sont les mêmes partout dans le monde.

— Oui, je suppose qu'au bout d'un moment, on s'en lasse.

Ethan la dévisagea d'un air pensif.

— Pourquoi n'essayez-vous pas de voyager ? Si je peux me permettre de vous dire ça, vous en avez les moyens, non ?

Comme elle vivait dans un quartier chic et qu'elle portait des tenues griffées, ce qu'il avançait était sensé, se dit-il. Bien entendu, il n'était pas supposé savoir que son logement et sa garde-robe étaient fournis par son amant — lequel n'avait sûrement pas envie qu'elle s'en aille à l'étranger !

La réponse qu'elle lui donna vint confirmer cette analyse.

— Ce serait un peu compliqué en ce moment. Mais un jour, peut-être. Oui, pourquoi pas ?

— Et quelle serait votre première destination ? s'enquit Ethan, tandis qu'une idée surgissait dans son esprit.

Marisa se tourna vers la vitre. La pluie qui s'était mise à tomber semblait diluer les lumières de la ville.

— Une plage tropicale, peu importe laquelle ! dit-elle en riant.

Ethan sourit pour faire bonne mesure.

— Oui, je comprends que ce soit attrayant, en cette saison.

— Vous au moins, vous êtes habitué au soleil.

— Détrompez-vous, Marisa. Contrairement à ce qu'on croit souvent, il peut faire très froid à Athènes. A cette époque de l'année par exemple, il faut descendre très loin dans le sud pour trouver la chaleur.

Tout en parlant, il réfléchissait à toute vitesse. L'idée qui lui était venue tout à l'heure était-elle réalisable ? Cela supposait de revoir sa stratégie, mais c'était sûrement possible. Ce serait le meilleur moyen en tout cas de prouver à Ian que celle qu'il avait choisie pour maîtresse lui préférait un autre…

Elle disait quelque chose à propos de villégiatures de rêve et il reporta son attention sur elle. Son expression était plus animée, nota-t-il, comme si elle baissait la garde. Qu'elle soit délibérée ou inconsciente, cette attitude la rendait encore plus belle et il comprenait très bien que Ian Randall se soit entiché d'elle. Même vêtue d'un sac de jute, Marisa Milburne aurait gardé sa beauté lumineuse. Ses pommettes semblaient sculptées dans l'albâtre, le bleu de ses prunelles reflétait une mer limpide et sa bouche semblait aussi tendre qu'une pêche bien mûre...

Dans un effort de volonté, Ethan s'arracha à sa contemplation. Il s'aperçut alors qu'il n'avait aucune idée de ce qu'elle venait de dire.

— Excusez-moi. Vous disiez... ?

Il y eut un silence gêné. Les pommettes de Marisa Milburne étaient légèrement empourprées. Ethan comprit qu'elle s'était tue depuis un moment déjà et l'avait observé, elle aussi.

Ses paupières s'abaissèrent, masquant l'expression de ses yeux d'un bleu très pur. Pas assez vite pourtant, car il eut le temps d'apercevoir la petite flamme qui y brillait. Et il sut exactement comment l'interpréter.

Marisa baissa la tête, incapable de dissimuler son trouble sous la force de son regard fascinant qui contenait un message clair et sans équivoque. Sa respiration était saccadée, son cœur battait vite et elle sentait des frissons tour à tour brûlants et glacés lui parcourir le dos.

« Ressaisis-toi, voyons ! », se morigéna-t-elle.

Il ne s'agissait pas d'un rendez-vous galant. Et puis, elle connaissait à peine cet homme.

Cependant, elle le connaissait assez pour savoir qu'il ne voyait pas seulement en elle une personne à qui il avait demandé de l'escorter au théâtre. Dire qu'elle avait d'abord cru qu'il la traitait comme la femme d'un ami ou comme une collègue ! Ces arguments ne tenaient pas debout ; elle les avait inventés pour ne pas voir la réalité. Ridicule !

« Concentre-toi sur le repas. Et essaie de parler de tout et de rien, sans le regarder, de préférence, ou du moins pas comme ça. »

A force de discipline, elle parvint à s'en tenir à cette résolution. Pendant le reste du dîner, elle bavarda sans jamais le regarder de façon directe, s'empêchant ainsi d'admirer les paillettes dorées qui luisaient dans ses yeux sombres ou la fossette sensuelle qui creusait son menton chaque fois qu'il souriait. De même, elle s'interdit de remarquer la façon presque voluptueuse dont ses longs doigts enlaçaient le verre à pied, ou encore le timbre grave de sa voix qui jouait sur ses nerfs comme sur les cordes d'un violon, faisant résonner en elle des notes vibrantes et mélodieuses.

Le repas s'acheva enfin, et ils sortirent dans la nuit froide pour héler un taxi. Une fois dans la voiture, Marisa se sentait toujours aussi tendue. Elle se cala contre la portière et posa délibérément son sac sur la banquette, comme pour mettre une barrière entre eux.

Dès que le chauffeur se gara devant l'immeuble de Holland Park Road, elle se précipita dehors, laissant Ethan régler la course. Il la rejoignit et, pendant que l'ascenseur s'élevait, Marisa reprit son bavardage anodin pour briser la tension. Au moment où les portes coulissaient, elle déboucha la première sur le palier et se tourna vers lui.

— Merci pour cette délicieuse soirée. C'était vraiment gentil de m'inviter. Je me suis bien amusée. Bonsoir, jeta-t-elle avec un sourire des plus aimables.

Elle le maintenait à distance, constata Ethan. Eh bien, il s'en contenterait pour l'instant et ne pousserait pas son avantage.

Il esquissa ce sourire presque imperceptible qui la troublait tant.

— Bonne nuit, Marisa. Content que cette sortie vous ait plu. Moi aussi, j'ai passé un bon moment.

Il la vit s'empourprer davantage et se détourner pour prendre ses clés dans son sac. Il lui sembla qu'elle tâtonnait maladroitement pour engager sa clé dans la serrure. Puis elle entra dans son appartement et ébaucha un bref signe d'adieu avant de refermer sa porte.

Ethan demeura là, fixant la porte close. Des pensées contradictoires se bousculaient dans son esprit. Des pensées qui menaçaient de compromettre son plan…

Vaguement agacé contre lui-même, il tourna les talons et gagna son propre appartement.

Il avait franchi une première étape avec elle, se dit-il. Maintenant, il fallait passer à la suite. L'idée qui l'avait taraudé pendant le dîner l'assaillit de nouveau. C'était une tactique à la fois séduisante, simple et inéluctable pour la séparer de Ian Randall. Il n'en était pas encore là. Cependant, il était sûr d'une chose : Marisa Milburne ne serait plus disponible pour son beau-frère après ça.

Les jours suivants, Marisa ne revit pas son séduisant voisin, ne le croisa même pas dans l'immeuble. Mais c'était compréhensible, se dit-elle. C'était le week-end.

Il était peut-être retourné à Athènes ou alors il passait son temps avec quelqu'un d'autre. Une femme évidemment, grande, belle et très glamour, top model ou femme d'affaires. Tout le contraire de la provinciale effacée qu'elle était et qui n'appartenait pas à son milieu. S'il l'avait emmenée au théâtre, c'était dans l'urgence de l'instant, parce qu'il n'avait eu personne d'autre à inviter.

Elle devait se rendre à l'évidence : cette occasion ne se renouvellerait pas. Une jeune femme seule et fraîchement arrivée à Londres ne se mettait pas tout à coup à fréquenter un homme d'affaires grec séduisant et très convoité !

Dommage, car elle avait beaucoup apprécié cette sortie. Ethan Teodarkis était non seulement époustouflant, mais sa conversation était intéressante et stimulante intellectuellement — même si elle avait été sur des charbons ardents pendant toute la soirée.

Elle passa le week-end seule, comme d'habitude. Elle

ne voyait pas Ian ces jours-là, parce qu'il restait auprès de sa femme. Rien de plus normal, n'est-ce pas ? pensa-t-elle, résignée.

Sa détermination à se rendre utile et à se faire des amis n'en était que plus forte. Dès le lundi matin, elle se présenta à la boutique solidaire la plus proche pour se renseigner, puis elle alla s'inscrire à des cours de danse non loin de chez elle. Mais son entrain et sa bonne humeur s'envolèrent quand Ian appela pour l'avertir que, cette fois encore, il ne déjeunerait pas avec elle. Plus tard dans la semaine, il serait peut-être plus disponible… ou peut-être pas.

Il se confondit en excuses et Marisa se montra compréhensive. Mais dès qu'il raccrocha, elle se sentit très déprimée. Aussi quand, un peu plus tard, le téléphone sonna de nouveau et qu'elle reconnut la voix profonde teintée d'accent d'Ethan Teodarkis, elle se sentit pousser des ailes.

— A tout hasard, est-ce que ça vous intéresserait d'aller voir *Hamlet*, ou y êtes-vous déjà allée ?

— Non. J'aimerais vraiment voir cette pièce.

— Parfait. Jeudi, si ça vous convient ?

Jeudi ? Aïe…

Marisa marqua une hésitation. Le jeudi soir était le seul moment où Ian pouvait la retrouver sans éveiller les soupçons de sa femme, qui assistait à une réunion de son club littéraire. Mais Ian ignorait s'il pourrait se libérer cette semaine. Que faire ?

« Bah, il sera sûrement soulagé que j'aie trouvé un autre arrangement », raisonna-t-elle avant de donner sa réponse à Ethan.

Et c'était exactement celle qu'il attendait, se félicita-t-il. Il avait laissé passer le week-end, sachant que Ian Randall ne la voyait jamais ces jours-là — trop occupé à jouer les maris dévoués ! pensa-t-il, cynique. Mais il était temps d'attirer de nouveau Marisa Milburne dans ses filets pour la séparer de son soupirant.

Le jour venu, la représentation d'*Hamlet* fut suivie d'un dîner. Marisa avait revêtu une autre tenue sobre et Ethan se comporta cette fois encore avec une impeccable courtoisie. Il la quitta sur le palier en lui souhaitant simplement une bonne nuit.

Après cela, Marisa s'attendait à passer un nouveau week-end en solitaire. Aussi fut-elle surprise quand le dimanche, peu avant midi, elle entendit sonner.

— Bonjour, Marisa, annonça Ethan. Il fait beau aujourd'hui. Que diriez-vous d'aller déjeuner au Belvédère, dans le parc ?

Les traits de Marisa s'éclairèrent.

— Oh ! C'est une excellente idée. Je n'y suis jamais allée.

Il ébaucha ce sourire qui lui était désormais familier. Il avait une bouche si sensuelle, nota Marisa, fascinée.

— Alors, il ne faut pas rater cette occasion. Vous verrez, c'est un endroit mémorable.

— Cette fois, la note est pour moi. Vous serez mon invité pour changer.

Il se rembrunit aussitôt. L'avait-elle offensé ? se demanda Marisa. Franchement, elle ne voyait pas en quoi.

— Ce n'est pas nécessaire, répondit-il d'un ton qui s'était durci. Invitez-moi un soir à dîner chez vous. Comme ça, nous serons quittes et je vous montrerai le fonctionnement de votre machine à café.

Marisa le regarda avec perplexité et un léger frisson la parcourut.

— Pourquoi pas ?

Ils sortirent et prirent la direction du parc en marchant d'un bon pas. C'était une belle journée ensoleillée, mais très froide aussi. Marisa se félicitait d'avoir mis un blouson fourré et ses bottes de cuir qui lui tenaient chaud. Elle regrettait juste de ne pas avoir emporté ses lunettes de soleil, comme Ethan.

Elle ne put réprimer un léger sursaut lorsqu'elle coula un regard dans sa direction. Comment diable ces lunettes noires pouvaient-elles le rendre encore plus séduisant, lui qui était déjà la séduction incarnée ? C'était pourtant la vérité.

D'un geste vif, elle détourna la tête, mais son sixième sens l'avertit qu'il l'observait à son tour. Elle s'empourpra, comme prise en faute, et elle aurait parié qu'il esquissait ce demi-sourire désormais familier.

Pour se tirer d'embarras, elle prit la parole.

— J'adore Holland Park, même en cette période. C'est un havre de paix. Quel dommage que le manoir ait été bombardé pendant la dernière guerre et qu'il reste juste de quoi abriter une auberge de jeunesse. Et l'Orangerie, avec sa jolie verrière... Il paraît qu'on joue des opéras l'été en plein air. Ça doit être splendide d'écouter de la musique ici par une chaude nuit d'été !

Elle avait conscience de babiller, mais elle n'y pouvait rien. Heureusement, son bavardage ne semblait pas déranger Ethan. Il réagit même à ses propos tandis qu'ils arrivaient en vue du restaurant.

Le cadre était mémorable, en effet. La spacieuse salle à manger était aménagée dans l'ancienne salle de bal qui datait du XVIIIe siècle. D'immenses baies vitrées couraient tout autour, laissant entrer la lumière du soleil d'hiver. Quant au menu, il était à l'image du lieu : succulent.

Marisa se sentait cependant mal à l'aise d'être invitée pour la troisième fois. Mais si elle proposait de nouveau de régler la note, Ethan allait se vexer, elle en était sûre.

Cela mis à part, elle trouvait sa compagnie de plus en plus agréable. Et elle ne le considérait plus comme un inconnu, même si elle n'avait rien appris de nouveau sur lui, car ils ne parlaient jamais de sujets personnels.

Ce qui l'arrangeait en un sens, reconnut-elle, car elle ne pouvait évidemment pas lui parler de Ian. Quant à sa vie dans le Devon, tout cela était derrière elle, maintenant. A quoi bon évoquer le passé ?

Un instant, elle se demanda ce qu'Ethan Teodarkis penserait s'il savait qu'elle avait été élevée dans un cottage misérable et que sa mère avait eu toutes les peines du monde à subvenir à leurs besoins. Il serait sans doute surpris. Bah, de toute façon, ça ne le concernait pas ! Et puis, c'était de l'histoire ancienne, pensa-t-elle en regardant autour d'elle le somptueux décor du Belvédère.

Elle reporta son attention sur son compagnon qui parlait de ses voyages d'affaires à bord de son jet privé. Ses lunettes noires portaient la griffe d'un célèbre créateur et la montre qui ornait son poignet était en or. Riche, élégant, sûr de lui, il possédait un charme dévastateur. Voilà ce qu'elle savait de lui et cela lui suffisait amplement.

Un frisson d'exaltation parcourut Marisa à l'idée qu'il avait choisi de passer son dimanche avec elle. *Elle* entre toutes les femmes ! Cette fois, il ne s'agissait pas juste pour lui d'utiliser une place de théâtre qui lui restait. Non, c'était une invitation sincère, et il recherchait sa compagnie.

Elle en arriva à la même conclusion quand, la semaine suivante, il l'emmena à un concert donné au Royal Festival Hall, puis un peu plus tard, à une représentation de *La Nuit des Rois*.

Et comme convenu, il s'invita à dîner chez elle pour lui donner l'occasion de le remercier.

Le soir venu, Marisa se sentit très nerveuse. Ses talents culinaires étant limités, elle décida de préparer un rôti traditionnel à l'anglaise et un crumble aux pommes — des recettes simples que sa mère lui avait apprises — le tout accompagné d'une bouteille de bourgogne.

Heureusement, Ethan parut apprécier ce repas maison.

Pour autant, Marisa ne parvenait pas à se décontracter, troublée de le voir attablé chez elle.

Dans un effort de volonté, elle réussit à se comporter avec le plus de naturel possible. C'était d'ailleurs dans cette optique qu'elle avait choisi une mise ordinaire — un pull et un jean — et qu'elle avait simplement noué ses cheveux en queue-de-cheval. Cependant rien n'y faisait ; Ethan Teodarkis produisait sur elle un effet qu'elle avait de plus en plus de mal à ignorer.

Après le crumble aux pommes et sa crème anglaise, Ethan s'attaqua à la redoutable machine à café, ainsi qu'il l'avait promis. Au bout d'une minute, il appela Marisa pour lui expliquer le mode d'emploi.

Tandis qu'il désignait les boutons de commande, Marisa avait conscience de son épaule frôlant la sienne et de sa cuisse ferme qui l'effleurait.

Les sens en alerte, elle retenait son souffle quand, tout en poursuivant ses explications, il se tourna vers elle, son visage tout à coup beaucoup trop proche du sien. Dans un mouvement réflexe, Marisa recula d'un pas et se mit à parler très vite.

— J'adore le cappuccino. Pas vous ? En revanche, je n'aime pas du tout l'expresso…

Il ne montra pas le moindre signe de surprise. Ouf ! Au moins, il ne pensait pas qu'elle se faisait des idées à son sujet.

Avec nervosité, elle prit les tasses dans le placard et se mit à préparer le plateau. Elle alla le poser sur la table basse du salon et, délibérément, s'installa dans un fauteuil, laissant à Ethan toute la largeur du sofa qui lui faisait face. Pas question de lui laisser croire qu'elle le voulait auprès d'elle pour partager quelques instants d'intimité !

A sa suite, il entra dans la pièce et Marisa crut percevoir une moue ironique sur ses lèvres sensuelles quand il nota la place qu'elle avait choisie. Dès qu'il fut installé, elle se leva et alla mettre un CD dans le lecteur ; du Vivaldi, rythmé et pétillant. Rien de romantique, surtout !

Tout en savourant le délicieux café, ils échangèrent quelques mots. A part soi, Marisa attendait le moment opportun où elle pourrait étouffer un bâillement, remercier Ethan d'être venu et le raccompagner jusqu'à la porte.

Bien sûr que c'était ce qu'elle voulait ! se répéta-t-elle avec force pour faire barrage aux idées folles qui lui traversaient l'esprit. Le reste était impensable.

Ethan avait croisé ses longues jambes. Son pull en cachemire bleu ciel moulait son torse puissant et elle distinguait le contour de ses pectoraux. Ses épaules larges marquaient leur empreinte sur le dossier de cuir, ses cheveux de jais accrochaient la lumière et une barbe naissante ombrait ses joues. Seigneur, qu'il était beau ! Elle brûlait d'envie d'effleurer son visage.

« Du calme. Tu ne vas pas commencer à fantasmer sur lui. »

Ils continuèrent à bavarder de tout et de rien. Ethan paraissait décontracté, alors qu'à l'inverse, Marisa était recroquevillée dans son fauteuil. Le bourgogne l'étourdissait légèrement et la musique de Vivaldi lui paraissait soudain envoûtante.

Bientôt, la conversation s'arrêta d'elle-même.

Oh non ! Pas ça...

Pour se donner une contenance, Marisa fit semblant de se concentrer sur la mélodie, en évitant de remarquer le jeu d'ombre et de lumière sur les traits rudes d'Ethan ou la façon dont il tenait sa tasse entre ses doigts, comme s'il prenait son visage en coupe...

Le souffle court, Marisa sentit son cœur résonner comme un gong. Malgré elle, elle croisa le regard d'Ethan. Son expression avait changé. Une flamme nouvelle, dangereuse, illuminait ses prunelles.

Marisa se leva prestement.

— Oh ! quelle sotte ! s'exclama-t-elle d'une voix un peu trop aiguë. Je... Je crois que j'ai laissé le four allumé. Il faut que j'aille vérifier...

Elle se rua dans la cuisine. Bien sûr, le four était éteint, mais elle avait inventé ce prétexte pour briser la tension insupportable qui s'était installée entre eux. Car il se passait indéniablement quelque chose...

Ethan avait-il l'intention de rester ? Non, aucun risque, se dit-elle en se ressaisissant. Elle allait retourner dans le salon et, avec son plus beau sourire, lui dirait qu'il se faisait tard...

Ethan comprit très bien le message et se leva à son tour. En voyant son expression amusée, Marisa se sentit mortifiée. Il savait ce qu'elle ressentait !

Il marcha vers la porte et elle lui emboîta le pas en prononçant les politesses d'usage. Mais quand il se tourna vers elle, elle remarqua avec horreur que son regard sombre brûlait d'excitation.

— Dormez bien, murmura-t-il d'une voix rauque.

— Oui... merci, bégaya Marisa, tendue comme un arc.

Oh ! Pourquoi ne partait-il pas tout de suite ? Et qu'il arrête de la regarder comme ça ! Elle ne savait pas ce qu'il pensait, bien sûr, mais si c'était ce qu'elle supposait, il pouvait aussi bien l'oublier.

Comme dans un film au ralenti, elle le vit lever une main vers elle. Puis ses doigts effleurèrent sa joue en une caresse aérienne et séduisante. Cela ne dura qu'un instant, mais sa peau vibra longtemps, comme s'il l'avait brûlée au fer rouge.

Le sourire d'Ethan s'élargit. Le cœur chaviré, Marisa faillit s'approcher, franchir ce pas ultime qui la séparait de lui, avec la certitude de savoir ce qui se passerait ensuite.

Elle se retint de justesse.

— Bonne nuit, articula-t-elle.

Ethan abaissa ses paupières, voilant l'expression de son regard.

— Bonne nuit, Marisa.

Puis sur un signe de tête, il ouvrit la porte et disparut.

Il se dirigea vers son appartement, à l'autre bout du palier.

Bon sang ! Il désirait cette femme… Impossible de le nier. Oui, il avait follement envie de la belle Marisa Milburne qui cachait sa beauté sous des dehors sages. Dès le début, en voyant les photos, il avait su que la séduire ne serait pas une punition. Certes, il déplorait qu'elle soit engagée envers son crétin de beau-frère, mais ce n'était plus seulement par égard pour Eva. A chaque rencontre, sa conviction se renforçait : *il la voulait pour lui-même*. Sans complications, sans manœuvres ni arrière-pensées cette fois.

Et son plan, dans tout ça ? se fustigea-t-il. L'important, ce n'était pas ce qu'il voulait. Avait-il oublié que c'était avant tout pour Eva qu'il faisait tout cela ? Il ferait bien de s'en souvenir.

Les jours passaient et il ne disposait plus que de deux semaines environ — le temps que Ian et Eva seraient aux Etats-Unis — pour séduire Marisa Milburne et la détourner de son beau-frère, se dit Ethan. Il fallait accélérer ses manœuvres de séduction…

Deux jours seulement après avoir dîné chez elle, il l'invita dans un restaurant situé un peu en retrait de Holland Park Avenue.

— Vous n'avez pas l'intention de l'ouvrir ? déclara-t-il, amusé, tandis que Marisa fixait l'enveloppe qu'il avait placée devant elle.

Elle le regarda d'un air absent. Elle repensait au déjeuner de la veille qu'elle avait finalement réussi à partager avec

Ian. Mais dès qu'elle l'avait vu entrer, elle avait su qu'il avait une mauvaise nouvelle à lui annoncer.

— Je dois partir pour San Francisco, avait-il déclaré d'emblée. Ne m'en veux pas, Marisa. Je ne peux pas faire autrement. J'ai reçu cet ordre de mission du grand patron.

Marisa accusa le coup.

— Combien de temps seras-tu absent ?

— Je n'en sais rien. Le problème, c'est que…

Il prit une profonde inspiration.

— Eva tient à ce que nous profitions de l'occasion pour prendre des vacances, poursuivit-il d'un air désolé. Nous partons donc à Hawaii ensuite. En tout, je serai absent environ trois semaines.

Hawaii !

Marisa n'avait pu s'empêcher de ressentir une pointe de jalousie. Des plages paradisiaques, des cocotiers et la chaleur tropicale… Mais tout cela n'était pas pour elle. Elle était bloquée ici, à Londres, où la météo était devenue exécrable. Un froid mordant, un ciel sombre chargé de pluie… Le printemps n'était pas près d'arriver, pensa-t-elle en rapprochant furtivement ses jambes du radiateur situé contre la table.

— Marisa ? la pressa Ethan.

Elle émergea soudain de sa rêverie morose et lut comme une attente dans le beau regard de son interlocuteur. Qu'est-ce que cela signifiait, au juste ? Elle n'avait accepté son invitation au restaurant qu'avec réticence, désireuse de mettre fin à ces rencontres avant de trop s'impliquer.

Elle reporta son attention sur l'enveloppe qu'il la pressait d'ouvrir. Prenant un couteau, elle la décacheta soigneusement. En découvrant ce qu'elle contenait, ses yeux s'arrondirent de stupeur.

— Vous m'avez dit que vous vouliez voir une plage exotique, expliqua Ethan.

Sous le choc, Marisa fixait, ébahie, le dépliant sur la table. Il présentait des palmiers, une mer turquoise, une plage de sable blanc, et à l'arrière-plan, des bungalows aux toits de chaume entourant une piscine. Et, à l'intérieur, elle découvrit deux billets d'avion !

— Venez avec moi là-bas, dit Ethan.

Sa voix était douce et si persuasive que Marisa releva la tête. Son regard accrocha le sien et elle fut comme prise de vertige. Les yeux d'Ethan, si énigmatiques d'ordinaire, étaient limpides comme un miroir et ce qu'elle y vit la suffoqua.

Elle entrouvrit les lèvres pour pouvoir respirer. A cet instant, Ethan lui prit la main et l'enferma dans la sienne, forte et tiède.

— Venez pour moi, Marisa.

Une vague d'émotion submergea la jeune femme tandis qu'il accentuait la pression sur sa main. Du pouce, il en caressa la paume de façon incroyablement sensuelle.

— Dites oui, c'est tout ce que je demande...

Marisa essaya de rassembler ses idées. N'avait-elle pas eu depuis le début le pressentiment de ce qui arrivait — et dont elle rêvait sans oser se l'avouer ?

Ethan l'observait d'un œil aigu. Elle était sur le point de céder, nota-t-il. Ses jolis traits se détendaient doucement, et l'éclat de son regard bleu lui apprenait tout ce qu'il voulait savoir.

Un élan de triomphe le parcourut. Marisa Milburne serait à lui ! Elle ne le repousserait pas maintenant, il en était sûr. Elle ne pouvait continuer à le tenir à distance, comme un fruit défendu. Elle céderait et ce fruit-là, ils le savoureraient ensemble.

Bien sûr, il prendrait son temps avec elle, se dit-il pour tempérer son enthousiasme, mais il finirait par l'entraîner dans son lit. Il mettrait de côté ses doutes au sujet du mariage de sa sœur et toutes les turpitudes qui entouraient la jeune femme.

Oui, pour ce laps de temps, Marisa serait à lui. Et à lui seul.

4

— Alors, qu'en penses-tu ? Est-ce que ce voyage n'en valait pas la peine ?

Il y avait une note d'amusement dans la voix d'Ethan, car il devinait aisément la réponse à sa question. Il l'avait sue dès le moment où ils étaient descendus de l'avion dans l'air chaud et parfumé de cette île tropicale ; et il en était plus sûr encore, maintenant qu'ils étaient installés côte à côte sous la véranda de leur bungalow.

Marisa tourna vers lui un visage radieux.

— Comment peux-tu me poser cette question ? dit-elle en riant.

De nouveau, elle contempla le paysage enchanteur. La plage de sable blanc, bordée de palmiers qui ondulaient sous la brise, d'hibiscus rouges et de frangipaniers odorants, semblait tout droit sortie d'un rêve.

Pendant le vol, Ethan avait eu tout le temps de la renseigner sur l'île.

— Sainte-Cécile a heureusement échappé au tourisme de masse. A cause de sa situation à l'écart de l'archipel, c'est resté pendant longtemps un coin perdu. Puis ces dix dernières années, on y a construit des hôtels de luxe, mais dans le souci constant de préserver l'environnement. Les complexes y sont peu nombreux et bien intégrés dans le paysage. Cette île est un petit bijou, tu verras.

A présent, elle ne pouvait que l'approuver, se dit Marisa en laissant échapper un soupir de bonheur.

Elle regarda l'homme séduisant auprès d'elle et sentit son cœur battre plus vite. Un autre de ses rêves se réalisait. Oui, elle avait pris la bonne décision en acceptant son invitation. D'ailleurs, comment aurait-il pu en être autrement ? Il était impossible de résister à Ethan Teodarkis.

Bien sûr, au début, elle avait eu un pincement au cœur en pensant à Ian. Mais Ian était loin. Pourquoi rester à Londres et s'ennuyer sans lui, alors qu'elle pouvait être ici au bord de cette plage paradisiaque ? Avec Ethan...

Ce qu'elle ressentait pour lui devenait plus fort de jour en jour. Elle s'emballait beaucoup trop vite sans doute ; pourtant, chaque fois qu'elle le voyait, c'était comme si un tourbillon puissant l'emportait. Un merveilleux sentiment d'insouciance l'envahissait. Au diable l'existence compliquée qu'elle menait à Londres ! Cette parenthèse exotique n'était que pour elle et pour l'homme qu'elle avait suivi jusqu'ici.

Ce séjour dans ce petit paradis tropical s'annonçait plein de promesses, se dit-elle avec un délicieux frisson. Et elle avait bien l'intention d'aller jusqu'au bout de l'expérience.

— Je suis content de ne pas te décevoir, dit Ethan à cet instant.

Il posa sur elle un regard caressant avant de demander :

— Qu'aimerais-tu faire pour commencer ?

— Me baigner, répondit Marisa sans hésiter. La mer est si attirante... Je ne peux pas résister plus longtemps.

— Moi non plus, avoua Ethan en riant.

Ils rentrèrent dans le bungalow. De l'extérieur, celui-ci ressemblait à une simple cabane avec un toit en feuilles de palmier, mais l'intérieur était luxueusement aménagé.

Marisa passa dans la chambre. A leur arrivée, quand le garçon d'hôtel les avait conduits ici, elle avait ressenti une certaine nervosité en découvrant qu'il n'y avait qu'une seule chambre. Mais n'était-ce pas plutôt de l'excitation à la perspective de ce qui se passerait le soir même ? se demanda-t-elle en fouillant sa valise à la recherche de son Bikini.

Elle verrait bien…

Sans plus s'interroger, elle posa le deux-pièces sur le lit. La veille du départ, elle avait couru les magasins de West End pour le dénicher. Dans la cabine d'essayage, sa coupe minimaliste lui avait paru parfaite pour une destination exotique. Mais à présent, elle commençait à en douter. L'idée de se montrer dans ce maillot ultra-sexy, devant un homme qui ne l'avait vue jusque-là qu'en vêtements d'hiver, l'embarrassait terriblement.

Mais elle n'allait tout de même pas se baigner nue ! se raisonna-t-elle avant de se décider à l'enfiler. Toutefois, par pudeur, elle se couvrit d'un joli sarong vaporeux, avant de gagner la véranda.

Quelques instants plus tard, Ethan parut à son tour et l'enveloppa aussitôt d'un regard ardent. En dépit du sarong, Marisa eut soudain le sentiment d'être nue devant lui. Ce qui ne l'empêchait pas de le dévorer des yeux, elle aussi, reconnut-elle.

Il ne portait qu'un caleçon de bain bleu marine qui moulait ses hanches étroites. Son corps était mince, musclé, hâlé… exactement comme elle l'avait imaginé.

Non, mieux encore, rectifia-t-elle en admirant ses pectoraux luisants, son ventre plat et ferme qui disparaissait sous la ceinture du maillot, ses cuisses musclées.

Elle sentit sa bouche s'assécher.

— Le premier dans l'eau ! le défia-t-elle avec une gaieté un peu forcée.

Comme elle allait s'élancer sur le sentier sablonneux qui menait à la plage, Ethan la retint en posant une main sur son épaule.

— Marisa, attends. As-tu mis de la crème solaire ?

— Oui, bien sûr.

— Bon, c'est essentiel sous cette latitude, surtout avec ton teint clair. Ce serait un crime de brûler une si belle peau, ajouta-t-il d'une voix plus sourde.

La main posée sur son épaule devenait caressante. Le cœur de Marisa manqua un battement et elle sentit un étrange frisson la parcourir.

— Et maintenant, faisons la course ! lança Ethan avant de franchir d'un bond la volée de marches de la véranda.

— Tricheur !

Dénouant son sarong en hâte, Marisa courut à sa suite vers la plage distante seulement d'une vingtaine de mètres.

Fort de son avance, Ethan avait déjà plongé dans l'eau transparente. A son tour, Marisa se jeta dans les vagues qui l'enveloppèrent telle une soie fluide. Elle refit surface et rejeta ses longs cheveux en arrière, la peau parsemée de gouttelettes qui scintillaient au soleil comme des diamants.

Ethan la contempla, subjugué. *Thee mou,* elle était sublime ! Une nymphe émergeant des flots… Il avait toujours su qu'elle avait une silhouette parfaite. Mais la voir maintenant, presque nue et ruisselante, c'était un spectacle à couper le souffle. Comme il la désirait… Il brûlait de l'enlacer dans une gerbe d'eau étincelante et de sentir son corps contre le sien.

Un murmure d'avertissement s'immisça dans son esprit.

« Attention ! N'oublie pas *pourquoi* tu es là. »

Ethan chassa cette mise en garde avec impatience. Bah, il aurait tout le temps d'y songer plus tard ! Pour l'instant, il ne voulait penser qu'au bien-être qu'il ressentait à se trouver dans cet endroit de rêve avec une créature éblouissante qui était toute à lui. En songeant à l'intimité qui les attendait, il sentit une vague d'excitation le gagner.

— Mmh... C'est divin, lança Marisa comme en écho à ses pensées.

Flottant sur le dos, les bras écartés, elle se laissait aller au gré des vagues, les yeux clos.

Bientôt cependant, elle sentit les mains d'Ethan sur ses épaules. Par jeu, il la fit tournoyer comme une étoile de mer.

— Désolé de te réveiller. Mais pour une première exposition, je pense que c'est suffisant. A cause de la réverbération sur l'eau, les rayons du soleil sont plus nocifs.

A contrecœur, Marisa reprit pied sur le fond sablonneux. Dans la lumière éblouissante, le torse d'Ethan semblait sculpté dans du bronze, remarqua-t-elle, fascinée.

Il lui adressa un sourire ironique.

— C'est pareil pour moi, Marisa, même si j'ai la peau plus hâlée.

Horriblement gênée qu'il eût intercepté son regard captivé, elle piqua une dernière tête dans l'eau, puis émergea en tordant ses cheveux pour se donner une contenance.

Ensemble, ils regagnèrent la plage.

— La première douche est pour moi, annonça-t-elle joyeusement avant de courir vers le bungalow.

Après une douche fraîche, Marisa s'enveloppa dans un drap de bain et sortit sous la véranda pour étendre son maillot. Le soleil descendait déjà vers l'horizon. La petite plage était orientée à l'ouest, face à la mer des Caraïbes, ce qui en faisait un lieu idéal pour admirer le coucher de soleil. Justement, près du bungalow, se dressait une sorte de palanquin qui semblait destiné à cet effet.

Tout en démêlant ses cheveux humides, Marisa contempla les alentours. Il y avait d'autres bungalows disséminés le long du rivage ; enfouis dans la végétation luxuriante, ils étaient à l'abri des regards. Cette disposition conférait à l'île tout entière une atmosphère paisible, intime…

Derrière elle, un bruit d'eau se fit entendre, lui indiquant qu'Ethan l'avait remplacée sous la douche. Une vision troublante s'imposa à son esprit. Comment la soirée se terminerait-elle ?

Question idiote, car il n'y avait qu'une seule issue possible, n'est-ce pas ?

Elle retourna à l'intérieur pour s'habiller. Elle choisit une longue robe dos-nu et des tongs et, une fois prête, se rendit dans la pièce principale qui servait à la fois de cuisine et de salon. Ouvrant le réfrigérateur, elle se prépara un mélange de jus de fruits glacé et décida d'aller s'asseoir sous le palanquin pour siroter son cocktail en profitant du panorama.

Installée confortablement sur le matelas de sol parmi des coussins moelleux, Marisa laissa échapper un sourire d'aise quand une voix profonde s'éleva derrière elle.

— Ah… C'est donc là que tu te caches.

Marisa tourna la tête. Ethan apparut, vêtu d'un bermuda en jean et d'un polo bleu ciel. Comme elle, il tenait un verre à la main et semblait plus décontracté et séduisant que jamais.

— Il est encore un peu tôt pour l'apéritif, déclara-t-il en s'avançant sous l'auvent. Mais dès que le soleil se couche, nous boirons le champagne que j'ai mis au frais. Pour l'instant, je me contente d'un jus de fruits.

— Même chose pour moi, répondit-elle en souriant.

Il alla s'asseoir à l'autre extrémité de l'abri de toile et Marisa lui fut reconnaissante de ne pas envahir son propre espace. Pour l'instant, cette solitude lui convenait.

— Je n'arrive pas encore à croire que je suis réellement dans cet endroit magique, dit-elle, émerveillée. J'ai l'impression de rêver.

— Oh ! C'est parfaitement réel, tu peux me croire.

Elle perçut l'amusement dans sa voix. Mais il y avait quelque chose d'autre... Un je-ne-sais-quoi qu'elle ne parvenait pas à identifier.

Elle coula un regard intrigué dans sa direction.

Ethan l'observait et une expression étrange voilait son regard, comme s'il cherchait à lui dissimuler quelque chose.

L'instant d'après, celle-ci avait disparu et il se pencha pour trinquer avec elle.

— A des vacances que nous n'oublierons jamais, murmura-t-il.

— Oh ! C'est sûr, je ne suis pas près de les oublier...

— En effet.

De nouveau, une lueur énigmatique et dérangeante s'alluma dans son regard, comme un avertissement ; mais elle ne dura qu'une fraction de seconde. Avait-elle rêvé ?

Ethan but une gorgée, puis reporta son attention sur la plage devant eux. Le soleil glissait doucement vers la mer envoûtante.

« Et moi, j'ai envie de me laisser aller dans les bras d'Ethan », pensa Marisa.

Ils échangèrent quelques mots, avant d'écouter le murmure du ressac et celui du vent à la cime des palmiers. Tout était si paisible qu'ils auraient pu être les seuls occupants de l'île...

— Ce sont vraiment des noix de coco ? demanda Marisa en fixant le feuillage d'un palmier proche.

— Je doute que le personnel monte là-haut pour en accrocher de fausses afin de distraire les touristes !

— Je voulais dire, c'est la première fois que j'en vois, dit-elle en riant de sa taquinerie.

— Nous demanderons à un jardinier de nous en cueillir une, si tu veux, proposa-t-il. Il faut voir les locaux grimper le long des troncs à l'aide d'une simple cordelette. Ils sont d'une agilité incroyable !

— Tu es déjà venu ici ?

— Oui, mais pas dans cet hôtel, admit Ethan d'un ton prudent.

Et c'était précisément la raison pour laquelle il avait choisi cette villégiature, se dit-il. Personne ne savait qui il était ici et il était peu probable qu'il croise une connaissance. Luxueux, discret, loin de tout… Bref, cet endroit était en tout point parfait pour ce qu'il avait en tête.

Il n'y avait qu'une seule ombre au tableau : Marisa était si confiante, si détendue et si gracieuse, assise là à regarder la mer… Comme le remords l'assaillait, la question qu'il ne voulait pas entendre revint aiguillonner sa conscience.

Etait-il vraiment obligé d'agir ainsi ?

Il soupira. Il l'avait amenée là pour qu'elle le désire et qu'elle oublie Randall. Or, Marisa le désirait. Tous les signes étaient là. Ce constat apaisa quelque peu ses scrupules.

Londres, Eva, son mari volage… Tout cela était loin, de l'autre côté de l'océan. A l'inverse, Marisa était merveilleusement proche.

De nouveau, il leva son verre.

— A nous, dit-il d'une voix douce.

Dans la lumière dorée du crépuscule, les yeux bleus de la jeune femme brillaient d'un éclat prometteur.

Il ne s'était pas trompé. Elle le désirait autant qu'il avait envie d'elle.

Le front plissé, Marisa écoutait avec attention ce que disait l'un des serveurs à un autochtone, sans parvenir à saisir un traître mot de la conversation.

— Quelle langue parlent-ils ? demanda-t-elle à Ethan, assis en face d'elle dans la salle du restaurant. Je ne reconnais pas un seul mot.

— C'est du créole, une langue issue du français et

datant de l'époque où Sainte-Cécile était une colonie. On trouve aussi sur l'île un mélange de langues africaines et de langues originelles des Caraïbes, lui apprit Ethan.

— Ça m'a l'air très complexe, avoua-t-elle.

Ethan lui sourit.

Comme à son habitude, il était très séduisant. Après avoir bu le champagne sous le palanquin, il était allé se changer pour le dîner. En pantalon de toile beige et chemise blanche à col ouvert, il dégageait une élégance décontractée que beaucoup d'hommes devaient lui envier.

Tout en bavardant, Marisa ne pouvait s'empêcher de l'admirer. De son côté, renversé contre son dossier, il laissait errer son regard sur elle sans cacher son approbation.

En proie à un léger vertige, Marisa savait que c'était l'effort qu'elle avait fait pour paraître à son avantage qui lui valait cette attention. Elle portait une longue robe du soir rouge et or, retenue aux épaules par de fines bretelles, dont la taille haute soulignait son buste de façon suggestive. Elle s'était maquillée avec soin, rehaussant l'éclat de ses yeux d'un trait de mascara et soulignant ses lèvres d'une touche de gloss. Sa chevelure blonde retombait avec naturel sur ses épaules.

La température avait légèrement baissé et la nuit était douce, parfumée, caressante. Ils dînaient sur la terrasse de l'hôtel, disposée en demi-cercle autour de la piscine illuminée. Les palmiers en pots et les bougainvilliers qui entouraient les tables préservaient l'intimité des dîneurs.

« Toute ma vie, je me rappellerai cet endroit. Et l'homme merveilleux qui a réalisé mon rêve », pensait Marisa, éblouie.

— Quand l'île est-elle devenue anglaise ? demanda-t-elle en s'efforçant de revenir à la réalité.

— Après les guerres napoléoniennes, répondit Ethan. Comme les propriétaires français conservaient leurs plantations, ça ne les dérangeait pas vraiment d'être sous domination britannique. Quant aux esclaves, ils ont été affranchis plus tôt que dans les autres colonies.

— L'esclavage… Une page bien sombre de l'histoire de ce petit paradis, déclara-t-elle avec tristesse. Comment les Européens ont-ils pu se livrer à des pratiques aussi barbares ?

— Je suppose que lorsqu'un comportement vous apporte la richesse matérielle, c'est plus facile de se persuader qu'il est justifié, répondit Ethan avec cynisme.

Ce disant, il dévisagea la jeune femme avec attention. Elle avait l'air déconcertée. La remarque qu'il venait de faire la renvoyait-elle à sa propre situation ? A la façon dont elle se faisait entretenir par Ian Randall ?

Mais tandis qu'il se faisait ces réflexions, sa conscience vint le rappeler à l'ordre. Et lui, ne profitait-il pas de la situation sous prétexte d'aider sa sœur ? Après tout, il avait tout fait pour avoir cette femme belle et désirable rien que pour lui.

Bah, il penserait à ça plus tard, quand le moment serait venu de jouer cartes sur table ! A quoi bon gâcher une soirée si prometteuse ?

Il se concentra sur le dîner. Il avait commandé un assortiment de poissons grillés agrémentés de piments doux et Marisa des brochettes de crevettes qu'elle trempait dans une sauce à la noix de coco.

— Elles sont bonnes ? s'enquit-il.

Sa voix avait de nouveau une note amusée, insouciante.

— Mmh… Fabuleuses ! Mais elles doivent contenir au moins un million de calories.

Ethan se mit à rire.

— Tu n'auras qu'à compenser en prenant juste un fruit au dessert.

Marisa acquiesça tout en mordant dans la chair délicate. Elle était soulagée qu'il eût retrouvé son humeur joviale. Elle ignorait la raison de son air sombre et même cynique, tout à l'heure ; mais bon, puisque cela n'avait pas duré, elle n'allait pas s'interroger davantage et gâcher ces instants parfaits…

En tout cas, elle ne regretta pas d'avoir suivi son conseil pour le choix du dessert, car les tranches de fruits exotiques servies sur de la glace pilée étaient succulentes. Ethan en prenait aussi un morceau de temps à autre, tout en dégustant un verre de brandy.

Un sentiment de bien-être absolu envahit Marisa. Le bonheur, sans doute… Comment pourrait-elle en effet être plus heureuse qu'en ce moment, dans ce paradis aux mille parfums, avec Ethan qui posait sur elle un regard adorateur ?

Un petit frisson d'excitation la parcourut quand, aussitôt après le café, il se leva.

— Si on rentrait ?

Il lui tendit la main. Marisa l'accepta et se leva à son tour. Ensemble, ils contournèrent la piscine. Ethan n'avait pas relâché sa pression et Marisa en fut charmée. Se promener ainsi avec lui main dans la main lui paraissait une évidence, même si elle sentait son pouls s'affoler.

Au-delà de la piscine et du parc paysager, des sentiers sablonneux bordés de coquillages et discrètement éclairés s'enfonçaient sous la végétation luxuriante. Au loin, par-dessus le chant des cigales, Marisa entendait le doux clapotis des vagues.

Au lieu de rentrer au bungalow, Ethan l'entraîna vers la plage déserte. La lune, basse dans le ciel nocturne, dessinait un sillon argenté à la surface de la mer. Des étoiles pareilles à de minuscules lampes dorées éclairaient le ciel. Marisa sentait l'air moite de la nuit tropicale sur ses épaules nues.

Bientôt, elle ressentit un léger vertige. Etait-ce à force de garder les yeux levés vers la nuit, à cause du champagne ou des émotions qui tourbillonnaient en elle ?

Elle n'aurait su le dire, mais elle dut chanceler, car deux mains fortes lui enserrèrent la taille pour la retenir.

Elle se tourna vers Ethan. Même dans le clair de lune, elle distinguait nettement son expression et ce qu'elle lut dans ses yeux la chavira. Un flot furieux se mit à bouillonner dans ses veines.

— Marisa, murmura-t-il.

Alors, ce qu'elle attendait depuis le début de la soirée, ce qu'elle désirait en secret depuis que leurs regards s'étaient croisés pour la première fois, à Londres, se produisit enfin. Lentement, très lentement, Ethan se pencha vers elle...

Son baiser fut léger, comme une caresse taquine qui jouait avec son désir autant qu'avec le sien. Les lèvres brûlantes d'Ethan butinaient et mordillaient les siennes. Alors que Marisa avait de plus en plus de mal à contenir son ardeur, il l'étreignit pour un échange plus charnel, comme s'il était lui aussi incapable de résister plus longtemps.

Marisa se sentit fondre sous le maelström de sensations qui l'assaillait. Ethan prenait sa bouche avec une passion sauvage, presque animale, qui annihilait ses sens. Le monde extérieur avait cessé d'exister. Seul comptait ce moment unique...

Combien de temps leur baiser dura-t-il ? Une heure ou quelques secondes ? Elle avait perdu toute notion du temps. Mais quand Ethan s'écarta, son regard fiévreux rivé au sien, elle était sans force.

— Je te désire tellement, dit-il dans un soupir rauque.

Elle leva son regard vers lui, cherchant de nouveau le contact ensorcelant de ses lèvres.

— Moi aussi... Je suis à toi.

Une lueur de triomphe embrasa les prunelles d'Ethan. Dans un gémissement sourd, il l'embrassa de nouveau, puis il la souleva sans effort pour l'emporter vers le bungalow.

Il faisait une chaleur étouffante dans la chambre, car ils avaient oublié de mettre la climatisation en marche. Ethan la déposa sur le lit et alluma une lampe de chevet. D'un geste habile, il la débarrassa de sa robe longue et de son slip et admira sa nudité.

Le corps en feu, Marisa leva les bras au-dessus de sa tête et s'étira langoureusement. Ethan la fixait d'un regard fou. Elle l'entendit murmurer quelque chose en grec.

Une seconde plus tard, il happa la couronne sombre d'un sein et se mit à la taquiner des lèvres et de la langue. Marisa frémit sous cet assaut voluptueux en laissant échapper une plainte rauque, primitive.

Encouragé, il traça un sillon humide le long de son ventre nacré. Ses mains avides sculptèrent sa taille fine, remontèrent vers ses seins pour agacer du bout des doigts leurs pointes dressées.

Des vagues de plaisir submergeaient Marisa, comme une lave sensuelle qui électrisait son corps et lui donnait le vertige.

Mais elle voulait plus encore, beaucoup plus. Elle le voulait, *lui !*

Maladroitement, elle lui agrippa les épaules et chercha à le débarrasser de sa chemise.

Ethan cessa aussitôt ses caresses et, se redressant, il l'ôta lui-même, ainsi que le reste de ses vêtements. Enfin, il se tint nu au bord du lit.

Marisa retint un instant son souffle puis, dans un soupir rauque, elle l'attira vers elle.

Son corps était immense, brûlant et ferme. Elle sentit aussi contre son ventre toute la puissance de sa virilité. D'instinct, elle souleva ses hanches pour venir à sa rencontre. Pour toute réponse, il glissa une cuisse musclée entre les siennes et captura de nouveau ses lèvres.

Tout en s'abandonnant à son baiser plein de fougue, Marisa fit courir ses mains sur son dos large et musclé et s'amusa à en sillonner les contours. Quand Ethan se raidit, secoué de violents frissons, elle se délecta de l'effet qu'elle avait sur lui.

Ethan sentait un désir furieux, irrépressible, monter en lui. Marisa aussi était prête pour lui, il le savait ; et il n'avait plus qu'une envie : voir son corps délicieux s'embraser sous le sien. Il s'arc-bouta au-dessus d'elle et la regarda intensément, fasciné par les émotions qui affleuraient sur son visage empourpré.

Theos... Elle était sublime avec ses cheveux dorés répandus sur les oreillers, ses traits rayonnant d'une beauté presque surnaturelle, son corps parfait vibrant d'anticipation...

Maintenant. Oui, *maintenant*...

En entendant Marisa murmurer son nom d'un ton pressant, il n'y tint plus. D'une seule poussée, il la pénétra enfin, avant d'entamer avec elle une danse primitive, immémoriale, qui, très vite, s'accéléra au rythme de leur passion.

Marisa se cambrait sous ses assauts et la vue de ce corps magnifique livré à lui ne fit qu'accroître son ardeur. Il l'entraîna toujours plus vite, toujours plus haut, vers les sommets d'un plaisir incandescent.

La tête rejetée en arrière, les yeux grands ouverts, Marisa donnait l'impression de se noyer, emportée par un raz-de-marée de sensations puissantes, inédites. Cramponnée à Ethan comme si sa vie en dépendait, elle soulevait ses hanches en proie à une intense excitation, pour l'inviter plus profondément en elle. Lorsque l'orgasme survint, son cri brisa le silence de la chambre et elle chavira...

Un instant plus tard, un cri guttural fit écho au sien, et Ethan la rejoignit dans l'extase. Ensemble, ils s'embarquèrent vers une apothéose sublime qui les consuma encore et encore... Puis, pantelants, le corps repu, ils regagnèrent peu à peu des rivages plus sereins.

Une douceur irréelle enveloppait Marisa. Une profonde léthargie engourdissait ses membres et elle était tout juste capable de caresser le dos d'Ethan du bout des doigts. Combien de temps restèrent-ils ainsi, blottis l'un contre l'autre, encore haletants du plaisir qui les avait possédés ? Elle n'aurait su le dire. Une chose dont elle était certaine, en revanche, c'était d'avoir trouvé sa place dans ces bras-là. Une place qu'elle ne voulait plus quitter désormais. Cette étreinte solide et rassurante n'était-elle pas tout simplement merveilleuse ?

Et tandis qu'Ethan dormait contre sa poitrine nue, elle passa un bras autour de lui pour le serrer contre son cœur...

Marisa nagea paresseusement vers le bar aquatique de la piscine et se jucha sur l'un des tabourets semi-immergés. Un serveur souriant lui demanda en créole ce qu'elle désirait boire. Elle opta pour un margarita à la fraise qu'elle sirota en contemplant la mer d'un air rêveur.

Même après presque deux semaines, elle ne se lassait pas de cette vue. Pas plus qu'elle ne se rassasiait d'Ethan, songea-t-elle avec un petit soupir de bonheur.

Depuis cette première nuit ensemble, ils ne se quittaient plus. Tout juste Ethan s'autorisait-il un bref moment dans la journée pour envoyer ses rapports et recevoir les mises à jour depuis le bureau de l'hôtel. Mais il s'absentait rarement plus d'une demi-heure et, le reste du temps, il le passait avec elle.

Dès l'instant où elle avait accepté son invitation, elle avait su que ce séjour serait inoubliablc, mais jamais elle n'aurait imaginé à quel point.

Entre eux, ce n'était pas seulement une histoire de désir — le mot était trop faible pour exprimer la passion qui les consumait et les instants d'infinie tendresse qu'ils partageaient après l'amour. Les yeux dans les yeux, ils s'endormaient à force de caresses pour se réveiller plus tard dans les bras l'un de l'autre et faire de nouveau l'amour… Ethan était un amant insatiable.

Pourtant, une ombre venait troubler ce bonheur parfait. Leur séjour sur l'île s'achevait. Dans deux jours, ils rentreraient à Londres et retrouveraient leur vie d'avant…

Leur idylle survivrait-elle à ce choc ?

Cette question lui traversait l'esprit de temps à autre, mais elle avait jusque-là refusé de s'y attarder pour ne pas gâcher le merveilleux intermède qu'ils vivaient sur cette île tropicale. De plus, il fallait bien l'avouer, cette réalité lui paraissait aussi lointaine que l'hiver anglais.

Mais après ? Ethan resterait-il cet amant époustouflant qui n'avait de cesse de la combler ? N'était-elle pour lui qu'une façon agréable de passer des vacances au soleil ?

Des doutes, soudain, vinrent renforcer son inquiétude. Car même si Ethan était tout à elle, Marisa le sentait distant, parfois. Le regard qu'il posait alors sur elle était celui d'un inconnu. Puis, presque aussitôt, il redevenait lui-même. Ces moments ne duraient pas, mais elle ne pouvait plus les ignorer. N'était-ce pas le signe que leur histoire allait bientôt prendre fin ?

« N'oublie pas que c'est un homme d'affaires et qu'il a un empire à diriger. Comment ses pensées pourraient-elles être exclusivement centrées sur toi ? »

Elle se montrait trop possessive. Il y avait des sujets plus importants qu'elle-même dans la vie d'Ethan et elle devait l'accepter.

Néanmoins, elle ne pouvait s'empêcher de s'interroger.

Il lui disait des mots passionnés quand il l'enlaçait. Mais que ressentait-il vraiment pour elle ?

Il y avait une autre question plus effrayante encore, à laquelle elle redoutait de répondre : que ressentait-elle pour lui, au juste ? S'agissait-il uniquement d'une passion éphémère ?

Oui, car il ne pouvait s'agir d'autre chose, n'est-ce pas ? se dit-elle pour se rassurer. En effet, elle serait stupide de prendre son émoi pour un sentiment plus profond…

A leur retour à Londres, elle serait fixée. Et s'il lui annonçait que tout était fini, à l'aéroport ? Eh bien, elle devait se préparer à ce moment-là… et être forte.

Mais en attendant, elle ne laisserait pas l'angoisse gâcher les dernières heures si précieuses de leur séjour.

Elle termina son jus de fruits et sortit de la piscine. Ethan devait avoir fini de travailler maintenant et il allait regagner le bungalow. Elle voulait être là pour lui et lui dire combien elle le désirait. Comme toujours, il l'enlacerait avec fougue… Faire l'amour au beau milieu de la matinée était un plaisir incomparable.

Ethan tenait Marisa tout contre lui et caressait doucement ses cheveux. Tous deux étaient alanguis après l'amour et seul le bruit du ventilateur au-dessus de leurs têtes brisait le silence. Tout à l'heure, ils se lèveraient et prendraient une douche, puis ils s'habilleraient pour le déjeuner. Un buffet au bord de la piscine, sous les parasols, dans une atmosphère décontractée…

Mais pour l'heure, il était loin d'être détendu, reconnut-il. Cela n'avait rien à voir avec les instants torrides que Marisa et lui venaient de partager. Non, sa mauvaise humeur était due à autre chose…

Encore deux jours et ils quitteraient Sainte-Cécile

pour rentrer à Londres. Là, il lui faudrait avouer à Marisa les raisons qui l'avaient poussé à l'amener ici, et les conséquences pour elle et pour Ian.

Mais comme il évoquait ces raisons, son esprit se rebella. Il n'avait peut-être pas besoin de lui mettre les points sur les *i*. Il avait du mal à croire qu'après ces deux semaines de passion torride elle puisse encore envisager de retourner auprès de Ian. Sans doute s'était-elle déjà dit que sa liaison avec son beau-frère était terminée. Et les choses en resteraient là. Il n'était donc pas nécessaire d'avoir cette confrontation avec elle.

Il n'en avait pas envie. Dès le début, il avait su que cet instant de vérité serait pénible. Mais après ce qu'ils avaient vécu ici, ce n'était tout simplement pas possible !

Une vague de dégoût l'envahit. Comment pouvait-il lui faire ça ? La traiter de briseuse de ménage après l'avoir tenue dans ses bras ? L'accuser après lui avoir fait l'amour avec tant de passion ?

« Je devais être fou pour échafauder un plan pareil ! »

Et encore plus fou pour croire qu'il était en mesure de le réaliser.

Il leva les yeux. Comme les pales du ventilateur qui brassaient l'air de la chambre, ses pensées tournaient sans fin dans son esprit. Non… C'était impossible d'en arriver là.

Impossible à cause de Marisa…

Rien qu'en évoquant son nom, il se sentait fébrile. Instinctivement, il resserra son étreinte autour d'elle. Elle s'était endormie contre lui et il prit conscience qu'elle était à la place qui lui convenait : entre ses bras.

« Je la désirais. Mais je n'aurais jamais imaginé que la posséder serait si… *extraordinaire* ! »

Tout était arrivé si vite. Leur désir grandissant, la passion, leur intimité parfaite… Et le plaisir de sa compagnie, leurs rires, leurs silences sereins, leur complicité de tous les instants. Qu'ils choisissent de dîner au clair de lune, de s'étendre sur la plage, de faire du bateau ou d'admirer le coucher de soleil, tout lui paraissait simple, naturel, comme une évidence avec elle.

Quant au sexe…

Ethan sentit son corps se raidir, bien qu'il eût assouvi son désir quelques minutes plus tôt. Comment pouvait-il la désirer aussi fort et atteindre chaque fois un plaisir aussi extatique ? Et après, rien n'était plus important pour lui que de rester étendu avec Marisa pelotonnée entre ses bras…

Dire qu'il devait mettre un terme à tout cela, tout détruire… Il ne resterait rien de ces instants fabuleux. Absolument rien !

Il suivit le mouvement lancinant du ventilateur avec l'impression qu'il lui lacérait le cœur.

« Je ne veux pas lui dire la vérité. Je ne veux pas l'accuser ! »

Mais s'il ne le faisait pas…

Il se raidit. Il n'avait pas le droit de se décharger de ses responsabilités envers Eva et de donner la priorité à ses propres désirs.

« Si je ne le fais pas, je ne serais jamais qu'un égoïste doublé d'un lâche ! »

Il devait regarder la situation en face. Il n'y avait pas d'échappatoire possible, pas d'autre solution que d'aller jusqu'au bout de ce qu'il avait commencé.

Marisa bougea entre ses bras. Son corps doux et chaud frémit contre le sien, lui causant une réaction physique immédiate. Elle ouvrit les paupières. Son regard bleu se posa sur lui et un sourire sensuel se dessina sur ses lèvres.

— Ethan, murmura-t-elle avant de lui tendre sa bouche.

Il répondit à son invite en la bâillonnant d'un doux baiser qui gagna vite en intensité. Tout en explorant sa bouche veloutée, Ethan bannit les pensées dérangeantes qui l'assaillaient.

Londres était loin... Tout ce qui comptait, c'était le moment présent et le désir que lui inspirait Marisa.

5

Par la vitre du taxi, Marisa regardait défiler le paysage uniformément gris. Mon Dieu ! Comme les Caraïbes étaient loin…

Cette vue sinistre s'accordait parfaitement à son humeur, reconnut-elle, les mains crispées sur ses genoux. Auprès d'elle, Ethan travaillait sur son ordinateur, le visage fermé. Il n'était qu'à quelques dizaines de centimètres d'elle, mais elle avait l'impression qu'un gouffre béant les séparait.

Une sensation de vide l'envahit. Il était facile de deviner ce qui allait se passer. Ethan l'escorterait jusqu'à son appartement, puis de la façon qu'il jugerait la plus appropriée, il lui annoncerait qu'il mettait fin à leur histoire.

Le cœur lourd, Marisa fixa la grisaille au-dehors en s'efforçant de ne plus penser, de ne rien ressentir. En vain.

Pendant leur séjour sur l'île, Ethan n'avait cessé de la désirer. Mais voilà, les vacances étaient finies et son intérêt pour elle s'arrêtait là. Pour lui, il était temps de la rayer de sa vie et de passer à autre chose.

« Oh non, je ne veux pas le perdre. Je ne veux pas que tout soit fini entre nous ! »

Hélas, ses désirs n'entraient pas en ligne de compte.

Ils arrivaient à Londres. Le taxi traversa le quartier résidentiel de Shepherd's Bush, puis emprunta Holland Park Road. Quand la voiture se gara devant l'immeuble,

Marisa en descendit aussitôt, frissonnant dans l'air froid et nauséabond.

Ethan régla la course et se chargea des valises. Galamment, il l'invita à le précéder dans le hall, puis ils gagnèrent l'ascenseur.

— Brrr… C'est terrible ce froid après le soleil des Caraïbes, dit-elle en s'efforçant de prendre un ton léger.

Ethan sourit brièvement sans répondre, et ne regarda même pas dans sa direction.

Oh bien sûr, il était trop occupé à répéter mentalement son discours ! pensa-t-elle, irritée. Combien de fois l'avait-il servi ? Combien de femmes avait-il emmenées au bout du monde avant de les quitter de cette façon ? Pourvu au moins qu'il n'ait pas eu l'idée de lui offrir un cadeau en souvenir ! Elle ne le supporterait pas.

Ensuite, il quitterait sans doute le logement qu'il occupait auprès du sien. Il réintégrerait son appartement dont les travaux devaient être terminés maintenant, et ils ne se croiseraient plus…

Une fois sur le palier, Marisa chercha sa clé et ouvrit la porte. Ethan la suivit avec les valises, déposant la sienne dans l'entrée.

— Tu veux bien mettre mes bagages dans la chambre ? demanda-t-elle avant d'entrer dans le salon.

L'appartement était glacial et sentait le renfermé. Elle alla régler le thermostat. Quand elle se détourna, Ethan était campé au milieu de la pièce, le visage sombre et fermé.

L'heure fatidique était venue, pensa Marisa. Les nerfs tendus, elle attendit qu'il prenne la parole. Elle accuserait le coup, se répéta-t-elle avec courage. Elle espérait même trouver la force de sourire et de le remercier pour ces moments fabuleux. Surtout pas de larmes, ni de lamentations.

— J'ai quelque chose à te dire.

Elle tressaillit. Le ton était brusque. Avait-il besoin d'être si dur ? N'y avait-il pas une façon… cordiale d'annoncer ces choses-là ?

Si Ethan nota son étonnement, cela ne fit que durcir son expression. Le ventre noué, Marisa eut l'intuition que quelque chose de terrible se préparait. Jamais elle n'avait lu une telle hostilité sur les traits d'Ethan, dont le regard était aussi tranchant qu'une lame d'acier.

Que se passait-il ? Pourquoi prenait-il cet air effrayant ?

Ethan ne tarda pas à lui fournir la réponse.

— Tu ne reverras pas Ian Randall. Tu vas sortir de sa vie maintenant. Et pour de bon.

Quoi ? Marisa vacilla sous le choc. Elle agrippa l'accoudoir du sofa, comme si elle allait s'effondrer.

— Tu ne le reverras pas, assena-t-il de nouveau. Il va travailler à Athènes. Je l'ai muté au siège de ma société.

Il avait finalisé cette démarche à Sainte-Cécile. Cette solution se révélait la plus simple pour éloigner Ian de Londres et garder un œil sur lui. Et connaissant celui-ci, il ne se risquerait pas à collectionner les aventures sous le nez de son patron et beau-frère !

Tout en regardant Marisa digérer cette information, il s'efforçait de lui opposer un masque froid et de rester immobile.

Hébétée, la jeune femme essayait désespérément de comprendre ou plutôt de trouver quelque chose, n'importe quoi, qui eût un sens dans toute cette confusion.

— Mais… Ian ne travaille pas pour toi.

Sa remarque semblait incongrue sans doute, après cette cascade de révélations, mais les mots franchirent ses lèvres sans qu'elle y prît garde. C'était le choc qui altérait sa faculté de penser, se dit-elle. Puis elle eut un sursaut de lucidité. Comment Ethan connaissait-il Ian ?

Elle allait lui poser la question quand elle entendit son rire dur.

— Bien sûr que si, il travaille pour moi !

— Pas du tout, se récria-t-elle. Il est directeur de marketing dans une société…

— L'une de mes filiales.

Sidérée, Marisa ouvrit la bouche et la referma. Mon Dieu ! C'était impossible… Il devait y avoir un sens à tout cela.

— Pourquoi te soucies-tu de ce qu'il y a entre Ian et moi ? réussit-elle à articuler enfin. Je ne vois pas quel tort cela peut te faire.

Une bouffée de colère saisit Ethan. Contre Ian, parce que c'était sa faute s'il se retrouvait dans ce bourbier. Sa faute s'il était amené à blesser Marisa.

Il s'avança vers elle et lui empoigna les bras.

— Pourquoi ? Parce que Eva Randall est ma sœur.

Il la vit pâlir. Ses yeux bleus devenaient immenses.

— Oh ! Je… je l'ignorais, murmura-t-elle d'une voix faible.

Il la relâcha et laissa échapper un rire cynique.

— Ça, je veux bien le croire ! Pourquoi t'en aurait-il parlé ? J'ai su qu'il ne t'avait rien dit quand je me suis présenté à toi. Mon nom sur la carte ne te disait rien.

Il marqua une pause avant d'ajouter d'une voix plus sourde :

— Ce qui me laissait le champ libre pour servir mes intérêts. Je t'ai fait suivre. J'ai loué l'appartement voisin du tien et j'ai minutieusement programmé notre rencontre. Tu as été surveillée dès que j'ai soupçonné Ian de dissimuler un petit secret. Après avoir fait ta connaissance, c'était plus facile de tout mettre en œuvre pour te séparer de lui.

Marisa avait l'impression d'évoluer en plein cauchemar. Elle vacilla. Pourtant, du fond de son cœur, elle puisa la force de parler. Les mots lacérèrent sa gorge comme des lames.

— Alors, c'était... un coup monté... depuis le début ?

Ses traits tendus à l'extrême avaient la pâleur de l'albâtre. Sa beauté était presque surnaturelle, se dit Ethan, déchiré. Il brûlait d'envie de se précipiter vers elle et de la prendre dans ses bras.

— Oui, un coup monté. Rien d'autre que ça, dit-il seulement.

Par ces mots, il avait conscience de trancher les liens qui le retenaient encore à elle, de l'éloigner de lui pour toujours. Mais avait-il le choix ?

Marisa le fixait, horrifiée. Ses yeux, qui la veille encore l'avaient brûlée de leur feu, étaient noirs, vides et glacés.

— Sors d'ici, s'écria-t-elle d'une voix étranglée.

Ethan ne bougea pas. Pour douloureux qu'il fût, il devait jouer ce jeu cruel jusqu'à son dénouement le plus amer.

— Voilà ce que tu vas faire, déclara-t-il avec peine : tu vas cesser toute relation avec Ian Randall. Donne-lui les raisons que tu voudras, mais sache que si tu ne suis pas ce conseil, c'est moi qui lui donnerai une bonne raison de couper les ponts avec toi.

Il ménagea une pause avant d'ajouter, glacial :

— Il saura ce que tu as été pour moi. Est-ce clair ?

Marisa eut l'impression de recevoir le coup de grâce. Une violente nausée l'envahit et elle entoura de ses bras son corps frissonnant. Elle finit par hocher la tête, sachant qu'il ne partirait pas sans avoir obtenu ce qu'il voulait. *Ce qu'il avait prévu d'obtenir depuis le début...*

« Non ! Ne pense pas à ça. Pas maintenant... »

Plus tard, quand elle aurait appréhendé l'odieuse réalité dans toute son horreur. Pour l'heure, elle voulait rester là, devant lui, et lui tenir tête.

Ethan laissa échapper un soupir. Voilà, il avait dit tout ce qu'il avait à dire. Maintenant, il ne lui restait plus qu'à faire ce qu'elle lui demandait : partir.

— Inutile de me raccompagner.

Il se rendit dans l'entrée, récupéra sa valise. Au moment d'ouvrir la porte cependant, il s'immobilisa, la main sur la poignée. Juste au cas où...

Puis, d'un geste brusque, il tira le battant et disparut.

Pendant quelques instants, Marisa fixa le vide qu'il venait de laisser. Puis, ivre de douleur, elle s'effondra en larmes sur le sofa.

Ethan longea le couloir, le visage fermé, l'esprit vide, le corps comme anesthésié. Il reprit l'ascenseur, sortit de l'immeuble et appela un taxi pour rentrer chez lui, à Mayfair.

« Ne pense plus à Marisa... »

Chassant les images de bonheur qui cherchaient à s'infiltrer dans son cerveau, il serra la poignée de sa valise à l'en briser et marcha le long du trottoir dans le froid mordant.

Au fond de lui-même aussi, il faisait terriblement froid.

Marisa ouvrit la valise qu'elle avait achetée le matin même dans la boutique la plus proche et, avec des gestes d'automate, elle se mit à vider les tiroirs. Peu importait dans quel ordre elle rangeait ses vêtements, l'essentiel était de ne pas s'arrêter. Une valise attendait déjà au pied du lit, celle qu'elle avait bouclée sur un autre continent, dans une autre vie... et qu'elle n'avait pas eu le temps de défaire.

La commode vidée, elle s'attaqua à la penderie. Il n'y avait pas que ses habits à emporter, mais le reste suivrait plus tard. Elle mettrait ses livres et ses CD dans des cartons et les ferait expédier. Le mobilier, la literie, la vaisselle faisaient partie de l'appartement et elle les laisserait là.

Elle n'emportait que ses affaires personnelles… et ses souvenirs. Ceux-ci, indélébiles, resteraient gravés dans sa mémoire.

De faux souvenirs, des mensonges, parce que l'homme qui les avait partagés avec elle n'était pas celui qu'elle avait pensé.

Sa gorge se noua. Elle avait cru être au moins un intermède romantique pour lui, une partenaire idéale pour flirter sur une île paradisiaque. Mais non, elle n'avait même pas été cela.

Il lui avait joué une comédie sordide de bout en bout, sans autre but que de la chasser de la vie de Ian.

Parce qu'Ethan était le frère d'Eva Randall…

Elle n'avait pas une seule seconde soupçonné une chose pareille. Et de son côté, Ian n'avait pas jugé nécessaire de lui dire que le frère de sa femme s'appelait Ethan Teodarkis. Pourquoi l'aurait-il fait ?

Mais peu importait maintenant qui avait su quoi, pensa Marisa avec une douloureuse lassitude. Le plus grave, c'était qu'Ethan avait découvert qu'elle et Ian étaient liés.

Une vague d'angoisse et de chagrin la submergea.

« Pourquoi n'est-il pas venu me parler en face dès le début ? C'était tout ce qu'il avait à faire au lieu d'orchestrer cette monstrueuse mascarade ! »

La réponse lui apparut d'elle-même. Brutale, pénible.

Parce que la méthode qu'il avait choisie était de loin la plus efficace.

Ça, au moins, c'était indiscutable. Eh bien, elle allait se tenir à l'écart, puisque plus rien n'était possible, désormais.

Sans plus réfléchir, Marisa continua à faire ses bagages.

*
* *

Ethan travaillait dans son bureau, au siège de Teodarkis International à Athènes, quand il vit le voyant du téléphone interne clignoter avec insistance. Il appuya sur une touche et sa secrétaire se mit à parler d'un ton alarmé.

— *Kyrios* Teodarkis... Je suis vraiment désolée. C'est le mari de *Kyria* Eva... Il insiste pour vous voir. Je lui ai dit qu'il y avait une réunion du Conseil dans dix minutes, mais...

— Ça ira, Elena, l'interrompit-il. Je vais le recevoir.

Ethan se renfonça dans son fauteuil. Il s'était plus ou moins attendu à cette confrontation. Ian Randall ne renonçait pas si facilement à celle dont il voulait faire sa maîtresse !

Mais quel homme laisserait une femme comme Marisa Milburne lui échapper ? Elle était si belle, si passionnée, si...

Aussitôt, il chassa ces dangereuses pensées. C'était une méthode qu'il utilisait souvent ces derniers temps pour couper court aux souvenirs douloureux, et il ne s'autorisait aucune complaisance.

Son regard se durcit.

Il ne laisserait pas non plus son imbécile de beau-frère profiter de Marisa.

« J'ai dû renoncer à elle... Et il en fera autant ! »

La colère bouillonnait toujours en lui quand Ian fit irruption dans le bureau, très agité.

— Ethan... Qu'est-ce que ça veut dire ? Neil Mackay m'a dit que l'ordre venait de toi et que je travaillerai désormais ici. Je ne comprends pas. Pourquoi as-tu besoin de moi au siège ?

— Il est temps que tu évolues dans ta carrière, déclara Ethan sans se laisser émouvoir par cet éclat. Il s'agit d'une promotion, Ian. Tu devrais être content.

Il réglerait ça poliment, sans hausser la voix, décida-t-il. Si sa sœur avait vent d'une altercation entre lui et son mari, elle serait très contrariée.

— Oh ! je t'en prie ! répliqua Ian. Tu n'as aucune raison de me promouvoir. C'est pour Eva que tu fais ça ? Tu penses que ça lui ferait plaisir de venir vivre à Athènes ?

Ethan lui jeta un regard direct.

— Pour moi, le bonheur d'Eva passe avant tout. N'oublie jamais ça ! Après tout… c'est pour la rendre heureuse que j'ai accepté qu'elle t'épouse.

— Tu ne m'as jamais pardonné de m'être marié avec elle, n'est-ce pas ?

— Tant que tu ne lui fais aucun mal, disons… que je te tolère.

Il vit les traits de Ian virer à l'écarlate. Il se donnait de grands airs, maintenant. Ce type n'avait d'autre ambition dans la vie que de se faire plaisir ! Toujours souriant, charmeur, il n'en était pas moins égoïste et imbu de lui-même. Il avait fait la cour à Eva et avait fini par la persuader de l'épouser. Pour la tromper au bout de deux ans de mariage !

Ethan se prit à maudire en silence son beau-frère, les relations que leurs deux familles avaient tissées et le fait que Sheila Randall avait pratiquement adopté Eva. Adolescente à l'époque, Eva avait été vulnérable, au point de tomber amoureuse du fils de la maison, éblouie par son physique avantageux et ses manières de séducteur.

Et il le maudissait encore plus d'avoir usé de ce charme auprès d'une autre jeune femme : Marisa !

La voix étranglée de Ian interrompit la litanie de ses récriminations.

— Tu me… *tolères* ? Oh ! Merci, Ethan ! C'est… très généreux de ta part. Eh bien, j'en ai assez de ta tolérance, figure-toi. J'en ai par-dessus la tête d'entendre que je n'occupe ce poste que parce que je suis le beau-frère d'Ethan Teodarkis ! J'en ai assez qu'on me jalouse d'être envoyé sur la côte Ouest pour des missions enviables, avec ordre de passer des vacances à Hawaii pour faire plaisir à ma femme, qui se trouve être la sœur du patron.

Ian se pencha au-dessus du bureau avant d'ajouter d'un ton cinglant :

— Je pense qu'il est grand temps de te dire que je peux me passer de *ta bienveillante générosité* !

Ethan se leva à son tour.

— Et moi, je pense que tu feras exactement ce que je t'ai demandé, jeta Ethan d'une voix qui claqua comme un fouet. A moins que tu ne préfères que je parle à Eva de… Marisa Milburne ?

Ian se mit à pâlir.

— Comment… Comment es-tu au courant au sujet de Marisa ?

— Je sais que tu l'as installée dans un appartement de Holland Park. Alors, inutile de me prendre pour un imbécile.

— Espèce de salaud ! Tu m'as fait suivre, s'exclama Ian en ébauchant une grimace de dégoût. Et tu serais prêt à révéler son existence à Eva ?

Il avait peur, constata Ethan avec une satisfaction perfide.

— Oh ! rassure-toi, répondit-il, le regard dangereusement aiguisé. Je n'aurai pas besoin de le faire. Marisa Milburne n'est plus dans ton appartement.

— *Quoi ?*

— Elle est partie, je te dis. Envolée. Je suppose qu'elle s'est choisi un autre amant fortuné pour passer le temps…

Le visage de Ian se contracta. Son regard était dur, glacial, avec quelque chose d'énigmatique qu'Ethan ne parvint pas à identifier.

Sans un mot, son beau-frère tourna les talons et se

dirigea vers la porte. Au moment de franchir le seuil pourtant, il se détourna.

— Tu trouveras ma lettre de démission sur ton bureau demain matin.

Sur quoi, il disparut.

Ethan faillit s'élancer à sa poursuite pour lui infliger la correction qu'il méritait. Mais cet imbécile n'en valait même pas la peine, se dit-il. Quant à sa démission, quelle blague ! Il ne la remettrait pas. Ni demain ni jamais. Le poste qu'il occupait était trop confortable. Sans compter que s'il quittait la société en claquant la porte, Eva en ferait toute une histoire. Elle ne voulait pas entendre parler de mésentente entre les deux hommes.

« Que Randall aille au diable ! »

Ethan se rassit, en proie à une colère sans nom. Si le mari d'Eva avait eu le moindre sens moral, il ne serait pas là, à penser sans cesse à Marisa…

Son souvenir le tourmentait, le harcelait sans relâche. C'était la conséquence de la stratégie qu'il avait mise en place, mais pas une seconde il n'avait imaginé que cela le laisserait dans un tel chaos émotionnel. Il se sentait pris à son propre piège.

Il avait réussi sa mission. Logiquement, cela aurait dû être la fin de l'histoire. C'était le cas pour Marisa et Ian. Mais pas pour lui. Il la désirait toujours et aurait tout donné pour la reconquérir. Hélas, c'était impossible !

Il regarda droit devant lui, mais ce n'était plus son élégant bureau qu'il avait devant les yeux. A la place, il revoyait la plage de sable blanc, les palmiers ondulant doucement sous la brise tropicale, la mer d'un bleu turquoise… Et Marisa. Toujours Marisa…

Marisa descendit du taxi et régla le chauffeur. Le tarif était exorbitant. Normal, il y avait plus de trente kilomètres depuis la gare de Plymouth jusqu'ici. Quelques mois plus tôt, elle aurait pris le bus qui s'arrêtait au village, puis elle aurait parcouru à pied les derniers kilomètres qui la séparaient du cottage. Mais à présent, grâce à Ian, elle pouvait s'offrir le luxe d'un taxi pour rentrer chez elle.

Mais elle ne devait pas songer à Ian. Il appartenait à un monde qui n'était pas le sien, aux confins duquel elle avait tout juste essayé de se maintenir. Jusqu'à ce qu'Ethan Teodarkis ne décide de l'en chasser.

Le taxi fit demi-tour sur le chemin de terre et fut bientôt hors de vue.

Marina frissonna. L'hiver enveloppait la campagne et les arbres dénudés tremblaient sous le vent glacial qui soufflait de la lande. Le jour commençait à décliner. Devant elle, le cottage semblait morne et délabré. Une ardoise menaçait de se détacher du toit et l'eau de pluie débordait lentement de la gouttière ; des feuilles mortes de l'automne précédent jonchaient l'allée détrempée jusqu'à la porte de la maison.

Le cœur lourd, elle poussa le portail de bois qui grinça. Puis soulevant ses valises et le sac contenant des provisions achetées à Londres, elle gagna la porte d'entrée. Dès qu'elle ouvrit le battant, une bouffée d'air glacée l'assaillit. Il faisait encore plus froid à l'intérieur que dehors.

Posant ses bagages, elle se rendit dans la cuisine pour ranger ses courses. Les murs épais percés de lucarnes assombrissaient la pièce mansardée et elle alluma la lumière. Marisa vit alors la couche de poussière qui couvrait la table et les mouches mortes agglutinées sous les minuscules fenêtres.

Une immense vague de tristesse et de découragement l'envahit. Comme un automate, elle brancha le réfrigérateur, chargea et alluma l'antique cuisinière à bois, épousseta les meubles. Elle essayait de se concentrer sur ces corvées ménagères pour ne pas penser au chagrin qui emplissait son cœur.

Parce que le souvenir de sa mère était encore si palpable dans cette maison affreusement vide ; parce qu'elle ne reverrait plus jamais Ian ; parce que…

Mais elle refusait de mettre un nom sur cette autre raison qui la faisait souffrir. Cette douleur-là était plus violente, plus aiguë, comme une lame qu'on lui enfoncerait dans le cœur encore et encore…

Soudain, sa gorge se noua. Alors, lasse de lutter, Marisa se laissa tomber sur une chaise, enfouit son visage dans ses bras et éclata en sanglots.

En plus de la douleur, une foule de questions malmenait son cerveau.

« Comment Ethan a-t-il pu me faire ça ? Comment ai-je pu tomber dans ce piège sans me rendre compte de rien ? Pourquoi ai-je si mal, maintenant ? Pourquoi n'a-t-il pas été franc dès le début ? »

Au lieu de cela, il s'était amusé à la manipuler avec des sourires et des baisers factices… et bien plus encore !

Peu à peu, ses larmes s'espacèrent, mais une sourde angoisse l'oppressait, l'empêchant presque de respirer. Relevant la tête, elle fixa sans vraiment les voir les pauvres meubles démodés.

Devant ses yeux apparurent des eaux bleues d'une petite plage des Caraïbes. Il faisait chaud, ses pieds foulaient le sable et son cœur débordait de joie…

Résolument, elle chassa ces images douloureuses. Rien ne changerait ce qui était arrivé. *Rien !*

Furieuse, elle se leva, gagna le vestibule et, empoignant ses valises, gravit l'escalier usé qui menait à sa chambre.

Il faisait très froid dans la pièce et une odeur de moisi imprégnait l'air. Mais qu'est-ce que ça pouvait bien faire ? Peu lui importait maintenant.

« Qu'Ethan Teodarkis aille au diable ! »

Un élan de haine la traversa.

De toutes les fibres de son corps, elle haïssait cet homme. Parce qu'il l'avait emmenée au paradis pour mieux lui faire vivre l'enfer ensuite.

6

« Ethan… Que se passe-t-il ? Dis-moi ce qu'il y a. »

La voix d'Eva était tendue au téléphone. Ethan perçut son angoisse et étouffa un juron.

— Ian ne veut pas m'expliquer quoi que ce soit. Rien ! reprit sa sœur. Vous vous êtes disputés lui et toi, n'est-ce pas ? Je le sais !

Il prit une profonde inspiration et de sa voix la plus apaisante — celle qu'il employait autrefois pour la rassurer — il déclara :

— Je ne veux pas que tu t'inquiètes…

— Comment veux-tu que je ne m'inquiète pas ? coupa-t-elle d'un ton aigu ! Mon mari est rentré d'Athènes en m'annonçant qu'il avait démissionné et qu'il ne voulait plus travailler avec toi. Ethan, que lui as-tu dis ? Pourquoi a-t-il pris cette décision ?

Parce que son mari volage, se sentant démasqué, avait voulu se donner de grands airs et quitter le bureau avec panache ! pensa-t-il en serrant les dents. Du reste, ça lui ressemblait bien. Mais Eva ne devait pas savoir la vérité, bien sûr. Et pour la protéger, il était bien obligé de couvrir les turpitudes de son mari.

— Eva, ça ne s'est pas passé comme tu le crois. C'était une décision mutuelle, mentit-il. Ian m'a fait savoir que depuis quelque temps déjà il voulait partir.

— Mais… pourquoi ? J'étais si heureuse que tu lui fasses confiance et que tu l'engages.

Ethan leva les yeux au ciel, soulagé que sa sœur ne puisse voir son expression. Ce n'était pas parce qu'il avait confiance en Randall qu'il l'avait embauché ; c'était exactement le contraire. Il avait voulu garder un œil sur lui et faire en sorte qu'il se tienne à carreau. Et maintenant que cet idiot avait fauté, il croyait échapper à sa surveillance en quittant la société !

Comme il était essentiel qu'Eva ne voie pas les choses sous cet angle, il s'évertua à minimiser l'affaire.

— Je pense qu'il se sentait un peu trop dominé, Eva, avança-t-il, placide. C'est normal qu'il veuille voler de ses propres ailes et montrer ce dont il est capable. Il se peut que plusieurs entreprises aient essayé de le recruter. Après tout, son expérience dans l'une des filiales de Teodarkis International le valorise et fait de lui un candidat très prisé.

Ses efforts semblèrent porter leurs fruits, car Eva se calma.

— Je suppose que tu as raison, dit-elle. J'avais peur qu'il soit parti à la suite d'un désaccord avec toi. Tu sais, il t'admire, Ethan. Tout ce que je veux, c'est que vous vous entendiez bien tous les deux, acheva-t-elle tristement.

Ethan ne répondit pas. Il y avait des choses sur lesquelles il ne pouvait mentir. Il n'avait aucune estime pour le mari de sa sœur et, d'instinct, il avait désapprouvé leur union. Eva méritait tellement mieux qu'un coureur de jupons…

Quant à ce que Ian Randall allait devenir, Ethan n'en savait rien. Certes, il avait affirmé à Eva que de belles perspectives professionnelles s'offraient à lui, mais c'était juste pour la tranquilliser. Au fond de lui, il n'y croyait pas vraiment. Ian ne retrouverait pas un poste comme celui qu'il avait occupé au sein du groupe Teodarkis. Il s'était peut-être fait plaisir en claquant la porte, mais il se rendrait vite compte que le monde du travail était une jungle sans merci.

Un sourire ironique incurva les lèvres d'Ethan. Il éprouverait un malin plaisir à voir Ian ramper devant lui et le supplier de le reprendre dans son ancien poste.

Et il le reprendrait, se dit-il avec un soupir. Pour contenter Eva.

En attendant, et pourvu qu'il reste hors de sa vue, Randall pouvait faire ce qu'il voulait. Il s'en moquait. A une exception près, toutefois.

« Qu'il ne s'approche pas de Marisa... »

Sur ce front-là, il n'avait rien tenté pour le moment. S'en tiendrait-il là ? Il fallait croiser les doigts et espérer que ses recherches d'emploi l'accapareraient suffisamment pour le détourner de son... *ex*-future-maîtresse, se dit-il d'un air sombre.

Bon sang ! Lui aussi devait oublier Marisa, la reléguer dans le passé. Tout était fini. Fini ! Elle ne faisait plus partie de la vie de Ian... ni de la sienne.

Facile à dire !

Incapable de rester en place, il alla se poster devant la grande baie vitrée et admira la vue sur Athènes. Où était-elle maintenant ? Elle avait quitté l'appartement de Holland Park et s'était volatilisée...

Et c'était tout ce qu'il avait besoin de savoir, s'enjoignit-il.

Pour autant, il ne put s'empêcher de s'interroger. Avait-elle quitté Londres ou se trouvait-elle encore quelque part dans la capitale ? Avait-elle rencontré un autre homme ?

Une image brûlante, atroce, surgit dans son cerveau. *Marisa dans les bras d'un autre... dans le lit d'un autre...*

Il bannit cette vision, refusant de se torturer de la sorte. La vie de Marisa Milburne ne le concernait en rien, désormais.

D'un pas lourd, il se dirigea vers le minibar et l'ouvrit.

Peut-être qu'une dose d'alcool l'aiderait à chasser cette image qui le hantait et lui procurerait la paix qu'il recherchait.

« J'ai besoin d'une autre femme. »

Cette pensée incongrue, jaillie de nulle part, le choqua par sa brutalité. Mais au fond, n'était-ce pas ce qu'il avait de mieux à faire ? Remplacer Marisa était le meilleur moyen de l'oublier.

Il prit une profonde inspiration. Et s'il commençait tout de suite ? Il était libre comme l'air et pouvait sortir tous les soirs s'il le voulait. En cet instant, cela lui semblait être une bonne idée. Bien meilleure en tout cas que de se mettre à boire, décréta-t-il en refermant le bar d'un geste sec.

Il n'aurait aucun mal à s'introduire dans une réception à la dernière minute. Ici à Athènes, sa réputation le précédait et il était l'invité permanent de toutes les mondanités locales.

Une heure plus tard, vêtu d'un habit de soirée, il se trouvait dans le salon d'un hôtel prestigieux où l'on donnait un cocktail. Et tout en formulant les politesses d'usage, il se demandait s'il n'avait pas besoin de consulter un psy !

Il remarqua vite trois jeunes femmes extrêmement séduisantes, qui rivalisaient d'audace pour capter son attention. Mais aucune ne l'attirait. Même après une seconde coupe de champagne, il ne se sentait pas émoustillé le moins du monde.

Agacé, il regarda la foule d'un air désabusé, espérant apercevoir une créature qui retiendrait son attention. En vain.

— ... aux Caraïbes...

Cette bribe de phrase l'interpella. L'une des trois femmes auprès de lui — une brune à la silhouette très voluptueuse — parlait d'une croisière qu'elle projetait de faire. Elle se tut après l'avoir invité à donner son avis.

Mais Ethan demeura muet. Il revoyait Marisa, blottie contre lui, sous le palanquin. Ensemble, ils contemplaient le coucher de soleil. Les lèvres posées sur ses cheveux blonds, il la serrait contre lui. La tiédeur de son corps, la douceur de son parfum, l'enchantement du désir l'enivraient. Puis elle levait son visage vers le sien, capturait ses lèvres et se laissait aller en arrière sur les coussins moelleux...

— Qu'en pensez-vous ?

La question prononcée d'un ton enjoué le tira de sa rêverie.

— Est-ce qu'une croisière aux Caraïbes est une bonne idée ? Ou vaut-il mieux faire un séjour sur l'une des îles ?

Ethan esquissa un sourire vague.

— Tout dépend si vous êtes sujette ou non au mal de mer, déclara-t-il en espérant que cette réponse cadrait avec la conversation qu'il n'avait pas suivie.

— Oh ! Pour ma part, je suis malade en bateau, intervint une autre jeune femme. Il y a tant d'îles, et toutes aussi éblouissantes les unes que les autres. Laquelle recommanderiez-vous ? Saint Barth ? La Martinique ? La Barbade ?

Ethan répondit au hasard. Il était loin, très loin de son auditoire par la pensée : de l'autre côté de l'océan, sur la seule île qui lui importait vraiment et qui renfermait ses plus beaux souvenirs de Marisa.

« Je veux la retrouver. »

Les mots brûlants se formèrent dans son esprit avant qu'il pût les arrêter.

« Peu m'importe qui elle est et ce qu'elle était pour Ian. Je veux qu'elle me revienne. »

Voilà, il avait finalement admis la vérité qu'il essayait de nier depuis qu'il avait quitté Marisa. Cependant, il devait se rendre à l'évidence : c'était irréalisable. Il fallait qu'il s'ôte ce projet insensé de la tête, qu'il se débarrasse jusqu'au souvenir de Marisa. Quoi qu'il lui en coûte.

De nouveau, il regarda les trois jolies femmes qui se pressaient autour de lui. Il était venu à cette brillante réception de la haute société athénienne dans le but de faire une rencontre qui l'aurait détourné de la femme qu'il avait perdue. Et au final, cette soirée était un véritable fiasco.

D'un regard froid, il passa en revue les autres invitées qui paradaient dans ce salon très ornementé. Elles étaient plus ou moins belles, portaient des robes de haute couture, des bijoux hors de prix et étaient coiffées avec élégance. Mais Marisa, même enveloppée d'un drap de bain, sans maquillage et les cheveux noués en une simple queue-de-cheval, serait toujours la seule qu'il désirerait.

Sans trop savoir comment, il réussit à patienter jusqu'à une heure où il lui parut correct de prendre congé de son hôtesse. Puis, soulagé, il s'éclipsa.

De retour à son appartement, Ethan passa sur le balcon du salon. La nuit restait froide, même si l'hiver était terminé. Bientôt, le printemps s'installerait vraiment et il ferait bon au bord de la mer Egée. Pendant quelques minutes, il savoura la fraîcheur de l'air et ce moment de solitude.

Puis son esprit cartésien ne put s'empêcher d'analyser le dilemme qui le torturait. Il désirait une femme devenue inaccessible pour lui. Inaccessible, parce qu'elle risquait de causer des dommages irréparables au sein de sa famille. Il ne pouvait courtiser celle qui avait failli détruire le mariage fragile de sa sœur, n'est-ce pas ? C'était impensable.

Seulement, quand il essayait de s'intéresser à d'autres

femmes, il se rendait compte qu'elles lui faisaient autant d'effet que des silhouettes en carton-pâte.

Il prit une profonde inspiration. S'il ne pouvait pas avoir celle qu'il désirait, alors il ne lui restait qu'une option : se passer des femmes et vivre une vie de célibataire endurci.

Cette solution était loin d'être attrayante, mais il n'en voyait pas d'autre. Et pour mieux y parvenir, il se jetterait à corps perdu dans le travail.

Il contempla le panorama nocturne de la ville et la colline de l'Acropole surmontée du Parthénon. Le temple dédié à Athéna… La protectrice d'Athènes et la déesse de la sagesse et de la force morale.

Ethan soupira en songeant que c'étaient justement les qualités dont il devait désormais faire preuve, s'il voulait tenir le coup.

Marisa regarda la voiture tourner dans le chemin et prendre la direction du village ; au-delà, elle emprunterait la route qui quittait le Devon en direction de Londres.

Ian était parti.

Elle avait fait ce qu'elle devait faire, se dit-elle, le cœur déchiré. Elle avait tenu bon, même si cela avait été presque au-dessus de ses forces.

Il était arrivé le matin même, en dépit des avertissements qu'elle lui avait adressés par téléphone ou par texto pour l'en dissuader.

Il était désespéré qu'elle ait quitté l'appartement qu'il louait pour elle à Londres, avait-il dit avant de la supplier de changer d'avis et de rentrer avec lui.

Marisa avait refusé. C'était impossible à envisager, maintenant qu'Ethan Teodarkis était au courant de leur relation, avait-elle fait valoir. Elle ne pouvait plus faire partie de sa vie, ni maintenant ni jamais. Elle n'avait pas d'autre solution que de retourner à son ancienne existence.

Après maintes protestations, comprenant qu'elle ne changerait rien à sa décision, Ian s'était finalement incliné. Il était reparti.

Tout en regardant sa voiture disparaître, Marisa ne put s'empêcher, en dépit de son chagrin, d'éprouver une sorte de soulagement.

Sur une impulsion, elle rentra dans le cottage, chaussa une paire de chaussures de marche, enfila un anorak et sortit par la porte de derrière. Au bout du jardin, un sentier montait à travers champs vers la lande. C'était un jour gris et le vent d'ouest soufflait, chargé d'averses. Mais Marisa se moquait de la météo ; tout ce qui lui importait, c'était de sortir du cottage. Cette promenade lui était familière. Combien de fois avait-elle emprunté ce sentier, parfois avec sa mère, le plus souvent seule ? C'était toujours dans la lande, sous la voûte immense du ciel, qu'elle aimait libérer un trop-plein d'émotions ou des sentiments qui la chagrinaient.

Elle se mit à marcher dans l'air vif, à travers cette terre sauvage où ne poussaient que la bruyère et les ajoncs, en direction de Hockney Tor, la butte de granit qui se profilait au loin.

Il lui fallut une heure pour parvenir jusqu'au sommet. Une fois là-haut, elle trouva sans peine la petite niche dans les rochers et s'installa sur une pierre plate, face à la campagne du Dartmoor qui s'étendait à perte de vue. Le vent et la pluie qui s'engouffraient dans la grotte lui lacéraient le visage. Qu'importe ! Ses joues étaient déjà mouillées de larmes.

Marisa laissa libre cours à son chagrin. Elle pensa d'abord à sa mère qui, privée d'amour et de bonheur, avait dû se contenter d'une vie étriquée. Elle avait espéré beaucoup mieux, mais ses illusions avaient été cruellement brisées.

Sa mère l'avait prévenue contre le monde auquel elle avait aspiré, se souvint Marisa avec tristesse. Mais par insouciance sans doute, elle ne l'avait pas crue. Pourtant, Fiona Milburne savait de quoi elle parlait. Elle avait été blessée, exclue, rejetée…

Et maintenant, c'était son tour, pensa Marisa. Elle aurait dû savoir pourtant qu'elle ne pourrait jamais faire partie de la vie de Ian, qu'elle ne serait jamais acceptée ni tolérée dans son monde.

Elle laissa échapper un profond soupir mêlé de sanglots. Elle avait eu suffisamment de temps maintenant pour tenter d'y voir clair, admettre ce qu'Ethan lui avait fait et accepter sa double personnalité.

Le vrai Ethan Teodarkis était brutal et impitoyable. Elle devait se faire une raison, en dépit des rêves qui continuaient de hanter ses nuits et des souvenirs qui, le reste du temps, tentaient de s'insinuer dans son esprit pour la tourmenter.

Se redressant, elle présenta son visage au vent.

« Quelle idiote j'ai été ! Naïve et aveugle avec ça, au point de tomber amoureuse d'un homme qui n'était qu'apparence et tentation… Finalement, j'ai commis la même erreur que ma mère. »

Marisa ferma les yeux, dévastée par ce constat et honteuse d'avoir failli à sa promesse envers Fiona.

Peu à peu, les nuages se dissipèrent et le soleil parut. Elle se leva et décida de rentrer.

Elle dévala les rochers en laissant son regard errer sur la lande désolée. A quelques centaines de mètres de là, sur un monticule, se dressaient de vieux pans de murs à demi ensevelis sous la bruyère. C'était tout ce qui restait d'un village datant de l'âge de bronze. Cet endroit l'avait toujours fascinée, reconnut-elle. Enfant, elle s'était plu à imaginer les gens qui avaient vécu là et que le temps avait oubliés.

« Le temps estompera aussi ma peine et bientôt je ne sentirai plus rien. »

Cela avait dû se passer ainsi pour sa mère. A un moment ou un autre, le souvenir de celui qui l'avait traitée de façon si abjecte avait cessé de la faire souffrir. Marisa ferait en sorte que cela soit vrai pour elle aussi. Il le fallait. Elle reprendrait alors sa vie en main et irait de l'avant. Ce que serait son existence ? Elle n'en savait rien, ne l'imaginait même pas. En partant pour Londres, quelques mois plus tôt, elle avait cru que sa vie commençait vraiment. Et voilà qu'elle se retrouvait à son point de départ, sans aucune perspective d'avenir.

Elle se remit en route. Le soleil persistait et le vent plus doux était chargé d'un parfum de printemps. L'hiver était presque fini. Oui, décidément, tout n'était qu'une question de temps…

Elle redescendit à travers les champs et coupa par l'échalier d'où on apercevait le chemin de terre qui passait devant le cottage. Le soleil s'était couché derrière la colline ; le jour diminuait et elle voulait rentrer avant la nuit.

Comme elle arrivait dans la dernière courbe du sentier, elle s'arrêta net. Une voiture était garée devant chez elle.

Ian était-il revenu ?

Non, c'était un autre modèle de voiture, aussi luxueuse que celle de Ian, mais plus puissante et aux lignes plus épurées.

Ce fut seulement lorsque la portière s'ouvrit qu'elle reconnut son visiteur…

Ethan déploya sa haute silhouette hors de l'habitacle et regarda Marisa marcher vers lui. Il y avait une demi-heure qu'il l'attendait et dans cet intervalle il avait réussi à maîtriser ses émotions.

Pourtant, depuis qu'il avait reçu ce coup de téléphone de l'agence de détectives, il ne décolérait pas. Cet appel, il avait espéré ne jamais le recevoir. Mais comme un gamin gourmand devant un bocal de friandises, Ian Randall n'avait pu résister à la tentation. Il avait agi exactement comme Ethan l'avait redouté.

Avec une colère froide, Ethan avait noté tous les détails qu'on lui avait communiqués : heure, itinéraire emprunté, lieu de rendez-vous. Cela lui avait suffi sur le moment. Mais maintenant qu'il se trouvait là, il avait bien l'intention d'en apprendre davantage.

Marisa marchait droit vers lui. Elle avait du cran, il devait lui reconnaître cela. Ou peut-être était-ce la présence de son amant qui lui donnait cet aplomb — même s'il ne voyait aucune trace de Ian ou de sa voiture dans les parages.

Il l'interpella d'une voix cinglante.

— Où est-il ?

Elle s'arrêta net et il ne put s'empêcher d'être surpris par son apparence, si éloignée du souvenir qu'il gardait d'elle. Elle portait un jean informe, des bottes maculées de boue et un anorak épais qui masquait sa silhouette fine. Avec ses cheveux trempés, retenus en arrière par une barrette, elle avait l'air d'un épouvantail mouillé. Son visage, en revanche, était toujours aussi beau. Ses yeux bleus brillaient de colère et ses lèvres étaient tout emperlées de pluie...

— Il est parti.

Sa voix était glaciale. Bien sûr, elle savait de qui il parlait et la raison pour laquelle il était là.

— Tes espions ne l'ont pas repéré sur la route de Londres ? reprit-elle, caustique.

Ethan se raidit. Non, ou du moins il n'avait pas

encore reçu le rapport. Mais le problème n'était pas là. Malgré tous ses avertissements, Ian avait osé rejoindre sa maîtresse.

Ethan s'approcha.

Marisa tressaillit, mais resta immobile, s'efforçant de ne pas chanceler.

Mon Dieu ! Ethan... Il était là, devant elle, plus imposant que jamais.

— Tu ferais mieux de t'en aller, lança-t-elle. Je te répète qu'il n'est pas ici.

Le regard d'Ethan se plissa dangereusement.

— Mais il a osé revenir.

— Et il est reparti. Pour de bon. Tu es content ? le défia-t-elle en redressant le menton.

— Tu lui as parlé de nous ?

— Bien sûr que non !

Non, bien sûr, pensa-t-il, cynique. Elle n'avait pas voulu que Ian sache avec quelle facilité elle était tombée dans ses bras.

D'un mouvement de tête, il désigna le cottage.

— J'ai besoin de te parler. A l'intérieur, de préférence.

Marisa remarqua alors ses belles chaussures italiennes cousues main, guère adaptées à cette campagne humide.

— Je n'ai rien à te dire, déclara-t-elle.

— Mais moi, j'ai à te parler.

Sa voix s'adoucit légèrement quand il ajouta :

— Et tu as l'air frigorifiée.

Marisa sentit son souffle se bloquer dans sa gorge. Elle avait perçu de l'inquiétude dans ces derniers mots, comme s'il se souciait vraiment d'elle.

« Ne te laisse pas attendrir. C'est encore un mensonge. Il te ment depuis le début... »

Elle frissonna sous son anorak. Il avait au moins raison sur un point : elle était gelée.

D'un pas raide, elle se dirigea vers la maison, ouvrit

la porte. Ethan lui emboîta le pas et entra à sa suite. Aussitôt, Marisa eut l'impression que le vestibule se rétrécissait.

Elle le laisserait dire ce qu'il voulait — d'autres menaces pour la séparer de Ian, sans doute — puis elle le mettrait dehors, décréta-t-elle.

Cette résolution prise, elle ôta son anorak, le posa sur une chaise et entreprit de remettre des bûches dans le fourneau de la cuisinière. Après quoi, elle remplit la bouilloire. Elle s'adonnait à ces tâches familières pour ne pas regarder Ethan qui, derrière elle, avait pris place à la table de la cuisine.

Au bout d'un moment pourtant, elle risqua un coup d'œil dans sa direction.

— Tu as quelque chose à me dire ? Alors, dis-le tout de suite et va-t'en !

Il la dévisagea avec attention. Il avait observé la pièce dans laquelle ils se trouvaient et il était abasourdi par l'état de son intérieur. Pas étonnant que le monde de Ian lui ait paru si tentant et qu'elle ait été émerveillée par tout ce qu'il lui avait offert !

Ce constat le calma instantanément.

— Je t'écoute, s'impatienta Marisa.

— Tu as besoin d'argent ?

Il avait parlé plus rudement qu'il ne l'avait voulu ; et ce n'était pas non plus la question qu'il avait eu l'intention de poser. Mais en voyant les conditions misérables dans lesquelles elle vivait, les mots étaient venus d'eux-mêmes.

— *Quoi ?*

— Ecoute, je ne suis pas aveugle, dit-il en essayant avec maladresse de se rattraper. Le style de vie que tu menais à Londres n'a rien à voir avec ce que tu as ici. Donc, si tu as besoin d'une aide financière, je peux…

Marisa l'interrompit en posant avec fracas la tasse qu'elle s'apprêtait à remplir de café.

— Je me moque de ton argent !

— C'était juste une proposition. A moins que Ian ait veillé à ce que tu ne manques de rien…

— Tu seras heureux d'apprendre qu'il ne me verse plus un sou, coupa-t-elle d'un ton acide.

— Bonne nouvelle, en effet. Et ça tombe bien, parce qu'il se retrouve au chômage. Non, dit-il en levant une main pour prévenir une accusation. Je ne l'ai pas mis à la porte. Il a démissionné.

Marisa était devenue très pâle.

— Pourquoi… Pourquoi a-t-il fait ça ?

— Il ne t'en a pas parlé ? Il souhaite affirmer son indépendance vis-à-vis de moi. Mais qu'il n'aille pas s'imaginer qu'il est libre de renouer avec toi.

— Ce n'est pas le cas. Parce que tu as bien fait les choses, n'est-ce pas ? Comment pourrais-je le regarder en face maintenant ?

— Il a accepté de ne plus te revoir ? Tu as réussi à lui faire comprendre ça ? s'enquit Ethan d'une voix qui oscillait entre l'incrédulité et l'espoir.

— Oui.

— Bien. Dans ce cas…

Il avait l'air satisfait, mais ce n'était pas la satisfaction d'un homme qui vient de régler un problème familial délicat. Quelque chose dans son expression alarma Marisa.

— Dans ce cas, j'ai quelque chose d'autre à te dire, reprit-il.

Ses yeux sombres se rivèrent aux siens et, malgré elle, Marisa se sentit happée par leur profondeur hypnotique. Elle sentit son cœur battre plus vite. C'était ce même regard dévastateur qui l'avait attirée irrésistiblement, des semaines auparavant.

Ethan prit une profonde inspiration. Dès qu'il avait reçu l'appel l'informant que Ian Randall s'était rendu dans le Devon, il s'était juré que ni lui ni personne d'autre ne lui prendrait Marisa et que, même si cette entreprise semblait impossible, il la ramènerait vers lui. C'était cette certitude inébranlable, bien plus que sa colère envers son beau-frère, qui l'avait poussé à rejoindre Londres à bord de son jet, puis à foncer en direction de l'ouest au volant de sa voiture de sport.

— Marisa, je n'ai pas aimé ce que je t'ai fait, commença-t-il. Mais c'était nécessaire. Ma famille est ce qui compte le plus pour moi et je devais protéger ma sœur de la menace que tu représentais. Mais tu as cessé toute relation avec Ian et je suis soulagé que tu aies fini par accepter la situation.

Marisa déglutit avec peine. Où voulait-il en venir ?

— Nous sommes libres, toi et moi, poursuivit-il. Libres de retrouver ce qu'il y avait entre nous. Je veux nous donner une seconde chance.

Ces derniers mots parurent vibrer dans le silence de la maison, tandis qu'Ethan se levait et s'approchait d'elle.

Marisa le regardait fixement, aveuglée par ce regard si proche qui la perçait jusqu'à l'âme. Elle vacilla, en proie au vertige.

Un élan de triomphe traversa Ethan. Lentement, il glissa une main derrière sa nuque, puis baissa la tête pour prendre ses lèvres entrouvertes.

Quand leurs bouches se joignirent, Marisa exulta. Elle avait rêvé de ses baisers, les avait réclamés comme une drogue. Et maintenant, enfin, il l'embrassait ! Sans réserve, elle s'abandonna à son étreinte sensuelle.

Ethan s'écarta le premier, mais il ne la relâcha pas pour autant. Ses mains encadraient le fin visage de la jeune femme et son corps restait soudé au sien.

— Tu m'as tellement manqué, murmura-t-il d'une voix rauque.

De nouveau, il se pencha pour capturer ses lèvres.

Alors, Marisa sortit de son hébétude. Une émotion

violente pareille à un courant électrique s'empara de tout son être et elle se rejeta en arrière.

— Tu es fou... Tu es complètement fou ! l'accusa-t-elle, hors d'elle. Depuis le début, tu me mens, tu me manipules comme une marionnette. Comment peux-tu imaginer un seul instant que je vais renouer avec toi ? Je serais bonne à enfermer si j'acceptais ça !

Elle reprit son souffle avant d'ajouter plus fermement encore :

— Tu as déjà eu ce que tu voulais puisque que j'ai renoncé à Ian. Alors, laisse-moi tranquille !

S'il fut ébranlé par son éclat, Ethan n'en montra rien.

— Tu es en colère et c'est compréhensible. Ecoute...

— Va-t'en ! cria Marisa en agrippant le bord de la table. Je ne veux plus jamais te revoir ni entendre parler de toi.

— Menteuse. Tu ne peux pas nier l'alchimie qui existe entre nous. Pas plus que moi. Si tu savais comme ça me dégoûte d'avoir été obligé de te duper de cette façon ! J'aurais mille fois préféré que tu n'aies rien à voir avec mon beau-frère. Si je t'avais rencontrée dans des circonstances différentes, j'aurais ressenti la même attirance pour toi, Marisa. Là-dessus au moins, tu peux me croire.

Son expression se radoucit.

— Je t'ai menti sur mes intentions, reconnut-il. Mais mon corps, lui, ne mentait pas quand il te faisait l'amour...

Marisa respirait avec peine, tout en enfonçant ses ongles dans le bois de la table pour s'empêcher de trembler. Depuis qu'elle l'avait vu descendre de voiture, elle s'efforçait d'être forte. Mais ce qu'il venait de dire, ce qui lui proposait était au-dessus de ses forces.

— Pars. Va-t'en d'ici, c'est tout ce que je te demande.

— Marisa, écoute-moi...

Il y avait une urgence dans sa voix, mais elle refusait d'en entendre davantage.

— Non. Pour qui me prends-tu ? Comme si tu ne t'étais pas assez moqué de moi ! C'est fini, tu entends ? Fini avec Ian et *avec toi*.

Ethan secoua la tête. Décidément, rien ne se passait comme prévu.

— Tu ne penses pas un mot de ce que tu dis, déclara-t-il. Et autant te prévenir tout de suite, n'attends pas des excuses de ma part, je ne t'en ferai pas. Tu n'avais pas le droit de t'engager envers mon beau-frère et rien ne me fera changer d'avis à ce sujet. Ceci dit, maintenant que je sais d'où tu viens, je comprends que tu aies été tentée de bénéficier de la richesse et du confort que tu n'as jamais connus ici, dit-il en jetant un regard circulaire dans la cuisine vétuste. Tu n'es pas obligée de vivre dans ces conditions, Marisa. Laisse-moi t'emmener loin d'ici. Nous étions si bien ensemble. Nous pourrions recommencer, en toute transparence cette fois, sans plus de secrets entre nous.

Sa voix était profonde, chaleureuse, et son regard brillant reflétait cette douceur. Marisa sentit des frissons la parcourir.

— Je ne veux pas que tu m'emmènes loin d'ici, se défendit-elle néanmoins. Je suis chez moi. Ce n'est pas le grand luxe, certes, mais ce logement est le mien et j'entends y rester.

Car c'était à ce milieu qu'elle appartenait et pas au monde luxueux et sophistiqué de Ian où elle devait vivre cachée ; et encore moins à l'univers de mensonges cruels dans lequel Ethan Teodarkis voulait l'enfermer !

Se composant un visage impénétrable, elle répéta froidement :

— Pour la dernière fois, va-t'en.

« Avant que je ne m'effondre et que je cède à l'envie

désespérée de me jeter dans tes bras... Comme si mes beaux souvenirs de toi étaient réels », ajouta-t-elle en elle-même.

Ethan resta silencieux un moment, puis reprit :

— Je vois, dit-il enfin. Tu t'es montrée très claire. Ne t'inquiète pas, je m'en vais.

Pourtant, il ne bougea pas et le temps parut s'arrêter. Marisa retenait son souffle, douloureusement consciente de tout ce qui la séparait de lui.

— Je te souhaite bonne chance, Marisa. C'est le moins que je puisse faire, désormais.

Puis il tourna les talons et sortit de la pièce.

Elle entendit le grincement de la porte d'entrée qu'il refermait derrière lui. Puis un bruit de moteur troubla le silence, avant de se fondre dans la nuit.

Il était parti.

Elle cligna des paupières, sans pouvoir endiguer le torrent de larmes qui la submergeait.

7

Agenouillée dans l'allée, Marisa maniait le déplantoir avec précaution. Le jardin que sa mère avait tant aimé était envahi par les herbes folles et elle s'efforçait de dégager les plates-bandes où perçaient des primevères et des crocus. Car le printemps s'était finalement installé et le soleil qui chauffait son dos lui procurait une sensation délicieuse.

Un petit bienfait, comme il y en avait trop peu dans sa vie en ce moment, songea-t-elle avec tristesse. Pour chasser sa mélancolie, elle se mit à chantonner.

De longues semaines s'étaient écoulées depuis la visite d'Ethan. Elle avait trouvé un emploi de serveuse au pub du village, ce qui lui permettait de subvenir à ses besoins. Le reste du temps, elle se terrait au cottage, refusant de voir qui que ce soit. Ici au moins, elle sentait la présence réconfortante de sa mère. C'était comme si celle-ci l'approuvait d'être revenue vivre dans ce havre de paix, où elle-même s'était réfugiée pour se préserver d'un monde qui l'avait rejetée et d'un homme qui n'avait pas voulu d'elle.

Marisa ébaucha une grimace douloureuse. Mais Ethan avait voulu d'elle, justement. C'était toute l'ironie de cette histoire cruelle : après l'avoir dupée et accusée, il l'avait presque suppliée de revenir vers lui.

Avait-il vraiment pensé qu'elle pourrait effacer tout

le mal qu'il lui avait fait ? Faire comme si rien ne s'était passé ?

Oui, apparemment. Il avait voulu qu'ils reprennent là où ils en étaient, l'entraîner de nouveau dans son lit…

« Arrête ! »

Ces pensées étaient beaucoup trop dangereuses, car elles feraient remonter à la surface les souvenirs douloureux qu'elle s'efforçait de reléguer aux confins de sa mémoire.

Pour leur barrer la route, elle se mit à creuser la terre avec détermination. Elle arracha des racines tenaces. Si seulement il en allait de même de ses souvenirs…

Un rouge-gorge apparut et sautilla autour du parterre qu'elle désherbait, observant d'un œil plein d'espoir les mottes de terre retournées. Malgré elle, Marisa sourit, amusée par les mimiques de son visiteur.

Par-delà la haie, elle voyait les champs en pente qui menaient à la lande sauvage de Dartmoor. Tout à l'heure, elle irait faire une promenade de ce côté. Rien de tel que ces longues randonnées en solitaire pour mettre un baume sur ses blessures et chasser ses douloureuses interrogations.

C'étaient des questions qui revenaient sans cesse dans son esprit, et auxquelles elle ne trouvait pas de réponses. Elle ne les avait jamais posées à sa mère et elle le regrettait maintenant.

Combien de temps t'a-t-il fallu pour oublier mon père ? Pour le rayer de ton esprit, de ton cœur ? Pour te libérer de ce qu'il t'a fait ? Mais as-tu seulement réussi à te guérir de lui ?

Quant à elle, au bout de combien de temps serait-elle capable d'oublier Ethan ? Et si la blessure était trop profonde pour qu'elle s'en remette jamais ? Pouvait-on jamais tourner la page ?

Pour l'instant, ses efforts en ce sens restaient vains. Même dans cet environnement qu'elle connaissait si bien et qui ne pouvait lui rappeler Ethan, elle ne parvenait pas à se distraire de son chagrin.

Pourtant, après toutes ces semaines, elle aurait dû commencer à se remettre de leur histoire, non ? Faire appel à sa raison pour dominer son cœur ?

Elle se figea à cette pensée. Elle regarda sans vraiment le voir le petit rouge-gorge qui approchait en sautillant, l'œil vif et avide. Les mots continuaient de résonner dans son cerveau.

Maîtriser son cœur...

Un sentiment de panique lui noua la gorge.

Non... C'était impossible, absurde. Cela n'avait rien à voir avec son cœur.

Elle ne pouvait pas... *aimer Ethan Teodarkis !*

« Globalisation... Politique fiscale... Investissements... »

Ethan faisait semblant d'écouter pour ne pas paraître impoli, mais les mots glissaient sur lui. L'orateur de cette conférence, un économiste de renom qui représentait un grand groupe financier, parlait depuis une éternité, lui semblait-il. Il avait déjà entendu ce genre de discours. Ce colloque avait démarré trois jours plus tôt et il était là depuis le début. Il ne s'y intéressait pas vraiment, mais c'était une manière comme une autre de passer le temps.

Qu'aurait-il fait sinon, à part broyer du noir et ressasser les mêmes pensées jusqu'à l'obsession ? Oui, il avait perdu Marisa. Oui, il avait tout gâché. Non, il ne le supportait pas...

En se rendant dans le Devon, il avait été loin de penser qu'elle lui opposerait une fin de non-recevoir. Quand il était reparti ce soir-là, il avait roulé comme un fou pour mettre le plus de distance entre elle et lui et, au fond de son cœur, il n'y avait eu qu'un vide immense et glacé, comme cette horrible nuit.

« Pauvre fou ! Tu n'avais aucune chance de la reconquérir. Pas après la façon dont tu l'as traitée », se fustigea-t-il.

Mais elle ne devait pas non plus se poser en victime, s'insurgea-t-il. Après tout, c'était elle qui avait recherché les attentions d'un homme marié, sans scrupule aucun. Voilà ce qu'il ne devait pas oublier.

Il n'avait pas plutôt formulé cette pensée qu'une image dérangeante s'insinua dans son esprit. Il se rappela le cottage délabré dans lequel elle vivait. Ses conditions de vie pouvaient expliquer bien des choses.

Il laissa échapper un soupir exaspéré. Qu'est-ce que cela changeait à l'histoire ? C'était fini et il devait accepter la situation.

Tandis qu'il continuait de s'accabler, une émotion différente, plus forte que sa frustration, l'envahit. Il comprit alors qu'en voulant sauver le mariage de sa sœur, il avait perdu quelque chose de précieux qu'il ne retrouverait pas. Jamais !

Abattu, Ethan balaya la salle de conférences d'un regard vide.

Marisa éteignit la radio et tendit l'oreille. Une voiture approchait. Etrange. Ce n'était pas le jour où l'épicier venait lui livrer ses courses et, hormis quelques rares tracteurs, il y avait très peu de circulation sur le chemin de terre en cul-de-sac.

Elle descendit de la chaise et posa le rouleau avec lequel elle repeignait le plafond du salon. Comme elle gagnait le vestibule, elle vit qu'on glissait une enveloppe par la trappe de la porte.

Elle ouvrit et salua de la main le facteur qui s'apprêtait à remonter dans sa camionnette, puis ramassa l'enveloppe. C'était si rare qu'elle reçût du courrier…

Elle sentit son cœur s'accélérer en reconnaissant l'écriture.

Ian ? Ian lui avait écrit !

Vivement, elle se rendit dans la cuisine, prit un couteau et décacheta l'enveloppe. Elle contenait une longue lettre.

« Ma très chère Marisa,

» Il y a une chose qu'il faut absolument que je te dise… »

Marisa se raidit à ce préambule. Un nœud d'appréhension se forma dans sa gorge. Mais elle poursuivit sa lecture. Quand elle eut fini, elle fixa le vide, hébétée.

Devait-elle vraiment faire ce que Ian lui demandait ?

Il lui fallut le reste de la journée et une nuit sans sommeil pour arrêter enfin une décision. Puis, tôt le matin, elle lui envoya un texto. C'était la première fois qu'elle le contactait depuis sa visite au cottage.

Il lui répondit presque aussitôt par un message enthousiaste. Il avait déjà tout organisé, disait-il, et tout ce qu'elle avait à faire, c'était de se rendre à Plymouth et de prendre le train. Il l'attendrait à son arrivée à Londres à la gare de Paddington. Tout se passerait bien, terminait-il, et il l'embrassait mille fois.

Marisa était loin de partager cet entrain. Avait-il pensé aux conséquences ? se demanda-t-elle avec crainte.

Elle regarda autour d'elle. Le cottage avait bien meilleure allure, maintenant. Après un grand nettoyage de printemps, elle avait entrepris de repeindre toutes les pièces. Dehors, le jardin renaissait dans une explosion de couleurs et de verdure et l'air était empli de chants d'oiseaux.

Elle n'aspirait qu'à cette vie tranquille où elle commençait tout juste à trouver un peu de paix. Pouvait-elle vraiment tout remettre en question ? S'exposer de nouveau aux tourments en retournant à Londres, en revenant vers Ian ?

Certes, il lui manquait beaucoup. Mais au désir de le revoir et de faire de nouveau partie de sa vie se mêlait un sentiment de crainte.

De son côté, Ian maintenait catégoriquement que le moment était venu et qu'il se sentait assez fort pour faire ce qui lui tenait tant à cœur : dire la vérité à leur sujet...

C'est ce qu'il lui annonça, de vive voix cette fois, quand après l'avoir accueillie à la descente du train, il l'entraîna dans un pub non loin de la gare de Paddington.

— Il faut que je le fasse, Marisa, dit-il avec ardeur. Je dois parler à Eva. Et je tiens à ce que tu sois là. Ainsi, elle saura combien tu comptes pour moi.

Marisa le regarda avec une expression d'angoisse et de doute.

— Ian, je ne suis pas sûre que...

— Mais moi, je le suis.

Il lui prit la main et la serra tendrement dans la sienne.

— Je refuse de vivre ce mensonge plus longtemps, reprit-il. J'ai essayé. Oui, Dieu sait si j'ai essayé. Quand tu habitais ici, à Londres, et que nous devions nous retrouver en cachette, je détestais cette situation. Puis tu es retournée dans le Devon pour te faire oublier, mais ça ne change rien. Je ne supporte plus ce secret et je veux le révéler au grand jour.

Il prit une profonde inspiration et poursuivit :

— Les choses ont changé maintenant, et je ne veux pas seulement dire par là que tu me manques terriblement. Tu sais que j'ai démissionné du poste que j'occupais dans la société du frère d'Eva ? Je suis content d'avoir pris cette décision. J'ai retrouvé un emploi et ce travail-là, je veux vraiment y croire.

La conviction imprégnait sa voix et ses traits s'animèrent soudain.

— J'ai été engagé comme directeur du marketing dans une entreprise de commerce équitable qui lutte contre l'implantation des supermarchés dans les pays en voie de développement. C'est une grande cause et je sens que je vais pouvoir utiliser mes talents pour faire avancer leurs projets.

— Oh ! Ian... Félicitations ! Je suis fière de toi.

Il lui sourit.

— J'avoue que ça me libère aussi de toute obligation ou de toute gratitude envers mon beau-frère, dit-il en laissant échapper un soupir de soulagement. Je ne me sens plus redevable envers lui. Et étant donné les circonstances, je crois que c'est essentiel, ajouta-t-il en adressant à Marisa un regard lourd de sens. Maintenant, tu comprends pourquoi je suis prêt à révéler notre secret. Et je veux le faire ce soir.

Il consulta sa montre.

— Il est temps d'annoncer ce qu'il y a entre nous, Marisa, dit-il avec un sourire encourageant.

Il lui tendit la main.

— Allons-y !

Le cœur rempli d'angoisse, Marisa le suivit.

D'un air absent, Ethan effleura du doigt un verre en cristal posé sur la table. Eva parlait au maître d'hôtel, lui indiquant qu'elle avait changé d'avis quant au dessert.

Pour sa part, Ethan se moquait royalement du menu qu'elle avait commandé. Il n'avait pas le moindre appétit. Surtout, il n'avait aucune envie d'assister à cette mascarade de fête familiale qu'Eva avait organisée dans le salon privé d'un hôtel huppé de Park Lane.

— En fait, c'est l'idée de Ian, lui avait-elle dit en l'invitant. Il veut à tout prix te parler de son nouveau travail. Il se sent très bien à ce poste et je suis si heureuse pour lui. C'est comme si on avait ôté un grand poids de ses épaules.

Ethan regarda le champagne millésimé qui rafraîchissait dans le seau à glace, la nappe damassée, l'argenterie et les superbes compositions florales qui ornaient la table.

Ian Randall avait fait les choses en grand, constata-t-il, cynique. Heureusement qu'il disposait d'une fortune personnelle — et surtout que sa femme pouvait compter sur les fonds de la famille Teodarkis ! Car son nouveau salaire n'était pas à la hauteur de l'ancien.

Bah, du moment qu'Eva était heureuse ! L'autre avantage non négligeable était que cet emploi accaparait tellement son mari qu'il ne lui laissait guère le loisir de flirter. Ian n'avait pas essayé de reprendre sa liaison avec Marisa, pas plus qu'il n'avait tenté de la remplacer d'ailleurs. Avec un peu de chance, le mariage de sa sœur éviterait le naufrage. Provisoirement du moins.

Quelque chose de bon résulterait du gâchis que l'irruption de Marisa Milburne avait causé dans sa vie, se dit-il, la mine sombre. Il ferait mieux de se raccrocher à ça et d'y trouver un peu de consolation.

Il alla se poster à la fenêtre et contempla en contrebas la rue balayée par la pluie. Il n'était pas revenu à Londres depuis le jour où il s'était lancé à la poursuite de Marisa jusque dans ce coin perdu du Devon. Il n'avait pas eu le cœur de revenir en Angleterre après ça. Le travail, les conférences l'avaient retenu en Grèce ou dans d'autres coins du globe, et cela lui avait convenu parfaitement. S'il était là aujourd'hui, c'était parce que Eva l'avait supplié de venir pour cette occasion. Il avait accepté, mais à contrecœur.

A présent, il s'efforçait de se montrer heureux pour elle. Après tout, c'était dans l'intention de sauver son bonheur qu'il s'était fourré dans cette situation inextricable vis-à-vis de Marisa.

Il laissa échapper un profond soupir. Il ne lui restait plus qu'à supporter cette soirée, dire ce qu'il convenait dans ces circonstances, c'est-à-dire féliciter Ian d'avoir décroché cet emploi, de voler de ses propres ailes, de ne plus tromper sa femme. Bien entendu, il se garderait de formuler ce dernier compliment devant Eva.

— Ethan ? l'interpella celle-ci, qui avait fini de parler au maître d'hôtel. Je vais au vestiaire me repoudrer le nez. Ian devrait arriver d'une minute à l'autre.

Il acquiesça et lui sourit brièvement tandis qu'elle s'esquivait vers le fond de la salle. Il avait besoin de ce répit, reconnut-il. Pour se fortifier avant ce dîner qui promettait d'être une épreuve. Pourrait-il endurer la compagnie de son beau-frère, sachant que celui-ci avait prévu de tromper Eva ?

Il ferait son possible, se dit-il. Et tous deux feraient bonne figure devant elle. Seigneur, quelle hypocrisie !

La double porte de la salle à manger s'ouvrit. Ethan se détourna de la fenêtre pour accueillir l'arrivant… et se figea, saisi d'effroi.

Ian venait d'entrer. Derrière lui, marchant d'un pas nerveux, s'avançait… *Marisa !*

— Comment as-tu osé l'amener ici ? lança-t-il à son beau-frère.

Plongée dans une confusion sans nom, Marisa se sentit sur le point de défaillir. Oh non, pas ça ! D'instinct, elle se cramponna au bras de Ian pour garder l'équilibre. Mon Dieu ! Si elle avait su qu'Ethan serait là…

Ian s'était raidi.

— Où est Eva ? demanda-t-il.

Au comble de la colère, Ethan ignora la question.

— Je te préviens, tu as une seconde pour faire sortir cette femme d'ici avant…

— Avant quoi ? fit entendre une voix féminine avec curiosité.

Ethan fit volte-face. Sa sœur sortait du vestiaire et contemplait le tableau qui s'offrait à elle. Quand elle remarqua la présence d'une parfaite inconnue au bras de son mari, une expression perplexe se peignit sur ses traits, mais sans trace de la moindre suspicion.

— Ian ?

Marisa ravala son souffle. Ainsi, c'était la femme de Ian... Elle essaya de dompter ses émotions, celles qui l'assaillaient depuis la veille, depuis qu'elle avait reçu la lettre de Ian. Mais la présence inattendue d'Ethan rendait son désarroi plus intense, plus incontrôlable encore. Pourquoi Ian ne l'avait-il pas prévenue ? Oh ! Mon Dieu, elle n'aurait pas la force de supporter cette situation. Il fallait qu'elle sorte d'ici tout de suite !

Lâchant le bras de Ian, elle déclara d'une voix paniquée :

— Je suis désolée. Mais je ne peux pas... Je ne peux pas faire ça.

Sur quoi, elle pivota pour gagner la porte.

Brusquement, une main ferme s'abattit sur son bras et Ethan prit la parole. Mais ce ne fut pas à elle qu'il s'adressa.

— Eva, je m'en occupe, lança-t-il avec fureur.

Sans ménagement, il entraîna Marisa dans le couloir, loin de la présence de sa sœur.

La rage l'envahit à l'idée de ce que son beau-frère s'apprêtait à faire. Le mufle ! Il n'avait pas le droit d'amener Marisa ici et d'affronter Eva avec elle. Car maintenant, il ne pouvait se passer qu'une seule chose : le pire. Randall allait annoncer à sa femme qu'il la quittait pour...

Non ! Pas pour Marisa...

La douleur le terrassa. Assailli par des émotions contradictoires, il se devait à la fois de protéger sa sœur contre le minable qu'elle avait pour mari et d'empêcher

Marisa de partir avec un autre… avec *qui que ce soit* d'autre que lui-même !

Un élan de possessivité inouï le saisit. Son apparition, en plus de lui causer un choc sans précédent, faisait chavirer ses sens.

Il referma la porte et longea le couloir désert au pas de course sans relâcher sa prise sur le bras de Marisa. Il ne songeait qu'à l'entraîner hors de l'hôtel, loin d'Eva.

Que se passait-il dans la salle à manger pendant ce temps-là ? Ian avouait-il déjà à sa femme sa liaison coupable ? Bon sang ! Il lui casserait la figure, se promit-il.

Arrivé devant l'ascenseur, il appuya sur le bouton d'appel d'un geste rageur et se tourna vers Marisa.

— Espèce de sale petite garce ! Comment oses-tu ? Comment oses-tu te pavaner jusqu'ici au bras de Ian ?

Marisa pâlit. Elle essaya de se dégager, en vain. La main d'Ethan maintenait son bras comme dans un étau.

— Je suis désolée. Je savais que je ne devais pas l'accompagner…

— Alors pourquoi l'as-tu fait, Grand Dieu ? coupa-t-il en réprimant une forte envie de la secouer.

— Parce que nous en avions assez de garder ce secret trop lourd, se défendit-elle en haussant aussi le ton. Il m'a convaincue que nous ne pouvions plus nous taire. Il refuse de me cacher plus longtemps et je ne veux plus être le secret sordide qui empoisonne sa vie.

Ethan relâcha son bras. Son visage était comme un masque de granit.

— Le fait de raconter toute cette histoire à Eva ne la rendra pas moins sordide.

Marisa ferma les yeux.

— Oh ! J'en ai conscience, répondit-elle douloureusement. Je sais aussi que prendre la fuite ne réglera rien. Elle va se demander qui je suis et pourquoi Ian m'a amenée ici ce soir. Donc, même si je pars maintenant, il est trop tard...

Ethan se mit à jurer dans sa langue maternelle.

— Alors, il n'y a qu'une chose à faire, un seul moyen de lui cacher la vérité.

Marisa lui jeta un regard interrogateur, mais il ne répondit pas tout de suite. Ethan réfléchissait à toute vitesse pour essayer de sauver quelque chose de ce gâchis monumental. S'il en était encore temps ! Car il n'avait pas envisagé un dénouement pareil.

« Je pensais que Ian avait renoncé à Marisa. En fait, c'était tout l'inverse qu'il mijotait ! »

Il prit une profonde inspiration pour dominer sa bouillante colère et tenta de mettre de l'ordre dans ses pensées tumultueuses.

— Nous allons procéder de la façon suivante : je dirai à Eva que tu es ici pour moi, que j'avais chargé Ian de t'escorter jusqu'à l'hôtel, car j'arrivais tout juste de l'aéroport... et que je voulais profiter de ce dîner pour te présenter, improvisa-t-il.

D'un ton mordant et accusateur, il ajouta :

— De cette façon, je peux encore la protéger de l'affront que tu représentes. Après tout, mieux vaut que tu passes pour *ma* maîtresse que pour celle de son mari !

Il lui prit le bras et s'apprêtait à la ramener vers la salle à manger, mais à sa grande surprise Marisa résista.

Elle le regardait fixement avec des yeux immenses et vides. Son visage aussi était dénué d'expression. Sans un mot, elle dégagea son bras et s'écarta.

Ethan se rembrunit. Allons bon, à quoi jouait-elle à présent ? Comme si la situation n'était pas assez compliquée comme ça...

— Ethan ! Reviens.

Il pivota sur lui-même. Eva l'appelait et lui faisait signe depuis l'autre bout du couloir. Ian se tenait auprès d'elle dans l'embrasure de la porte. Comme il reportait son attention sur Marisa, celle-ci s'avança d'un pas déterminé à la rencontre du couple.

Quand ils eurent tous regagné la salle, Ethan referma la porte avec le sentiment d'une catastrophe imminente. Le secret infâme, celui qu'il s'était tant appliqué à cacher à sa sœur, allait être dévoilé dans toute son horreur et tous ses efforts seraient réduits à néant. Eva serait terriblement humiliée et aurait le cœur brisé.

Eh bien, au moins il serait là pour elle ! Elle pourrait pleurer sur son épaule, une fois que son mari l'aurait plaquée pour partir au bras de sa maîtresse.

La maîtresse qu'il souhaitait pour lui-même... Quelle cruelle ironie !

La douleur, aiguë comme une lame, lui lacéra le cœur, tandis qu'il regardait Marisa aller au-devant de sa sœur, et Ian qui lui adressait un sourire encourageant, presque intime.

Eva aussi les regardait, avec une expression de surprise sur ses beaux traits hâlés. Ethan alla se poster auprès d'elle, face à ce mari qui ne la méritait pas et face à celle qui s'apprêtait à briser leur couple.

Marisa était pâle, nota-t-il. Pâle et incroyablement belle. Ian et elle formaient un beau couple. Blonds aux yeux bleus, avec ce teint clair si anglais qui contrastait si fort avec celui, méditerranéen, des Teodarkis.

— Eva...

La voix de Ian, douce mais ferme, le tira de sa contemplation. Ethan attendit qu'il assène le coup fatal. Sa rage s'était envolée. Au fond de lui, il n'y avait plus qu'un vide immense.

Quant à Marisa, elle évitait son regard. C'était compréhensible, non ?

— Eva, reprit Ian en redressant les épaules, j'ai quelque chose d'important à te dire... Quelque chose que tu ne vas pas aimer, parce que c'est dérangeant, mais il faut que tu saches. Si j'ai demandé à Marisa de venir ce soir, c'est... pour une raison particulière. Elle va te parler elle-même.

A ce stade, Ethan ne pouvait plus garder le silence. Il posa une main sur le poignet de sa sœur avec l'intention de lui parler en grec.

— *Non !*

L'intervention brusque de Marisa l'arrêta net avant même qu'il eût ouvert la bouche. Il tourna la tête vers elle et fut stupéfait par le feu étincelant qui brûlait dans ses prunelles. Jamais il ne lui avait vu un tel regard.

— Ian va lui dire, lui dit-elle d'une voix cinglante avant d'ajouter en se tournant vers son voisin :

— Vas-y. Dis-lui. Dis-leur !

Quelque chose clochait, se dit Ethan. Pourquoi Marisa était-elle si véhémente, si glaciale tout à coup ? Il ne l'avait jamais entendue parler de cette façon, même pas le jour où elle lui avait ordonné de quitter son cottage.

Eva semblait de plus en plus perplexe elle aussi. Ian lui-même écarquilla les yeux, comme pris au dépourvu.

Puis il regarda de nouveau sa femme.

— Il n'y a pas de moyen simple de dire ces choses-là. Alors, je vais être direct. Marisa...

Tout en parlant, il prit la main de la jeune femme.

A son tour, Marisa serra ses doigts en un geste affectueux.

Bien sûr, comme un vrai couple ! pensa Ethan, amer.

N'y tenant plus, il prit la parole d'une voix dure.

— Marisa est sa maî...

— ... est ma sœur.

Ces derniers mots vibrèrent dans le silence. Ethan eut l'impression d'être aspiré dans une avalanche.

Marisa le fixa avant de confirmer, impassible :

— Oui, je suis la sœur de Ian.

8

Le monde s'était-il arrêté de tourner ?

Sans doute, pensa Ethan. Car autour de lui, tout semblait figé. Même sa respiration avait cessé.

— Sa sœur ? articula-t-il, suffoqué.

En d'autres circonstances, Marisa aurait ri de sa stupéfaction. Mais elle n'était guère d'humeur à plaisanter. Elle avait plutôt envie de l'étrangler ! Et c'est à peine si elle réussissait à dompter sa colère.

— Sa sœur ? fit cette fois la voix médusée d'Eva. Mais… Ian n'a pas de sœur !

Marisa coula un regard vers Ian, consciente que le moment qu'ils avaient tant redouté était venu. Elle le vit prendre une profonde inspiration avant de déclarer :

— C'est ce que je croyais aussi. J'ignorais l'existence de Marisa. Jusqu'à récemment…

Il laissa échapper un soupir saccadé.

— Ecoutez, si nous allions nous asseoir ? C'est… compliqué à raconter.

Du geste, il désigna la table et, après un instant d'hésitation, Eva alla prendre place.

Marisa l'imita. Très raide, elle regarda Ethan s'installer juste en face d'elle, tandis que Ian venait s'asseoir en face de son épouse. Ils avaient l'air de deux couples réunis pour un dîner festif, pensa-t-elle. Comme si de rien n'était… Comme si une incroyable vérité ne venait pas d'éclater, faisant l'effet d'une bombe.

— Je ne sais pas pour vous, mais en ce qui me concerne un verre ne serait pas de refus, dit Ian en essayant d'adopter un ton léger.

Il s'empara de la bouteille dans le seau à glace, remplit les verres et les tendit à la ronde. Marisa prit le sien d'une main tremblante et s'empressa de boire une gorgée. Elle avait la gorge sèche et le liquide glacé lui fit du bien.

Involontairement, son regard se porta sur son vis-à-vis. La mine sombre, Ethan semblait fermé, en proie à un tumulte intérieur dont il ne voulait rien laisser paraître.

Marisa s'interdit de ressentir la moindre compassion à son égard. Elle n'était là que pour soutenir Ian. Et le pauvre semblait vraiment en avoir besoin ! songea-t-elle en remarquant son profil tendu.

A cet instant, il redressa les épaules et s'adressa à sa femme.

— Marisa est ma demi-sœur. Nous avons le même père. Sa mère…

Il s'interrompit et Marisa sentit le regard d'Ethan peser sur elle. Brièvement, elle leva les yeux vers lui. Ses traits s'étaient crispés et elle sut à son expression qu'il avait deviné ce qui allait suivre.

Cette vérité-là, c'était à elle de la révéler, pensa-t-elle, le cœur battant. Ce n'était pas juste de laisser Ian se débattre seul avec les mots.

Elle déglutit avec peine et tourna la tête pour englober Eva dans la conversation.

— Ma mère… était la maîtresse du père de Ian.

Elle baissa les yeux, incapable de poursuivre ou d'affronter leurs regards. Malgré l'émotion qui l'étouffait, elle eut conscience qu'Eva disait quelque chose. C'était du grec. Mais elle n'avait pas besoin de comprendre cette langue pour savoir que sa voix était chargée d'effroi. Une voix qui, bizarrement, n'exprimait aucune surprise.

Ian reprit la parole et elle reconnut ce qu'elle avait si

souvent entendu dans sa voix quand ils parlaient ensemble du passé : une profonde résignation.

— Vous savez tous les deux comment était mon père. Surtout toi, Eva. Votre mère a consolé la mienne pendant ces douloureuses années, même quand mon père a cherché à briser le mariage de vos parents. La mère de Marisa n'était pas sa première maîtresse, ni la dernière malheureusement. Mais elle a été la seule à commettre l'erreur de tomber amoureuse de lui.

Il posa une main sur le bras de Marisa pour l'encourager et, à sa suite, elle se mit à raconter ce qu'elle savait du passé. Sans regarder Eva, et encore moins Ethan.

— Je n'excuserai pas ma mère, les prévint-elle d'une voix tremblante. Elle savait que le père de Ian était marié. Mais il lui a dit que son mariage n'était qu'une union de convenance, conclue pour préserver une fortune familiale, et qu'il ne s'était pas marié par amour.

Elle soupira, le cœur empli de tristesse et de pitié pour sa pauvre mère, si confiante et si aveugle.

— Elle a choisi de le croire, d'autant qu'il la poursuivait sans relâche. Il n'aimait pas qu'une femme lui résiste, n'est-ce pas ? Il a donc tout fait pour la conquérir, allant jusqu'à prétendre que son épouse avait rencontré un autre homme et demandait le divorce. Puis, quand ma mère s'est retrouvée enceinte, brusquement il n'a plus voulu d'elle. Et elle s'est rendu compte trop tard qu'elle avait été stupide de lui faire confiance.

Après un bref silence, elle reprit, la gorge serrée.

— Il lui a donné une somme d'argent — qui lui a permis d'acheter le cottage où elle m'a élevée — et il lui a fait signer un document par lequel elle renonçait à le poursuivre en justice dans le but d'obtenir une pension alimentaire pour son enfant. Ma mère était trop dévastée pour se défendre. Elle a signé sans rien dire et elle s'est réfugiée dans le Devon afin de disparaître de sa vie. J'ai grandi sans rien savoir de mon père, à part le fait qu'il avait été « le grand amour de sa vie », comme elle disait. Quand elle est morte, je suis venue à Londres pour le connaître. Hélas, je ne savais rien de lui, même pas son nom. Mon seul indice était une photo de lui que ma mère avait gardée…

— C'est grâce à ça que Marisa m'a trouvé, dit Ian en prenant le relais. Et par le plus grand des hasards. Elle travaillait dans une entreprise de nettoyage et les bureaux de la société d'Ethan figuraient parmi leurs clients. Un soir que j'étais resté à travailler tard, elle m'a vu et m'a fixé d'un air ébahi.

— Oui, bien sûr, intervint Eva. Ian ressemble tellement à son père ! Je suppose que, sur la photo, Martin avait à peu près l'âge de Ian ?

Marisa acquiesça d'un signe de tête, incapable d'articuler un mot, à présent.

— C'est vraiment extraordinaire, murmura Eva en s'adressant à son mari. Dire que tu avais une sœur et que tu ignorais son existence !

Elle se tourna vers son frère.

— Ethan, tu te rends compte ? Pour moi, ce serait terrible de… de ne pas savoir que tu existes.

Il ne répondit pas. Puis d'un mouvement brusque, il se leva.

— Excusez-moi… Je dois…

Sa phrase demeura en suspens. Il n'avait qu'une idée en tête : partir d'ici !

— Ethan ?

Sa sœur le regardait d'un air perplexe. Mais il n'y pouvait rien. Sans un autre mot, il quitta la pièce, ignorant le flot de paroles étonnées qu'elle lui adressait en grec.

Comme un automate, Ethan se dirigea vers les ascenseurs. Il fallait qu'il s'échappe, qu'il s'éloigne le plus possible de Marisa et de tout le mal qu'il lui avait fait…

Dans la salle à manger, Eva continuait de fixer la place que son frère avait occupée.

— Qu'est-ce qui lui prend ?

Elle interrogea son mari puis Marisa du regard.

— Je... Je suis désolée, commença Marisa en se levant à son tour.

Elle ne put en dire davantage. Saisissant son sac, elle quitta la pièce précipitamment. Derrière elle, elle entendit son demi-frère l'appeler avec angoisse, mais elle n'y prêta pas attention.

Au bout du couloir de l'hôtel, elle ne voyait qu'une haute silhouette familière. Alors, le souvenir poignant d'une scène identique la frappa comme un coup de poignard. Elle se revoyait sortant de l'ascenseur dans l'immeuble de Holland Park... Il marchait vers elle et lui demandait de retenir les portes...

Une mise en scène soigneusement calculée pour la séduire et la séparer de Ian, l'homme avec lequel Ethan Teodarkis la soupçonnait d'avoir une liaison !

Une rage folle l'envahit, en même temps qu'un profond dégoût.

— Attends !

Sa voix vibrante résonna dans le couloir désert. Il sursauta et se retourna.

Marisa approchait d'un pas déterminé. Elle n'essayait même plus de cacher sa colère. Arrivée devant lui, elle s'arrêta net et sa main vola d'elle-même pour lui appliquer une gifle magistrale.

— Ça, c'est pour ce que tu pensais de moi !

Là-dessus, elle s'engouffra dans l'ascenseur dont les portes s'ouvraient à point nommé et pressa d'urgence le bouton du rez-de-chaussée pour empêcher qu'il la rejoigne.

Mais Ethan ne fit pas mine de la suivre, ne bougea même pas. A la dernière seconde pourtant, juste avant que les portes de la cabine ne se ferment, il tourna la tête vers elle.

Marisa emporta avec elle l'image effrayante de son visage livide barré d'une marque rouge.

Marisa marchait d'un pas vigoureux. Depuis quelques jours, elle arpentait la lande en tous sens, parcourant des kilomètres. Mais elle avait beau aller de plus en plus loin, elle ne parvenait pas à chasser les pensées qui la rongeaient sans relâche.

Comment n'avait-elle pas deviné qu'Ethan l'avait prise pour la maîtresse de son beau-frère ? Mais non, à aucun moment elle n'avait fait le rapprochement. A croire qu'elle était vraiment stupide et bornée ! Maintenant avec le recul, c'était flagrant qu'il avait eu cette opinion d'elle depuis le début.

Maintes fois, elle avait repassé dans sa mémoire les détails de la conversation pénible qu'ils avaient eue à leur retour de Sainte-Cécile. A ce moment-là, elle aurait dû se douter de ce qu'il voulait dire au sujet de sa relation avec Ian. Mais elle avait mal interprété ses propos.

« Pour moi, il avait découvert que j'étais la sœur de Ian. Jamais je n'aurais imaginé qu'il me prenait pour une femme entretenue… »

Pourtant, c'était ce qu'Ethan avait pensé.

Marisa avait envie de hurler tellement elle avait mal. Elle aurait voulu confier sa douleur à quelqu'un, mais il n'y avait personne autour d'elle.

Au fond, mieux valait rester seule et se terrer ici. Elle n'aurait jamais dû laisser Ian la persuader de l'accompagner à Londres pour qu'il la présente à Eva. A présent, elle refusait de les revoir. De revoir Ethan surtout. Comment pourrait-elle supporter de se trouver face à lui ? Elle le détestait de toutes les fibres de son corps !

Cette haine féroce la minait comme un poison, mais c'était tout ce qu'elle était capable de ressentir à son égard.

Elle ralentit le pas, car la pente s'accentuait. Bientôt, elle atteignit la crête granitique de Hokney Tor qui offrait un superbe point de vue sur cette partie du Dartmoor, avec en contrebas, les vestiges du village ancien datant de l'âge du bronze.

Quelqu'un se tenait au milieu du cirque de pierre. Par une belle journée comme celle-ci, cela n'était guère surprenant, car on rencontrait beaucoup de randonneurs sur la lande.

Marisa se remit en marche, empruntant le sentier dont le tracé passait non loin des ruines si évocatrices. Au bout de quelques minutes cependant, elle s'arrêta. Il y avait quelque chose de familier dans cette silhouette solitaire campée au milieu des vieilles pierres. Toute une communauté avait vécu là jadis, mais celui qui s'y trouvait à présent n'avait rien d'un fantôme.

Les mains dans les poches de son blouson, l'homme regardait dans sa direction. Le vent tiède ébouriffait ses cheveux noirs et il gardait les yeux plissés à cause du soleil.

Ethan…

Etait-ce un mauvais rêve ? Marisa se mit à marcher comme une somnambule.

Elle eut conscience qu'il se déplaçait lui aussi. Quittant le centre du cercle, il vint se camper en travers du chemin.

Que diable venait-il faire ici ? se demanda-t-elle en serrant les poings dans les poches de son anorak. Mais elle refusait de lui poser la question ou même de prononcer un mot.

Comme s'il devinait ses pensées, il déclara d'une voix sourde :

— Ian m'a dit que tu étais revenue ici. J'ai voulu nous laisser du temps. A présent, il faut que nous parlions.

— Il n'y a rien à dire, répondit-elle d'un ton étrangement calme.

Peut-être était-ce à cause de l'étrangeté de la situation. Il y avait quelque chose d'irréel à se retrouver là, dans ce lieu mystique et désolé, en compagnie de l'homme qu'elle avait voulu fuir.

— Tu sais que ce n'est pas vrai.

— Alors, qu'y a-t-il à dire ? le défia-t-elle sans ciller. Tu pensais que j'étais la maîtresse de Ian et tu m'as séduite pour me détourner de lui. Tu sais maintenant que je suis sa sœur. Et qu'est-ce que ça change ? Je ne veux plus te voir. Et je ne peux pas rester en contact avec Ian et Eva, parce que j'entendrai forcément parler de toi. En conclusion, ça n'a servi à rien de révéler qui j'étais. Je le regrette, mais il n'y a rien d'autre à ajouter.

— Je ne suis pas d'accord. Ça n'explique pas la raison pour laquelle nous devons parler, dit Ethan en la prenant par le bras.

Surprise, Marisa chercha à se dégager, mais il l'entraîna vers un muret de pierres sèches et la força à s'asseoir. Il s'installa sur un bloc de granit en face d'elle.

Marisa aurait voulu fermer les yeux pour échapper à son regard perçant. Mais cela revenait à lui montrer qu'il l'affectait d'une manière ou d'une autre. Jamais de la vie ! se dit-elle en s'efforçant de le fixer avec froideur.

— Il y a une chose que je ne comprends pas, commença Ethan d'une voix abrupte. Tu ne t'étais pas aperçue que je me trompais complètement à ton sujet ? Pourtant, à un moment ou à un autre, tu as dû t'en douter. Pour quelle autre raison aurais-je agi comme je l'ai fait ? Simplement parce que tu étais la sœur de Ian ? Ça n'a aucun sens. Et pourquoi diable cachiez-vous ce que vous êtes l'un pour l'autre ?

Une vague de colère envahit Marisa. Quoi ? C'était *elle* qu'il accusait de tout ce gâchis ? Pour lui, tout était sa faute ? Mais c'est lui qui n'avait rien compris, au contraire !

— Comment peux-tu me poser de telles questions ? jeta-t-elle avec véhémence. Tu sais combien Eva est proche de la mère de Ian, oui ou non ? Au cas où tu l'aurais oublié, Sheila Randall est sa marraine et elle est devenue sa seconde mère. C'est pour ça que j'étais si réticente de parler à Eva. Parce qu'elle aurait été tiraillée entre deux camps. Comment pourrait-elle m'accepter comme la sœur de son mari, moi, la fille illégitime de Martin Randall, celui qui a tant fait souffrir Sheila par ses infidélités ? Enfin, mets-toi à ma place une seconde !

Elle laissa échapper un soupir frustré.

— Ce n'est pas moi qui ai décidé de tout lui révéler. J'ai quitté Londres, puis Ian a décroché ce nouveau poste qui le rend indépendant vis-à-vis de toi. A partir de là, il a refusé de cacher plus longtemps une part aussi importante de sa vie. Il ne voulait plus de secrets entre Eva et lui. C'est comme ça qu'il a décidé de lui révéler mon existence.

En silence, Ethan analysa les raisons qu'elle venait de lui exposer. Quand enfin il prit la parole, ce fut d'une voix grave, empreinte de repentir.

— Je pensais que Ian ressemblait à son père et je n'ai jamais approuvé son mariage avec Eva, avoua-t-il. Je le trouvais superficiel, inconstant, indigne de ma sœur et je redoutais qu'il la trahisse et qu'elle subisse le même sort que Sheila.

Il coula un bref regard à Marisa comme pour implorer son pardon. Devant son air buté, il poursuivit, accablé :

— Quand j'ai eu des soupçons sur sa loyauté, j'ai engagé un détective privé. C'est par lui que j'ai découvert ton existence et appris que tu vivais dans un appartement loué par Ian. Pour moi, la situation était on ne peut plus claire, surtout quand j'ai vu des photos de vous deux prises dans un restaurant. Des photos qui vous montraient dans un tendre tête-à-tête. Sur l'une d'elles, on voit Ian te remettre un collier de diamants. Bon sang ! Qu'étais-je supposé croire ?

Marisa se raidit.

— Ce bijou appartenait à la grand-mère de Ian, la mère de notre père. Il a tenu à ce qu'il me revienne et à m'offrir tout ce dont mon père m'avait privée en me reniant. Cet appartement, c'était pour me sortir de la pauvreté à laquelle Martin Randall avait condamné ma mère.

Elle releva la tête, le regard perdu dans le passé.

— Elle savait qu'elle aurait dû renoncer à cette liaison, qu'elle avait eu tort de l'aimer et qu'elle méritait de vivre en recluse. C'est une leçon qu'elle m'a bien apprise, crois-moi.

Son regard bleu se posa de nouveau sur Ethan.

— Voilà pourquoi l'idée que tu puisses me soupçonner d'entretenir une relation avec un homme marié m'est si insupportable. J'étais tellement en colère, ce soir-là, quand Ian nous a réunis pour révéler qui j'étais…

— Et tu avais toutes les raisons de l'être, répondit-il d'un air lugubre. Je t'ai si mal jugée ! Je t'ai prise pour une moins que rien.

Il était évident qu'il se dégoûtait, nota Marisa avec une pointe de culpabilité. Mais elle n'avait pas fini de lui dire tout ce qu'elle avait sur le cœur.

— Je t'ai détesté quand tu m'as annoncé à notre retour des Caraïbes que tu m'avais piégée. Mais quand par la suite j'ai su ce que tu pensais de moi en réalité, je t'ai détesté mille fois plus !

La colère l'étreignit de nouveau, la faisant presque suffoquer. D'un geste brusque, elle se leva.

Pourquoi était-il venu ? se demanda-t-elle, l'esprit en déroute. Pour la tourmenter encore ? Dans quel but ?

Tout était fini maintenant et il n'y avait plus rien à dire. Il ne restait de toute cette histoire qu'un incroyable gâchis qu'il ne pourrait effacer.

Le cœur lourd, Marisa se tourna vers lui. Il la regardait sans bouger et son expression était étrangement hésitante. Cependant, il y avait autre chose dans ces yeux noirs qui, quelques mois plus tôt, l'avaient tant fascinée. Quelque chose qui ressemblait à… une incommensurable tristesse.

Elle laissa échapper un soupir saccadé.

— Ça ne sert à rien de reparler de tout ça. C'est totalement inutile. Je comprends pourquoi tu en es arrivé à cette conclusion à mon sujet. Tu cherchais à protéger ta sœur et tu as fait en conscience ce qui te paraissait le mieux. Mais maintenant que la vérité a éclaté, tu dois te douter que je n'ai aucune envie de te revoir. Le mal que tu m'as fait sera toujours là. Je ne peux pas m'en remettre. Je n'y arriverai jamais.

Pendant un moment qui parut insupportable, ils se dévisagèrent en silence, comme s'ils mesuraient le fossé infranchissable qui les séparait.

Marisa se sentait accablée et exténuée. Elle aurait mieux fait de rentrer et de s'enfermer dans la solitude du cottage, se dit-elle, résignée. Mais ses jambes semblaient aussi lourdes que du plomb.

Sans doute Ethan devina-t-il son état de fatigue, car il se leva à son tour et lui toucha furtivement l'épaule.

— Moi non plus, je n'y arriverai pas.

Ces mots résumaient à eux seuls le conflit intérieur qui le torturait, se dit-il avec amertume. Marisa avait-elle raison ? Aurait-il mieux fait de ne pas venir ici ? De ne pas céder au désir impérieux de la revoir et de lui parler ? Mais il avait eu besoin de le faire ; parce qu'il lui était impossible de laisser les choses en l'état et parce que le remords le rongeait jusqu'à l'âme.

— Ce que je t'ai fait restera en moi comme une brûlure, avoua-t-il.

Marisa haussa les épaules comme si plus rien n'avait d'importance, désormais.

— Il est quand même sorti quelque chose de bon de cette histoire, fit-elle remarquer avec désinvolture. Le mariage de Ian et d'Eva est plus solide que jamais et mon frère a retrouvé une situation professionnelle qui correspond à ses attentes. Il t'a aussi montré qu'il était digne de confiance en te prouvant qu'il n'était pas un sale type comme son père. Tout ça est pour le mieux, non ? Quant à toi et moi...

L'émotion lui noua la gorge, et elle regarda droit devant elle la colline de granit balayée par le vent. Ce paysage immuable dégageait une impression de force et d'éternité. Marisa y puisa assez de courage pour continuer.

— Quant à toi et moi, c'était une erreur. Rien ne peut la réparer... On peut juste faire comme si rien ne s'était passé.

Elle entendit Ethan ravaler son souffle.

— Non, c'est impossible. Et quand il est impossible d'ignorer quelque chose, mieux vaut le regarder en face.

De nouveau, elle sentit qu'il posait ses mains sur ses épaules. Elle se raidit, comme si un courant électrique la traversait. Doucement, Ethan la fit pivoter vers lui.

Son expression s'était encore assombrie, nota Marisa, le cœur battant. Ses yeux ne reflétaient plus qu'une tristesse absolue.

— J'ai été très injuste envers toi et ça, je le regretterai toute ma vie, déclara-t-il. Mais ne me demande pas de regretter ce qui s'est passé entre nous, car c'est impossible. La première fois que je suis venu ici, je ne désirais qu'une seule chose : que tu reviennes vers moi.

Dans ses yeux sombres, par-delà la tristesse, quelque chose se mit à briller, une lueur étrange qui la chavira.

— Je voulais te retrouver telle que tu étais pendant cette brève parenthèse que nous avons vécue, cette précieuse magie que j'ai brisée en t'accusant. Marisa, je détestais les paroles que je t'ai adressées à ce moment-là. C'est la raison pour laquelle j'ai été si dur, expliqua-t-il d'une voix heurtée. Mais nous commettons tous des erreurs, n'est-ce pas ? Ta mère a chèrement payé les siennes. Ma punition sera de continuer à vivre sans toi. Et crois-moi, ce sera un prix bien plus lourd à payer que tout ce que tu peux imaginer. Maintenant, je m'en vais. Je te souhaite d'être heureuse. C'est bien le moins que je puisse faire. La seule chose que tu pourrais encore vouloir de moi…

Il la fixa d'un regard ardent, comme pour graver dans sa mémoire cette image ultime qu'il emporterait d'elle. Puis, s'arrachant à sa contemplation, il leva une main en guise d'adieu et prit la direction de la colline.

Marisa le regarda s'éloigner. Quitter sa vie pour toujours.

Une sorte de brouillard obscurcit sa vision et elle cilla furieusement. En même temps, les mots qu'Ethan avait prononcés se bousculaient dans son esprit.

Nous commettons tous des erreurs… Ta mère a payé les siennes…

Et si c'était elle qui se trompait, à présent ? Sa mère avait gâché sa vie en offrant son amour à un homme fourbe et égoïste qu'elle n'avait pas eu le courage de chasser.

« Et si mon erreur était de faire exactement l'inverse ? De laisser partir un homme que je devrais retenir et serrer dans mes bras, parce que le perdre reviendrait… reviendra à me condamner à souffrir pour le reste de mes jours ? »

Marisa suffoqua, comme foudroyée par cette révélation. Au loin, la silhouette d'Ethan s'amenuisait.

Alors, un cri libéra ses poumons en feu.

— Ethan ! Attends.

Il s'arrêta sur le chemin et se figea, comme statufié. Puis lentement, il se détourna.

Le cœur battant à tout rompre, Marisa s'élança. Ses jambes flageolaient et elle trébucha. Néanmoins, elle se força à courir. Le vent lui fouettait le visage et sa vue se brouillait de plus en plus. Qu'importe, elle savait où elle allait et cette certitude qui vibrait dans toutes les fibres de son corps lui donnait des ailes.

Ethan la reçut dans ses bras et l'étreignit avec force en la faisant tournoyer. Marisa se mit à sangloter de joie, car rien ne comptait plus que ce bonheur-là. Celui d'être dans ses bras et de l'aimer...

Ethan répétait son nom, embrassait ses cheveux, la serrait à l'étouffer. Quand il la reposa enfin, Marisa pleurait et riait en même temps, et se cramponnait à lui comme si elle ne voulait plus jamais le laisser partir.

— Oh ! Mon amour...

Etait-ce Ethan ou elle-même qui parlait ? Elle n'en savait rien, tant l'émotion la submergeait.

Ethan relâcha son étreinte autour d'elle, mais ce fut pour emprisonner son visage entre ses mains. Il plongea son regard dans le sien. Ses yeux brillaient à présent d'un feu intense. Toute tristesse avait disparu. Lentement, il abaissa sa bouche vers la sienne.

— Je t'aime tant, Marisa, murmura-t-il contre ses lèvres. Malgré ce que je t'ai fait, je ne peux rien regretter, parce que tu es la plus belle chose qui me soit jamais arrivée. Il a fallu que je te perde pour m'en rendre compte. Et, ma chérie, je t'ai perdue tant de fois ! D'abord, par ces paroles cruelles que je me suis cru obligé de te dire à notre retour de vacances, puis quand, jaloux de Ian, je suis venu te débusquer jusqu'ici. Je voulais te récupérer à tout prix, comme un enfant gâté qui n'obtient pas ce qu'il désire. Enfin, il y a eu ce dîner de cauchemar... Chaque fois, je comprenais un peu plus que je tombais amoureux de toi. Etre amoureux et te perdre à la fois, c'était...

Il se tut, visiblement bouleversé.

— Oh ! Ethan, soupira Marisa en se jetant à son cou. Pour ma part, j'avais peur de t'aimer. Quand nous étions à Sainte-Cécile, je te voyais me regarder à la dérobée parfois et tu semblais si... distant. Je me disais que tu craignais que je prenne notre relation au sérieux, que tu ne souhaitais rien d'autre qu'une aventure sans lendemain. En rentrant à Londres, je m'attendais à ce que tu m'annonces que tout était fini et je m'efforçais d'être forte. Mais quand, à la place, tu as proféré les pires accusations contre moi, j'ai été trop anéantie pour me défendre. Parce que tout ce que je désirais, c'était d'être acceptée par la famille de mon père, et non rejetée une seconde fois. Mais tu m'as fait comprendre que c'était impossible et que je serai toujours la part sombre du passé du père de Ian...

Un gémissement s'échappa de la gorge d'Ethan.

— Jamais je ne t'aurais condamnée pour cette raison-là, lui assura-t-il d'un ton passionné. La mère de Ian a souffert, c'est vrai. Mais en quoi serait-ce ta faute ? Tu n'as rien à te reprocher et si quelqu'un doit porter la responsabilité de ce gâchis, c'est bien moi.

— Non, Ethan, je ne te laisserai pas t'accuser. Cessons de regarder en arrière, tu veux ? A cause du passé, j'ai bien failli te perdre aussi. La colère m'aveuglait. Ne me laisse plus jamais commettre une telle sottise, le supplia-t-elle en se cramponnant à lui.

— Chaque fois que tu me regarderas, dit-il gravement, tu sauras mon amour pour toi. Je te le promets.

Marisa lui sourit. Puis son regard bleu se troubla de nouveau.

— Ça me fait quand même de la peine de penser que

ce que nous avons partagé — à Londres puis à Sainte-Cécile — n'était qu'un leurre. Une histoire factice.

— Mais tout était vrai ! protesta-t-il. C'était bien là le problème. J'avais conscience que s'il n'y avait pas eu le mariage d'Eva en jeu, j'aurais profité pleinement de ces moments délicieux avec toi. C'est pour ça que je ne pensais qu'à te reconquérir, à retrouver la magie de ces heures merveilleuses et à t'avoir à moi, sans arrière-pensée cette fois. Maintenant enfin, plus rien ne nous sépare. Plus d'obstacles pour nous jeter l'un contre l'autre et nous aveugler. Nous sommes enfin libres de nous aimer, Marisa.

Il l'embrassa si tendrement qu'elle se sentit fondre.

Puis Ethan passa un bras autour de ses épaules et, ensemble, ils repartirent sur le sentier qui escaladait la colline.

Marisa regarda autour d'elle la lande ensoleillée et parsemée d'ajoncs en fleur. Au-dessus d'eux, le ciel formait une voûte immense et uniformément bleue. Un oiseau de proie se mit à criailler en s'élevant dans les courants du vent.

La tête appuyée contre l'épaule d'Ethan, elle sentit une paix profonde descendre en elle. Il y avait si longtemps qu'elle n'avait pas ressenti une telle sérénité. Et cette paix-là, elle le savait, durerait toujours.

— Quand j'y pense… Nous nous sommes vraiment comportés comme deux idiots ! lâcha-t-elle soudain.

Ethan laissa échapper un rire grave et sensuel.

— Moi, surtout.

— Non, moi.

— Ma chérie, tu dois me donner raison pour cette fois, dit-il en déposant un baiser sur ses cheveux.

— Mmh…

Il ébaucha ce sourire en coin qu'elle aimait tant.

— Raisonneuse, hein ? la taquina-t-il. Eh bien, il n'y

a qu'un moyen de tomber d'accord. A partir de maintenant, tu auras toujours raison. Heureuse comme ça ?

Marisa secoua la tête.

— Il n'y a qu'une seule chose qui me rende heureuse.

— Et peut-on savoir laquelle ?

— Toi. Uniquement toi. Pour toujours, répondit-elle, le visage rayonnant d'amour.

Le sourire d'Ethan s'élargit.

— Si nous scellions cette promesse comme il se doit ?

Au milieu du chemin, ils échangèrent un long baiser, encore plus sensuel et plus passionné que les précédents.

Épilogue

— Prête ? demanda Ethan d'un ton encourageant.

Incapable de prononcer un mot, Marisa hocha la tête. Son bras qu'elle agrippait d'une main crispée était solide comme un roc. Toute sa vie, Ethan serait là pour la soutenir. Et ce soir en particulier, elle avait besoin de son soutien.

— Alors, allons-y, dit-il doucement.

Il ouvrit la porte et l'introduisit à l'intérieur de la maison des Randall.

Marisa sentait son cœur battre la chamade. Mais ce n'était pas étonnant étant donné ce qui l'attendait, se répéta-t-elle dans un vain effort pour se rassurer.

Ensemble, ils s'arrêtèrent sur le seuil du salon.

— Marisa !

Ian se précipita pour les accueillir en souriant. Il l'embrassa sur la joue et Marisa fut soulagée de voir que son sourire englobait Ethan.

Ethan sourit en retour. Son beau-frère était remonté dans son estime depuis qu'il savait que Ian n'avait pas hérité du caractère perfide de son père. C'était au contraire un homme loyal qui s'investissait pour réussir dans son travail et qui s'efforçait de rendre Eva heureuse.

Quant à lui, il était l'homme le plus heureux du monde, songea-t-il en regardant Marisa. Comme il l'aimait ! Elle était le centre de son univers.

La voix de Ian vint interrompre sa rêverie.

— Marisa, c'est un grand moment. Veux-tu me donner la main ?

Toujours tendue, Marisa plaça néanmoins sa main libre dans celle de son frère. Puis tous trois s'avancèrent ensemble vers le fond de la pièce. Quelqu'un se tenait près de la cheminée.

Tout en gardant les yeux fixés sur cette silhouette, Marisa nota qu'Eva était là, assise dans un fauteuil, et qu'elle lui adressait un sourire encourageant.

A mesure qu'ils approchaient, Marisa remarqua une tension comparable à celle qui l'étreignait sur ce visage qu'elle voyait pour la première fois.

Ian prit la parole.

— Maman, je te présente Marisa. Ma sœur, déclara-t-il d'un ton empreint de fierté et de solennité.

Le temps parut s'arrêter. Puis après un léger toussotement, Sheila Randall tendit les mains vers Marisa.

— Chère petite, dit-elle d'une voix brisée par l'émotion.

Bouleversée, Marisa s'écarta des deux hommes qui l'escortaient et s'avança pour serrer les mains de la mère de Ian. Sur le visage de Sheila Randall, elle ne lut que douceur et gentillesse. Il n'y avait plus trace des chagrins du passé.

— Je pense sincèrement que votre maman a souffert autant que moi, reprit Mme Randall en la regardant au fond des yeux. Pour cette raison, je ne pourrai jamais la blâmer ni l'accuser. Je me réjouis que Ian vous ait trouvée et que vous fassiez partie de notre famille. En fait, je n'aurais pu imaginer dénouement plus heureux, acheva-t-elle en coulant un regard en direction d'Ethan.

— Moi non plus, répondit Marisa avant de se tourner vers l'homme qu'elle aimait.

Une vague d'amour la submergea. S'écartant de Mme Randall, elle prit les mains d'Ethan entre les siennes pour sentir sa chaleur et sa force.

— Ni moi, murmura-t-il avec ferveur avant de porter ses doigts à ses lèvres.

Ils se regardèrent intensément. Puis un bruit léger attira leur attention et ils se tournèrent vers leur entourage.

— Et maintenant, champagne ! annonça Ian.

Eva se chargea de distribuer les coupes. Quand tout le monde fut servi, Ian leva son verre.

— A Marisa et Ethan. Et au triomphe de l'amour... Le vrai.